VENGEANCE EN PATAGONIE

VENGEANCE EN PATAGONIE

Cristian Perfumo

Traduit de l'espagnol (Argentine) par

Jean Claude Parat

Conception de la couverture : The Cover Collection

Traduit de l'espagnol (Argentine) par Jean Claude Parat, 2022

Titre original : *Los ladrones de Entrevientos*.

© Cristian Perfumo 2020

www.cristianperfumo.com

ISBN: 978-987-48792-2-6

La reproduction totale ou partielle de l'ouvrage sous quelque forme que ce soit est interdite sans l'accord préalable de l'auteur.

À ma sœur Mariana
Je t'admire profondément

« Moi qui ai souvent approché la mort, j'ai beaucoup appris des mines d'or. L'or est une chose merveilleuse, avec lui on peut tout faire dans ce monde, on peut même faire entrer des âmes au paradis. »

Christophe Colomb

PROLOGUE

Ce n'était pas dans le plan, pensa Minerva.

Ce n'était pas dans le plan qu'un type se retrouve assis à ses pieds avec un sac en toile sur la tête, ni qu'elle appuie le canon d'un 9 mm sur son front et entame à voix haute un compte à rebours.

– 20, 19, 18…

Dans le gant en latex, la main qui tenait le pistolet se couvrait de sueur. Elle respira à fond. Pour se calmer elle repensa à ce qu'avait dit Pezzano quinze ans auparavant :

« *Tout le monde a un gros coup de chance au moins deux fois dans sa vie. Ne t'en fais pas, il t'en reste encore un.* »

Pour Minerva, son premier coup de chance fut d'éviter d'être criblée de balles dans une salle de billard à Buenos Aires quand elle avait une vingtaine d'années. Le second, ça allait être maintenant. Elle était décidée à emporter cinq mille kilos d'or et d'argent de l'une des mines les plus isolées au monde.

Elle prit la résolution d'ignorer la voix dans sa tête qui n'arrêtait pas de lui répéter que la chance ne fonctionnait pas ainsi. Ce n'est pas nous qui décidons des chemins qu'empruntent nos vies.

Elle leva le regard pour observer ses compagnons. Ils suivaient le plan, ignorant combien les choses avaient changé.

– Tu dois vraiment m'écouter, lui dit le cagoulé à ses pieds.

Elle ferma les yeux. Elle n'avait pas d'autre solution que de rompre la règle du braquage sans une goutte de sang. Sa propre règle. Elle allait devoir ravaler le discours qu'elle avait tenu face au reste de la bande quand le vol n'était rien d'autre qu'un vague projet et un tas de cartes devant une cheminée.

– Il ne te reste plus beaucoup de temps, dit-elle à l'otage, et elle continua de compter, 14, 13…

– Pourquoi me fais-tu ça ? Je suis un travailleur. Je n'ai jamais fait de mal à personne.

La phrase la frappa comme une flèche. *Fils de pute*, pensa-t-elle. Et elle serra son poing gauche en un acte réflexe.

PREMIÈRE PARTIE

La genèse

CHAPITRE 1

Buenos Aires.
Un an et quatre mois plus tôt.

Tout en dansant le tango *Tiempos viejos* dans les bras d'un homme de quatre-vingts ans, Noelia pensa que ce serait vraiment dommage de partir maintenant. Cette nuit, la milonga était exactement comme elle l'aimait. Ni bondée, car tu ne peux plus bouger, ni presque vide, parce que tu ne trouves pas de cavalier et tu dois chercher. Et si tu tombes sur le mauvais type, ça peut être mal interprété.

Après le dernier accord, elle salua son cavalier d'un geste aimable et se dirigea vers le bar. Pour rien au monde elle ne reviendrait vivre à Buenos Aires. Mais comme c'était agréable de pouvoir danser le tango chaque nuit.

Elle commanda une dernière bière. Si elle voulait arriver plus ou moins en forme au cours du lendemain, le plus sensé, c'était de partir maintenant.

Elle se tourna vers la piste et but la première gorgée les yeux fermés, jouissant du liquide frais coulant dans sa gorge. Même si à l'extérieur les premiers jours de l'automne obligeaient déjà à s'habiller plus chaudement, dans les milongas tu finissais toujours en nage.

Quand elle rouvrit les yeux, elle crut l'apercevoir. Il dansait avec une femme très élégante qui bougeait avec précision ses longues jambes gainées de bas résille. Était-ce vraiment lui ? Était-il de retour en Argentine ? Difficile. Peut-être que l'obscurité de la salle lui jouait un mauvais tour. Après tout, le monde du tango était plein de sexagénaires avec les oreilles bien dessinées et quelques rares cheveux gris gominés en arrière.

Elle suivit du regard les évolutions du couple sur la piste. Après un élégant petit saut, la femme exécuta un *ocho cortado* impeccable. Tout en souriant il lui murmura quelques mots à l'oreille. Alors Noelia n'eut plus aucun doute. Ce sourire était unique.

Mario Pezzano était à Buenos Aires.

Le regard de la femme, plongé dans la transe du tango, fixait un endroit indéfini. Comme un aveugle, avec les yeux déconnectés du corps. Celui de l'homme, au contraire, sautillait comme une mouche inquiète. De la porte d'entrée à la robe moulante d'une jeune danseuse. Du jeune chargé de la musique à l'issue de secours.

Normal, pensa Noelia. *Un type comme lui ne peut pas se permettre de baisser sa garde. Ou peut-être que maintenant il le peut, mais reste la déformation professionnelle.*

Quand Goyeneche finit de chanter *Sur*, Pezzano se sépara de sa cavalière avec un geste courtois et porta immédiatement son regard sur Noelia. Il la salua en inclinant la tête, comme s'ils s'étaient vus la veille, et se dirigea vers elle.

– Comment est-il possible que tu sois encore plus jolie qu'il y a quinze ans ? dit-il en s'accoudant au bar.

– Il faut toujours que tu exagères, Mario, répondit-elle en le serrant fortement dans ses bras. Comment puis-je être plus jolie maintenant qu'à vingt ans ?

– Je parle sérieusement, Minerva.

En entendant son pseudonyme, Noelia sentit son corps se crisper. Cela faisait plus d'une dizaine d'années qu'on ne l'appelait plus ainsi.

– Premièrement, il est impossible que je sois plus jolie. Et, deuxièmement, ça ne fait pas quinze ans.

– Non ? Depuis fin 2005…

– Presque quatorze.

– Tu vis à Buenos Aires ?

– Je ne suis pas folle. Ça fait des années que je suis retournée vivre en Patagonie. Je suis ici pour quelques jours, un stage, dit-elle en regardant sa montre.

Pezzano fit une grimace moqueuse tout en commandant un whisky.

– Tu as perdu ton accent. Avant, de temps en temps, tu laissais échapper une expression en castillan.

– Catalan, corrigea-t-elle.

– C'est ça.

– Quand tu m'as connue, ça faisait huit ans que j'étais arrivée de Barcelone. Maintenant, j'ai passé en Argentine plus de la moitié de ma vie. Je suis plus tango que sardane, Mario. Elle énonça cette dernière phrase en exagérant tellement l'accent de Buenos Aires qu'elle prononça *targo* au lieu de tango, comme le faisait Gardel dans ses chansons.

– Et ce stage, de quoi s'agit-il ?

– Sécurité informatique en milieux reculés. C'est l'entreprise pour laquelle je travaille qui m'a envoyée.

Le barman posa le verre de whisky sur le bar.

– « L'entreprise pour laquelle je travaille », répéta Pezzano après une lampée. Je t'imaginais faisant autre chose.

– Maintenant je suis une citoyenne modèle. Je paie même des impôts.

– Ah, bon ? Et depuis quand ?
– Depuis le dernier jour où nous nous sommes vus.
Pezzano haussa les sourcils
– Et toi, Mario ? Que fais-tu ?
– Ces derniers temps, je navigue. Tu te souviens du Maese ?
– Bien sûr. Comment oublier les fêtes que tu organisais sur ce voilier.
– Il continue d'être mon meilleur ami. Début 2006 j'ai tout envoyé balader pour partir naviguer à travers le monde. D'abord dans les Caraïbes puis jusqu'en Europe…
– Début 2006, répéta Noelia en commandant une autre bière.
– Oui.
Il ne fallait pas être un génie pour faire le lien. En janvier de cette année-là, une bande de voleurs avait fracturé environ cent cinquante coffres de la banque Banco Río dans la ville d'Acassuso. Ils emportèrent entre soixante-dix et quatre-vingts millions de dollars, ça dépend à qui on pose la question. Tous les membres de la bande furent arrêtés et jugés sauf un pour lequel on n'a jamais pu trouver ni l'identité ni le repaire.
– Donc c'est vrai ce qu'on dit ? demanda Noelia.
– Peut-être.
Le hold-up avait été si spectaculaire et ingénieux que la presse l'avait nommé *le vol du siècle*. Noelia avait lu qu'ils allaient rapidement en faire un film.
– Et tu n'as pas peur de revenir en Argentine ? Il n'y a pas encore prescription, ou si ?
– Non, mais le jugement a été rendu et tous ont accompli leur peine. Le dernier a été libéré il y a trois ans, répondit

Pezzano, et il leva son verre de whisky. À nos retrouvailles, Minerva.

– À nos retrouvailles, répéta Noelia en levant sa bière.

– Que fait l'entreprise dans laquelle tu travailles ?

– C'est une mine d'or et d'argent, dit-elle en montrant le bracelet doré pâle qu'elle portait au poignet gauche.

Pezzano éclata de rire. Elle tenta de garder son sérieux, mais elle aussi finit par laisser échapper un sourire.

– Toi dans une mine d'or ? Qui est l'inconscient qui t'a engagée ?

– Je te l'ai déjà dit, je suis une personne différente de celle que tu as connue. Après ce qui s'est passé, j'ai eu très peur.

– Je suppose, car ce fut comme si la terre t'avait avalée.

– J'ai repris les études, obtenu le diplôme et commencé à travailler.

– Quel dommage.

– D'après ce que je vois, toi tu n'as pas changé de voie.

– Je suis né tordu et je vais mourir tordu.

– Ce que tu as pris dans la banque ne t'a pas suffi ? murmura Noelia. Le chiffre avancé par la majorité des médias était de vingt millions de dollars. Si tu partages en sept, ça fait trois bâtons chacun.

Pezzano haussa les épaules, amusé.

– Ne crois pas tout ce que disent les journalistes.

Noelia secoua la tête et avala une gorgée de bière.

– Sais-tu comme c'est ennuyeux de naviguer seul ? Au début, ça va. Les premières années sont fantastiques : les meilleures plages, les plus belles filles, tu deviens ami avec des routards français. Mais après deux tours du monde, arrive un moment où tu as besoin d'action. Et moi je ne sais rien faire d'autre.

Noelia était plus intéressée par les voyages de Pezzano que par sa nostalgie de la profession, elle l'interrogea donc sur les lieux qu'il avait visités. Il lui raconta qu'il avait amarré le Maese dans plus de quatre-vingts pays et emmagasiné tant d'anecdotes qu'il pourrait en faire un livre. Sur quoi, il changea de sujet sans anesthésie.

– Je ne vais pas te poser de questions parce que ça ne me concerne pas, dit-il, mais si, par hasard, tu avais une information intéressante sur cette mine d'or, je connais des gens disposés à très bien la payer.

Noelia éclata de rire et regarda sa montre.

– *Collons*, je dois y aller, Mario. Demain je me lève tôt.

– La voilà la Castillane ! Maintenant je sais que tu n'as pas changé.

– Catalane.

Pezzano demanda un stylo au barman et griffonna quelques mots sur une serviette.

– Tiens. Écris-moi, Minerva. Je ne veux pas que nous restions aussi longtemps sans nous revoir.

– D'accord, dit-elle en prenant le papier.

Elle voulut l'embrasser pour lui dire au revoir, mais il se recula et secoua la tête.

– Tu ne penses pas pouvoir partir sans danser un tango avec un vieil ami, non ? dit-il en lui offrant sa main.

Et Noelia la prit. Comme elle l'avait prise il y avait quatorze ans, quand on l'appelait Minerva. Mais cette fois-là, il avait tendu sa main pour lui sauver la vie.

CHAPITRE 2

Buenos Aires.
Quatorze ans avant la milonga.

La première transaction de Minerva dans le monde réel faillit lui coûter la vie.

Quelques mois avant son déménagement de Rawson à Buenos Aires pour la rentrée universitaire, elle avait connu Qwerty. Il lui ouvrit un monde où le plus important était les failles de sécurité, les mots de passe et les données confidentielles.

Jusqu'à il y avait cinq jours, sa courte carrière criminelle s'était limitée à voler des informations sur internet pour ensuite les revendre. Mais tout avait changé quand ils proposèrent à Qwerty, le seul membre de *Hackers_Portenios* qu'elle connaissait en personne, une vraie affaire.

Au début, Qwerty n'avait rien voulu savoir. Le type qui leur offrait le travail était Mario Pezzano, un voleur de la vieille école que Minerva connaissait depuis un an. À ses yeux, Pezzano était un grand professionnel et une légende. C'était peut-être pour ça qu'elle insista auprès de Qwerty. Pour ça et aussi parce qu'elle était jeune et voulait dévorer le monde.

Cinq jours après, Minerva frappait à la porte d'une salle de billard de l'avenue de Mayo, un sac à dos sur les épaules. À côté d'elle, Qwerty portait le même.

Un type pâle comme l'ivoire des boules de billard leur ouvrit et ils entrèrent dans une salle immense, avec au moins quarante tables de billard, pool et snooker. Il était quatre heures du matin, et d'après ce qu'avait dit Qwerty, l'endroit fermait à trois heures. Le voir ainsi, désert, sauf une table au centre où quatre hommes jouaient une partie, fit pressentir à Minerva que quelque chose allait mal se passer. Peut-être était-ce la sensation contradictoire engendrée par un lieu désert dans lequel flottait encore l'odeur de la fumée de milliers de cigarettes.

L'homme qui leur avait ouvert passa derrière le bar et commença à essuyer les verres. Minerva suivit Qwerty entre les tables, en direction des joueurs. L'un d'eux était Mario Pezzano. Elle n'avait jamais vu les trois autres.

Le plus jeune passa la main dans son dos et sortit un pistolet. Il ne les mit pas en joue, mais le cœur de Minerva s'emballa. Ni elle ni Qwerty n'avaient d'arme. Avec quoi devaient-ils venir ? Une souris ? Un clavier ?

– Excusez la méfiance de Federico, leur dit Pezzano en les fixant de ses yeux en permanence soulignés de cernes violacés. Sa grosse voix résonnait dans la salle vide. Puis il fit un geste et le type rengaina son arme. Minerva bafouilla qu'il n'y avait aucun problème.

C'était la huitième ou neuvième fois qu'elle le voyait. Par l'intermédiaire de Qwerty, Pezzano l'avait invitée à plusieurs fêtes dans sa maison particulière : un voilier avec la coque peinte en vert dollar amarré dans l'humble *partido* de Tigre. Au cours de la première de ces fêtes, ils avaient eu une conversation en tête-à-tête, chacun un verre de vin à la main, les pieds sur le plat-bord et le regard perdu dans l'eau noire du fleuve Luján. Elle avait encore honte quand elle se remémorait ce moment-là. Elle était tellement nerveuse qu'elle avait même bégayé une ou deux fois. De la même façon que certains restent paralysés devant une célébrité, elle resta sans voix quand elle se retrouva en face du type qui avait dévalisé le plus grand nombre de banques dans toute l'histoire de l'Argentine.

– S'il existait une université du hold-up, il en serait le doyen, avait dit Qwerty avant de le lui présenter.

Pezzano annonça à ses compagnons qu'ils continueraient la partie plus tard. Il s'approcha de Qwerty et le prit dans ses bras longuement et chaleureusement, comme le ferait un oncle avec son neveu. Puis il se tourna vers elle, lui sourit et l'embrassa sur la joue.

– Comment ça va, Minerva ?
– Bien, merci.
– Un problème ? demanda-t-il en posant son regard sur les sacs à dos qu'elle et Qwerty avaient sur les épaules.
– Aucun, répondit-elle en décrochant le sien.

Elle posa le sac sur le billard, ouvrit la fermeture, sortit un paquet de la taille d'une brique et le jeta sur le tapis vert. Il y avait là deux cent cinquante cartes de crédit.

***

Pezzano ressentit l'envie de sermonner cette gamine. Si un gars du même âge avait maltraité ainsi l'une des meilleures tables de billard de Buenos Aires, il n'aurait pas pu fermer les yeux. Mais qui pouvait faire des reproches à cette fille ? Quel âge avait-elle, vingt ans ? Vingt-cinq, tout au plus ? Elle était certainement morte de trouille et voulait montrer son assurance. À son âge, lui aussi avait eu recours à ce genre de trucs.

Il ramassa le paquet et examina les cartes. Chacune avait un nom et un numéro différents sous le logo *Banco del Plata*. Il lâcha un soupir silencieux, nostalgique. *Comme les temps changent*, pensa-t-il. Un tango lui vint à l'esprit.

Il était habitué à ce qu'après un casse, la bande se répartisse des billets ou des bijoux. Ce nouveau travail était une espèce d'expérimentation. Diversifier, ils appelaient ça dans les livres sur les investissements qu'il lisait.

Jusqu'à il y avait peu, Pezzano connaissait deux façons de dévaliser une banque. L'une d'elle consistait à pénétrer dans l'établissement par la porte d'entrée durant les heures d'ouverture, quand la salle des coffres en sous-sol était ouverte. L'inconvénient, c'était qu'à ces horaires-là il y avait des employés entraînés à appuyer sur le bouton caché sous le comptoir, et en dix minutes la police était là. L'autre était d'entrer quand il n'y avait personne, de préférence un vendredi soir, mais dans ce cas-là il fallait bien réfléchir à comment traverser les vingt centimètres d'acier et de béton de la porte blindée.

Il y avait quelques mois, Federico avait proposé une troisième alternative qui promettait d'être bien meilleure que les deux autres : ils pourraient entrer tôt le matin et sortir avec le butin sans avoir à violer aucune chambre blindée. Les détecteurs de mouvements dans les bureaux s'activeraient, certes, mais dix minutes leur suffiraient largement pour emporter ce qu'ils étaient venus chercher. Ils allaient cambrioler une banque sans toucher un seul billet.

Il fallait en remercier un gérant de succursale obsessif, qui avait donné l'ordre à ses employés d'enregistrer sur une page de calcul les données de chaque carte émise. En conséquence, ces informations qui normalement ne devaient exister que dans l'ordinateur central de Visa, se trouvaient aussi dans le serveur poussiéreux d'une banque de quartier.

Ils n'eurent pas besoin de lance thermique ni d'explosifs. Un simple tournevis leur suffit pour changer le disque dur du serveur par un disque vierge. Après ils rayèrent un peu la porte blindée de la salle des coffres et détruisirent le centre informatique pour que la police pense que, ne pouvant accéder à l'argent, les voleurs avaient déchargé leur colère en vandalisant tout ce qu'ils avaient sous la main.

À la grande surprise de Pezzano, cette partie avait fonctionné. La suite consistait à transformer le disque en fric. Il se trouva que le fils d'un autre cambrioleur de banque qui avait travaillé avec Pezzano et terminé avec trois balles dans la poitrine, était plus ou moins hacker. Il s'appelait Qwerty, lui avait-on dit.

– Il y a huit mille cartes, dit Minerva. À cinq dollars par carte, nous arrivons à quarante mille.

Pezzano savait que, en moyenne, chacun de ces rectangles de plastique avait un crédit de cinq cents dollars. Cinq cents par huit mille faisaient quatre millions. Mais entre la théorie et la pratique, la route est longue. Il était impossible de tirer le maximum de toutes les cartes en même temps sans que la banque détecte l'anomalie.

Par chance, il n'avait pas à s'inquiéter de tout cela. Son travail était quasiment fini. Maintenant il ne restait plus qu'à revendre le lot de cartes à son contact à San Telmo pour vingt dollars chacune. Cent vingt mille de bénéfice net pour très peu de jours de boulot. Partagé en quatre, ce n'était pas si mal. Et si l'intermédiaire obtenait plus, comme c'était habituel avec les bijoux et les tableaux, tout le monde serait content.

Que ce soit un autre qui gagne le dernier dollar. Autre grande phrase des gourous de l'investissement.

Il tendit la main derrière lui et entendit le crissement du sac en papier que lui passait Federico. Il le donna à la fille.

– Merci, dit-elle. Si ça ne te dérange pas, je vais compter.

Sa voix était ferme quoiqu'un peu accélérée par la tension nerveuse. Il prit une seconde pour l'observer. Il la trouvait ravissante. Ça n'avait rien de sexuel – à quarante-neuf ans, il était l'un des rares hommes de son entourage à préférer les femmes de son âge. Il la voyait belle comme un père voit sa fille. Et en fin de compte, elle pourrait être sa fille.

– Évidemment, dit-il. Mais avant, laisse-moi te donner un conseil. Ne pose jamais plus autre chose qu'une boule de bakélite sur une table de billard.

La fille regarda le sac à dos usé sur le tapis vert et fit un geste pour l'enlever. Mais, avant qu'elle ait pu le toucher, un craquement sec se répercuta sur les murs de la salle.

– Police ! Tout le monde les mains en l'air, crièrent-ils depuis la porte qu'ils venaient de défoncer.

***

Minerva sentit ses jambes se transformer en gélatine quand elle vit cinq agents fédéraux la mettre en joue.

Elle laissa le sac en papier avec les quarante mille dollars sur le billard et leva les mains. Du coin de l'œil elle remarqua que Qwerty faisait la même chose.

Le bruit du premier coup de feu lui arriva de l'arrière. En se retournant, elle vit le dénommé Federico, le pistolet à la main. La douille roula sur le tapis vert entre les boules.

À partir de là, le temps ralentit. Un autre tir retentit, cette fois du côté opposé. Un petit volcan de sang explosa sur la poitrine de Federico. Minerva se jeta à terre et durant la seconde qu'elle mit pour arriver au sol elle entendit plusieurs détonations, venant d'un camp comme de l'autre.

Qwerty et elle touchèrent le sol en même temps mais de manière différente. Son ami n'amortit pas sa chute avec les bras et sa tête heurta le carrelage avec un bruit mat. Il ne bougea plus, il la regardait, un filet de sang coulant du trou qu'ils venaient de lui faire dans le front.

Le désespoir lui serrait tellement la poitrine qu'elle avait du mal à respirer. Comment, de voler des mots de passe dans un cybercafé, en était-elle arrivée à ça ?

– Prends ! entendit-elle Pezzano lui crier sur sa gauche.

Il posa sur le carrelage un pistolet identique à celui qu'il avait dans son autre main. Sûrement celui de Federico. Il poussa l'arme de façon à ce qu'elle glisse entre les mégots écrasés jusqu'à taper contre les genoux de Minerva. Elle s'écarta comme s'il s'agissait d'une vipère.

Elle regarda Pezzano en secouant la tête. C'était une chose de voler une multinationale, c'en était une autre de tirer sur la police. Elle repoussa le pistolet vers lui et rampa sous les billards. Elle vit que Pezzano reculait à sa hauteur tout en tirant pour se protéger tandis que le combat se déplaçait vers l'intérieur de la salle.

Ils arrivèrent au mur du fond couvert d'étagères et de queues de billard. *Et maintenant quoi ?* se demanda-t-elle en regardant de chaque côté. Une des queues explosa au-dessus de sa tête en une pluie d'éclats.

– Viens ! cria Pezzano.

Il se dirigea vers une porte en bois avec un écriteau « PRIVÉ » par laquelle venaient de sortir ses deux compagnons. Pezzano les suivit et, avant de disparaître dans l'encadrement, il lui fit signe de faire la même chose.

Mais Minerva était à l'autre bout du mur. Si elle se relevait et courait, elle finirait en passoire.

Le mieux était d'accepter les conséquences.

– Je me rends, dit-elle en levant les mains.

– Non, non ! entendit-elle Pezzano lui crier depuis l'intérieur de la pièce.

L'ignorant, elle passa la tête au-dessus d'une table de snooker. Elle vit alors le canon d'un revolver à trois tables de la sienne.

Et il fit feu.

Elle entendit, presque en même temps, la déflagration et le sifflement de quinze grammes de plomb frôlant à mille kilomètres par heure son oreille gauche. Puis, une chaleur dans son entre-jambe : elle avait laissé échapper un peu d'urine. Pourquoi lui tiraient-ils dessus si elle se livrait ?

Elle comprit une seconde avant que Pezzano lui crie depuis la petite pièce :

– Ce ne sont pas des policiers !

Le visage aux yeux cernés apparut de nouveau à la porte, à vingt centimètres du sol où il restait protégé par les grandes tables de snooker.

Pezzano lui montra son pouce dirigé vers le haut. Puis il leva aussi l'index, à ce moment-là Minerva comprit qu'il comptait. Le problème était qu'elle n'avait aucune idée de ce qu'elle devrait faire quand…

Le pilleur de banque leva le troisième doigt et se mit debout en vidant le chargeur vers la salle.

– Maintenant viens, cria-t-il entre les coups de feu.

À toute vitesse, Minerva se dirigea vers la porte à quatre pattes, les balles s'écrasant sur le mur à quelques centimètres au-dessus d'elle. Ce furent les dix mètres les plus longs de sa vie.

Finalement, elle passa le seuil de la porte et se retrouva dans un débarras bourré de queues de billard cassées, de boîtes contenant des vieilles boules et de caisses de bière remplies de bouteilles vides.

Pezzano ferma la porte, tourna la clé, et deux barres en acier s'encastrèrent dans les montants. *Cette salle poussiéreuse a une porte sécurisée ?* pensa-t-elle.

– Allons-y, nous n'avons pas beaucoup de temps, dit-il en l'éloignant de la porte qui encaissait déjà les premiers tirs.

– Où sont les deux autres ? demanda-t-elle.

Pezzano dirigea son index vers le haut en même temps qu'il la tirait par le bras vers une échelle cachée derrière des étagères. En l'escaladant, Minerva comprit le pourquoi de la porte renforcée.

Ils émergèrent dans une espèce d'entresol d'à peine deux mètres de haut dans lequel étaient disposés un bureau, un canapé et un coffre-fort. Il n'y avait ni portes ni fenêtres mais une nouvelle échelle qui se perdait dans une ouverture du plafond.

Ils grimpèrent pour déboucher dans un sas avec une porte ouverte par laquelle entrait l'air frais de l'aube.

Ils sortirent sur une terrasse qui, par quelque caprice des normes de construction, était bordée par quatre édifices. Trois d'entre eux avaient des murs aveugles qui se dressaient plusieurs étages au-dessus d'eux. Le troisième n'arrivait pas à trois mètres de hauteur.

– La police utilise des pistolets, pas des revolvers, dit-il tandis qu'il escaladait un tuyau en zinc en posant les pieds sur les colliers qui le fixaient au mur.

– Tu m'en diras tant.

Minerva tenta de le suivre, mais c'est à peine si elle décolla les deux pieds du sol avant de retomber. Elle regarda vers le haut. Pezzano avait disparu de son champ de vision. Si elle n'arrivait pas à grimper, elle était morte.

Elle réessaya mais ne réussit qu'à s'enfoncer une vis rouillée dans le mollet. Elle entendit du bruit dans son dos. Les types étaient sur le point de sortir.

C'est à ce moment-là que Pezzano se pencha pour lui tendre la main la plus salvatrice qu'on lui ait jamais offerte. Elle s'y accrocha et, poussant avec les pieds sur le ciment, se retrouva au sommet du mur.

Ils étaient maintenant sur une nouvelle terrasse. Ils coururent à toute vitesse sur un revêtement asphalté, avec de chaque côté les murs délabrés des édifices voisins, jusqu'à la façade. Ils surplombaient un parking, deux étages au-dessus de la rue Hipólito Yrigoyen. Les compagnons de Pezzano couraient déjà vers l'intersection avec la rue Piedras.

– Nous devons descendre, dit Pezzano.

– Il y a au moins huit mètres.

– Nous devons descendre, répéta-t-il, et il se laissa glisser en s'accrochant aux persiennes d'une fenêtre.

Minerva fit la même chose jusqu'à ce qu'ils posent la pointe des pieds sur un rebord en ciment au-dessus de l'entrée principale.

– Essaie d'amortir la chute avec les jambes, dit le voleur avant de se lâcher.

Minerva le vit atterrir en roulé-boulé sur les pavés avant de se relever.

– Saute ! cria-t-il.

Mais elle n'arrivait pas à trouver le courage.

– Vite, s'il te plaît.

Elle entendait déjà des cris au-dessus d'elle.

Elle ferma les yeux, compta jusqu'à trois et sauta. Elle n'eut pas le temps d'amortir sa chute. Elle passa directement d'être en l'air à entendre un *crac* sec dans la cheville gauche.

– J'ai l'impression que je me suis cassée un os, grogna-t-elle.

– Pour l'instant, ça n'a pas d'importance, répondit Pezzano en l'aidant à se remettre debout et la tirant par la main pour la faire courir.

À chaque pas, c'était comme si on lui plantait mille épines dans la cheville.

Quand ils arrivèrent dans la rue 9 de Julio, se tenant toujours par la main, il n'y avait plus aucune trace des deux autres. Ils prirent un taxi.

– Pourquoi m'aides-tu ? demanda-t-elle quand le danger fut loin derrière eux.

– Peut-être parce qu'un jour quelqu'un m'a aidé.

– Nous avons eu beaucoup de chance.

– Tout le monde a beaucoup de chance au moins deux fois dans sa vie, lui répondit le bandit en lui donnant une claque dans le dos. Ne t'inquiète pas, il t'en reste une.

Tandis que le taxi traversait Buenos Aires par l'avenue la plus large du monde, Minerva ferma un instant les yeux. Elle vit Qwerty étendu sur le sol, un trou dans le front. Quand elle les rouvrit, elle avait pris une décision. Quand elle descendrait de cette voiture, son aventure de hacker serait terminée. Elle finirait ses études et obtiendrait un travail normal.

En ce début de matinée, toujours accrochée à la main du pilleur de banque qui venait de lui sauver la vie, elle se promit de quitter pour toujours le milieu criminel.

Elle mit quinze ans pour rompre cette promesse.

CHAPITRE 3

Trelew, Chubut, Argentine.
Onze mois après la milonga.

Noelia Viader se cala un peu plus confortablement dans le canapé. Cela faisait une heure qu'elle consultait des documents et des plans sur un ordinateur en équilibre sur ses jambes croisées. Durant cette heure, elle avait aussi bu trois verres de vin.

Elle s'en servit un autre et cliqua sur un icône en forme d'oignon. Sur l'écran apparut la fenêtre violette de Tor, le navigateur internet le plus privé au monde.

Personne ne savait qui était de l'autre côté d'une connexion Tor. Aucun fournisseur d'accès, ni Google, pas même la CIA ne pouvaient la pister. Le *dark web* était la ruelle la plus mal famée d'internet et Tor l'unique porte d'entrée.

Dans la barre de navigation, Noelia tapa l'adresse d'une page web qu'elle n'avait pas visitée depuis quatorze ans, quand elle jouait au hacker et fut sur le point de finir avec une balle dans la tête. Comme Qwerty.

Elle sentit sa gorge se nouer, comme toujours quand elle pensait à son ami. Si elle n'avait pas insisté pour faire ce boulot des cartes de crédit, Qwerty serait vivant. Elle prit une gorgée de vin et appuya sur *enter*.

La page qui s'ouvrit était un service d'e-mail crypté créé pour les hackers qui ensuite s'était étendu aux gens soucieux de leur hygiène numérique, et que la majorité qualifierait de paranoïaques. Des gens comme elle.

Elle paya en bitcoins les dix dollars que coûtait l'ouverture d'un compte intraçable. Ensuite elle tapa l'adresse que Pezzano lui avait donnée la nuit de la milonga et écrivit un message d'une seule ligne.

« As-tu un téléphone sûr où t'appeler ? Amitiés. Minerva. »

Elle vida le quatrième verre d'un trait, posa l'ordinateur et s'étendit sur le canapé. Inconsciemment, les doigts de la main droite jouèrent avec le bracelet autour de son poignet gauche. Elle avait recommencé à le porter aujourd'hui après plusieurs mois sans y toucher, et il la gênait.

Tant pis s'il la gênait.

Le réponse de Pezzano arriva à peine quinze minutes plus tard et fut aussi laconique. Un numéro de téléphone suivi de trois mots :

« Appelle-moi maintenant. »

Elle se versa ce qui restait du Malbec et tapa le numéro sur un vieux Nokia qu'elle avait acheté deux jours auparavant dans une boutique de matériel d'occasion. Elle but une gorgée. Le vin coulait dans sa gorge comme de l'eau. Cela faisait des années qu'elle n'avait pas bu autant d'alcool.

Je ne suis pas dans les meilleures conditions pour cet appel, pensa-t-elle.

Malgré tout, elle appuya sur la touche verte sans crainte ni doute. En tout cas, elle se sentait légère. Soulagée. Il y avait longtemps qu'elle préparait ce qu'elle allait faire et elle n'avait rien à perdre.

Elle secoua la tête pour chasser les souvenirs qui commençaient à s'agglutiner dans son esprit. Une douleur aiguë la traversa d'une tempe à l'autre comme si on avait frappé sur un gong dans son crâne.
Je suis ivre et j'ai la gueule de bois en même temps. Putain, je vieillis.
– Tu t'améliores, dit la grosse voix de Pezzano à l'autre bout de la ligne. Cette fois ça fait un an, pas quinze.
– Où es-tu ?
– Je suis en train de descendre la côte brésilienne juste avant l'Uruguay. Demain je suis à Punta del Este.
– Tu te rappelles ce que je t'ai dit dans la milonga à propos de mon travail ?
– Comment l'oublier.
– J'ai toutes les informations pour dévaliser la mine.
– Ça m'intéresse. Dis-moi ce que tu as et je vois ce que je peux t'obtenir.
– Je ne pense pas les vendre à qui que ce soit, Mario. C'est nous qui allons faire le coup.
– Qui ?
– Nous. Toi, moi et au moins trois de plus.
Pezzano éclata de rire.
– Que t'arrive-t-il ? Tu es repassée du côté sombre ?
– Quand on naît tordu…
– Je te l'ai déjà dit, ces types sont des inconscients. Comment en sont-ils venus à t'engager ? Ils envoient leur employée suivre une formation à Buenos Aires et maintenant l'employée veut les plumer.
– Ex-employée.
– Oups ! Vengeance ?
Noelia ne répondit pas. Son regard était fixé sur le bracelet, une chaîne dorée qui unissait un puma à un

guanaco. Les deux animaux avaient les pattes tendues vers l'avant et vers l'arrière, comme si le puma courait après le guanaco. Le prédateur et sa proie.

– De combien sommes-nous en train de parler ? demanda Pezzano.

– Entre douze et quinze millions de dollars, valeur du marché. J'estime qu'au minimum nous pouvons en tirer environ soixante pour cent propre.

À nouveau, Noelia l'entendit rire à l'autre bout du fil.

– Tu es vraiment en train de me proposer une affaire ?

Elle avala la dernière gorgée de vin. Elle avait la langue et les dents rêches.

– Plus qu'une proposition ; une invitation. Moi j'y vais, avec ou sans toi.

– Minerva, je vais te poser une question, et j'ai besoin que tu me dises la vérité.

– OK.

– Est-il possible que tu sois un peu ivre ?

– C'est possible.

– C'est-à-dire que tu m'appelles bourrée, tu ne me dis pas ce qui t'a fait changer d'avis, et en plus tu veux que je te prenne au sérieux.

– Je veux que tu écoutes le plan, rien de plus. Si ça ne te plaît pas, tu continues avec tes aventures à la Jacques Cousteau. Nous en parlons demain à la même heure.

Elle coupa sans attendre la réponse. Puis elle ferma les yeux et se remplit les poumons d'air. Autour d'elle, tout tournait. Elle avala sa salive plusieurs fois de suite. Quand elle rouvrit les yeux, elle se rendit compte qu'elle avait passé deux doigts entre le bracelet et son poignet.

Elle résista à l'envie de l'arracher : il ne fallait pas perdre ses ennemis de vue.

CHAPITRE 4

Trelew, Chubut, Argentine.
Douze jours après l'appel téléphonique à Pezzano.

Le diable est dans les détails, disent les yankees, et ils ont bien raison, pensa Noelia. Parce que la première fois que Noelia avait vu cette carte, cela ne lui avait pas paru si difficile. Entrer, ouvrir la chambre forte – de préférence la bonne – et sortir en moins de deux heures, temps que met la police pour arriver dans une des mines d'or les plus isolées au monde.

– Cinq mille kilos ? Comment allons-nous faire pour partir de là avec cinq mille kilos ? lui demanda Pezzano en désignant la carte.

Cela faisait une demi-heure qu'ils étaient arrivés à Trelew dans la petite maison que les parents de Noelia lui avaient laissée quand ils étaient repartis pour Barcelone. Elle était allée chercher Pezzano à l'aéroport de Rawson et ils avaient fait les vingt kilomètres du retour en parlant du bon vieux temps, de la vie en mer et de beaucoup d'autres choses, mais pas du plan.

– Cinq mille kilos, ce n'est pas tant que ça, nuança-t-elle. De plus, c'est un volume manœuvrable. Le doré est dix fois plus dense que l'eau.

– Le doré ?

– C'est ainsi qu'on appelle l'alliage d'or et d'argent que produit la mine. Chaque lingot pèse soixante kilos.

– Soixante kilos ! s'exclama Pezzano en écartant les bras.

– Ils ne sont pas si gros. Chacun fait, plus ou moins, la taille de trois bouteilles d'un litre et demi posées l'une à côté de l'autre.

– Je les imaginais beaucoup plus petits. De la taille d'une grosse tablette de chocolat.

– Ça, ce sont les lingots d'or pur qu'il y a dans les banques. Ceux d'Entrevientos sont industriels. S'ils étaient plus petits le travail serait plus long, et s'ils étaient plus grands, ils seraient plus difficiles à manœuvrer. Soixante kilos, c'est le poids idéal.

– C'est plus lourd qu'un sac de ciment. De toute ma vie, je n'ai jamais réussi à en soulever un, dit Pezzano.

– Je ne pense pas que tu aies souvent essayé.

– Tu vas m'expliquer le plan, oui ou non, Minerva ?

Minerva sourit.

– Quoi ? demanda-t-il.

– Ça fait des années qu'on ne m'appelle plus ainsi.

– Je ne te connais aucun autre nom.

– C'est mieux ainsi. Minerva c'est bien, je suis contente de l'avoir retrouvé. Et oui, je vais t'expliquer le plan, mais avant je dois te poser une question.

– Laisse-moi deviner. Tu veux savoir pourquoi j'ai parcouru mille cinq cents kilomètres d'océan pour te rencontrer au lieu d'amarrer le Maese à Punta del Este et siroter un mojito.

– Exact.

– Une théorie ?

– La seule qui me vient à l'esprit, c'est que tu arrives au bout de ta part du braquage de Banco Río.

Le rire de Pezzano résonna dans la salle à manger de Noelia.

– Tu es froide. Très froide. Tu n'as jamais entendu parler de la règle des quatre pour cent.

Elle secoua la tête.

– Même un amateur comme moi peut te l'expliquer. Tu investis dans des actions et des titres dans le monde entier, qui ont une rentabilité moyenne en dollars de sept pour cent par an. À cela tu enlèves les trois pour cent qui représentent une estimation de l'inflation aux États-Unis, il te reste quatre pour cent. Si tu ne dépenses que ça, tu ne perds jamais de capital.

– Je ne te savais pas si bien organisé.

– Pourquoi ? Un dévaliseur de banques ne peut pas être prévoyant ? Tu crois que quand tu achètes ton premier pistolet tu signes un contrat t'engageant à tout dépenser en conneries ?

– Ce n'est pas ce que j'ai voulu dire. Juste que ça me semble bizarre que, étant si prévoyant avec l'argent, et avec une vie tranquille, tu sois intéressé par un nouveau coup.

Les calculs de Noelia étaient simples. Si c'était vrai que chaque voleur avait emporté trois millions de dollars, à quatre pour cent ça faisait cent vingt mille dollars. C'est-à-dire que Pezzano gagnait dix mille par mois sans même lever le petit doigt.

– Je te l'ai déjà dit. Une vie tranquille, c'est génial durant un certain temps. Après c'est insupportable.

– Ça veut dire que tu es là parce que tu t'ennuies.

Pezzano montra de l'amertume dans le sourire qu'il afficha, comme dans son attitude.

– Je suis ici parce que je me fais vieux.

– Tu es malade ?

– J'ai une santé de taureau.
– Alors ?
Pezzano fixa le regard sur un point indéfini du mur.
– Parfois, quand je suis sur le Maese, seul au milieu de l'océan, je pense à ce qui se passerait si je me jetais à l'eau. Et tu sais ce que j'imagine ? Qu'il ne m'arrive rien. Je ne me noie pas, je ne suis pas dévoré par un requin, je ne suis pas repêché par un hélicoptère, rien. Comme si le monde avait oublié que j'existe. Tu comprends pourquoi j'ai besoin de quelque chose comme ça ? demanda-t-il en montrant le plan de la mine.

Noelia consentit. Dernièrement, elle aussi flottait dans un océan d'indifférence.

– Mais ne crois pas que je vais le prendre à la légère, ajouta le voleur. Même si de temps en temps j'ai un coup de cafard, je sais que j'ai une vie privilégiée. Si je risque ma liberté, ton plan doit être mémorable. Sinon je ne marche pas, même pas en rêve. Alors, vide ton sac.

Et Noelia vida son sac durant une demi-heure. Ou, plus exactement, ce fut Minerva qui le vida.

DEUXIÈME PARTIE

Le plan

CHAPITRE 5

San Rafael, Mendoza, Argentine.
Deux mois et demi après la réunion de Trelew.

– C'est ici, annonça le taxi en montrant un portail ouvert entre les arbres qui bordaient le chemin.

C'était la deuxième fois que l'homme prononçait un mot depuis qu'ils avaient quitté le terminal d'autobus de San Rafael. Durant les cinq kilomètres du trajet il s'était limité à fredonner les chansons de Calamaro qu'il écoutait en stéréo. Il n'avait toujours pas ouvert la bouche lorsqu'ils avaient pris le chemin de terre en fin de parcours, quand les montagnes désertiques se transformaient en un bosquet verdoyant.

Minerva le paya et descendit du véhicule. Le taxi fit demi-tour et s'éloigna, la laissant seule devant la barrière ouverte. Sur un côté, une pancarte en bois annonçait « Bienvenue au Parc Aérien Treetop ».

Elle pénétra sur la propriété en traînant sa petite valise. Elle avait pris l'avion de Trelew à Mendoza, via Buenos Aires, avec seulement un bagage à main. De tout ce dont elle avait besoin durant les prochains jours, le plus important, c'étaient les informations réparties entre son cerveau et un compte anonyme sur un serveur crypté situé en Nouvelle Zélande.

Le chemin de gravier entre les arbres la conduisit à la construction la plus bizarre qu'elle ait jamais vue de toute sa vie. À la place de la cabane en bois avec une cheminée en pierre, que l'on s'attendait à trouver dans ce petit morceau de forêt enclavé dans ces montagnes arides de la précordillère, Minerva était face à un dôme composé de centaines de facettes triangulaires qui paraissait sorti d'un film de science-fiction. C'était comme si quelqu'un avait enterré la moitié d'une gigantesque balle de golf. Sur la porte, projetée vers l'extérieur comme celle d'un igloo, était accrochée une pancarte avec écrit dessus « RÉCEPTION ».

Un vrombissement au-dessus d'elle lui fit lever la tête. Une jeune fille sanglée dans un harnais glissait à toute vitesse sur un câble en acier tendu entre les arbres.

– Je suppose que ça va te plaire, entendit-elle dans son dos.

À la porte de la construction venait d'apparaître un homme d'à peine quarante ans, large d'épaules, chevelure noire et épaisse mêlée d'un soupçon de gris. Au milieu d'une courte barbe sombre, son demi-sourire apparaissait comme une entaille blanchâtre.

Il se dirigea vers elle et lui tendit une main ferme et rêche au toucher.

– D'après la cheffe, je m'appelle Mac.

Elle sourit.

– Minerva. Et je ne suis pas la cheffe. Nous sommes une équipe.

– Ne me dis pas que je vais devoir dire aux gars qu'ils changent ton pseudonyme, dit-il en montrant la construction derrière lui.

– Je crois que si.

– Bien, pas-cheffe, enchanté de faire ta connaissance en personne. Mario ne va pas tarder à arriver. Ton ami de Patagonie m'a appelé lui aussi. Il a été retardé à l'aéroport de

Comodoro, mais maintenant il est en chemin. À l'intérieur il y a les deux autres. Viens, je vais te les présenter.

Avant d'entrer dans la réception, Minerva remarqua qu'entre les arbres il y avait d'autres constructions hémisphériques. Elles étaient de tailles différentes et recouvertes de différents matériaux.

– Mario avait raison, dit-elle à Mac.

– À propos de quoi ?

– De l'endroit, qui est spécial, répondit-elle en pénétrant dans la réception.

Au milieu de la salle circulaire il y avait un grand bureau fait de troncs coupés dans le sens de la longueur, une fontaine à eau et une machine où l'on pouvait acheter des sodas.

– Je suppose que tu n'étais jamais entrée dans un dôme géodésique, non ?

– Jamais, répondit-elle en regardant au-dessus d'elle.

Les cadres des faces triangulaires étaient faits de baguettes en bois. Beaucoup avaient des clous auxquels pendaient casques, harnais et mousquetons. Sur d'autres, des posters vantant les sites touristiques de la région ou des coupures de journaux sur lesquelles Mac posait fier de la réussite de son entreprise.

– Ce sont des structures magnifiques, dit-il en faisant un saut pour s'accrocher aux sangles de l'un des harnais qui pendaient au-dessus de leurs têtes. Ses pieds restèrent suspendus à dix centimètres du sol. Elles sont très légères, se construisent avec des matériaux bon marché et sont incroyablement résistantes.

– C'est quoi exactement cet endroit ? demanda Minerva.

Mac lâcha le harnais d'une main pour en attraper un autre, cinquante centimètres plus près de Minerva.

– Un parc de divertissements interactifs. Ici, pour bien en profiter il faut travailler. Tu vas voir.

Il se laissa tomber et indiqua une ouverture à l'opposé de la porte d'entrée.

– Viens que je te présente à ceux qui sont arrivés.

Ils pénétrèrent dans un petit couloir qui rappela à Minerva les soufflets entre les wagons du vieux train de Bahia Blanca qu'elle avait l'habitude de prendre durant ses étés universitaires. Ensuite ils arrivèrent dans une autre salle, elle aussi circulaire, mais plus vaste que la précédente. Il y avait au centre un foyer au-dessus duquel pendait une grande cloche en métal par laquelle s'évacuait la fumée vers le sommet du dôme. L'air sentait le feu de bois et la vanille.

Deux hommes la regardèrent depuis les canapés autour du feu. L'un d'eux ne dépassait pas les trente ans et avait le teint cuivré. Son origine andine aurait suffi à Minerva pour deviner qu'il s'agissait de l'expert en serrures qui venait de Salta. Pour le confirmer, le garçon avait dans les mains un cube en métal qui semblait être un coffre-fort miniature.

L'autre était allongé, occupant la totalité d'un canapé. Peau bronzée, cheveux court peignés en arrière et bras musclés de gymnaste. Il devait avoir, comme Mac, dans les quarante ans, bien que pour lui le temps ait été moins généreux.

Tous deux se levèrent et s'approchèrent d'elle.

– Je suis Serrurier, dit le plus jeune, prononçant les R comme le bourdonnement d'une abeille, avec l'accent typique du nord-ouest de l'Argentine.

– Je vois que tu t'es déjà habitué à ton pseudonyme, répondit Minerva.

– C'est que je suis vraiment serrurier. Tout le monde m'appelle ainsi.

– Moi c'est Poudrier, dit l'autre. Nouveau surnom, mais il me plaît.

Poudrier avait des yeux vert sombre qui faisaient penser à ceux d'un chat. Il tenait entre ses doigts un cigare marron qui laissait échapper une fumée sentant la vanille.

– Enchanté de te connaître, cheffe, ajouta-t-il.

– Elle n'aime pas « cheffe », précisa Mac.

Poudrier et Serrurier se regardèrent. Ils semblaient déçus, comme s'ils avaient passé des heures à choisir le surnom.

– Nous sommes une équipe, expliqua-t-elle. Chacun apporte quelque chose d'important. Moi, c'est l'information.

– Alors à la place de cheffe, nous pourrions t'appeler Wiki, suggéra Poudrier.

– Pas question, dit-elle en riant. Ça ressemble à une blague. De plus, j'ai déjà un pseudonyme. Je suis Minerva.

– Comme la marque de jus de citron ? demanda Poudrier.

– Comme la déesse de la sagesse et de la stratégie militaire, répondit-elle.

Les trois hommes restèrent silencieux, comme si la phrase les avait pris par surprise.

– Ça me plaît, dit Poudrier, il a du potentiel.

Et si ça ne t'avait pas plu, c'était la même chose, pensa-t-elle.

– Bien, mets-toi à l'aise, dit Mac en lui montrant les fauteuils.

– Merci, mais après deux avions, presque quatre heures de bus et un taxi, je préfère rester un peu debout.

Mac haussa les épaules.

– Comme tu voudras. Tu paieras le même prix, dit-il en souriant. Serrurier, prépare-lui un maté ou ce qu'elle voudra. Moi, je vais en finir avec les derniers clients. Quand les deux autres seront arrivés, nous commencerons.

Minerva acquiesça et Mac sortit par la porte qui communiquait avec la réception.

– Maté ? proposa Serrurier en se dirigeant vers le placard incurvé qui épousait la courbure du mur.

Elle hocha la tête, puis leva les yeux vers le toit.

– C'est un mélange de cabane hippie et de film d'anticipation, non ? dit Poudrier, en se réinstallant dans le fauteuil.

– Ce type est spécial, ajouta Serrurier.

– Sans doute, reconnut-elle. Ce n'est pas monsieur Tout-le-monde qui se lance dans une telle entreprise. Qui doit-on engager ? Des maçons ? Des menuisiers ?

– Il n'a engagé personne. Il a tout fait de ses propres mains.

– Même les meubles, ajouta Poudrier en relevant un coin du coussin sur lequel il appuyait sa hanche. Sous la toile, l'armature en bois s'avéra être faite de palettes.

– Tout seul ? demanda-t-elle tandis qu'elle posait sur la table son ordinateur portable et un petit projecteur.

– Tout seul, répondit Serrurier. Et tu n'as encore rien vu.

CHAPITRE 6

Trelew, Chubut, Argentine.
Deux mois et demi plus tôt.

Assise dans le même canapé d'où, douze jours auparavant, elle lui avait envoyé l'e-mail, Minerva observait Pezzano. Le vieux bandit avait écouté attentivement le plan et maintenant il arpentait la salle à manger. L'instant d'avant, il lui avait dit que ce cambriolage était aussi compliqué qu'un labyrinthe rempli de lions affamés.

Elle tambourinait des doigts sur la housse d'un coussin en attendant la réponse de Pezzano. Sans lui ça devenait beaucoup plus difficile.

– Ce serait de la folie, Minerva, dit-il au bout d'un moment.

Elle releva la tête, décidée à le faire changer d'avis, mais elle rencontra un regard débordant d'espièglerie.

– Ce serait de la folie si je restais en dehors d'un tel truc, compléta-t-il.

– Sérieusement ? demanda-t-elle, surprise. Elle avait envie de se lever et de l'embrasser.

– Sérieusement. Nous parlions de compétences. En premier lieu, nous avons besoin de quelqu'un qui soit de la région et qui la connaisse à la perfection.

– J'ai la personne idéale, dit-elle en pensant à Norberto Segura, une vieille connaissance avec laquelle elle avait travaillé dans une autre mine de Patagonie.

– Nous allons aussi avoir besoin d'un serrurier, d'un poudrier et d'un Mac.

– Le serrurier, c'est celui qui ouvre la chambre forte, je suppose.

– Correct.

– Et les autres ?

– Un poudrier est un type qui connaît très bien les armes et les explosifs. Non seulement comment les utiliser, mais aussi où s'en procurer. Parce qu'un vol comme celui que tu projettes ne peut pas se faire avec des armes factices.

– Comme celles qu'ont utilisées les cambrioleurs de Banco Río... lança-t-elle.

– Exact. Pas plus qu'avec des petits pistolets calibre 22. Pour cela nous avons besoin d'armes lourdes.

– Et un Mac ?

– Un MacGyver. Dans n'importe quel casse, aussi organisé soit-il, il y a toujours quelque chose qui se passe mal, et il faut improviser. Nous avons besoin de quelqu'un qui te répare un avion avec un bout de fil de fer. Les Macs sont ceux qui font que la presse parle « d'un coup de maître » après un cambriolage. Je connais le type parfait. En 2005 j'ai tenté de le recruter pour un boulot, mais il a refusé. Aujourd'hui, sa situation a un peu changé.

– Un serrurier et un poudrier, tu peux aussi avoir ça ?

– Bien sûr. Ce qui fait que nous avons la bande au complet.

– Presque, le corrigea-t-elle. Nous avons aussi besoin de trois chiens.

– Je n'ai jamais entendu parler de chiens.

– Ce sont des animaux poilus qui font ouah, ouah !
– Des chiens, vraiment ?
– Oui. Mais pas n'importe quels chiens. Des chiens de la campagne, bien entraînés, de ceux à qui le maître crie trois ordres et qui savent immédiatement combien de brebis ils doivent aller chercher.
– Je ne comprends pas, pourquoi veux-tu trois chiens ?
Minerva mit plusieurs minutes à lui expliquer le pourquoi.

CHAPITRE 7

San Rafael, Mendoza, Argentine.
Deux mois et demi après la réunion de Trelew.

Minerva était toujours debout, essayant de récupérer après toutes ces heures passées assise, lorsque la porte de la réception s'ouvrit. Derrière Mac, entrèrent Mario Pezzano et Norberto Segura, l'ex-collègue de Minerva à la mine de Cerro Retaguardia.
– Que fais-tu, gamine ? demanda Pezzano tandis qu'il l'embrassait sur la joue. Comment te traitent ces délinquants ?
Elle entendit quelques rires : bon signe.
– Pour le moment, je peux te dire que Serrurier fait des matés extraordinaires.
Norberto Segura la salua d'une forte accolade. Il avait toujours le crâne rasé mais était un peu plus gros que la dernière fois qu'elle l'avait vu, quand elle avait quitté la mine de Cerro Retaguardia pour aller à Entrevientos, il y avait cinq ans. La longue barbe, maintenant plus blanche que noire, qui descendait jusque sur sa poitrine, ajoutait cinq années aux quarante-cinq qu'il avait en réalité.
Après avoir discuté entre eux un bon moment pour rompre la glace, Pezzano claqua dans ses mains :
– Bien, que diriez-vous de parler de notre affaire ?

Ils s'installèrent dans les fauteuils, autour de la cheminée. Minerva resta en face de Mac. Elle l'observa discrètement durant quelques secondes. Il n'était pas irrésistible, mais il avait quelque chose. Surtout quand il souriait.

– Mon rôle est secondaire, messieurs, commença Pezzano. En fait, je ne vais pas mettre un pied dans la mine.

– Sérieusement ? demanda Poudrier, qui s'était à nouveau allongé, occupant à lui seul tout un canapé.

– Sérieusement. Dans cette affaire, je suis un conseiller et, plus que jamais, un financier. En effet, le plan de cette intelligentissime femme est brillant, mais aussi très cher à exécuter. Messieurs, je vous présente votre cheffe.

Mac applaudit, et peu après les autres membres de la bande se joignirent à lui. Elle les remercia d'un sourire.

– Minerva, dit-elle. Restons-en à Minerva. Et merci pour les applaudissements, surtout parce que vous ne savez pas encore ce que je vais vous proposer.

– J'ai une confiance aveugle en Mario, dit Poudrier.

– Mario ? questionna-t-elle, exagérant une expression de trouble. Je ne connais aucun Mario.

Poudrier désigna Pezzano.

– Banquier, corrigea Minerva. Il est très important que nous nous adressions l'un à l'autre par nos pseudonymes. Au début ça peut paraître difficile parce que, pour certains d'entre nous, cela fait des années que nous nous connaissons. Mais le jour J nous ne pouvons pas prendre le risque de laisser échapper un nom sans nous en rendre compte, donc nous devons nous y habituer dès aujourd'hui. À partir de cet instant il n'y a plus de Mario Pezzano, mais Banquier.

Les cinq hommes acquiescèrent.

– Bien. Commençons, dit-elle, et elle releva en un geste quasi inconscient sa manche gauche. Maintenant, vous savez tous que l'objectif est Entrevientos, une mine d'or exploitée par la multinationale canadienne Inuit Gold.

– Entrevientos, répéta Serrurier, qui maté après maté jouait avec le cube en métal. Ils se sont vraiment cassé la tête. Ce nom irait bien à n'importe quel endroit de la Patagonie, non ?

– C'est le nom du lieu où se trouve le gisement, précisa Norberto Segura.

– Correct, dit Minerva. Entrevientos extrait de l'or là où avant on élevait des brebis. Trente-neuf mille hectares au milieu de nulle part.

– Merde, c'est immense, observa Poudrier.

– Et très différent des endroits que vous avez pu dévaliser auparavant. C'est pour cela qu'il est fondamental que chacun fasse son boulot à la perfection, comme si nous étions un orchestre. Par exemple, nous avons besoin de quelqu'un qui connaisse les chemins de la région comme si c'était le jardin de sa maison. Et il n'existe personne de meilleur que…, Minerva désigna Segura, sur le point de dire le surnom qu'elle avait imaginé pour lui, mais son vieux camarade la devança.

– Je suis le seul ici né en Patagonie. Vous pouvez donc m'appeler « Pata ».

– Bien, poursuivit Minerva en se tournant vers les autres. Avec sa tête de bouddha, Pata fut l'un des pirates de la route les plus célèbres des années quatre-vingt-dix.

– J'ai fini en prison, donc je ne suis pas tant *crack* que ça.

– En plus d'être expert en camions, il a travaillé un an dans la mine de Cerro Retaguardia, très semblable à Entrevientos.

– Ils t'ont viré ? demanda Poudrier.

– C'est une longue histoire. Mais oui.

– Nous avons aussi l'honneur d'avoir Banquier, dit Minerva en montrant Pezzano. La personne qui a dévalisé le plus de banques en Argentine.

– Trente-deux, précisa-t-il avec un sourire.

Minerva fit une pause pour voir si, dans un accès de vanité, Pezzano allait mentionner Banco Río. Mais quand il reprit la parole, ce fut pour changer de sujet.

– Et moi j'ai amené deux amis, dit-il en désignant Poudrier et Mac. Poudrier, je le connais depuis plus de quinze ans. Un de ses premiers coups il l'a fait avec moi, tu t'en souviens ?

– Comment je pourrais oublier.

– Et Mac, lui aussi je le connais depuis une vie. Encore plus que Poudrier. Je n'ai jamais travaillé avec lui, mais pas parce que je ne le lui ai pas proposé.

Mac leva la main, comme pour demander la permission de parler.

– Moi, j'aime que les choses soient claires. Je n'ai… disons que je ne suis pas du milieu.

– Que veux-tu dire ? demanda Pata.

– Que ce sera mon premier coup.

Pata regarda Minerva, déconcerté.

– Nous allons prendre un débutant pour un travail de cette envergure ?

– Tellement d'envergure qu'il ne peut pas se faire sans quelqu'un comme lui, intervint Pezzano.

– Attendez, dit Minerva. Si ça tourne mal, nous finissons en taule. Ou pire. Alors personne ne va faire un boulot dans lequel il ne se sent pas à l'aise. La seule chose que je vous demande durant ces jours, c'est d'écouter le plan avec attention et d'y réfléchir. La décision, vous la prenez à la fin. Qu'en pensez-vous ?

Les hommes approuvèrent.

– Tant que nous sommes dans les présentations ; moi je vous ai amené celui-ci, dit Poudrier en donnant une claque dans le dos de Serrurier. Spécialiste en serrures et mécanismes de sécurité. Durant son temps libre, il est serrurier pour de vrai.

– Chambres fortes et aussi portes blindées, je suppose ? demanda Pata.

Poudrier et Serrurier se regardèrent avec un sourire complice.

– Avec un jeu de passes, il peut même t'ouvrir le cul d'une poupée Barbie, dit Poudrier.

– Ouvrir, j'ouvre. Ce que je n'ai jamais réussi à faire, c'est fermer la bouche de cet animal.

CHAPITRE 8

San Rafael, Mendoza, Argentine

– Parmi vous trois, y en a-t-il un qui est déjà allé en Patagonie ? demanda Minerva.
Mac et Serrurier secouèrent la tête. Poudrier fit oui.
– Je suis allé à Bariloche quand j'étais au lycée, dit-il.
– Tu as terminé le secondaire ? demanda Banquier.
– Non, j'ai arrêté au cours de la troisième année. Mais quand ceux de ma promotion sont arrivés en dernière année, je les ai convaincus de me laisser aller avec eux.
– L'endroit où nous allons n'a absolument rien à voir avec Bariloche, expliqua Minerva. Là-bas il n'y a ni bois, ni montagnes, ni lacs, ni saint-bernard avec lequel te faire prendre en photo.
– Bariloche est un décor de cinéma, ajouta Pata, qui préparait la deuxième tournée de maté.
Minerva se leva et éteignit la lumière. Le dôme resta éclairé par la seule lueur orangée des flammes. Tandis qu'elle se dirigeait vers la table, elle sécha discrètement la transpiration de ses paumes sur les côtés de son pantalon. Elle prit la télécommande près de son ordinateur et pressa une touche. Le petit projecteur démarra, dessinant une carte de l'Argentine sur l'écran en toile que Mac avait installé quelques minutes auparavant.

– Pour ceux qui sont un peu légers en géographie, la province de Santa Cruz est à la hauteur des Malouines, dit-elle en montrant la pointe sud du continent américain, juste au-dessus de la Terre de Feu. En superficie c'est la deuxième province d'Argentine et aussi celle qui a la plus faible densité de population. Un peu plus d'un habitant au kilomètre carré.

Elle appuya une seconde fois sur la touche de la télécommande et le contour de Santa Cruz se surligna. Puis un point rouge apparut au nord-est.

– Tout se passe ici. C'est la mine d'Entrevientos.

– C'est vachement loin, dit Poudrier.

– Deux mille kilomètres de Buenos Aires. Trois cents de l'aéroport le plus proche.

– Le patelin le moins éloigné est Puerto Deseado, ajouta Pata. Quinze mille habitants. Il est à cent dix kilomètres d'Entrevientos.

Minerva appuya à nouveau sur la touche. Cette fois l'image s'était agrandie sur une carte de Santa Cruz qui occupait tout l'écran. Elle leva un doigt en signe d'avertissement.

– Attention, les kilomètres sont trompeurs, dit-elle en montrant les lignes bleues qui traversaient la carte. Regardez le réseau de routes goudronnées de la province. Les plus proches sont à plus de deux heures d'Entrevientos.

– Maintenant, c'est clair, dit Poudrier. Elle est au cul du monde.

– Exactement.

– Et c'est bon ou mauvais ?

– C'est parfait.

CHAPITRE 9

San Rafael, Mendoza, Argentine.

De l'autre côté de la cheminée, Mac observait Minerva. Derrière ce sourire et ces mains qui ne parvenaient pas à rester tranquilles, il devinait de la nervosité. Quelque chose lui disait que cette femme était comme lui. Qu'elle ne venait pas du même monde que ceux qui étaient dans la salle.

– Oubliez le gars en train de chercher des pépites avec un sombrero sur la tête et de l'eau jusqu'aux genoux, disait-elle. La mine dont je vous parle s'emploie à extraire entre vingt-cinq et trente grammes d'or par tonne de terre traitée. En proportion, c'est équivalent à récupérer le sel qu'il y a dans un ragoût.

Sur l'écran apparut la photo aérienne d'un complexe industriel. Elle rappela à Mac l'énorme cimenterie devant laquelle il passait quand il se rendait à Mendoza.

– Messieurs, je vous présente l'usine de traitement d'Entrevientos. Des trente-neuf mille hectares du gisement, ces douze sont le cœur de tout. Ici entrent des pierres et sortent des lingots.

Mac parcourut du regard ce mastodonte de métal au milieu de la steppe. Il reconnut un silo, un énorme ruban transporteur et des citernes cylindriques grandes comme des piscines olympiques. Puis il regarda du coin de l'œil le reste de la bande. À part Pata, qui avait déjà travaillé dans un endroit semblable, les autres affichaient une expression teintée de surprise et de fascination.

– Des lingots, répéta Poudrier en posant son cigare sur le cendrier en équilibre sur sa poitrine. Maintenant, c'est sûr, ça m'intéresse. Je commençais à m'endormir.

Minerva enleva le bracelet et le passa à ses camarades.

– Les lingots sont un alliage d'or et d'argent appelé doré. Ça, c'est le produit final de la mine.

Quand le bracelet arriva entre ses mains, Mac l'examina avec attention. Un guanaco et un puma d'un doré pâle avec une finesse dans les détails impressionnante.

– Ici se trouve la *gold room*, continua Minerva. Maintenant, le pointeur laser indiquait une construction en tôles noires. Et c'est là, dans les fours, que le métal est fondu en lingots. Cette porte, sur le côté, c'est l'accès pour les véhicules. Par ici entre tous les dix jours un camion blindé qui emporte tout le doré qu'il y a dans la chambre forte.

– Un autre mot qui me plaît. Chambre forte, dit Poudrier.

– C'est une pièce cubique de cinq mètres de côté. Elle est exactement au centre de la *gold room*. Les murs et le toit sont en béton armé avec triple maillage d'acier. Trente centimètres d'épaisseur.

– Des caméras à l'intérieur ? demanda Mac.

– Quatre, une dans chaque coin. Il y a aussi des détecteurs de mouvement et de vibrations.

– Comme s'il y avait de l'or à l'intérieur ! dit Pata.

Mac éclata de rire. Ce type lui plaisait bien.

– Les portes sont deux plaques en acier d'un mètre sur deux, avec un noyau en béton de quinze centimètres, expliqua Minerva. Six cents kilos chacune.

– Le Banquier m'a dit qu'il y avait une Kollmann-Graff à combinaison, intervint Serrurier. Avec une clé aussi ?

– Non, seulement à combinaison, répondit Minerva. D'après ce que j'ai pu trouver, les mécanismes Kollmann-Graff existent avec quatre ou cinq disques de combinaison.

– Correct, approuva Serrurier. Si on ne sait pas quel modèle est installé, c'est mieux de partir sur un cinq disques.

– Peux-tu obtenir une serrure identique pour l'étudier ?

Serrurier leva le cube en métal avec lequel il jouait depuis qu'il était arrivé. Il pressa un petit bouton et l'une des faces s'ouvrit, laissant voir un mécanisme qui rappela à Mac l'intérieur d'une horloge.

– C'est une Kollmann-Graff à cinq disques ? demanda Minerva.

– Ça, c'est uniquement le cadran de combinaison et les disques. Il manque les barres de fermeture. Mais transporter depuis Salta une porte qui pèse dix fois mon poids, c'était un peu trop compliqué pour moi.

La salle garda le silence devant la loquacité de Serrurier, qui jusqu'à présent n'avait prononcé que de courtes phrases.

– Combien de temps tu mets pour l'ouvrir ? demanda Pata.

– Celle-ci ? Entre neuf et douze minutes, mais dans une quinzaine de jours j'espère descendre à six. En parlant de ça, chaque fois que je l'ouvre, j'ai besoin que quelqu'un change la combinaison.

Poudrier se redressa dans le canapé et regarda Minerva.

– Moi, au cas où, je me charge de trouver une lance thermique et des bouteilles d'oxygène. S'il faut percer la porte, dit-il en donnant une claque dans le dos de Serrurier. Sûrement que nous n'en aurons pas besoin, mais on ne sait jamais.

Serrurier haussa les épaules. Mac était rassuré de voir que le gamin avait confiance en lui, mais ce que proposait Poudrier lui semblait plein de bon sens.

– Qui connaît la combinaison qui ouvre la chambre forte ? demanda Banquier

– Une partie le chef de fonte, une autre le directeur de la mine et la dernière le responsable de la sécurité, répondit Minerva. Les trois doivent être présents pour l'ouvrir quand il y a une série de lingots à stocker et chaque fois que le camion blindé vient pour les emporter.

– Et où vont ces blindés ? demanda Mac. À chaque réponse de Minerva surgissaient dix nouveaux points à éclaircir.

– À Comodoro. De là, ils emportent les lingots en avion jusqu'à Buenos Aires. Ensuite ils sont expédiés dans des raffineries aux États-Unis ou en Europe où ils séparent l'or de l'argent. Avant ils partaient en bateaux de Puerto Deseado, mais il semblerait qu'il y ait un commencement de piraterie.

– Où il y a un chargement de valeur, il y a des pirates, commenta Pata en se couvrant un œil avec la main tandis que son rire faisait trembler son gros ventre. Quelle quantité de doré a l'habitude de charger le camion à chaque voyage ?

– Environ cinq tonnes. En moyenne, à quatre et demi pour cent d'or et le reste en argent. Treize millions de dollars sur le marché.

CHAPITRE 10

San Rafael, Mendoza, Argentine.

Minerva remarqua que ses mains ne transpiraient presque plus. Bien.
– Comment allons-nous sortir cinq tonnes de là, demanda Poudrier.
Elle regarda par les fenêtres triangulaires de la salle. Les arbres arrêtaient un soleil bas de fin d'après-midi.
– J'explique le plan de sortie ? demanda-t-elle à Mac sur un ton complice.
Le propriétaire des lieux nia de la tête et se frappa les cuisses du plat des mains.
– Messieurs, dit-il en se levant de sa chaise, ce n'est pas tout de parler et encore parler. Nous devons aussi apprendre à nous connaître, voir comment nous nous comportons en pleine action. C'est pour ça que Banquier a proposé que nous nous retrouvions ici. Profitons-en avant que le soleil se couche. Suivez-moi. Cette nuit nous aurons tout le temps de bavarder.
– Tu es en train de me dire que nous sommes une bande de voleurs sur le point de faire un exercice de *team building* ? demanda Pata. De quoi s'agit-il, d'un séminaire de commerciaux d'Avon ?

– Je doute que les gens d'Avon aient jamais pratiqué le petit jeu auquel nous allons nous livrer, répondit Mac, et il ouvrit la porte qui reliait les deux dômes.

Minerva fut la dernière des six membres de la bande à pénétrer dans la réception. Mac leur fournit casques et harnais. Quand arriva son tour, elle nota qu'il la regardait de haut en bas sans arriver à se décider.

– Que t'arrive-t-il ?

– Non, rien. Je me demandais quelle taille de harnais t'irait le mieux. Essaye celui-ci.

À ce moment-là un téléphone sonna. Mac se tâta une poche et après avoir jeté un coup d'œil à l'écran, sourit. Il leur fit signe de les attendre une minute.

– Allô, dit-il, et il se dirigea vers la sortie.

Minerva le regarda partir. Le pantalon kaki couvert de poches lui allait très bien.

– Comment vas-tu mon amour ? l'entendit-elle dire, sur un ton un peu niais, avant qu'il ne franchisse le seuil.

Normal, pensa-t-elle. *Un type comme lui n'allait pas être célibataire.*

Au bout de deux minutes, Mac revint auprès de la bande en s'excusant pour l'interruption et continua de les équiper avec casques et harnais. Ils quittèrent la réception accompagnés du cliquetis des mousquetons. Dehors, l'après-midi d'automne commençait déjà à fraîchir.

Mac s'arrêta près d'un eucalyptus avec plusieurs marches fixées dans le tronc. Minerva regarda vers le haut. Un câble en acier partait de l'arbre et disparaissait dans les bois alentour. Tandis qu'elle ajustait son casque, elle se rappela un voyage avec ses parents, vingt-cinq ans auparavant, dans les bois de la Serra del Cadí, sur les contreforts des Pyrénées. C'était la seule fois où Minerva était montée sur une tyrolienne.

Tyrolienne. Elle sourit en pensant à ce mot. Elle avait passé la moitié de sa vie en Argentine et pourtant de temps en temps quelques expressions venues de l'autre côté de la grande mare s'insinuaient encore dans ses pensées. Durant l'adolescence, juste après avoir quitté Barcelone pour Rawson, elle avait fait un véritable effort pour effacer toute trace de son accent et parler comme le reste de ses camarades du secondaire. Employer le mot tyrolienne à la place du terme argentin aurait déclenché leurs rires, certains de sympathie et d'autres de moquerie.

Parle correctement ! L'Espagnole.

Maintenant, plus de vingt ans après, quand des vestiges de son espagnol ibérique refaisaient surface avec de lointains souvenirs, comme une tyrolienne, elle ressentait une douce nostalgie. Parfois si douce qu'elle lui donnait même envie de partir pour Barcelone et de renouer les liens avec ses parents.

– Le circuit vert est trop facile, annonça Mac en levant les pouces, nous allons donc commencer par le bleu.

– Attendez. Attendez un peu, dit Pata en se passant la main sur son crâne rasé. J'ai un peu la trouille quand je suis trop haut. Pourquoi ne pas commencer par le plus facile ?

Poudrier éclata de rire. Il se trouvait être l'une de ces personnes qui, après avoir ri, aspiraient l'air par la gorge comme s'ils imitaient un porcelet. Minerva pensa que si tout cela se passait dans un film, un gars avec le CV de Poudrier n'aurait jamais un tel rire.

– Tu n'as aucun problème pour dévaliser une mine d'or, mais ça te fait peur de grimper dans un arbre ?

– Les deux choses n'ont rien à voir, intervint Minerva, qui sentait arriver une dispute entre les deux.

– Le bleu et le vert sont à la même hauteur, Pata, tempéra Mac. Tu viens avec nous et si à un moment ou à un autre tu as trop peur, nous te redescendons.

– Et s'il casse ? demanda-t-il en montrant le câble au-dessus de leurs têtes.

– Pourquoi veux-tu qu'il casse ? Ces lignes, je les ai installées de mes propres mains. Tu sais les problèmes que je peux avoir avec la justice si un câble cède et si quelqu'un se tue ?

Minerva commençait à comprendre pourquoi Banquier avait choisi Mac, bien qu'il n'eût jamais participé à un cambriolage. Ce n'est pas tout le monde qui pouvait fabriquer un tel truc.

– Sois tranquille, tout va bien se passer, continua Mac en tapant dans le dos de Pata. Puis il grimpa deux par deux les barreaux plantés dans le tronc.

– Pour l'instant, montez-les un par un, leur dit-il depuis une plateforme carrée située à quatre mètres du sol.

Poudrier avait commencé à grimper avant que le propriétaire des lieux n'eût terminé de parler. D'en bas, Minerva observa comment Mac le mettait en position et lui expliquait ce qu'il devait faire avec la poulie et les mousquetons.

– Prêt ? demanda Mac à voix haute en regardant les quatre qui attendaient en bas.

– Toujours ! s'exclama Poudrier et il fit un pas en avant, abandonnant la plateforme. Tandis qu'il glissait dans l'air, il lâcha un cri de joie.

Minerva fut la suivante. En haut, Mac lui ajusta les courroies du harnais qui sanglaient ses cuisses et lui donna les mêmes instructions qu'à Poudrier.

– En premier tu accroches le mousqueton. Bien. Après tu poses la poulie sur le câble et tu mets le mousqueton dans l'encoche. Parfait. On dirait que tu connais. Tu as déjà fait de la tyrolienne ?

– Il y a très longtemps.

– Alors ne t'en fais pas, c'est comme le vélo, ça ne s'oublie pas.

Minerva regarda droit devant. L'autre extrémité du câble était reliée à un arbre des plus bizarres. Là où le tronc devrait toucher terre il y avait une vieille carcasse de voiture peinte en rouge. Et par le pare-brise passait le tronc d'un eucalyptus qui soutenait la plateforme sur laquelle Poudrier sautait, heureux comme un enfant.

– Qu'est-ce que c'est ?

– Un arbre cherchant la lumière.

– Incroyable, et elle fit un pas en avant.

Elle eut l'impression qu'on lui soulevait l'estomac. Puis elle sentit le vent sur son visage et le bruit de la poulie l'emportant à toute vitesse vers la plateforme de l'arbre-voiture. Elle sourit.

CHAPITRE 11

San Rafael, Mendoza, Argentine.

Il est impossible de fermer l'œil après avoir rencontré la bande avec laquelle tu prépares un cambriolage de plusieurs millions. C'est pour cela que Minerva ne fut pas surprise, en sortant du petit dôme qui lui servait de chambre, de voir de la lumière à travers les fenêtres triangulaires de la salle à manger.

Elle y trouva Mac. Il avait changé sa chemise pour un fin sweater à manches longues qui lui collait au corps. Il était penché sur la table, dessinant dans un carnet le schéma d'une de ses tyroliennes.

– Une autre insomniaque, dit-il en la voyant entrer. Veux-tu une infusion de valériane ? On dit que ça aide à dormir.

– D'accord. Même si je crois que cette nuit je ne vais pas fermer l'œil, même avec une infusion de valium.

– Tu n'as pas l'air d'être habituée à ça.

– C'est sûr. C'est la première fois que je loge dans une balle de golf géante perdue dans une forêt.

Mac secoua la tête en riant.

– Toi non plus tu n'es pas habitué, ajouta-t-elle.

– Je l'ai construite...

– Tu sais bien ce que je veux dire. Tu vois quelqu'un d'autre ici ? dit-elle en regardant autour d'elle. C'est le hasard si nous sommes les seuls à ne pas pouvoir dormir ?

– Je ne serais pas aussi sûr que les autres dorment, dit-il en désignant la fenêtre.

Minerva colla son visage contre la vitre triangulaire. Dans les dômes de Serrurier et de Pata, la lueur bleutée des écrans des téléphones teintait les rideaux. Chez Banquier il y avait une lumière jaunâtre, probablement pour lire l'un de ses livres sur les placements en bourse. La seule fenêtre obscure était celle de Poudrier.

Mac s'éclaircit la gorge avant de parler.

– Il n'y a pas longtemps, nous discutions de toi avec Poudrier, dit-il en lui tendant une tasse fumante.

– En bien, je suppose.

Elle goûta la boisson. Elle brûlait un peu les lèvres, mais elle avait un parfum merveilleux.

– Ni bien ni mal. Nous parlions.

– De quoi ?

– Du fait que tu es une personne instruite avec de l'expérience dans une industrie qui paie bien, alors pourquoi veux-tu tout balancer à l'eau ?

Inconsciemment, Minerva regarda son poignet. Le puma et le guanaco paraissaient encore plus dorés à la lumière des flammes.

– Je pourrais te retourner la question. Tu es propriétaire d'un parc d'attractions, ils t'ont nommé entrepreneur de l'année et, d'après ce que j'ai vu sur internet, tu ne manques pas de clients.

– Justement, je le fais pour ça, dit-il en montrant l'extérieur. Le terrain ne m'appartient pas. Bon, plus exactement, il n'est pas seulement…

Il s'interrompit brusquement et fronça les sourcils.

– Comment se fait-il que je t'interroge sur tes motifs et que dans les trente secondes je me retrouve en train de parler de moi ?

– Parfois le vent tourne. Mais vas-y, maintenant que tu as commencé, raconte-moi. Après c'est mon tour.

– Cette terre, mon père l'a héritée de son père, un immigrant de Ligurie. Quand mon grand-père est arrivé à San Rafael, au lieu de se consacrer au vin et aux fruits comme tous les italiens qui venaient à Mendoza, il continua de faire ce qu'il faisait en Italie : ferrailleur. Et ça a marché. Dès qu'il le put, il acheta le terrain. Il n'y avait rien, comme les autres tout autour. Il a planté un à un tous ces arbres pour que ça ressemble plus à l'endroit où il était né.

– Il me plaît bien. Tu l'as connu ?

– Non. Lui et ma grand-mère moururent quand mon père était encore jeune. Mon vieux était fils unique et il a hérité de la terre et de l'affaire. Mais il était très différent de mon grand-père. Les arbres et la terre ne l'intéressaient pas. Dans sa tête, la seule chose qui comptait, c'était à quel prix il achetait et vendait le kilo de ferraille. Tu ne sais pas ce qu'était cet endroit il y a vingt ans. Métal et cochonneries dans tous les coins.

Minerva se rappela le véhicule traversé par le gros eucalyptus.

– Une autre différence entre mon grand-père et mon père, la fertilité. Je suis le deuxième des plus petits d'une famille de six frères et sœurs. Nous nous sommes tous élevés ici, courant dans la saleté au milieu des arbres. Mon père n'était pas très bon dans son commerce, et nous étions une famille pauvre. Heureux, mais pauvres. Quand nous avions besoin de quelque chose, la question n'était pas où l'acheter, mais comment le fabriquer. C'est pour ça qu'au collège ils m'ont appelé Mac. Ils disaient qu'avec un couteau suisse et un rouleau de fil de fer je pouvais fabriquer un vélo.

– Je pensais que c'était Banquier qui t'avait donné ce surnom.

Mac secoua la tête.

– De toute façon, si tu as fait ça tout seul, c'est un pseudonyme approprié, dit-elle en montrant autour d'elle.

– Quand mon père est mort, nous avons hérité tous les six de la terre. Le plus vieux est maçon, il y a deux ans il s'est arraché la main dans l'engrenage d'une bétonnière. Il a un moignon à la hauteur du coude. Celui qui suit est routier, on vient de lui diagnostiquer un cancer du côlon. Après vient ma sœur la plus jeune, ça fait un an que son mari l'a abandonnée avec un bébé.

– Quelle malchance.

– Si nous vendons, trois de mes frères passent de pauvres à riches. Je ne peux pas leur dire que je ne veux pas vendre, tu comprends ? Cette terre est autant à eux qu'à moi.

– Tu vas utiliser l'argent du vol pour racheter leur part.

Mac acquiesça.

– Je ne peux pas vivre loin d'ici. C'est la maison où j'ai grandi. En plus, c'est unique.

– C'est vrai. Ces dômes sont étonnants.

– Je ne parle pas de ça. Combien d'hectares de forêt as-tu vu de Mendoza jusqu'ici ?

– Presque rien.

– C'est vrai, j'ai construit ces structures bizarres, mais mon grand-père, lui, a fait de la magie. Il a transformé un bout de terre aride en un paradis vert. C'est là qu'il a élevé mon père, et c'est là que mon père nous a élevés. Moi aussi, je veux que mes enfants grandissent sur ces terres.

Il avait dit « mes enfants » avec tant de tendresse que Minerva sut qu'il parlait de personnes de chair et d'os. Peut-être que le « Comment vas-tu mon amour ? », qu'il avait prononcé quelques heures avant au téléphone, s'adressait à l'un de ces enfants.

– À ton tour, dit-il.

– Ça va être un peu plus long.

– Nous avons tout le temps.

Il la regarda dans les yeux. Elle observa ses pupilles noires, fixes et tranquilles. Elles étaient aimables, comme des bras ouverts.

– Faisons une chose, dit-elle. Qu'en dis-tu si je te raconte tout sur une plage des Caraïbes en utilisant des billets de cent dollars comme éventail ?

– Tu m'as dit que je te raconte mon histoire, et qu'après tu raconterais la tienne.

– Et je vais te la raconter, je te le promets. Et en plus, je paie les mojitos.

Elle lui tendit la main. Il sourit et la serra en rechignant.

– Je te prends au mot.

Le sourire avec lequel il la regardait pouvait signifier deux choses très différentes : soit la mère de ses enfants faisait partie de son passé, soit Mac était l'un de ces coureurs de jupons professionnels, de ceux qu'elle semblait attirer comme un aimant.

De toute manière, pensa Minerva, *en ce moment, ce type est la dernière de mes préoccupations.*

CHAPITRE 12

Trois jours plus tard.

Minerva fut la dernière à se lever. Dans la salle à manger elle retrouva toute la bande en plein petit-déjeuner. Comme les trois jours précédents, Mac avait mis sur la table des sachets de thé et de café, du lait, du pain, de la confiture et un grille-pain.

– Minerva, est-ce qu'on doit changer ton pseudonyme en Belle-au-bois-dormant ? demanda Pata.

Elle grogna et regarda son téléphone. Dix heures moins le quart. Elle se prépara un thé au lait et deux tranches de pain grillé avec de la confiture. À peine assise, Serrurier lui tendit la Kollmann-Kraff pour qu'elle change la combinaison. En trois jours, il l'avait trouvée une quarantaine de fois. Son temps record avait été de cinq minutes et trente secondes. Son temps le plus long ; presque une demi-heure.

– Quand allons-nous le faire ? lui demanda Poudrier. À voir comme ses yeux de chat étaient encore bouffis, il n'avait pas dû se lever longtemps avant elle.

Avant de répondre, elle prit le temps de mâcher le morceau de pain grillé qu'elle avait dans la bouche. Ces types ne savaient pas encore qu'elle avait horreur qu'on lui parle quand elle venait juste de se lever.

– Dans deux mois, dit-elle, le regard dans son thé au lait.

C'était le dernier jour à San Rafael. Ils avaient passé les trois derniers à discuter du plan d'un bout à l'autre. De comment ils allaient mettre un pied dans Entrevientos à comment ils allaient en sortir avec cinq tonnes de métal. Ils avaient étudié chaque détail de la mine : l'infrastructure des communications, la chaîne d'approvisionnement en carburant, les protocoles de sécurité de la *gold room* et jusqu'à la taille des chambres dans lesquelles dormaient les employés. Maintenant il n'y avait rien d'autre qu'ils puissent faire à deux mille kilomètres de distance.

– Donc, nous nous revoyons dans deux mois, dit Banquier.

– Il y a une marge de manœuvre avec la date ? demanda Pata, un maté à la main.

Elle posa la tartine sur l'assiette avec un mouvement qui aurait pu être plus doux. Elle n'allait pas pouvoir déjeuner en paix.

– Très peu. La mine change constamment. Aujourd'hui les choses se font d'une façon et la semaine suivante ça peut être tout le contraire. Entrevientos est en production depuis moins de deux ans, ce qui fait qu'ils doivent en permanence ajuster les processus. Il y a aussi beaucoup de rotation du personnel, surtout les cadres, et ça entraîne des changements. Donc, plus le temps passe et plus le risque est grand que le plan ne tienne pas compte d'un détail crucial.

– Il y a combien de temps qu'ils t'ont mise à la porte ? demanda Poudrier.

– Ça fait cinq mois.

– C'est-à-dire que ton plan pourrait être obsolète.

– Je l'actualise au jour le jour. J'ai accès à tous les services d'archivage. Quand j'ai quitté la mine, ils ont mis quelques jours pour changer les mots de passe, ça m'a donné le temps d'entrer sur le réseau et de me créer une session avec des droits d'administrateur.

– Pourrions-nous avancer la date ?

Minerva secoua la tête et but une gorgée de thé. Il était encore trop chaud.

– Il faut que ce soit en hiver. Premièrement, parce que les ouvriers réduisent au maximum leurs sorties à pied. En revanche, s'il fait beau, certains profitent de leur temps de repos pour aller se balader. Il y a aussi plus de personnes qui sortent de leur module pour fumer.

– Et deuxièmement ?

– Deuxièmement, parce qu'il y a moins de trafic sur la route provinciale qui passe devant l'accès au gisement. Elle n'est pas goudronnée et donc peu fréquentée, mais en été il y a des gens qui la prennent pour aller camper à Bahía Laura ou à Punta Buque.

– Des pêcheurs, surtout, précisa Pata. De ces rivages sortent d'énormes bars. Les paysans, eux aussi, ont l'habitude de passer plus de temps dehors en été.

– Comment allons-nous choisir le jour exact ? demanda Mac.

Minerva donna un autre coup de dent au pain grillé avant de répondre.

– Les camions blindés ont l'habitude de venir tous les dix jours et d'emporter cinq tonnes de doré. Mais le rythme de production n'est pas parfait, ce qui fait que les camions ne viennent que si le directeur de la mine en fait la demande par e-mail à l'entreprise de transport. Par contrat, il est obligé de les prévenir quarante-huit heures avant.

– Et tu peux lire les e-mails de ce type ?

– De lui et de n'importe quel autre employé d'Entrevientos.

Pata sourit et leva un poing comme pour célébrer un but. Minerva regarda le reste de ses camarades. Poudrier qui jouait avec un cigare éteint entre ses doigts, ne paraissait pas convaincu.

– La prochaine fois que nous nous réunirons ce sera pour faire une reconnaissance et terminer la préparation du coup. Si quelqu'un veut se retirer, c'est maintenant.

– Moi je reste, dit Pata.

– Moi aussi, ajouta Serrurier.

– Nous y serons, dit Mac.

Le silence se fit dans la salle.

– Poudrier ? dit Banquier.

Poudrier laissa tomber son cigare sur la table et leva les yeux sur Minerva.

– Ma décision, je l'ai prise il y a trois jours quand j'ai entendu pour la première fois le mot lingot.

TROISIÈME PARTIE

Mise en place[1]

---
1 - En français dans le texte

CHAPITRE 13

Caleta Olivia, Santa Cruz, Argentine.
Deux mois plus tard.

L'autobus qui traversait la Patagonie de Trelew à Río Gallegos arriva au contrôle de police de Ramón Santos. Minerva appuya la tête sur la vitre et vit qu'un policier en uniforme bleu échangeait quelques mots avec le chauffeur, puis elle entendit le chuintement de la porte automatique qui s'ouvrait.

Le policier parcourut le bus siège par siège en demandant leurs papiers aux passagers. Ce n'était pas habituel. Ils faisaient ce type de contrôle seulement quand ils cherchaient quelqu'un en particulier.

– Papiers, répéta le policier quand arriva le tour de Minerva.

Elle lui tendit la fausse carte d'identité avec laquelle elle avait acheté le billet. C'était la première fois qu'elle s'en servait avec un représentant de la loi. L'homme nota le nom et le numéro et lui rendit la carte avant de continuer avec le passager suivant.

Elle se décontracta seulement quand le bus se remit en marche. Puis elle sourit. Au prochain arrêt, elle serait arrivée à destination.

Ils parcoururent cinquante kilomètres de plus sur une route tellement collée à la côte que quelques années auparavant il avait fallu la déplacer d'une centaine de mètres vers l'intérieur des terres car la falaise s'était effondrée et avait emporté une partie du revêtement.

Finalement, apparurent les premières constructions face à l'océan. Elle était arrivée à Caleta Olivia.

***

– Qu'en pensez-vous ? demanda Pata, regardant Minerva et Banquier qui étaient arrivés presque en même temps.

Il venait de leur montrer la maison avec six chambres qu'il avait louée dans le centre de Caleta Olivia, à moins de cent mètres du fameux *Gorosito*, un monument de dix mètres de haut en hommage aux ouvriers du pétrole.

– C'est parfait, dit-elle. Il y a en permanence beaucoup de monde qui circule dans le secteur. Nous allons passer inaperçus.

Le programme pour les semaines suivantes était de faire des reconnaissances et de laisser tout prêt pour le jour du braquage. S'il n'y avait pas de contretemps, ils feraient le coup dans moins d'un mois.

Le choix de Caleta Olivia comme lieu de réunion n'était pas dû au hasard. Bien qu'elle soit à trois heures et demie d'Entrevientos, c'était la ville la plus proche. Ils avaient envisagé de se réunir à Puerto Deseado, à deux heures de la mine, mais Inuit Gold y avait des bureaux et quelqu'un aurait pu reconnaître Minerva. En plus, dans une petite agglomération les rumeurs allaient trop vite.

Le reste de la bande arriva au cours de l'après-midi, chacun avec leurs vêtements comme seul bagage. Les armes, la lance thermique avec les bouteilles d'oxygène et tous les outils et autres matériels avaient été amenés par Banquier dans la cale du Maese qui était amarré dans le port de Caleta Olivia.

Ils dînèrent avec les pizzas qu'avaient pétries Banquier et Mac, se disputant à propos de qui des deux avait le plus de sang italien. Le premier disait à chaque instant : « *Non esiste un nome più italiano di Mario Pezzano* ». L'autre décrivait en détail le village de ses grands-parents en Ligurie, dans lequel il n'avait jamais mis les pieds.

Durant le repas on parla serrures, armes, explosifs et camions.

– On fait une partie de truco ? dit Banquier en montrant un paquet de cartes quand ils eurent fini de dîner.

– Moi je vais dormir, je suis crevé, annonça Serrurier en approchant la Kollmann-Graff de Minerva.

– J'ai changé la combinaison avant de manger.

– Et je l'ai ouverte quatre minutes après.

Incroyable, pensa Minerva en lui tournant le dos pour choisir cinq nouveaux chiffres. À peine la lui avait-elle rendue qu'il disparut par la porte qui donnait sur les chambres.

– Moi aussi je suis moulu, s'excusa Pata en se passant la main sur son crâne rasé.

– Nous sommes donc quatre, dit Banquier. Nous jouons la première manche pour cinquante boules, ça vous va ?

***

– Envoyez la monnaie ! cria Banquier, la voix galvanisée par le vin.

Le sept de pique qu'il venait de poser sur la table les avait proclamés, lui et Poudrier, vainqueur de Mac et Minerva.

– Cinquante boules par tête de pipe.

Minerva sortit cinquante pesos de son porte-cartes et les posa sur la table.

– Nous n'avions pas dit cinquante chacun ! protesta Mac avec un sourire malicieux.

– Ne fais pas le malin. Nous avons dit cinquante chacun. Que veux-tu, que la prochaine fois nous te fassions signer un contrat ? plaisanta Banquier.

Secouant la tête, Mac sortit le portefeuille de la poche arrière de son pantalon. Son geste fit ressortir ses pectoraux et Minerva détourna le regard vers le portefeuille. Entre les billets et la fausse carte d'identité, elle vit une photo. Ce ne fut qu'une fraction de seconde, mais ça lui suffit pour voir que près de Mac posait une femme et trois enfants.

– Si vous voulez, on vous donne votre revanche, dit Poudrier en ramassant les billets.

– Je suis un peu fatiguée, dit-elle. Je vais me coucher.

CHAPITRE 14

Sur le chemin d'Entrevientos.
Quatre jours après la réunion à Caleta Olivia.

Mac regardait la lande désertique par la fenêtre de la Sanspapiers, un Galloper sept places que Pata avait acheté, en liquide, à un gitan de Caleta Olivia. Il n'avait pas été facile de trouver un 4X4 avec une boîte de vitesse automatique, mais Minerva avait refusé qu'ils utilisent un véhicule avec une boîte manuelle. Le plan était le plan.

Le nœud à l'estomac allait en se resserrant à mesure qu'ils avançaient. Ça faisait une heure et demie qu'ils avaient quitté Caleta Olivia en direction du sud. Mac se demandait si Minerva ressentait la même chose, alors qu'elle avait parcouru ce chemin des centaines de fois.

Ils étaient maintenant arrêtés au niveau de l'intersection de la route goudronnée, par laquelle ils étaient arrivés, avec une piste caillouteuse sur la gauche.

– Les policiers de Caleta Olivia et de Ramón Santos vont faire le même chemin que nous, expliqua Minerva. Ils vont arriver par la route et prendre cette piste.

Elle demanda à Pata de prendre ce chemin. Ils continuèrent quasiment sans parler pendant trois quarts d'heure. Tandis que la Sanspapiers vibrait en roulant sur la tôle ondulée que le vent et le trafic avaient sculptée sur la terre sèche, Mac se consacra à l'observation de ses camarades. Pata était sérieux au volant. Serrurier tapait de temps en temps sur l'épaule de Minerva pour qu'elle change la combinaison de la Kollmann-Graff. Poudrier regardait par la fenêtre en silence. Banquier avait les yeux fermés.

Quarante minutes après avoir quitté le bitume, Minerva indiqua une autre piste qui rejoignait la leur.

– C'est par celle-ci que vont venir les policiers de Puerto Deseado, ils seront les premiers à arriver.

Peu à peu la route abandonna la plate meseta pour descendre au milieu de collines qui rappelèrent à Mac les monts près de chez lui à San Rafael. Au bout de six kilomètres ils arrivèrent sur un pont de pierre.

– Voici le fleuve Deseado, annonça Minerva.

Mac estima que le pont devait faire environ vingt-cinq mètres de large, ce qui était suffisant pour que deux véhicules se croisent. Tandis qu'ils traversaient, il observa le lit gris, sec et craquelé.

– Et l'eau ? demanda-t-il.

– À cette époque de l'année, il n'y en a pas, expliqua Minerva. Elle commence à arriver au printemps, avec le dégel dans les Andes.

De l'autre côté du fleuve, le chemin recommença à grimper entre des collines dénudées jusqu'à retrouver la meseta. Ils continuèrent durant une quinzaine de kilomètres.

– Le voilà ! dit Minerva, presque en criant, tandis qu'elle le montrait à travers le pare-brise. Le fameux Poste d'Entrée.

À l'horizon, sur la gauche de la route, dépassaient trois gros cubes blancs qui rappelaient à Mac des containers de bateau. D'après ce que leur avait expliqué Minerva, ce poste était l'unique accès à Entrevientos.

– Et ces tours à côté, ce sont des antennes ? demanda-t-il.

– Non, ce sont des projecteurs. Le Poste d'Entrée est pratiquement éclairé de la même manière le jour et la nuit.

Deux cents mètres avant d'arriver ils passèrent devant une barrière sur laquelle un simple panneau en tôle peint à la main indiquait : « Estancia Entrevientos ».

– Ici vit le type le plus chanceux au monde, dit Poudrier.

– Vivait, corrigea Minerva. Dès qu'il a signé le contrat avec Inuit, il a embauché deux ouvriers pour s'occuper du bétail et a déménagé à Comodoro, où vit sa famille. C'est un homme de plus de soixante ans qui, tôt ou tard, allait devoir arrêter le travail dans les champs. Et il a eu la chance qu'ils découvrent de l'or sur ses terres.

– Et pourquoi il continue avec des brebis.

– Aucune idée, répondit Minerva.

– Il est difficile de se défaire de ce qui a donné un sens à ta vie, commenta Banquier, qui avait maintenant les yeux ouverts.

– Continue en diminuant la vitesse, indiqua Minerva à Pata.

Tandis que le 4X4 roulait toujours plus lentement vers l'entrée, Mac vit que les mains de Minerva manipulaient à toute vitesse une radio Motorola posée sur ses cuisses.

CHAPITRE 15

Poste d'Entrée. Entrevientos.

Pata arrêta la Sanspapiers sur le grand parking en terre à côté du portail fermé du Poste d'Entrée. Les trois constructions préfabriquées qui se trouvaient de l'autre côté de la grille lui rappelaient celles de l'entrée de Cerro Retaguardia, la mine à cent quatre-vingt kilomètres de là, dans laquelle il avait travaillé pendant deux ans et demi.

De la plus grande, qui faisait trente mètres de long sur dix de large, ne mit pas longtemps à sortir un employé de la sécurité, jeune, engoncé dans un uniforme noir avec des inscriptions jaunes. Pata mit ses lunettes de soleil et descendit de la camionnette avec un thermos à la main. Presque inconsciemment il porta l'autre à sa tête, pour s'assurer que le bonnet beige était toujours à sa place.

– Bonjour, dit-il en tendant la main à l'employé. Nous allons pêcher et nous sommes sans eau chaude pour le maté. Vous pourriez nous en donner un peu ?

Le gars regarda le 4X4, s'arrêtant sur les cannes à pêche que Mac et Pata avaient attachées sur le porte-bagages.

– Vous allez pêcher en plein hiver sans rien pour chauffer l'eau.

– Nous avons un peu de bois mort. En arrivant là-bas, nous allumerons un feu pour les grillades et nous pourrons réchauffer l'eau. Mais il y a encore deux heures de route avant d'arriver.

– Où allez-vous ?

– Les plages au sud de Bahía Laura.

– Ah oui ? Laquelle ?

Pata hésita une seconde.

– La première que nous trouverons un peu abritée du vent.

– C'est la première fois que vous venez, non ?

– Oui. Ça se voit beaucoup ?

– Sur ces plages, il faut y aller en été. En ce moment elles sont horribles.

– C'est ce que nous ont dit des collègues de travail. Mais nous sommes têtus.

L'agent de sécurité haussa les épaules et attrapa le thermos.

– Je reviens de suite, dit-il.

– Merci beaucoup, répondit Pata, et il retourna dans la camionnette pour ne pas attendre dans le mauvais temps.

À l'intérieur Minerva parlait à toute vitesse.

– ... par celui-ci il y a neuf kilomètres en ligne droite, disait-elle en montrant discrètement le chemin de l'autre côté du portail. C'est une large piste de gravier, égale voire meilleure que la route provinciale qu'ils empruntent. Après il y a des virages. Au total ce sont douze kilomètres jusqu'aux installations.

– Ça c'est la bascule ? demanda Mac en désignant une grande plateforme en métal.

– Oui. C'est là qu'ils pèsent les camions de combustible qui entrent et qui sortent.

– Et le générateur, où est-il ?

– Derrière le module principal, indiqua-t-elle en montrant le grand container blanc dans lequel était entré l'employé avec le thermos.
– Tu es sûre que de l'électricité n'arrive pas d'ailleurs ?
– Certaine. Si le Poste d'Entrée n'avait pas son propre générateur, l'entreprise aurait dû tirer un câble électrique de douze kilomètres.

« *Au Poste d'Entrée. Je sors du camp avec un transport d'employés.* » entendirent-ils à la radio.

– Bordel ! Il faut partir, décida-t-elle.
– Ils n'utilisent pas de transmissions cryptées ? demanda Mac.
– Bien sûr que si, mais ils n'ont jamais changé les mots de passe. Il y a plus de trois cents postes de radio sur le site, et pour changer les fréquences et les codes, il faut le faire appareil par appareil.
– C'est-à-dire que nous allons pouvoir les écouter ? demanda Serrurier.
– C'est ça, sourit Minerva. Elle éteignit l'appareil et le cacha sous le siège.

Le jeune en uniforme ressortit et Pata se dépêcha de descendre de la camionnette pour éviter qu'il ne s'approche trop près.

– Merci beaucoup. Il prit le lourd thermos de la main gauche et tendit la droite pour lui serrer la main.
– De rien. Normalement nous ne sommes pas autorisés à faire ça, mais moi aussi je suis pêcheur.
– Alors je te remercie doublement. Tu n'as pas idée comme le problème du maté était devenu pesant. J'espère que maintenant ils vont se calmer.

Le type le salua en riant et fit un signe vers la camionnette.
– Bonne pêche.

– Merci.

Pata se remit au volant, et la Sanspapiers s'éloigna du Poste d'Entrée.

– Pourvu que ce jeune ne soit pas au travail dans quelques jours, leur dit-il un kilomètre plus loin. Il m'est sympathique.

CHAPITRE 16

Caleta Olivia, Santa Cruz, Argentine.

Le jour suivant, ce fut la faim qui réveilla Minerva. Ils étaient rentrés tôt le matin à Caleta Olivia, après un grand détour pour ne pas passer une deuxième fois devant le Poste d'Entrée. Elle était arrivée tellement fatiguée qu'elle s'était couchée sans manger.

Après un petit-déjeuner dont, par miracle, elle avait pu profiter sans être dérangée, elle passa la matinée avec ses camarades à réviser le matériel que Banquier avait transporté dans son voilier. Ils contrôlèrent les armes et les outils, essayèrent les déguisements et huilèrent les charnières d'une cage en métal.

– Le dernier camion blindé était à Entrevientos il y a quatre jours, leur annonça-t-elle quand ils eurent terminé de couper en petits carrés un filet de pêche. Je suis sûre qu'entre aujourd'hui et demain le directeur de la mine va envoyer un e-mail pour demander le suivant. À cet instant nous aurons la date exacte de l'opération. Calculez entre cinq et dix jours à partir de maintenant.

– Qui va prévenir le pilote de l'avion ? demanda Mac.
– Je m'en charge, dit Banquier.
– Tu es sûr qu'il va venir ?
– Sûr.

D'après ce que leur avait raconté Banquier, il avait été difficile de trouver un pilote qui ose atterrir sur une piste en terre dégradée, pleine de coirons et autres petits buissons, qui ne figurait plus depuis des dizaines d'années sur la liste des endroits habilités. Difficile, mais pas impossible. Par chance, la loi de l'offre et de la demande était impitoyable.

Selon le registre de l'aéro-club de Comodoro Rivadavia, le petit avion s'envolerait vers la localité de Los Antiguos. Personne, sauf eux, ne savait qu'en réalité il atterrirait à plus de quatre cents kilomètres de ce village.

– Pour le reste, tout est bon ? demanda Banquier à Minerva.

– Voyons ce qu'ils en disent, répondit-elle en regardant ses camarades. Il manque quelque chose ?

– Pour moi, rien, dit Poudrier en montrant la montagne d'objets empilés.

– Il manque le véhicule dans lequel nous allons entrer, dit Serrurier sans lever les yeux de la Kollmann-Graff.

– Ça, c'est plus qu'étudié, intervint Minerva en levant en l'air deux plaques rectangulaires identiques.

Pata en prit une et l'observa de près.

– MRG118, lut-il à haute voix. Que va trouver la police quand elle va vérifier ce numéro ?

– Qui sait. Au mieux une Smart de couleur moutarde conduite par une richarde d'une vingtaine d'années dans Recoleta. Ou une Clio, qu'une famille de classe moyenne, qui a eu un peu de chance, a pu s'offrir pour la première fois. C'est une séquence aléatoire qui correspond à un véhicule qui a entre trois et quatre ans d'ancienneté.

– D'où la sors-tu ?

– C'est moi qui l'ai fabriquée, intervint Mac. Fibre de verre et résine.

– Elle semble vraie ! s'exclama Poudrier. Tu devrais être artiste plutôt que voleur.

– Techniquement, je ne suis pas encore un voleur.

– Les chiens, Pata ? demanda Minerva.

– Je les ai repérés. Deux borders collies et un leonberg. Tous trois excellents pour les moutons.

– Parfait. Vous allez les chercher cette après-midi.

Après ça, Minerva fut satisfaite. Les choses avançaient bien. Une fois les chiens récupérés, ils auraient tout ce qu'il fallait pour l'opération. Il ne leur resterait plus qu'à attendre que le directeur leur donne la date du prochain camion blindé.

CHAPITRE 17

Trois jours plus tard.

Des cinq nuits que Minerva avait passées à Caleta Olivia, celle-ci était la pire. Premièrement, parce que selon ses calculs, il était imminent que le responsable de la mine demande le camion suivant. Et deuxièmement, parce que Mac et Pata arrivèrent avec un chien aux premières lueurs de l'aube.

C'était le troisième qu'ils amenaient en trois jours. Après l'avoir laissé avec les deux autres dans la cour derrière la maison, Mac échangea deux ou trois mots avec elle dans la cuisine puis se dirigea tout droit dans son lit. Pata, par contre, mit de l'eau à chauffer.

– Tu n'as pas sommeil ? demanda-t-elle.
– Un peu, mais je prends quelques matés et ça me passe.
– Tu ne devrais essayer de dormir un peu ?
– C'est que je dois emmener la chienne.

Il se référait à la chienne en chaleur qu'il avait récupérée à la fourrière municipale pour attirer les trois mâles qui dormaient maintenant dans la cour.

– Où vas-tu l'emmener ?
– Chez Sandra.

Sandra était sa femme. Minerva ne l'avait rencontrée qu'une seule fois, il y avait cinq ans, dans une fête de fin d'année des employés de Cerro Retaguardia.

– Tu pars maintenant pour San Julián ? Tu vas faire trois cent cinquante bornes sans dormir ?

– Durant notre dernier voyage, c'est Mac qui conduisait. Moi, j'ai dormi trois heures d'affilée.

Minerva essaya de le convaincre d'attendre le lendemain, mais elle ne parvint pas à le faire changer d'avis.

– Cela fait trois jours que nous utilisons cette chienne comme appât, Minerva. Elle a bien gagné une belle vie, et je ne veux pas qu'elle attende une minute de plus. À la maison, Sandra va bien s'en occuper, et ça va lui faire de la compagnie. En plus, elle est en chaleur. Je ne peux pas la garder avec trois chiens à côté.

– Pour un délinquant, tu as un cœur d'or, dit-elle en lui posant un baiser sur sa tête rasée.

Elle se remit au lit. Dix minutes plus tard elle entendit s'éloigner la Sanspapiers. Elle mit deux heures à se rendormir.

**

– Mac, tu es là ? demanda Minerva le matin suivant, devant la porte de la salle de bain.

La douche s'arrêta.

– Oui, qu'y a-t-il ?

– Je vais à la quincaillerie avec Serrurier. As-tu besoin de quelques bricoles ?

– Oui, il y a une liste sur la table dans ma chambre. Si tu veux, tu peux la prendre.

– Parfait, dit-elle en s'éloignant de la porte.

Au tirage au sort qu'ils avaient fait cinq nuits auparavant, Mac avait tiré l'une des plus grandes chambres de la maison. Quand Minerva entra, elle vit le lit à deux places aussi bien fait que celui d'un hôtel. Sur la table, à côté du portefeuille et du téléphone de Mac, elle trouva la feuille de papier pliée en deux qu'elle était venue chercher.

Avant de la prendre, elle s'arrêta une seconde pour observer la vieille armoire en bois au pied du lit. Elle l'ouvrit et fut envahie par une odeur de vêtements propres. Les quelques habits qui n'étaient pas accrochés aux cintres étaient parfaitement pliés sur les étagères. Il y avait quelque chose de rassurant à découvrir que le type chargé d'une partie importante du plan était aussi ordonné.

Elle ferma l'armoire, récupéra la liste et commença à partir. Mais, après trois pas, elle stoppa net. Elle savait que c'était mal, mais elle ne put contenir l'impulsion et attrapa le portefeuille. Elle se justifia en se disant qu'en fin de compte elle était le leader de la bande et que plus elle en saurait sur chacun des membres, mieux ce serait.

En l'ouvrant, elle vit qu'elle ne s'était pas trompée la nuit où ils avaient joué aux cartes. Elle trouva une photo de Mac avec une femme et trois enfants. Elle était ravissante, avec de grands yeux marron qui regardaient l'objectif et des lèvres parfaitement dessinées qui souriaient tandis que Mac lui posait un baiser sur la joue. Une grande partie de son corps était caché par les trois enfants qui posaient devant elle. Le plus grand avait un sourire aux dents blanches identique à celui de Mac. Celui du milieu, ses cheveux frisés. Et le plus petit, ses mêmes yeux sombres. Les trois étaient, chacun à sa façon, un mélange de Mac et de cette femme outrageusement belle.

Confirmé, conclut Minerva. Encore un autre qui essayait de la séduire alors qu'une famille l'attendait pour le serrer dans ses bras. Et elle, comme une idiote, lui disant qu'elle allait lui raconter son histoire sur une plage des Caraïbes si le cambriolage se passait bien.

Elle avait encore le portefeuille à la main quand son téléphone vibra dans sa poche. C'était un e-mail. Le directeur de la mine d'Entrevientos venait de demander un camion blindé pour dans quatre jours.

CHAPITRE 18

Route 47, Santa Cruz, Argentine.
Un jour avant le braquage.

Il faisait froid, mais Pata avait les aisselles trempées à cause du stress.

– J'ai l'impression qu'il arrive, dit Mac en lui passant les jumelles.

Dans le cercle diffus des lentilles, Pata distingua un nuage de poussière à l'horizon et devant lui une petite tache bleue.

Ils avaient choisi cette partie de la route parce que c'était là qu'elle était la plus plate. Ils pouvaient détecter un véhicule à quinze kilomètres de distance, qu'il arrive par le nord ou par le sud.

Pata ouvrit la portière arrière de la Sanspapiers et chargea sur son épaule une pile de cônes orange. Chaque fois qu'il en posait un sur la piste, son cœur battait un peu plus fort. La dernière fois qu'il avait fait ça, sur la route entre Tres Cerros et Gallegos, il s'en était sorti avec trois ans de prison et avait failli perdre Sandra.

Mais cette fois c'était différent, se dit-il pendant qu'il enfilait le gilet de la même couleur que les cônes. Premièrement, parce que si demain tout se passait bien, tous ses problèmes d'argent seraient réglés pour toujours. Et deuxièmement, parce que le camion qui s'approchait d'eux ne venait pas chargé de téléviseurs fabriqués en Terre de Feu. En fait, il ne transportait rien du tout.

Une fois que tous les cônes furent à leur place, il revint à la camionnette pour prendre un panneau en tôle. Il avança d'une centaine de mètres en direction du camion et posa le panneau sur le sol :

DÉVIATION

***

Quand les freins eurent lâché un dernier chuintement, le camion qui traînait une citerne de trente-sept mille litres avec le logo YPF stoppa à la hauteur de Pata. Un homme avec des cheveux noirs et une barbe bien taillée se pencha par la fenêtre.

– Que se passe-t-il, chef ? demanda-t-il.

– Nous sommes en train de réparer un passage à bétail, dit Pata en désignant les cônes un peu plus loin.

– Elle est longue cette déviation ?

– Dix kilomètres. Mais ne roule pas trop vite, parce que c'est un peu compliqué. Tu es chargé ou vide ?

– Vide. Je viens de décharger à la mine d'Entreviento, dit-il en montrant derrière lui avec le pouce.

– Ah, tu viens juste de partir alors.

– Je n'ai pas fait cinquante kilomètres.

– Où vas-tu ?

– À Bahia Blanca.

– Il te reste un sacré bout de chemin. Bonne route.

– Merci, patron, dit le camionneur en regardant à nouveau vers la déviation. Passe une bonne… Attends, il y a un de tes collègues qui vient en faisant des signes. Peut-être qu'avec un peu de chance je vais pouvoir prendre la route habituelle.

– Je ne crois pas, dit Pata en se frottant le menton.

Il n'arrivait pas à distinguer si le gars au gilet orange fluorescent qui approchait en levant la main était Mac ou Poudrier. Dans les deux cas, quelque chose n'allait pas.

– Attends ici, s'il te plaît.

Il se dirigea d'un pas rapide vers son camarade. Quand il fut un peu plus près, il reconnut la silhouette massive de Poudrier. Il le rejoignit à une soixantaine de mètres du camion.

– Que se passe-t-il ?

– Il ne vient personne, dans un sens comme dans l'autre, répondit Poudrier sans ralentir sa marche.

– Et alors ?

– Alors ça veut dire que la chance est avec nous. Viens.

Que lui arrive-t-il à cet imbécile ? se demanda Pata. Il avait un mauvais pressentiment.

– Arrête, que fais-tu, Poudrier ?

Mais son camarade ne s'arrêta pas avant d'être arrivé à côté du camion.

– Nous allons finir, l'entendit-il dire au chauffeur après lui avoir serré la main. Si tu attends deux minutes, tu peux passer.

– Formidable. Merci beaucoup, répondit le conducteur, la moitié du torse penché à la fenêtre.

– Eh, tu perds du liquide, dit Poudrier en montrant sous l'essieu avant.

– Sérieusement ? Bizarre. Je ne vois aucun voyant au rouge.

– Et ce n'est pas une petite fuite, c'est un écoulement continu. Maintenant il y a une flaque de cette taille.

Pata vit que son compagnon faisait avec ses mains un cercle de la taille d'une pizza.

– Aie ! Je le crois pas. Putain, jura le chauffeur en ouvrant la porte du camion.

À peine avait-il mis un pied au sol que Poudrier lui appuya le canon de la 9 mm contre la tempe.

– Déconnecte le GPS, ordonna-t-il à Pata.

Il obéit à contrecœur. Poudrier avait changé le plan.

***

– Qu'as-tu fait, imbécile ?
– J'ai simplifié les choses.

Poudrier lui parlait en lui tournant le dos. Ils s'étaient arrêtés pour uriner avant d'arriver sur le bitume. Le chauffeur, pieds et poings liés sur le sol de la cabine du camion, était sous la surveillance de Mac.

– Ça ne s'appelle pas simplifier, ça s'appelle changer le plan au dernier moment. Si nous avons dit que nous nous occuperions du chauffeur après la déviation, c'était *après* la déviation. Tu ne peux pas décider de ça tout seul.

– Écoute, mec, pour cette gamine, qui la dernière fois qu'elle a fait quelque chose d'illégal ce fut de copier de simples numéros de cartes de crédit, c'est possible. Mais, pas toi, hein ? Parfois il faut improviser, surtout quand apparaît une meilleure opportunité.

– La meilleure opportunité, c'est celle où il y a le moins de risque, et il est plus probable de croiser quelqu'un sur une route provinciale que sur un chemin d'estancia.

– Avons-nous croisé quelqu'un ?
– Non, mais ça aurait pu arriver.

– Voyons, dis-moi une chose, où as-tu vu un véhicule qui ne soulève pas de poussière sur la piste, hein ? Si quelqu'un s'était approché, nous l'aurions vu à plusieurs kilomètres, tout comme nous avons vu le camion.

Pata secoua la tête. Ce type pouvait les mettre dans un sacré pétrin. Il l'avait su dès le premier jour dans le parc de Mac.

– La prochaine fois, s'il te plaît, ne change pas le plan. Il le dit le plus calmement qu'il put.

– La prochaine fois, si tu veux quelqu'un qui suive les instructions sans réfléchir, amène un robot, répondit-il en refermant sa braguette.

CHAPITRE 19

San Rafael, Mendoza, Argentine.
Deux mois et demi plus tôt.

Minerva pencha la tête d'un côté puis de l'autre, les vertèbres craquèrent. Elle était fatiguée, dehors il faisait nuit depuis un bon moment. La seule lumière qu'il y avait dans le dôme géodésique venait du projecteur qui montrait une photo aérienne de la mine.

– Entrevientos est tellement isolée géographiquement qu'elle n'est reliée à aucune ligne électrique ni câble de communication, commença-t-elle à expliquer.

– Comment produisent-ils l'électricité ? Elle indiqua avec le laser une enceinte carrée sur un côté de l'usine.

– Avec le gasoil. Ils ont six réservoirs de cent mille litres chacun. Avec l'usine travaillant à plein gaz, ça ne leur fait pas quinze jours.

– Elle consomme plus que ma camionnette V8, dit Poudrier.

– Presque tout est électrique, du chauffage des chambres au système de production de l'eau potable. Et ce qui n'est pas électrique fonctionne directement au diesel, comme les fours de fonte du doré.

– Et que se passe-t-il s'ils se retrouvent sans combustible ? demanda Mac.

– Le cas ne s'est jamais présenté, mais ils devraient arrêter l'usine et évacuer le camp. Il resterait une surveillance à minima pour tout le gisement. Mais pour que cela se produise, nous devrions arrêter tous les camions durant plus d'un mois.
– Tu n'as pas dit quinze jours ? demanda Poudrier.
– Quinze jours en travaillant à plein rendement, mais quand les niveaux de combustible baissent, l'activité aussi. Arrêter complètement tous les processus, c'est en dernier recours, ça coûte trop cher à l'entreprise.

Minerva crut deviner une étincelle dans les yeux de Poudrier. Comme un enfant qui découvre un jeu amusant.
– Et si nous détruisons la centrale électrique ? suggéra-t-il. Ils sont sans courant et ils évacuent.

Minerva secoua la tête.
– Il pourrait y avoir des morts. Les générateurs sont à côté de plus d'un demi-million de litres de gasoil. Et nous en avons déjà parlé, pas une seule des personnes travaillant ici ne doit payer pour ce que nous allons faire.

Ou, plus exactement, presque personne, fut-elle sur le point d'ajouter.
– Qui est chargé de remplir les réservoirs ? demanda Serrurier.
– Une procession ininterrompue de camions d'YPF. Deux camions par jour avec trente-sept mille litres chacun. S'il neige, pleut ou quoi que ce soit qui les empêche de rouler, ils attendent et s'entassent. Et quand les chemins redeviennent praticables, ils se présentent tous en même temps. J'ai vu jusqu'à huit camions faisant la queue. En fait, quand le niveau de gasoil est critique, ils entrent directement, sans la pesée au Poste d'Entrée.
– D'où viennent-ils ? demanda Mac.

– La raffinerie la plus proche est à Bahia Blanca, à mille quatre cents kilomètres.

– Mais dans le secteur de Comodoro, il n'y a pas de pétrole ?

– Si, c'est un des gisements les plus importants du pays, intervint Pata, mais du pétrole on tire des centaines de dérivés. Combustible, solvants, plastiques et bien d'autres. L'essentiel de la demande pour ces produits se situe dans le centre du pays, il est donc beaucoup plus rentable d'expédier le brut et de le raffiner là-bas.

Poudrier haussa les sourcils et plissa la bouche.

– Tous les jours on apprend quelque chose de nouveau.

– Et ça, c'est bon pour nous, intervint Minerva. Un camion met deux jours pour aller de la raffinerie à Entrevientos.

– Il est géolocalisé, je suppose, risqua Pata.

– Évidemment. Et toi, tu vas le déconnecter.

– Moi ? Je n'ai pas la moindre idée de comment faire ça. À mon époque, ce genre de truc n'existait pas.

– Il te reste deux mois et demi. Je ne pense pas qu'il te soit très difficile de trouver une de tes connaissances qui s'est tenue au courant et qui pourra t'expliquer.

CHAPITRE 20

Entrevientos. La nuit avant le braquage.

Serrurier allait seul au volant de la Sanspapiers, progressant lentement sur la piste en terre. Cela faisait plus de cinq kilomètres qu'il roulait tous feux éteints, mais la quasi pleine lune lui permettait de distinguer le chemin sans trop de difficultés.

Même ça, Minerva en a tenu compte, pensa-t-il.

Il s'engagea sur un chemin d'accès à une estancia et s'arrêta en rase campagne. Les derniers kilomètres, jusqu'au Poste d'Entrée, il devrait les faire à pied.

Il ressentait la tension nerveuse dans tous les muscles de son corps. Bien qu'il ait perdu le compte des braquages auxquels il avait participé, celui-ci était différent. Premièrement, à cause du lieu. Et deuxièmement, parce que, même si personne ne le savait, pas même son ami Poudrier, c'était la première fois qu'il participait à un hold-up de sa propre volonté.

En descendant du véhicule, le vent du petit matin lui glaça le visage. Il mit les mains dans ses poches et cacha son menton dans le col du manteau. Il se dirigea vers les lointains projecteurs qui éclairaient le Poste d'Entrée comme s'il s'agissait d'un stade de football.

Quand il ne lui resta que quelques centaines de mètres, il quitta la piste pour la lande. S'il avait continué sur ce chemin, n'importe qui regardant par la fenêtre aurait pu le voir. Il ne pouvait pas prendre le risque, même si à une heure du matin en plein hiver, il était plus que probable que les gardiens soient assoupis dans leurs fauteuils.

Il enjamba le fil de fer barbelé posé là pour arrêter les brebis élevées dans l'estancia Entrevientos depuis bien avant la découverte de l'un des gisements d'or les plus importants d'Argentine. C'était curieux, pensa Serrurier, que cinq cents mètres plus en avant il y ait un contrôle de sécurité digne d'un aéroport international alors que pour le reste du périmètre il suffisait de sauter par-dessus une clôture d'un mètre de haut pour y entrer et se balader.

Il avança avec prudence, utilisant la clarté de la lune pour voir où il mettait les pieds. Il n'était pas question de trébucher sur un buisson ou de se rompre une cheville dans un terrier de lapin. Toutes les lumières du Poste d'Entrée étaient destinées à la circulation des véhicules. Elles éclairaient une portion de la route provinciale, le parc de stationnement et la première centaine de mètres qui menait au camp. Mais pas un seul projecteur n'éclairait les champs par où il approchait avec de plus en plus de discrétion.

Il s'efforçait de poser lentement la plante du pied, pour faire le moins de bruit possible, même s'il était peu probable qu'un employé de la sécurité soit dehors en plein milieu de cette nuit glaciale. Tout le plan dépendait de ce qu'il allait faire maintenant et il n'y avait pas de précaution superflue.

Il atteint la partie arrière de l'une des trois constructions. C'était un caisson rectangulaire d'environ trois mètres sur deux. Il appuya l'oreille contre la paroi préfabriquée et entendit un ronronnement régulier.

Il longea prudemment la paroi jusqu'à la porte. Avant de sortir les passes de son sac à dos, il fit ce qu'il avait l'habitude de faire quand on lui demandait d'ouvrir une serrure : il tourna la poignée. La porte s'ouvrit sans la moindre résistance.

Nous partons du bon pied.

À l'intérieur de la petite pièce, le son était assourdissant. Il alluma sa lampe de poche et inspecta le générateur à gasoil qui fournissait l'électricité au Poste d'Entrée. Sans cette machine, il n'y avait ni éclairage, ni détecteur de métaux, ni communications, ni bascule pour peser les véhicules.

Il sortit de son sac à dos une boîte en plastique de la taille d'un pain de savon. Comme le lui avait indiqué Mac, il la colla sous le contrôleur électrique du générateur avec un ruban adhésif à double face. Il fit un pas en arrière et hocha la tête, satisfait. Il était impossible de la voir sans s'agenouiller.

Il éteignit la lampe et sortit du petit local toujours avec précaution.

Que le braquage commence, pensa-t-il tandis qu'il retournait dans la nuit vers la Sanspapiers.

QUATRIÈME PARTIE

Le hold up

CHAPITRE 21

16 juillet 2019, 4:58 A.M.

Depuis le siège passager de la Sanspapiers, Minerva observa l'éclat des lumières de l'autre côté de l'horizon. Par quelque étrange mécanisme de son subconscient, durant une minute elle cessa de penser au plan, à la bande et aux conséquences de ce qu'ils allaient faire. Ce qui lui venait à l'esprit en ce moment, c'était que dans quelques années, cette espèce de ville au milieu de nulle part n'existerait plus. En une vingtaine d'années tout au plus, les machines auraient pulvérisé tous les filons. Les opérateurs des fours de fonte couleraient dans un moule le dernier lingot. Et, en peu de temps, il ne resterait plus une seule personne sur les mille deux cents qui travaillaient à Entreviontos.

Là où il y avait toute une industrie, il ne subsisterait que des ruines. C'était la malédiction de la Patagonie. Depuis l'entreprise Swift jusqu'aux salines de Cabo Blanco. Du chemin de fer transocéanique à la station baleinière des îles Georgias del Sur : les vestiges d'un temps glorieux.

– Voilà, à partir d'ici c'est Entrevientos, dit Pata, la tirant de sa transe.

Il montrait par la fenêtre le bord du chemin. La pleine lune éclairait une interminable file de piquets en bois auxquels étaient fixées six rangées de fil de fer barbelé marquant les limites du gisement. Il y avait quatre heures, à vingt kilomètres de là, Serrurier avait franchi cette même clôture, mettant ainsi le plan en marche.

Minerva se retourna. Depuis le siège arrière, Poudrier hocha la tête. Le moment était arrivé.

Elle enfila un blouson qui arborait, brodé sur la poitrine, le logo d'Inuit Gold et l'inscription « Gisement Entrevientos ». Ils le lui avaient fourni quelques mois avant son dernier jour de travail dans la mine.

– On se revoit dans un moment, dit Pata.

– On se revoit, répondit-elle, et elle descendit du véhicule en même temps que Poudrier.

Elle fut accueillie par un vent glacial qui lui mordait le visage, mais elle le reçut comme un baume sur son cuir chevelu irrité par la teinture. Tandis que Pata se perdait dans la nuit avec la Sanspapiers, elle regarda encore une fois l'arc de lumière artificielle derrière l'horizon.

– Allons-y. Si nous ne bougeons pas nous allons geler, dit Poudrier en passant une jambe puis l'autre par-dessus le fil de fer barbelé.

Il restait trois heures avant que le soleil se lève dans leur dos et réchauffe, à peine, ce matin de juillet. Trois heures pendant lesquelles ils devraient marcher, tout d'abord dans l'obscurité, puis ensuite à la faible clarté de l'aube, jusqu'au sommet de l'unique colline dans les trente kilomètres à la ronde.

– N'exagère pas. Deux degrés en-dessous de zéro, ce n'est rien.

Et elle posa un pied à Entrevientos, pour la première fois depuis sept mois.

CHAPITRE 22

16 juillet 2019, 8:07 A.M.

Poudrier et Minerva arrivèrent au sommet du Cerro Solo vers huit heures du matin, quand l'horizon commençait à s'embraser derrière eux. Dans moins d'une demi-heure, les premiers rayons du soleil illumineraient la pointe de l'antenne de vingt-neuf mètres qui reliait Entrevientos au reste du monde.

Au pied de l'antenne il y avait cinquante-six panneaux solaires et un container sans fenêtres, semblable aux modules préfabriqués du reste du site. À l'intérieur se trouvaient tous les équipements pour les communications avec les batteries qui les alimentaient.

Minerva regarda vers le sud. Les lumières de l'usine étaient encore allumées. Malgré la distance, il ne lui fut pas difficile de distinguer l'édifice le plus haut qui abritait le concasseur pour pulvériser la roche. Et juste à côté, la *Gold Room*. La chambre forte se trouvait à l'intérieur.

Au-delà de l'usine brillaient les lumières, plus ténues, du camp, cette ville artificielle dans laquelle Minerva avait passé des années entières de sa vie. Une ville tellement préfabriquée et temporaire qu'un jour quelqu'un lui avait dit : « Tu viens ici avec un tournevis et tu peux tout emporter ».

Elle se tourna vers Poudrier. Son camarade avait déjà enfilé les gants en latex et sortait de son sac à dos une pince coupante. En moins de vingt secondes, le cadenas qui fermait la porte du container tomba sur le sol.

Minerva mit elle aussi une paire de gants, faisant passer celui de gauche par-dessus le bracelet. Ensuite elle se couvrit la tête avec un bonnet de chirurgien.

– Mets ça, dit-elle à Poudrier en lui donnant un bonnet semblable au sien.

Ils entrèrent. Minerva ferma la porte derrière elle et le vent qui lui avait fouetté le visage durant trois heures disparut d'un coup. Maintenant l'air était calme et chaud. Elle avait toujours pensé que l'on devrait inventer un mot pour cette sensation. S'il y avait un mot japonais pour désigner les livres qu'on achète mais qu'on ne lit pas, un mot allemand pour l'envie de voyager et voir le monde, pourquoi n'y en aurait-il pas un pour exprimer le soulagement que l'on ressent après avoir fermé une porte et échappé au vent ? En Patagonie, un tel mot serait d'une utilité majeure.

L'intérieur du container n'était éclairé que par les petits voyants colorés des appareils électroniques. Certains étaient fixes, d'autres clignotants. En les observant, Minerva sentit sa gorge se serrer. Huit mois auparavant, elle s'était enfermée ici pour pleurer à la lumière de cette constellation multicolore.

Elle actionna l'interrupteur et la salle entière s'éclaira. Il y avait un ou deux nouveaux serveurs, mais la distribution des appareils était la même. Le *rack* avec les répéteurs radio, téléphone et internet était toujours à sa place. Et, au fond, les vingt batteries. Chacune installée sous sa supervision.

Elle s'accroupit près de l'une d'elle et chercha un peu avant de trouver le gros câble recouvert de caoutchouc rouge.

– C'est ce câble qui amène l'électricité des batteries à tous les appareils, dit-elle à Poudrier en le lui montrant.

Elle jeta un coup d'œil à sa montre.

– Il reste deux heures et demie avant de le couper, alors mets-toi à l'aise en attendant.

Ils s'assirent sur le sol. Elle sortit de son sac à dos un petit ordinateur portable et se connecta au réseau de la mine. Elle entra sur le serveur du courrier et tapa les identifiants pour envoyer un e-mail depuis le compte du directeur général.

Sur la page elle colla le texte qu'elle avait préparé depuis plusieurs jours. Dans objet elle tapa « Important : information carburant ». Puis elle appuya sur la touche « envoyer ».

Si elle avait été superstitieuse, elle aurait croisé les doigts.

CHAPITRE 23

San Rafael, Mendoza, Argentine.
Deux mois et demi plus tôt.

–Et pourquoi ? lui demanda Poudrier.
Minerva ne pouvait pas lever la tête pour lui répondre. Elle avait les yeux fixés sur ses pieds, à quatre mètres du sol.
– Pourquoi, quoi ?
Ses jambes tremblaient comme du flan. Maintenant, le défi était de passer d'un eucalyptus à un autre en mettant les pieds dans des étriers suspendus à un câble.
– Pourquoi te la jouer voleuse ? l'entendit-elle dire depuis la plateforme sur laquelle elle devait arriver. Chacun de nous a un motif.
– Et le tien, c'est quoi ?
– Moi je ne sais rien faire d'autre. Mais toi tu es une jeune et jolie fille, tu as fait des études universitaires, alors quel besoin as-tu de te mettre dans une telle embrouille ?
– Tu ne sais rien de moi, dit Minerva. Les mots sortaient comme une série de grognements ; pas tant à cause de la question de Poudrier que pour l'effort qu'elle devait fournir pour se maintenir stable sur les étriers.
– Je sais quelque chose. Banquier m'a dit que tu as déjà travaillé dans le milieu. Il m'a raconté ton histoire avec les

cartes de crédit, mais de ça il y a une vie. Pourquoi tu reviens maintenant ? Je me pose la question.

Elle parvint à passer à l'étrier suivant en canalisant la rage provoquée par le fait que Banquier ait déballé ses affaires à cet énergumène.

– Et quand je me pose des questions, je ne suis pas tranquille pour faire le boulot. Ça me rend nerveux, tu comprends ? Je n'ai pas confiance. Du reste, je connais le motif, ou du moins je peux l'imaginer.

– L'ennui ! cria Banquier dans le dos de Minerva. L'ennui est une grande motivation.

Elle resta paralysée dans les étriers, serrant fortement les câbles. Puis elle leva les yeux et regarda les deux plateformes. Derrière elle, celle qu'elle avait quittée en commençant le parcours, où se trouvait maintenant Banquier, attendant son tour. Devant elle, celle où elle allait et d'où Poudrier l'observait, un sourire moqueur sur les lèvres, appuyé contre le tronc de l'eucalyptus.

Elle tenta de dissimuler l'effort qu'elle faisait pour que ses jambes ne s'ouvrent pas comme une paire de ciseaux. Elle réussit même à libérer une main pour la pointer derrière Banquier, là où Serrurier et Pata débutaient le circuit.

Et elle sourit.

– Vengeance, nécessité, dépression, dit-elle. Ce sont toutes des raisons valables, évidemment. Mais secondaires. Le vrai motif, il n'y en a qu'un : le fric.

– Je ne le fais pas pour ça, et tu le sais bien, réfuta Banquier.

– Mais si dans ce coffre il y avait des bottes de foin, tu les volerais aussi ? Pour le sport ? Et eux ? Ne mélangez pas tout. Nous sommes *tous* là pour les billets. Après, ce que nous faisons avec, c'est l'affaire de chacun.

Poudrier haussa les épaules comme pour dire : *Si je dois te croire, je te crois. Mais je ne suis pas convaincu.*

Normal, pensa Minerva. Il ne fallait pas être un génie pour se rendre compte qu'il y avait autre chose qui la motivait. Mais il était hors de question de l'admettre devant ces types.

– De mon côté, c'est clair. Je ne veux plus jamais travailler de toute ma vie. Je veux passer mon temps à lézarder sur une plage des Caraïbes.

En fin de compte, il y avait du vrai dans ses paroles. Si le braquage se passait bien, elle resterait quelque temps dans un endroit le plus éloigné possible de la Patagonie. Profiter du soleil. Oublier le vent. Et après, quand elle commencerait à s'ennuyer, peut-être irait-elle à Barcelone pour tenter d'améliorer les relations avec ses parents qui, pour le moment, se limitaient à quatre appels téléphoniques par an.

Elle n'était pas retournée dans sa ville natale depuis une vingtaine d'années, quand sa famille avait déménagé en Argentine. Elle avait quinze ans et la tête bouleversée par les hormones. Elle vécut le déménagement comme une trahison. Elle pensait que ses parents l'avaient arrachée à ses amis, à son quartier et surtout à sa grand-mère, qui mourut un an plus tard. Elle dut la pleurer à douze mille kilomètres de distance. Elle se transforma en une adolescente à problèmes. De mauvaises fréquentations. Et quand, huit ans après, ses parents décidèrent de rentrer à Barcelone, elle préféra rester en Argentine. Non par esprit de contradiction mais parce qu'elle se sentait plus tango que sardane.

Elle dirigea son regard vers l'arrière. Au loin, Pata descendait par une échelle du premier arbre du circuit, abandonnant avant d'avoir commencé.

CHAPITRE 24

16 juillet 2019, 10:45 A.M.

– C'est l'heure, annonça Minerva à onze heures moins le quart.

Poudrier bondit sur ses pieds. Apparemment, pour lui aussi l'attente avait duré une éternité.

Quand Minerva referma la pince coupante sur le câble rouge, l'éclairage du container s'éteignit ainsi que la constellation de voyants. Seuls restèrent allumés les petits voyants rouges des batteries.

Dans la pénombre, Minerva vit que Poudrier fouillait dans son sac à dos. Le métal poli d'une 9 mm renvoya des éclats rouges.

– Ils ne sont pas encore là, Poudrier. Il va leur falloir trois-quarts d'heure pour arriver.

– Je le sais bien. Il faut sortir les attendre, répondit-il presque tristement. Minerva eut l'impression qu'il s'adressait autant à elle qu'à son arme.

– Mais cette partie de l'attente est beaucoup plus amusante, et elle balança de toutes ses forces la pince coupante comme s'il s'agissait d'une batte de baseball. L'extrémité métallique de l'outil emboutit l'un des serveurs du *rack*.

Poudrier rangea son arme et laissa échapper son rire porcin. Ensuite il leva au-dessus de sa tête un moniteur et l'explosa contre les batteries au fond du local.

Minerva passa sa main gantée derrière les serveurs et attrapa un faisceau de câbles. Elle tira le plus fort qu'elle put et en arracha plusieurs. Des morceaux de connecteurs en plastique roulèrent en tintant sur le sol.

– Aide-moi, dit-elle en montrant le *rack* de serveurs.

En unissant leurs forces ils parvinrent à faire s'effondrer les étagères métalliques dans un énorme vacarme. Poudrier lâcha un cri de joie qui ressemblait plus à un hurlement de loup.

– Ce serait le bon moment pour me raconter pourquoi tu as planifié tout ça, dit-il en sautant à pieds joints sur un clavier.

– Tu recommences avec ça, dit-elle en même temps qu'elle se suspendait à un écran accroché au mur. Je te l'ai déjà expliqué très clairement. Je ne veux plus jamais travailler de toute ma vie.

– Pas cette connerie. Je veux la vérité. Une fille comme toi a besoin d'une motivation particulière pour faire quelque chose comme ça.

– Particulière comme quoi ? demanda-t-elle en tirant plus fort sur l'écran.

– Comme le père malade de Serrurier. Ou se retrouver veuf avec trois gamins à charge.

– Veuf ? Serrurier est veuf ?

– Serrurier, lui il est vierge. Le veuf, c'est Mac.

L'écran sur lequel elle tirait se décrocha et s'écrasa sur le sol.

– Veuf ?

– Sa femme est morte il y a un an. Il ne te l'a pas dit ?

Elle ne bougea plus. Dans le container tout était à nouveau silencieux.

– Non.

D'un côté elle ressentit de la peine. D'un autre, elle fut malgré tout soulagée de savoir que Mac ne passait pas son temps à faire le beau alors que la femme de la photo l'attendait en s'occupant des enfants.

Mais par-dessus tout, elle ressentit de la honte. La veille, tandis que Mac et elle mettait au point la partie la plus cruciale du plan, ils avaient eu une conversation un peu tendue. Et maintenant Minerva se rendait compte que tout n'avait été qu'un malentendu.

– S'il ne te l'a pas dit, c'est que tu lui plais.

– Poudrier, nous sommes sur le point de faire le casse de notre vie. Concentrons-nous, si tu veux bien.

– Tu lui plais énormément. Ça se voit. Et toi aussi, il te plaît.

– Pour le moment, ce qui me plairait c'est que tout se passe bien.

– Et ça va bien se passer, ne t'inquiète pas, dit-il en écrasant sous son talon un autre serveur. Tu sais ? Je peux être plus rustre qu'une charrue, mais je ne suis pas idiot. Je sais qu'il y a quelque chose qui te pousse à faire ça et que cela n'a rien à voir avec le fric. Et j'aurais aimé que tu me le dises avant de faire le coup. Mais bon, j'aurais aussi aimé être acteur porno, et ça aussi je n'ai pas pu.

Minerva lâcha un rire qui résonna sur les parois en tôle. Elle avait maintenant les mains croisées dans le dos. Ses doigts étaient passés sous le gant en latex et jouaient avec les fins contours du puma et du guanaco.

– Tu as raison, dit-elle.

– Quand je dis que tu plais à Mac ou que tu ne me dis pas la vérité ?

– Quand tu dis que tu es plus rustre qu'une charrue.

CHAPITRE 25

16 juillet 2019, 10:44 A.M.

– Bonjour, mon amour, dit Pamela d'une voix onctueuse, à l'autre bout du téléphone.
– Je t'ai réveillée ?
– Qu'en penses-tu ? Il est onze heures moins le quart du matin et je me suis couchée il y a moins de quatre heures.

En l'imaginant étendue dans le lit, bougeant sous les draps en petite tenue, une érection commença à poindre dans son entre-jambe.

– J'ai beaucoup, beaucoup, beaucoup envie de te voir, Pam.
– Moi aussi, mon bébé. Quand viens-tu ?
– Dès que possible.
– C'est quand je me réveille que tu me manques le plus, dit-elle, la voix déformée par un bâillement. J'aimerais ouvrir les yeux et que tu sois là, à côté de moi dans le lit. Tu sais ce que je te ferais ?

Il lâcha un soupir, se recula dans la chaise et posa les pieds sur le bureau. Il lança un bref regard vers la porte pour être sûr qu'il l'avait fermée à clé.

– Raconte-moi, s'il te plaît. J'en meurs d'envie.
– Je commencerais avec ma langue, lentement. Tu aimes la chaleur de ma langue ?

Il inspira par le nez, se remplissant d'air les poumons.
– J'adore. Que me ferais-tu avec ta langue ?
– J'irais partout. Je commencerais par le cou et je descendrais tout doucement...
– Et quoi d'autre ?
Il y eut un silence à l'autre bout de la ligne.
– Quoi d'autre, Pam ? Ne sois pas méchante, raconte-moi.
Rien.
– Allô !
Il décolla l'appareil de son oreille et regarda l'écran. Pas de signal. Il sortit l'autre téléphone de sa poche. L'officiel. Celui qu'il utilisait au travail et pour parler avec sa femme et ses enfants. Lui aussi était hors service.
Il descendit les pieds du bureau, attrapa la radio et sélectionna le canal du service informatique.
– Carlos Sandoval à l'appareil. Il y a un problème avec les communications ?
– Il semblerait que oui, monsieur le directeur, lui répondit Gerardo Mallo à l'autre bout du fil. La liaison de téléphonie cellulaire et le répéteur radio viennent de se couper.
– Internet ?
– Aussi. En ce moment, la connexion satellite de secours est en train de s'initialiser.
– Il se serait passé quelque chose à Cerro Solo ? demanda-t-il après s'être mis un chewing-gum dans la bouche.
– C'est le plus probable, monsieur le directeur. Madueño se prépare pour aller voir là-bas.
– Tenez-moi au courant, j'étais au milieu d'une communication importante.
– Vous voulez que je vous amène le téléphone satellite ?

Il hésita une seconde, le temps de penser à la phrase inachevée de Pamela. La tentation de répondre oui à Mallo était énorme.

– Non, ce n'est pas la peine.

Si son mariage avait survécu au cours des années, c'était parce qu'il savait compartimenter les choses. Un téléphone pour sa famille et son travail et un autre pour Pam et le reste de ses petites copines.

Et depuis un an, un troisième. Il l'appelait le téléphone rouge, bien qu'il soit argenté. Celui-là, sûr qu'il était dangereux. C'était pour cela qu'il le gardait bien à l'abri.

CHAPITRE 26

*San Rafael, Mendoza, Argentine.
Deux mois et demi plus tôt.*

– La situation d'Entrevientos dans un lieu reculé fait que les communications sont un de ses points faibles. Bien plus vulnérables que celles d'une banque, par exemple.

Minerva s'interrompit un instant pour observer ses camarades. Les cernes perpétuels de Banquier souriaient avec une expression malicieuse. Il y avait de l'orgueil dans le regard du vieux bandit.

Une fois de plus elle fit apparaître sur l'écran la carte du gisement.

– Au milieu de toute cette vaste plaine il n'y a qu'une seule colline, que quelqu'un avec beaucoup d'imagination a baptisée Cerro Solo, la colline solitaire. Elle est à dix-sept kilomètres au nord du camp. Au sommet il y a une tour avec des antennes de téléphonie cellulaire, une liaison internet et un répéteur radio. Tout comme le Poste d'Entrée, ces installations ont leur propre générateur d'électricité du fait de leur éloignement. Dans ce cas, panneaux solaires et batteries.

– Ce qui veut dire que si nous faisons tomber cette antenne, ils sont sans communications, résuma Mac.

– Pas tout à fait car il leur reste la connexion internet par satellite.

– Et c'est très difficile de la hacker ?

– Très compliqué. Mais arracher la petite antenne qui pointe vers le ciel, n'importe qui peut le faire. C'est moi-même qui l'ai installée. Elle se trouve sur le site, avec un container rempli de serveurs que nous appelons le *data center*.

Appelions, se corrigea-t-elle mentalement.

– Donc, sans l'antenne de Cerro Solo et sans la liaison satellite, cette fois ils se trouvent dans l'impossibilité de communiquer ? insista Mac.

– Ils sont sans internet, sans radio et sans téléphonie cellulaire. Mais ils ont les quatre téléphones satellitaires. Dans le camp il y en a deux : un à l'infirmerie et l'autre au service informatique et communications. Le troisième est à l'usine, c'est la sécurité qui le détient. Et le quatrième, ils l'emmènent sur le terrain quand ils sortent en exploration pour chercher de nouveaux filons, c'est-à-dire presque tout le temps.

– Ils continuent de chercher ? demanda Banquier. Je croyais qu'ils exploraient d'abord et qu'ensuite ils commençaient la production.

– La prospection ne va jamais finir. Une fois que la mine est en production, plus ils trouvent de métal et plus elle est rentable. Peu avant que je parte, ils ont trouvé un filon très riche qu'ils ont nommé Diana.

– C'est une tradition de donner des prénoms féminins à toutes les veines, précisa Pata.

– Apparemment, Diana a pas mal allongé la durée de vie du projet, continua Minerva. En ce moment, on estime qu'il y a du travail pour au moins quinze ans. Mais s'ils font de nouvelles découvertes, le délai s'allonge.

– Et que se passe-t-il quand il n'y a plus de travail ? demanda Mac.

– C'est une bonne question.

CHAPITRE 27

16 juillet 2019, 11:06 A.M.

Pata arrêta le camion face au portail du Poste d'Entrée. Un homme jeune vêtu d'un uniforme noir sortit avec un bloc-notes à la main. Ce n'était pas celui qui avait rempli la bouteille thermos d'eau chaude dix jours auparavant. Tant mieux.

Il baissa la vitre du camion et sortit la tête. Sans enlever ses lunettes de soleil, il porta deux doigts à la visière de la casquette YPF qui recouvrait son crâne rasé.

– Bonjour, dit-il.

– Vous avez le formulaire 29 ?

Pata acquiesça et prit sur le siège passager le porte-documents que lui avait préparé Minerva. Quand il le tendit par la fenêtre à l'employé, il sentit une sueur froide au niveau des aisselles.

– Attendez-moi ici un instant, dit le jeune homme, et il rentra dans la construction rectangulaire d'où il était sorti l'instant d'avant.

Pata regarda droit devant, les pieds appuyant de toutes ses forces sur l'embrayage et le frein pour contrôler le tremblement de ses jambes. Si Minerva n'avait pas fait correctement son travail, tout s'arrêtait là. Ce furent deux minutes, qui semblèrent durer une éternité, pendant lesquelles il ne cessa de se gratter discrètement la barbe. Il l'avait taillée la nuit précédente et Poudrier la lui avait teinte en noir.

Le gardien ressortit du module avec son bloc-notes, mais cette fois il était de l'autre côté des barbelés. Le portail commença à glisser sur un côté et il lui fit signe d'avancer.

Sésame ouvre-toi, pensa Pata en même temps qu'il passait la seconde et relâchait l'embrayage. Il avança jusqu'à ce que l'employé lui fasse signe de s'arrêter. Maintenant, il était dans l'enceinte d'Entrevientos.

Il ouvrit la porte du camion pour que le jeune grimpe sur le marchepied à la hauteur de la cabine afin de noter sur le formulaire le niveau dans la citerne : 37214 litres. Vue la façon routinière avec laquelle l'employé continua de s'activer, il semblait que Mac avait fait un excellent travail quand il avait trafiqué la jauge.

– Monte sur la balance.

– Je n'aime pas me peser, ça me déprime, répondit Pata en tapant du plat de la main sur sa panse rebondie. Le garçon sourit en découvrant des dents de travers et lui indiqua la bascule pour poids-lourds.

Après avoir fermé la porte de la cabine, Pata s'inclina discrètement vers l'avant et actionna l'interrupteur que Mac avait installé sous le volant. Il regarda du coin de l'œil le plus petit des trois bâtiments rectangulaires, celui où se trouvait le générateur électrique.

Il n'y eut aucun bruit. L'employé lui fit signe de monter sur la balance. Dans le doute, il appuya une deuxième fois sur l'interrupteur, mais là encore il n'entendit rien.

Il n'y avait pas d'autre option que celle d'avancer.

Il enclencha la seconde et, tandis que le camion commençait à avancer, il appuya plusieurs fois sur le bouton.

Mac, Serrurier et la putain qui les a enfantés.

Il avait déjà les deux roues avant sur la balance quand un autre gardien, plus âgé, sortit du module principal et cria quelque chose à son collègue. Celui-ci, à son tour, fit signe à Pata de baisser sa vitre.

– Nous avons un problème électrique, lui expliqua-t-il. Finis de monter sur la bascule et attends ici. Dès que le problème est réglé nous te pesons et tu peux continuer.

Pata émit un soupir de mécontentement.

– Ce ne sont que quelques minutes, rien de plus. Je ne crois pas que ça dure longtemps.

Le jeune s'éloigna du camion pour rejoindre son camarade et tous deux se dirigèrent vers le local du générateur. En les voyant ouvrir la porte puis reculer devant un nuage de fumée noire, Pata sourit.

CHAPITRE 28

San Rafael, Mendoza, Argentine.
Deux mois et demi plus tôt.

Minerva observa discrètement la télécommande du projecteur qu'elle tenait dans sa main. Son pouce était ferme comme celui d'une statue. Elle afficha sur l'écran une carte du nord-est de la province de Santa Cruz sur laquelle elle avait foncé la surface concédée au projet minier.

– Le site d'Entrevientos et un carré d'environ vingt kilomètres de côté.

Sur la vue suivante, la mine d'Entrevientos occupait tout l'écran.

– Ceci est l'unique accès, dit-elle en indiquant un chemin rectiligne qui partait vers le sud-est depuis la route provinciale. Le Poste d'Entrée, celui dont je vous ai déjà parlé, est sur cette route. Ici.

Elle superposa une image satellite sur la carte et arrêta le pointeur laser sur trois rectangles blancs au bord du chemin.

– Par le Poste d'Entrée passent tous les employés, intérimaires et fournisseurs qui entrent et sortent de la mine. Il y a une salle de contrôle pratiquement identique à celle d'un aéroport, avec des détecteurs de métaux et un scanner à rayons X pour les bagages. Pendant que les personnes passent ce contrôle, un employé de la sécurité inspecte les véhicules.

Cette fouille est aléatoire : parfois ils regardent dans le coffre, parfois sous les sièges et, de temps en temps, sous le châssis. Si le véhicule qui entre transporte du combustible, ils le pèsent.

Elle fit une pause pour observer ses compagnons. Elle pouvait les voir penser aux différentes façons de déjouer la vigilance du Poste d'Entrée.

– Il a un point faible. S'il n'y a plus d'électricité, ils ne peuvent plus procéder à tous ces contrôles. Ils ne demandent même pas aux gens de descendre des véhicules. Et il ne leur reste que la radio pour communiquer.

Les visages restèrent concentrés.

– Le Poste d'Entrée est le premier des trois contrôles de sécurité que nous devrons franchir pour arriver jusqu'à l'or. Et il est très strict, car une fois que quelqu'un est entré dans la mine, il se mêle aux sept cents autres employés.

Elle suivit avec le laser le chemin rectiligne perpendiculaire à la route provinciale et pénétra dans le cœur du gisement. Puis elle indiqua un ensemble de bâtiments rectangulaires disposés comme les pâtés de maisons d'une ville.

– Passé le Poste d'Entrée, il y a une douzaine de kilomètres pour arriver jusqu'à ce qu'ils appellent le camp. Là vivent les employés, qui ont l'habitude de faire des cycles de quatorze jours de travail pour quatorze de repos. Ils ont une chambre, une salle à manger, un salon de détente et même un gymnase. Il y a aussi des bureaux et des salles de réunions. Dans ce camp, il y a tellement de personnes que, si nous nous comportons normalement, il y a peu de chance que l'on nous repère.

– Tu parles comme si ces types allaient nous laisser bouger tranquillement, intervint Poudrier. Mais, et c'est toi-même qui nous l'as dit, il y a des caméras et des gens de la sécurité un peu partout.

– Oui, reconnut-elle, et je vais aussi te dire que c'est comme un village en miniature : si un inconnu arrive dans ce village, les voisins ne vont pas courir le dénoncer à la police.

– Dans certains villages si, intervint Mac.

– C'est vrai, dit-elle en riant. Mais dans celui-ci non. Des mille deux cents personnes travaillant pour la mine, il n'y en a jamais plus de sept cents à la fois. Certains tombent malades, ou bien ils modifient leurs horaires de travail, ou échangent leurs vacances avec un collègue, ce qui fait qu'il y a toujours de nouveaux visages. Ils ne se connaissent pas tous. Si nous nous déplaçons avec assurance et avec une carte pendue autour du cou, personne ne va nous arrêter pour nous interroger.

– On peut manquer de chance.

– C'est un risque que l'on doit assumer. Mais j'ai passé quatre années ici et je sais que pendant que nous sommes dans le camp, nous jouissons d'une certaine liberté. Plus tard ils nous repèrent, plus tard arrive la police. L'idéal serait que nous arrivions à entrer dans la *gold room* avant qu'ils ne se rendent compte de notre présence.

– Et si nous n'y arrivons pas ?

– Alors nous avons moins de temps pour tout emporter et disparaître.

CHAPITRE 29

16 juillet 2019, 11:22 A.M.

Depuis le camion, Pata observa la porte ouverte du local du générateur. Les employés avaient attendu que la fumée se disperse et maintenant ils étaient à l'intérieur depuis trois minutes. Quand ils sortirent, le plus jeune des deux vint jusqu'au camion et dit quelque chose en montrant le haut du camion.

— Que se passe-t-il ? demanda Pata, baissant la vitre tandis qu'il suivait du regard l'autre qui se dirigeait vers le module principal.

— Apparemment le problème est assez grave. Une partie du générateur a explosé.

— Houlà ! Et maintenant ?

— Nous faisons une inspection visuelle et tu entres, dit-il en montrant à nouveau le haut du camion.

Pata vit que l'autre sortait du module avec un harnais dans une main et une longue perche en plastique dans l'autre. Son sang se glaça. Minerva n'avait mentionné aucune inspection visuelle.

— On m'a dit que l'usine était un peu juste en carburant et qu'il fallait y aller de toute urgence, bredouilla-t-il.

— Oui, ce matin le directeur nous a envoyé un e-mail pour que nous facilitions l'entrée des camions-citernes. Alors ne panique pas, ça va aller vite. On te la met, on la sort mouillée et tu y vas, dit le type avec un sourire.

En plus il fait le malin, pensa-t-il.

– Sérieusement, continua le jeune, c'est un nouveau protocole qu'ont ajouté ceux de la sécurité du patrimoine. Arrête le moteur.

Il vit dans le rétroviseur que celui avec le harnais s'était arrêté à un mètre du camion et regardait vers le haut de la citerne.

Vite, Pata. Tu dois réfléchir rapidement.

Il se pencha par la fenêtre, la moitié du corps à l'extérieur, et fit signe à l'employé de s'approcher. Ensuite il jeta un coup d'œil de chaque côté.

– Entre nous, j'ai un problème avec le démarreur, dit-il à voix basse. Si j'arrête le moteur, je ne sais pas si je vais pouvoir le redémarrer.

– Si tu ne l'arrêtes pas, nous ne pouvons pas faire l'inspection. Et sans inspection, tu n'es pas autorisé à entrer.

Pata avala sa salive. Il reprit la parole, baissant encore plus la voix. Maintenant ses mots étaient un murmure à peine plus fort que le vent.

– J'aurais dû l'amener à l'atelier il y a trois jours, mais le plus jeune de mes gamins est tombé malade. Quarante de fièvre, un vrai problème. En plus ma femme est enceinte de huit mois. S'il te plaît, faites ce que vous avez à faire, mais ne me demande pas d'éteindre le moteur. Ça peut me coûter mon travail.

Le gars de la sécurité l'observa un instant, et dans ses yeux Pata reconnu l'expression. C'était celle d'un père pensant à ses enfants. Lui aussi en avait déjà eu un avec de la fièvre.

Il regarda vers l'arrière du camion et fit signe à son collègue de monter.

– Merci, dit Pata.

Il vit dans le rétroviseur l'autre qui enfilait un harnais semblable à celui qu'il avait mis deux mois auparavant pour grimper dans les arbres de Mac. Ensuite il disparut, avec la perche à la main, derrière la citerne cylindrique. Il ne pouvait pas le voir, mais il savait qu'il était en train de monter à l'échelle.

Quelques secondes après, il entendit le bruit des bottes sur la citerne. Allait-il se rendre compte qu'elle sonnait plus creux que d'habitude ?

La sueur lui collait la chemise au dos. Ils n'avaient pas encore commencé et tout était sur le point de se casser la figure.

Il reconnut la suite de *clings* et de *clangs* métalliques. Le type avait relevé la main courante pliable et s'y était accroché avec le câble du harnais. Sûrement qu'il avait aussi coupé le scellé pour déverrouiller l'une des ouvertures donnant accès à la citerne.

CHAPITRE 30

16 juillet 2019, 11:27 A.M.

– Que se passe-t-il ? chuchota Serrurier.

Même amorties par le masque en coton, ses paroles résonnèrent dans la citerne vide.

Mac leva une main pour éteindre sa lampe frontale, mais il se ravisa à mi-chemin. Si quelqu'un ouvrait une trappe et découvrait qu'ils ne transportaient pas de combustible, ils étaient perdus. Qu'il y ait de la lumière ou qu'il n'y en ait pas.

– On dirait qu'il y a quelqu'un là-haut, répondit-il à Serrurier en montrant au-dessus de leurs têtes.

Son camarade approcha le 9 mm du chauffeur auquel ils avaient volé le camion.

– Toi, tu la fermes.

L'homme acquiesça comme il put. Il était étendu sur le sol incurvé, les pieds et les mains liés. Par-dessus le bâillon ils lui avaient mis un masque identique à ceux qu'ils portaient. Bien qu'ils aient passé des heures à laver et à ventiler la citerne, il persistait une odeur de gasoil suffisante pour vous donner la nausée.

Depuis la partie avant de la citerne l'un des borders collies lança un gémissement plaintif, sans énergie. La dose de sédatif qu'ils leur avaient injectée les maintenait étourdis, mais pas endormis.

– Tais-toi, idiot, marmonna Serrurier en direction du chien en même temps qu'il armait le pistolet. Il leva le canon vers le haut.

– Si tu tires ici, en plus du plan qui est foutu, nous serons complètement sourds, l'avertit Mac.

– Tu as une meilleure idée ?

Un disque lumineux de la taille d'un ballon de plage commença à se dessiner au-dessus de leurs têtes. Quelqu'un était en train d'ouvrir l'une des écoutilles.

Mac put voir que le bras de Serrurier se tendait et que son index se posait sur la détente. Il se boucha les oreilles. Malgré cela, il entendit le bruit que firent les freins pneumatiques du camion en se relâchant.

– Eh, arrête ! Qu'est-ce que tu fais, imbécile ? cria le type sur la citerne.

Le véhicule s'était remis en mouvement. Cependant, l'inertie du démarrage s'interrompit brusquement et le camion s'immobilisa en une fraction de seconde. Mac, Serrurier et le prisonnier furent projetés en avant, heurtant l'un des brise-vagues en acier inoxydable qui divisaient la citerne en plusieurs compartiments. Le couvercle de l'écoutille retomba dans son logement et le disque de lumière disparut.

Si tous les outils, les armes et les équipements qu'ils transportaient n'avaient pas été amarrés avec des cordes, le bruit les aurait trahis.

Et si les chiens avaient eu des colliers à la place des harnais, ils seraient morts étranglés.

***

Pata respira à fond. Il venait d'écraser la pédale de frein et le camion s'était arrêté sèchement, dérapant à peine sur les graviers.

– Que fais-tu ? Tu es fou ? entendit-il crier l'employé qui était resté en bas.

Il mit le frein à main et descendit en courant, les mains sur la tête. Il contourna le camion par l'avant et vit l'autre pendu par le harnais sur un côté de la citerne.

– Reste là, je monte pour t'aider, lui dit-il.

– Non, intervint le plus jeune. Tu ne peux pas grimper sans harnais.

– Ne t'inquiète pas, personne ne va me voir, rétorqua-t-il en lui indiquant la caméra de sécurité installée dans un coin de la construction blanche. Si tu n'as pas de courant, tu n'as pas de caméras.

Il courut vers l'arrière de la citerne et s'arrêta devant l'échelle en aluminium. Il regarda vers le haut.

Il n'y a que trois mètres cinquante, se dit-il. Il frissonna, mais le vent le ramena à la réalité en lui glaçant le dos couvert de transpiration. Il retint sa respiration et posa un pied sur le pare-chocs. Puis sur le premier des quatre barreaux en aluminium.

Ne regarde pas en bas.

CHAPITRE 31

San Rafael, Mendoza, Argentine.
Deux mois et demi plus tôt.

Pata regarda vers le bas depuis la plate-forme au sommet de l'eucalyptus. Ça lui retournait l'estomac.
– Je ne peux pas.
– Comment tu ne peux pas ? cria Serrurier depuis un autre arbre. Bien sûr que tu peux. La seule chose à faire est de lever les jambes et de te cramponner au câble.
– Même pas ça, intervint Mac en lui posant une main sur l'épaule. Tu as juste à t'asseoir dans les courroies du harnais qui passent sous tes cuisses. C'est comme sur un télésiège. Tu as déjà fait du ski ?
– Jamais.
– Ça ne change rien. Ce qui est important, c'est de ne pas forcer avec les bras.
– Mais j'ai la trouille. En quelle langue faut-il vous le dire ?
Mac attrapa le harnais et tira dessus.
– Ces mousquetons sont les mêmes que ceux utilisés par les alpinistes pour accrocher leurs tentes quand ils sont obligés de passer la nuit sur une pente verticale. Et si ces types peuvent dormir suspendus à cinq mille mètres

d'altitude, je t'assure qu'en haut d'un arbre il ne va rien t'arriver.

– Mac, tu peux m'expliquer tout ce que tu veux, mais moi, cette peur panique des hauteurs, je continue de l'avoir. Acrophobie ça s'appelle. C'est sérieux, tu n'as qu'à chercher sur internet. Je vois une vipère et si tu me le demandes je peux la prendre dans ma main et l'embrasser sur la bouche. Les araignées, rien à foutre. Mais l'altitude, mon gars, l'altitude me fait paniquer.

– Une chance que nous ne cambriolions pas un gratte-ciel, cria Serrurier.

– Si tu veux, tu redescends et nous nous revoyons à la réception quand nous avons fini le circuit, lui suggéra Mac en lui montrant les barreaux fixés au tronc par lesquels il était monté. Tu sais comment on dit ici ?

– Non.

– Prendre le chemin de la poule.

CHAPITRE 32

16 juillet 2019, 11:29 A.M.

Perché sur l'échelle, Pata pensa à ses camarades dans la citerne et à ceux qui attendaient sur le Cerro Solo. Ils dépendaient de lui. Cette fois il ne pouvait pas prendre le chemin de la poule.

Il monta lentement les échelons restants. Chacun fut un supplice. Quand il arriva au dernier, il se coucha à plat ventre sur la citerne et rampa jusqu'au câble en acier tendu par le poids de l'employé resté accroché.

Quand il se pencha du côté où il n'y avait pas de main courante, il sentit la nausée l'envahir.

Tu ne peux pas être aussi trouillard. Il n'y a même pas quatre mètres.

— Excuse-moi, mon gars. Si tu avais vu cette araignée.

— Aide-moi à descendre.

Le plus jeune des agents de sécurité courait maintenant vers le camion avec une échelle pliante. Il l'appuya contre la citerne à côté de son collègue suspendu et lui guida le pied jusqu'à ce qu'il parvienne à se positionner sur l'échelle. Le câble se détendit et, quand Pata eut décroché le mousqueton, le bonhomme descendit à toute vitesse.

D'en haut, le corps plaqué à la citerne, Pata regarda les employés. Il devait dire quelque chose de convainquant, et vite.

– Elle était grosse comme ça, leur cria-t-il en formant un cercle avec ses pouces et ses index.

– De quoi tu parles ? demanda celui qui avait apporté l'échelle.

– L'araignée. En plus, elle était poilue. Ce fut un réflexe : quand je l'ai vue grimper le long de ma jambe, j'ai lâché les deux pédales et le camion a commencé à avancer. Je n'aurais pas dû freiner aussi brusquement. Excuse-moi, mon gars. Ça va ?

L'agent de sécurité, encore sans voix, hocha la tête et retourna derrière la citerne.

Apparemment ils le croyaient. C'était une chance que ces deux-là n'aient pas la moindre expérience dans la conduite des camions. Sans le petit coup de pouce de Pata à l'accélérateur, le camion n'aurait jamais avancé. Et si la citerne avait vraiment contenu trente tonnes de gasoil, l'arrêt net n'aurait pas été possible.

– Ce n'est pas la peine que tu montes, cria-t-il. Je m'en charge.

En se traînant, il attrapa la jauge en plastique qui était posée le long de la main courante et la plongea dans l'écoutille.

– Je lui fais toucher le fond et je la remonte, non ? cria-t-il en s'approchant de l'ouverture.

– Oui, lui répondirent les deux d'en bas.

– Parfait.

Il fit descendre la jauge le plus lentement qu'il put.

– Vous mesurez le niveau du gasoil pour qu'on ne vous trompe pas sur le poids ? demanda-t-il. Il y a quelques années ils ont démantelé un trafic du même genre avec des camions qui livraient du combustible à Comodoro. Il y a toujours une brebis galeuse pour faire du tort à la profession.

Ils ne répondirent pas.

La jauge toucha le fond. Maintenant il fallait la ressortir. Pata pencha la tête pour regarder les deux employés.

– J'ai encore le cœur qui bat à mille à l'heure. Vous ne savez pas le dégoût que j'ai pour ces bestioles. Je n'en avais jamais vu d'aussi grosse. Pourtant je suis né et j'ai grandi dans la région et je suis habitué aux petites araignées, mais celle-ci était énorme. Pour moi, elles viennent du nord, dans les bagages des gens. La dernière livraison avec ce camion, c'est un gars du Tucumán qui l'a faite. Il est rentré de chez sa mère la semaine dernière.

– C'est possible, dit l'un des deux sans aucun intérêt.

– Sors la jauge, ordonna l'autre.

Pata essaya de retirer la baguette de plastique, mais elle demeura aussi immobile que l'épée Excalibur.

– En plus ce radin nous a ramené un carton de six *alfajores*. Six *alfajores* ! Vous savez combien nous sommes de chauffeurs dans l'entreprise ? Qui peut avoir l'idée de n'en amener que six pour toute l'équipe ? Petits comme ils sont les biscuits de Tucumán. Je le lui ai dit, comme je vous le dis, et vous savez comment il l'a pris : ça ne lui a pas plu du tout…

Il feignit de s'arrêter brusquement. Il fit claquer les doigts de sa main libre et gratta sa barbe teinte. Avant de parler, il ouvrit la bouche comme quelqu'un qui tente d'encaisser un coup inattendu.

– Maintenant je comprends ! Il l'a fait exprès. Ce fils de pute du Tucumán a mis l'araignée à cause de ce que je lui ai dit sur ses *alfajores*. Il aurait pu me tuer ! Si je l'avais trouvée en conduisant, à cent à l'heure, je me tuais !

— Dénonce-le à ton chef. Je ne sais pas moi. Mais sors la jauge, mon gars. S'ils te voient là-haut, ils vont nous faire tout un cirque.

— Le dénoncer, non. Mais je vais bien l'engueuler, ça c'est sûr, grommela Pata et il remonta la jauge.

***

Dans la citerne, Mac vit descendre le bout jaune d'une baguette en plastique.

— *Je lui fais toucher le fond et je la remonte, non ?* entendit-il Pata crier depuis là-haut.

Il regarda Serrurier.

— C'est pour mesurer le niveau du gasoil, chuchota-t-il.

— Dans ce cas on est dans la merde.

— Va chercher un des bidons qu'on a amenés pour les camionnettes. Vite. Ne fais pas trop de bruit.

Sans comprendre, Serrurier enjamba le chauffeur ligoté et disparut par le trou au centre du brise-vagues qui séparait ce compartiment du suivant. Mac attrapa des deux mains le bout de la jauge et se tint tranquille. Les battements de son cœur lui martelaient les tempes.

— *La dernière livraison avec ce camion, c'est un gars du Tucumán qui l'a faite. Il est rentré de chez sa mère la semaine dernière*, disait Pata.

Ensuite il entendit une voix amortie, lointaine. Quelqu'un lui répondait. La jauge lui glissa alors des mains et remonta de quelques millimètres. Mais Mac la serra plus fort et tira vers le bas, la collant de nouveau sur le fond de la citerne.

***

Quand Serrurier traversa le premier brise-vagues, sa lampe frontale illumina un compartiment vide comme une canette de bière géante. Il pénétra dans le suivant. En le voyant entrer, les trois chiens commencèrent à gémir.

– Du calme, du calme, dit-il en passant à côté d'eux sans s'arrêter.

Ses paroles ne les firent pas taire, mais ça n'avait pas d'importance car ils ne faisaient pas trop de bruit. Le vent et les cinq millimètres d'acier se chargeaient du reste. Une chance que Mac ait pensé à leur bander les pattes pour que les griffes ne crissent pas dans la citerne vide.

Il traversa la dernière séparation, qui donnait sur le compartiment le plus proche de la cabine du camion. Le faisceau de la lampe balaya à toute vitesse des caisses en bois, des sacs avec des outils, des obus d'oxygène pour la lance thermique et un tas de sacs avec des masques et des uniformes.

Finalement, il distingua le plastique jaune d'un bidon de combustible.

***

Mac était sur le point de lâcher la jauge quand le bidon jaune apparut par le trou du brise-vagues. Derrière venait Serrurier.

– Mouille-la du plus haut que tu peux.

Serrurier dévissa le bouchon en plastique et se mit debout, ses épaules touchant la partie supérieure de la citerne. Ensuite il inclina le bidon pour faire couler le liquide le long de la jauge.

Le gasoil froid et huileux s'écoula entre les doigts de Mac.

– Passe la main pour qu'il ne reste pas de parties sèches.

Serrurier serra le poing autour de la jauge et le fit glisser vers le bas en s'assurant de recouvrir tout le plastique d'une pellicule de carburant.

– *Mais je vais bien l'engueuler, ça c'est sûr*, disait Pata au moment précis où Mac ouvrit les mains pour lâcher la jauge.

***

Pata remonta un peu la jauge. Il dut faire un effort pour ne pas crier de joie quand il vit qu'elle sortait humide et sentait le gasoil.

– La voilà, les gars, dit-il en la tendant aux deux employés qui attendaient en bas.

Celui au harnais l'attrapa avec une main gantée et l'examina.

– Le niveau est un peu bas, dit-il en regardant son collègue. Elle n'arrive pas aux trente-sept mille qu'indique le compteur de la cabine.

– Bon, répondit l'autre, qu'il entre quand même. De toute façon, quand il décharge, ils mesurent avec le débitmètre.

– C'est ça que je ne m'explique pas, protesta Pata d'un ton fatigué tandis qu'il fermait l'écoutille. Si là-bas ils branchent le débitmètre, pourquoi ici on nous pèse et on nous contrôle avec la jauge ?

– Ce sont les ordres d'en haut, dit le gars au harnais.

Pata descendit de la citerne et remonta dans la cabine en secouant la tête, comme s'il ne comprenait pas pourquoi tout le monde voulait lui compliquer la vie à lui, un simple camionneur.

– Maintenant, voyons si je peux démarrer. Croisez les doigts avec moi les gars, et il tourna la clé.

Après quelques soubresauts, le moteur ronronna au ralenti.

– Il semblerait que j'aie de la chance aujourd'hui, dit-il en leur montrant son pouce levé.

– Attends ! dit l'un des gardiens.

Et maintenant, qu'est-ce qu'il me veut celui-là ?

Le type partit en courant vers la guérite du Poste d'Entrée et revint immédiatement avec un pulvérisateur noir.

– Insecticide. Si tu veux pulvériser la cabine. Moi aussi j'ai la trouille des araignées. Prends-le et tu me le rends en repartant.

– Merci, dit-il en s'aspergeant les pieds qui, cinq secondes plus tard, faisaient avancer le camion.

Le Poste d'Entrée devenait de plus en plus petit dans les rétroviseurs. Le cœur de Pata allait à mille à l'heure et, bien que le stress l'ait couvert d'une sueur glacée, l'odeur d'insecticide l'obligea à baisser la vitre.

Il se concentra sur la large voie devant lui. Comme le lui avait dit Minerva, elle était totalement droite et plate, à part quelques légères ondulations qui occultaient de temps en temps l'horizon. Le revêtement était bien meilleur que sur n'importe quelle route provinciale.

Durant les neuf premiers kilomètres, où il n'y avait pas un seul virage, il compta huit véhicules en sens contraire. Trois étaient des camionnettes grises avec le logo d'Inuit. Le reste, des sous-traitants.

Chaque kilomètre et demi il y avait un panneau orange avec la silhouette d'un animal sauvage. C'était les mêmes que ceux avertissant qu'il pouvait y avoir des vaches en liberté sur les routes de la Pampa, ou des cerfs dans la Cordillère. Mais ceux d'ici montraient des animaux très différents :

guanacos, renards, tatous, troupeau de brebis. Et sous chacun, la légende : « Les animaux en liberté sont prioritaires ».

Dans son for intérieur, il rigola : *Des explosifs, du cyanure, tout ce que tu veux, mais surtout ne pas percuter un animal.*

Au bout de la ligne droite, un virage à droite lui révéla le groupe de constructions blanches et carrées qui constituaient le camp. Et beaucoup plus loin, estompées par la poussière soulevée par le vent, les énormes structures de l'usine de traitement du minerai.

CHAPITRE 33

16 juillet 2019, 10:55 AM

Dix minutes après avoir sectionné le câble, Minerva sortit du container pour observer avec les jumelles. Au loin une camionnette grise quittait le camp, laissant derrière elle un nuage de poussière.

– Dans une demi-heure ils seront là, dit-elle à Poudrier.

– Pas de problème, répondit-il en lui montrant son pistolet.

– N'oublie pas de quoi nous parlons.

– Ne t'inquiète pas, je ne suis pas aussi impulsif qu'il y paraît, répliqua-t-il un sourire félin sur les lèvres.

Ils rentrèrent dans le container et fermèrent la porte. Pour Minerva, cette demi-heure allait durer une éternité. Non seulement à cause de ses nerfs, mais aussi parce que quelque chose lui disait que Poudrier était une bombe à retardement.

– Tu te rappelles le jour où nous avons fait connaissance, chez Mac ? lui demanda-t-elle en s'asseyant sur le sol.

– Comment vais-je oublier la première fois où j'ai dormi dans un OVNI.

– Ce jour-là, tu m'as demandé pourquoi je faisais ça. Et il y a un instant, encore une fois. Mais toi, tu ne m'as jamais parlé de ta motivation.

– Nous sommes sur le point de réaliser le coup de notre vie. Restons concentrés, s'il te plaît, dit-il sur le ton de la plaisanterie, reprenant les mots employés par Minerva juste avant.

Elle rit et secoua la tête.

– Tu as raison, reconnut-elle en s'adossant contre un mur.

– J'ai cinq gamins, dit-il après quelques secondes de silence.

– Et ta femme sait ce que tu fais ?

– Je n'ai pas de femme, seulement des enfants.

Poudrier posa le pistolet sur ses cuisses et croisa les bras. Il appuya son dos sur le *rack* de serveurs écroulé.

– Ils n'ont pas de mère ces enfants ?

– Trois mères. Et deux d'entre elles ne me laissent pas les voir parce qu'elles disent que j'ai une mauvaise influence.

Si elle devait se baser sur le peu qu'elle connaissait de Poudrier, Minerva ne pouvait pas en vouloir à ces femmes.

– Je suis sorti de prison il y a quelques mois. J'y suis resté trois ans. Je ne peux voir que les trois aînés, que j'ai eus avec ma première femme.

– Et tu penses qu'avec beaucoup de fric tu pourras voir les autres ?

– Avec beaucoup de fric, tu peux faire ce que tu veux.

Avant, Minerva aurait ressenti de la peine face à une telle réponse. Elle se serait demandé quel genre de malheureux croyait qu'avec de l'argent on pouvait acheter le pardon. Mais avec les coups durs, n'importe qui devenait cynique. C'est pour cela que ce matin-là elle pensa que Poudrier avait peut-être raison.

– En plus, je suis fatigué de voler. Et la prison, c'est la merde. Ce braquage est mon dernier, et si ça se passe bien, je me retire. Avec ma part de fric j'ai planifié une excellente occupation.

Pour Minerva, ce raisonnement était aussi solide que celui d'un joueur au casino. Un dernier coup. Tout dans l'excitation du moment. Et, quoiqu'il arrive, je rentre chez moi.

Mais ce genre de gars ne rentrait jamais à la maison.

Quelque chose lui disait que, en plus de la nécessité économique, Poudrier faisait ça pour la poussée d'adrénaline qu'il ressentait quand il avait un pistolet en main, comme d'autres avec les montagnes russes. Cela la perturbait, même si Mario « Banquier » Pezzano lui disait que l'on ne pouvait pas réaliser un tel casse sans quelqu'un comme Poudrier, qui volait depuis ses quatorze ans et ne s'était fait prendre qu'une seule fois. Être un voleur quasi invaincu, avait persuadé Pezzano. Cela démontrait qu'il était excellent dans son travail. Et pour compléter son argumentation il lui avait dit :

« *En plus, un coup comme celui-ci, c'est comme une expédition au Pôle Sud. Le plus difficile, c'est de trouver des volontaires.* »

La voix de Poudrier la ramena dans le présent.

– Je crois qu'ils arrivent.

Il avait raison. De l'autre côté de la paroi en métal on entendait le bruit des roues s'approchant par le chemin de terre. Ils mirent les cagoules par-dessus les bonnets en toile.

Le moteur s'arrêta et la porte du véhicule grinça en s'ouvrant. Poudrier leva l'index. « Une seule personne », disait son doigt.

Pourvu que ce ne soit pas Felipe Madueño, pensa-t-elle une seconde avant que la porte ne s'ouvre.

***

Felipe Madueño était habitué aux coupures des communications à Cerro Alto. En fin de compte, presque toutes dépendaient de cette antenne. Si le vent déconnectait les panneaux solaires et si les batteries étaient vides, *ciao*. Si la poussière détériorait un composant électronique, là aussi, *ciao*.

Il arrêta la Toyota Hillux à double cabine entre l'antenne et le container. Tandis qu'il marchait vers la petite porte, il regarda vers le camp. Il ne se lassait pas de la vue magnifique du haut de la seule colline de toute cette vaste plaine.

D'un trousseau de clés il sépara des autres la plus petite, la dorée. Mais quand il leva les yeux vers la serrure, il ne vit aucun cadenas sur la porte.

Mallo était-il venu pour une raison quelconque et avait-il encore oublié de fermer ?

Quand il reviendrait au camp, il parlerait à Geraldo Mallo. Même si c'était son chef. Même s'il avait plus de quarante ans et lui, Madueño, à peine vingt-cinq. Car si ensuite il arrivait quelque chose, ce serait lui que l'on enverrait tirer les marrons du feu.

Il tourna la poignée, poussa la porte et actionna l'interrupteur. Le container resta obscur, mais la pénombre de l'empêcha pas de distinguer les deux cagoulés, ni le canon de l'arme qui visait sa tête.

Le trousseau de clés tomba sur le sol.

***

Merde, c'était Madueño. Il avait été son bras droit les quatre années durant lesquelles Minerva fut la responsable du secteur informatique et communications d'Entrevientos. Il était intelligent et apprenait vite. Peut-être parce qu'il était né avec le numérique ou peut-être parce qu'à vingt ans tout le monde apprenait vite. Dans tous les cas, il lui convenait.

– Du calme, on n'est pas là pour toi, lui dit-elle, donnant à sa voix un ton grave avec l'accent de Buenos Aires.

– À genoux, ajouta Poudrier.

– Si tu obéis, il ne t'arrivera rien.

Madueño mit ses mains derrière la tête et se baissa lentement.

– Enlève ton blouson, gamin, lui dit-elle.

Le technicien ôta son manteau, identique à celui de Minerva. Poudrier lui attacha les poignets dans le dos avec une bride en plastique. Il répéta l'opération avec les chevilles. Puis avec une troisième bride il lia les poignets aux chevilles. Le jeune homme se retrouva sur le dos les genoux repliés et les mains collées aux pieds à la hauteur des fesses.

Minerva s'accroupit à côté de lui pour ramasser le trousseau de clés.

– Nous n'allons pas te faire de mal, le tranquillisa-t-elle.

Le technicien, un côté de la tête posé sur le sol poussiéreux du container, lui jeta un regard rempli de terreur qui lui retourna l'estomac. Elle se rappela ce que lui avait dit son ami Qwerty il y avait une quinzaine d'années, quand elle avait refusé de faire partie de leur bande de hackers parce qu'elle considérait qu'il lui restait beaucoup à apprendre :

« Tu peux lire des centaines de livres qui expliquent comment faire du vélo, mais tu ne sauras jamais ce que l'on ressent tant que tu ne seras pas montée sur un vélo. »

Tu peux planifier un casse à Entrevientos durant des mois, mais tu ne vas jamais savoir ce que l'on ressent avant de voir ton ex-collègue mort de peur, pensa-t-elle.

– Sérieusement, tiens-toi tranquille.

Madueño acquiesça énergiquement. Minerva lui prit son portefeuille et son téléphone cellulaire. Elle décrocha aussi la carte d'identification qu'il portait autour du cou. Dans les profondes poches du blouson jeté sur le sol elle trouva une radio Motorola et l'un des trois téléphones satellitaires qu'il y avait sur le site.

Ensuite elle sortit un duvet de son sac à dos, elle ouvrit la fermeture éclair pour le transformer en couverture et l'étendit sur le technicien.

– Ne t'inquiète pas, tu ne vas pas rester là plus d'une demi-journée.

Ils le laissèrent et fermèrent la porte avec un cadenas neuf choisi par Serrurier.

Ils marchèrent jusqu'à la camionnette de Madueño. Comme toutes celles de l'entreprise, c'était une Hilux grise avec le logo d'Inuit sur les portières et la réglementaire perche en plastique de deux mètres cinquante de hauteur avec un fanion rouge à la pointe pour qu'on la voie de loin.

Avant de monter, ils enlevèrent les cagoules, les bonnets de chirurgien et les gants de latex. Poudrier enfila le blouson de Madueño. Ils observèrent mille fois avec les jumelles.

– Là-bas, je crois qu'ils arrivent, dit-elle en faisant la mise au point sur un camion d'YPF qui descendait les virages qui menaient au camp.

– Tu es sûre que ce sont eux ?

– Ce sont eux, allons-y. Elle s'assit sur le siège passager de la camionnette. Ils descendirent en silence la pente du Cerro Solo. En arrivant en bas, Poudrier montra la piste devant eux.

– On dirait que quelqu'un vient.

En effet, une autre camionnette grise de la mine venait vers eux.

– *Collons*, dit Minerva.

– Comment ?

– C'est la sécurité.

Quand ils furent à deux cents mètres, le véhicule leur fit des appels de phares.

Elle se dépêcha de chercher les lunettes aux épaisses montures qu'elle avait dans le sac à dos. Poudrier mit la main dans la poche arrière de son pantalon pour empoigner le pistolet.

CHAPITRE 34

San Rafael, Mendoza, Argentine.
Deux mois et demi plus tôt.

Avec le pointeur laser Minerva parcourut le chemin qui partait du camp vers le nord.

– Ce chemin est la colonne vertébrale d'Entrevientos. Il va du camp à l'usine puis continue jusqu'au tunnel et aux mines à ciel ouvert. Dix kilomètres plus loin, il arrive à Cerro Solo.

– C'est par là que nous allons passer après avoir déconnecté l'antenne, non ? demanda Poudrier.

– Correct. Et plus vite nous arriverons à ce bout de piste et mieux ce sera, répondit Minerva en montrant le centre de l'écran. Les trois kilomètres entre le camp et l'usine sont les plus fréquentés de tout le site.

– N'allez quand même pas imaginer une autoroute, ajouta Pata.

– En moyenne, un véhicule toutes les huit minutes, camions ou camionnettes, précisa Minerva.

Elle indiqua avec le laser des lignes plus fines qui partaient dans toutes les directions depuis le chemin principal.

– Celles-ci ne sont que des traces de roues dans la terre. Elles sont principalement utilisées par les équipes d'exploration. Ici, c'est beaucoup plus difficile de se déplacer sans être repéré, surtout si l'on peut nous voir du camp ou de l'usine.

– Les patrouilles ? demanda Mac.

– Vingt-quatre heures sur vingt-quatre. Chaque jour un itinéraire est généré de manière aléatoire. C'est-à-dire qu'on ne peut pas savoir à quelle heure va passer la patrouille ni à quel endroit.

– Que se passe-t-il si en partant de Cerro Solo vers le camp nous rencontrons quelqu'un ? demanda Poudrier.

– Nous avons un problème.

CHAPITRE 35

16 juillet 2019, 11:42 AM

Quand les deux camionnettes furent arrêtées, l'agent de sécurité descendit de la sienne et se dirigea vers eux.

– Peut-être que ce n'est pas nécessaire, dit Minerva en montrant le pistolet que Poudrier venait de sortir.

L'autre la regarda comme s'il ne comprenait pas. Elle toucha discrètement le logo d'Inuit brodé sur sa poitrine, puis répéta le geste avec celui de Poudrier.

– Nous sommes deux employés faisant notre travail.

Poudrier rangea l'arme juste avant que le garde ne la voie et baissa la vitre.

– Bonjour. D'où venez-vous ? demanda l'homme.

Il parlait avec une intonation policière, comme la plupart des agents de sécurité. Apparemment, l'uniforme sombre et la radio accrochée à la ceinture produisaient un mystérieux effet sur les cordes vocales.

– De Cerro Solo, dit Minerva. Les communications se sont interrompues et on nous a envoyés pour voir ce qui se passait. Nous avons détecté une coupure dans la connexion des batteries. Maintenant nous retournons au camp pour prendre le matériel nécessaire aux réparations.

– Je dois voir vos cartes d'identification.

Poudrier soupira et ouvrit la bouche pour dire quelque chose, mais Minerva le devança :

– Tout le camp est sans communications. Dépêchez-vous, s'il vous plaît, dit-elle, et elle sortit de sa poche la carte qui l'identifiait comme une employée d'Inuit Gold.

À la différence des véritables cartes, celle-ci n'ouvrait aucune porte si on l'approchait des lecteurs incorporés aux serrures d'Entrevientos. Ce n'était rien d'autre qu'un rectangle de plastique que Minerva avait fabriqué chez elle à Trelew avec une simple machine pour graver les cartes. Elle y avait ajouté une photo d'elle après s'être coupé les cheveux et les avoir teints en noir pour ressembler le plus possible à Mariela Castro. Cette même teinture, qu'elle s'était appliquée hier, et qui à chaque instant lui donnait envie de se gratter la tête.

Pendant que l'agent de sécurité entrait dans la tablette le numéro de Mariela Castro, Minerva retint sa respiration. Castro était une employée d'Inuit qui, physiquement, lui ressemblait beaucoup, mais elle travaillait dans les services administratifs de Puerto Deseado. Elle n'avait absolument rien à faire à Cerro Solo.

Après quelques secondes, l'homme hocha la tête et lui rendit la carte. Minerva souffla. Le changement qu'elle avait fait la nuit dernière dans la base de données s'était correctement répercuté dans la tablette : Mariela Castro faisait bien partie de l'équipe informatique.

Maintenant, le type devait faire la même chose avec Poudrier, mais cette fois il n'y avait plus aucun risque. Si l'actualisation des données s'était faite pour Castro, ce serait pareil pour Manuel Ortiz, de l'équipe d'exploration, lui aussi récemment transféré au pôle communications et informatique.

Mais l'agent regarda la tablette plus que le temps habituellement nécessaire. Puis il leva le regard sur Poudrier.

– Il y a un problème.

Poudrier porta la main à sa ceinture. Elle, posa la sienne sur l'avant-bras.

– Quel problème ?

– Dans la base de données il est indiqué que tu es en arrêt maladie jusqu'à la semaine prochaine.

Il s'était tourné vers Poudrier. La main de celui-ci s'enfonça encore plus derrière son dos.

Minerva eut envie de crier. Comment avait-elle était assez stupide pour ne pas vérifier les arrêts maladie ?

– Finalement, j'ai été autorisé à reprendre le travail.

– Comme il n'y a plus de connexion, vous ne devez pas avoir la dernière mise à jour, intervint Minerva, désignant la tablette. Dès que nous aurons réparé et resynchronisé, vous verrez que les registres vont changer.

Les termes informatiques semblèrent le convaincre, car il lui rendit la carte en disant :

– Merci bien, vous pouvez y aller.

Comme le ferait un policier.

CHAPITRE 36

16 juillet 2019, 11:54 AM

– Maintenant, dit Mac quand le chronomètre de sa montre arriva à soixante secondes.

Il l'avait déclenché en entendant les deux petits coups frappés par Pata sur la citerne. Cela voulait dire que le camion était stationné dans l'angle mort choisi par Minerva près du camp. Aucune caméra de sécurité et très peu de fenêtres des bureaux et des logements avaient une vue directe sur l'endroit.

Les deux petits coups indiquaient à Mac et à Serrurier qu'ils pouvaient sortir. Les soixante secondes, c'était pour donner à Pata le temps de retourner à la cabine et de s'y cacher ; trois conducteurs pour un seul camion de carburant, c'était un peu trop suspect.

Avec Serrurier le suivant de près, Mac traversa les différents compartiments de la citerne, passant de l'un à l'autre par le trou au centre de chaque brise-vagues. Il laissa derrière lui le conducteur attaché et les chiens endormis. Il s'arrêta sous l'écoutille, auparavant il en avait limé le système de fermeture, et il lui suffit d'une petite poussée pour qu'au-dessus de leurs têtes apparaisse un disque de ciel bleu et le sifflement du vent.

– Toi d'abord, dit-il à Serrurier en lui tendant une échelle de corde qu'il avait fabriquée en s'inspirant de celles de son parc.

Son camarade l'accrocha au rebord et passa la tête par l'ouverture pour regarder de chaque côté. Puis s'aidant des coudes, il mit un pied sur le premier échelon.

– Ne sors pas trop vite, au cas où, lui dit Mac. Mais l'autre avait déjà la moitié du corps à l'extérieur.

Serrurier était à peine sorti que Mac passait déjà la tête par l'écoutille, se tenant debout pour la première fois en deux heures. Il se retrouva avec le visage de son compagnon à moins de vingt centimètres du sien. Celui-ci était étendu sur le ventre et avait l'index appuyé sur ses lèvres. Il fit un geste, indiquant sur sa gauche.

Mac grimpa sur le premier échelon et tendit le cou avec prudence. À cinquante mètres un guanaco broutait sur le bord de la piste. L'animal leva la tête, en alerte, mais décida de rester concentré sur la rare végétation qui croissait en hiver.

– Ce n'est qu'un guanaco.

Serrurier secoua la tête.

– Quelqu'un vient, murmura-t-il.

Mac sortit un peu plus, et là il les vit. Deux hommes équipés de gilets fluorescents marchaient vers eux à toute vitesse.

Il s'accroupit. Quelques secondes après, les voix devinrent audibles :

– Si depuis deux ans je ne fais plus les vendredis, il ne peut pas me changer d'un jour à l'autre, se plaignait l'un d'eux, avec l'accent du littoral.

– Au moins qu'il te prévienne à l'avance, dit l'autre.

– Putain, ce qu'il fait froid aujourd'hui.

– Je vais tout de suite préparer le maté dans l'atelier.

Puis les voix se firent plus lointaines. Ils étaient passés à côté du camion sans s'arrêter. C'était bon signe.

Mac ressortit la tête. Les deux employés s'éloignaient, lui tournant le dos, vers un hangar isolé. D'après les plans que Minerva leur avait fait mémoriser, il s'agissait d'un atelier de mécanique où ils réparaient les véhicules de la mine.

Il regarda vers le camp, observant les dizaines de modules, semblables à de gigantesques boîtes de chaussures, disposés en files et colonnes reliées par des chemins de terre. Au centre il y avait d'autres constructions, plus grandes mais de même conception. Minerva les avait identifiées comme réfectoire, bureaux et salle d'activités récréatives. Il se rappela la phrase avec laquelle Minerva avait décrit le camp : « Un village préfabriqué planté de force au milieu de la steppe. »

Il fit un geste vers Serrurier. L'autre acquiesça et rampa jusqu'à l'arrière du camion. Mac finit de sortir par l'écoutille et le suivit. Ils descendirent par l'échelle à toute vitesse.

Les pieds de Mac venaient à peine de toucher le sol desséché lorsqu'il perçut la voix dans son dos :

– Un problème ?

Un homme vêtu d'un pantalon bleu et d'une chemise avec le logo d'YPF identiques aux leurs, s'approchait du plus vite que le permettait son embonpoint. Il venait d'un camion-citerne, lui aussi identique, qui n'était pas là il y avait une minute, Mac l'aurait juré.

– Non, rien. Nous venons de décharger et nous partions, mais j'ai cru entendre un bruit bizarre à l'intérieur, dit Mac en frappant la citerne du plat de la main. C'est pour ça que je lui ai demandé un coup de main, pour ne pas avoir à monter seul.

Avec « lui », il se référait à Serrurier, qui n'avait pas ouvert la bouche.

– Vous venez de décharger ? Il m'a pourtant semblé que vous veniez du Poste d'Entrée.

– Ah, oui. Nous étions à peine partis quand cet imbécile s'est aperçu qu'il avait laissé son portefeuille dans le réfectoire. Nous avons dû faire demi-tour.

Serrurier leva la main et baissa la tête simulant la honte.

– Et vous dites que vous êtes venus décharger ensemble ? Un dans chaque camion ou les deux dans le même.

Mac regarda sur un côté, essayant de trouver quelle serait la meilleure réponse. Pour gagner du temps, il montra un guanaco.

– Cela me surprendra toujours. Où que ce soit, tu t'approches avec une camionnette et ils détalent. Mais ici, avec tout ce bruit, les explosions et les gens, ils sont tranquilles comme Baptiste.

– Ma femme ne me croyait pas jusqu'à ce que je lui montre une photo, dit le camionneur.

Un court instant, Mac pensa qu'il avait réussi à le faire changer de sujet. Mais non.

– Et ? Vous êtes venus ensemble ou dans deux camions ? insista le type.

– Ensemble, décida-t-il de jouer le coup. Il vient d'arriver dans l'entreprise, et il est en formation avec moi.

Le camionneur arqua les lèvres vers le bas.

– Ça doit être nouveau. De mon temps, tu commençais seul et tu faisais des kilomètres dès le premier jour. Ils ne savent pas comme j'en ai bavé au début. Un miracle que je n'aie pas plié le camion.

– Oui, c'est nouveau. Ces jeunots, si tu ne les prends pas par la main, ils ne savent rien faire, dit Mac en mettant une claque amicale sur la joue de Serrurier.

L'homme rigola. Après leur avoir souhaité une bonne route, il les quitta avec une forte poignée de main et se dirigea vers son camion.

– Rien de plus inopportun qu'un bon samaritain, dit Mac en regardant autour de lui.

– Tu t'en es très bien sorti.

– Merci.

Ils attendirent en silence que le véhicule ait disparu. Ensuite, Mac désigna la cabine du camion volé.

– Je pars avec Pata.

– Quant à moi, j'attaque mon boulot. Mais avant je te rends ça.

Avant que Mac ait le temps du lui demander de quoi il parlait, Serrurier lui flanqua une forte claque sur la joue.

– Maintenant, on peut y aller, dit Serrurier en se dirigeant vers les modules d'habitation.

***

En montant dans la cabine du camion, Mac trouva Pata couché au pied du siège passager, pieds et torse nus, contorsionnant son gros corps pour enlever son pantalon.

– Quelqu'un vous a vus sortir de la citerne ? demanda-t-il une fois en caleçon.

– Un camionneur est venu nous voir, mais nous nous en sommes rapidement débarrassés.

– Serrurier est parti vers les logements ?

– Oui, répondit Mac en posant les mains sur le volant.

Pendant que son camarade mettait un jean et une chemise à carreaux avec la même gaucherie qu'il avait montrée pour enlever l'uniforme d'YPF, Mac resta concentré sur le chemin qui partait du camp. Il l'avait étudié avec le sérieux d'un élève qui apprend ses tables de multiplication. Trois mille deux cents mètres de ligne droite jusqu'à l'usine dont les hauts bâtiments barraient l'horizon. Au-delà, le chemin continuait vers les mines pour aller mourir, à dix-sept kilomètres du camion, sur le Cerro Solo.

Une fois habillé, Pata s'assit et revêtit un blouson noir avec le logo d'Inuit brodé sur la poitrine. C'est à cet instant que Mac aperçut une camionnette grise qui approchait par le chemin.

– On dirait qu'ils arrivent, dit-il en ouvrant la boîte à gants pour prendre la radio avec la fréquence cryptée.

Pata garda le silence pendant qu'il mettait les bottes de sécurité.

– Poudrier, Minerva, vous m'entendez ?

Sans répéteur, les radios avaient une portée de cinq kilomètres en rase campagne. Beaucoup moins s'il y avait des obstacles.

– Oui, et nous vous voyons aussi. Nous nous dirigeons vers vous, répondit Minerva.

Trois minutes plus tard, la Hillux s'arrêta à côté du camion-citerne de façon à rester invisible depuis le camp.

Mac ouvrit la porte du camion et Minerva baissa la vitre pour lui passer une carte magnétique.

– Ne traînez pas trop.

CHAPITRE 37

16 juillet 2019, 12:13 PM

Mac suivit Pata en direction du plus grand des modules, au centre du camp. Plus ils approchaient et plus son rythme cardiaque s'accélérait. Il pensa à ses enfants pour se calmer, mais cela eut l'effet inverse.

Ils s'arrêtèrent à dix mètres de la porte. Pata alluma une cigarette et en donna une à Mac. Fumer était une des seules excuses valables pour être dehors avec un vent de soixante kilomètres par heure qui vous gelait les oreilles.

Mac ne fumait plus depuis l'adolescence. Après la deuxième cigarette, il avait la gorge sèche et les mains glacées. Il était sur le point d'accepter la troisième quand il vit Pata lui faire un signe discret avec les yeux.

À sa droite, un employé de haute taille à la musculature imposante, même sous plusieurs épaisseurs de vêtement, ouvrait la porte pour entrer dans le module. Le tatouage qu'il avait dans le cou ne laissait pas de place au doute. C'était son homme.

Ils attendirent exactement dix minutes. Puis Pata se dirigea vers la porte et Mac le suivit de près en se répétant mentalement que, pour n'importe qui les observant, ils n'étaient rien d'autre que deux de plus parmi les centaines de personnes qui mangeaient chaque midi à la cafétéria d'Entrevientos. Un employé d'Inuit et un chauffeur d'YPF. Rien d'anormal.

Ils pénétrèrent dans un large couloir avec des portes de chaque côté. D'après ce que leur avait expliqué Minerva, il y avait une salle de conférence, quelques bureaux et des toilettes. La porte du fond était beaucoup plus grande, et depuis les deux battants grands ouverts leur parvenaient les bruits entremêlés de couverts et de voix inintelligibles.

En passant la porte, ils furent accueillis par une odeur de viande rôtie et de frites. La salle était de la taille d'un terrain de basket et, bien qu'il fût à peine midi et demi, plus d'une centaine de personnes assises face à de larges tables blanches étaient penchées sur leurs assiettes. Beaucoup mangeaient seuls, tenant leur téléphone dans une main pendant que l'autre s'affairait avec la fourchette. D'autres discutaient avec leurs compagnons de table.

Le type au tatouage appartenait au second groupe.

Pata était arrêté devant le tourniquet en métal quand Mac entendit des voix dans son dos. Il se retourna discrètement et vit que deux employés d'Inuit s'arrêtaient derrière lui, attendant leur tour pour entrer dans le réfectoire.

Il se rapprocha le plus qu'il le put de Pata qui approchait du tourniquet la carte que leur avait donnée Minerva. La lumière rouge passa au vert et son camarade franchit la barrière en même temps qu'il se grattait le dos avec la main qui tenait la carte. Mac la prit d'un mouvement qu'il avait répété plusieurs fois devant un miroir et la mit dans sa poche.

Tandis que Pata s'éloignait vers une file où plusieurs personnes attendaient qu'on leur serve à manger, Mac se tâta la poitrine, les hanches et les fesses.

– Quel imbécile je fais, dit-il.

Les deux employés derrière lui firent un commentaire sur la faim qu'ils avaient. Mac chercha encore un peu dans ses vêtements et fit claquer sa langue.

– Passez, les gars. J'ai oublié mon téléphone dans la camionnette. Et il sortit de la cafétéria avec la carte dans la poche.

CHAPITRE 38

16 juillet 2019, 12:36 PM

Après avoir passé le tourniquet, Pata se dirigea vers un côté de la salle en direction d'un large comptoir. Pendant qu'il attendait dans la file, il prit un plateau avec des couverts, des serviettes en papier et un gobelet en plastique, puis il s'accrocha autour du cou la carte avec sa photo et un faux nom.

Quand arriva son tour, un jeune avec de l'acné, un tablier noir et une coiffe en toile lui indiqua les grands plats en acier inoxydable.

– Aujourd'hui nous avons de la viande avec des pommes de terre au four ou des lasagnes aux légumes.

– Viande, s'il vous plaît.

L'assiette fumante sur le plateau, il regarda d'un côté et de l'autre de la salle, comme s'il ne savait pas où s'asseoir. Après un moment d'apparente indécision, il prit la direction de la table où le type au tatouage et trois autres ouvriers s'attaquaient à d'énormes portions.

– Je peux m'asseoir avec vous, les gars ?

L'un d'eux répondit d'un « oui » laconique et revint à la discussion. Pata s'assit à côté du tatoué et goûta la viande. Même avec le nœud qu'il avait à l'estomac, il la trouva très bonne.

Tandis qu'il mâchait en silence, il observa du coin de l'œil le dessin dans le cou de l'homme à côté de lui. C'était un dragon rouge et vert, exactement comme l'avait décrit Minerva.

– Excusez-moi, dit-il en tendant le bras pour attraper une bouteille de Coca-Cola posée entre les plateaux des autres.

Il remplit son verre puis le vida le plus rapidement qu'il put. Les quatre employés arrêtèrent de parler pour le regarder.

– Celui qui la finit va en chercher une autre, le prévint l'un d'eux en indiquant un côté du réfectoire où se trouvait un réfrigérateur rempli de boissons sans alcool. Il avait un accent péruvien et les traits andins qui lui firent penser à Serrurier. Si tout allait bien, son camarade serait lui aussi en pleine action en ce moment.

– On dirait que tu n'as jamais bu de Coca de ta vie, dit le plus rondouillard du groupe, souriant sous une épaisse moustache.

– Quand c'est gratuit, c'est meilleur, répondit-il en se servant ce qui restait dans la bouteille.

Les quatre ouvriers rigolèrent et Pata leur montra le verre avant de le vider.

– On voit que tu es nouveau. Au début, moi aussi, chaque fois que j'entrais ici, je ressortais en roulant. Mais, je te donne un conseil, au bout d'un certain temps ce n'est pas très bon, dit le moustachu en se mettant des claques là où son ventre rebondi distendait la chemise.

– Ne t'en fais pas, moi aussi je fais partie du club, répondit Pata en se tapotant la bedaine.

– Finalement, c'est lui qui a raison, dit l'autre en désignant le type avec le tatouage. La seule façon de rester en forme quand tu travailles ici, c'est d'être végan.

– Il doit être le seul dragon au monde à manger des lasagnes aux légumes et de la salade, ajouta le péruvien.

– Tu travailles dans quel secteur ? demanda le tatoué, essayant de dévier la conversation.

– Prospection, répondit Pata en montrant la carte accrochée sur sa poitrine. Et vous ?

– À la fonderie, tous les quatre.

– Ah, c'est-à-dire que je suis assis avec ceux qui découpent le fromage.

– Non, nous on le fait, rien de plus, répondit le seul qui n'avait pas encore parlé, un blond avec un visage germanique et un accent de la campagne. C'est un autre qui le coupe et le mange.

Tous le félicitèrent pour la plaisanterie. Le sourire encore sur les lèvres, Pata montra la bouteille vide et se leva. Il se dirigea vers le réfrigérateur, une main dans la poche, touchant du bout des doigts la surface lisse du petit flacon en verre que lui avait donné Minerva. A mi-chemin, il l'amena à sa bouche en faisant mine de tousser et arracha le bouchon en caoutchouc avec les dents.

Il attrapa une bouteille de Coca dans la glacière et, pendant qu'il faisait semblant d'examiner les différentes boissons que la compagnie mettait à la disposition des employés, il dévissa le bouchon de la bouteille et versa dedans le contenu du flacon.

– ... tous ne l'apprécient pas, était en train de dire le moustachu quand Pata arriva à la table.

– De quoi tu parles ? demanda le Péruvien.

L'homme agita une main en l'air pour indiquer que ça n'avait pas d'importance.

– Rien. Une connerie. Ma fille, qui m'a fait tout un drame à cause du boulot.

– Un drame ? Pourquoi ?

Pata remplit son verre à ras bord et sans demander finit de remplir les verres de trois des quatre employés de la fonderie. Le type au tatouage, en plus d'être végan, avait arrêté les boissons sucrées depuis quatre mois.

– Pour le problème environnemental. Elle est en dernière année de secondaire et ils lui ont demandé de faire un exposé sur la mine. Le cyanure et tout le reste.

Le tatoué agita sa fourchette en l'air.

– Regarde, dit-il en indiquant le centre du réfectoire. Chacune de ces personnes, c'est un salaire qui arrive dans une famille.

– La misère fait plus de dégâts, ajouta le Péruvien.

– Et nous, on ne rejette pas dans les rivières. Tu vois où on est ? Même si une bombe atomique explose, il n'y a que nous autres et quatre guanacos qui allons mourir, rien d'autre.

– Ce que tu dois faire comprendre à ta fille, c'est que la mine apporte du travail à une province en ruine, dit le blond. Explique-lui que, c'est la loi, soixante-dix pour cent des employés habitent à Santa Cruz. Dis-lui que la province empoche les royalties.

La province ou les politiciens corrompus ? pensa Pata.

– Et toi, qu'en penses-tu ? lui demanda le tatoué.

– Je suis d'accord avec vous, dit-il en levant les mains en signe d'apaisement. Mais nous avons tous eu dix-huit ans, non ?

– Si je te disais… dit le moustachu.

– Moi, si un de mes gamins vient me chercher avec de tels arguments, je lui arrache la tête d'une claque, dit le tatoué. Essaie ça. Une paire de baffes bien à propos, parfois ça suffit. Et si elle ne comprend pas, la prochaine fois qu'elle te réclame de l'argent, demande-lui si elle n'a pas honte de profiter d'un travail aussi sale.

En voyant les trois autres s'esclaffer, Pata se joignit aux rires.

– J'aimerais voir combien de temps tiendraient nos femmes ou nos enfants dans un travail comme celui-ci, continua le type. Au bout du compte, on se brise le dos, et eux la seule chose qu'ils savent faire, c'est se plaindre et réclamer. L'argent, l'argent, l'argent, il n'y a que ça qui compte.

– Ils vont t'élire homme de l'année, dit le Péruvien.

L'autre le foudroya du regard. Les grosses veines qui parcouraient son cou donnaient l'impression que le dragon prenait vie.

– Écoute-moi bien, *Pachamama*. Moi aussi je voyais tout en rose quand mon premier avait six mois. Mais avant de jouer au gars zen, attends que le tien commence à parler. Le premier mot qu'il te dit, c'est papa, le second, achète-moi.

Autour de la table un silence gêné s'installa. Pata trouva bizarre qu'un végan qui ne consommait pas de sucre ne voie aucun problème environnemental avec la mine et qu'il suggère de corriger les enfants avec de grosses baffes. Peut-être que Sandra avait raison quand elle lui disait qu'il avait des préjugés.

– Tu as des enfants ? demanda-t-il au blond sur un ton décontracté, essayant d'apaiser la conversation.

– Oui.

– Moi aussi, mentit-il, ainsi, nous sommes pères tous les cinq. Et, bien qu'il y ait des jours où nous avons envie de les étrangler, nous les aimons. Alors, si vous permettez, je vais porter un toast : À nos jeunes qui, même si parfois ils nous rendent fous, sont ce que nous avons de plus important dans ce monde.

– À nos jeunes, répétèrent à l'unisson le Péruvien, le moustachu et le blond.

– Et parce qu'ils seront bientôt grands et qu'ils arrêteront de nous casser les couilles, ajouta le tatoué.

Les cinq gobelets en plastique se rejoignirent en une suite de chocs étouffés. Pata porta le sien à la bouche mais, avant que le liquide ne touche ses lèvres, il fit comme si son téléphone vibrait dans sa poche.

– En parlant d'enfants ; je dois passer un appel urgent, les gars, dit-il en regardant l'écran. Bonne journée.

Quand il eut quitté la table, il respira profondément. Pour se calmer, il imagina Sandra et Mina sous un arbre couvert de cerises. Malgré la tension nerveuse, il sourit.

CHAPITRE 39

*Sept jours plus tôt. En rase campagne,
à vingt-deux kilomètres d'Entrevientos.*

Sur le siège passager de la Sanspapiers, Mac s'accrochait fermement à la poignée au-dessus de la portière. La camionnette avançait par bonds sur une piste à peine visible qui descendait entre deux parois rocheuses rougeâtres. Au volant, Pata était l'unique autre occupant humain. Cela faisait trois heures qu'ils avaient quitté la fourrière municipale de Caleta Olivia.

C'était la partie du plan qui préoccupait le plus Mac. Il était habitué à travailler avec des appareils, des poulies et des outils qui se comportaient toujours de la même façon. Les animaux, par contre, lui semblaient imprévisibles.

– Ici, ça va aller, dit Pata en arrêtant la camionnette.
– Où sommes-nous ?
– Dans le lit d'une rivière asséchée, sur les terres de l'estancia La Martineta, à huit kilomètres de la maison des propriétaires, répondit-il en montrant les rochers de chaque côté du chemin. Ici personne ne va voir la cage.
– Tandis qu'un chien peut la sentir...
– Tu ne me crois toujours pas, hein ? demanda Pata avec une grimace d'amusement.

Ce n'était pas qu'il ne le croyait pas. Si tout se passait comme prévu et s'ils récupéraient les trois chiens, à raison d'un par jour, ils auraient une bonne marge avant qu'Entrevientos ne réclame un nouveau camion blindé. Mais pour Mac, ce qu'ils étaient sur le point de faire avait trop de points faibles.

– Ce que j'ai du mal à comprendre, c'est comment va faire le chien pour la flairer à huit kilomètres, dit-il en regardant le GPS de son téléphone.

Il avait téléchargé la carte satellite de toute la province pour l'avoir à sa disposition dans n'importe quel endroit – comme maintenant qu'ils étaient en rase campagne, à quatre-vingt-dix kilomètres du patelin le plus proche.

– Je n'ai pas le moindre doute. Même à vingt kilomètres. Ici entrent en jeu trois choses fondamentales dans la vie d'un chien : l'odorat, l'intelligence et l'envie de copuler.

Mac descendit de la Sanspapiers en rigolant. Il ouvrit la portière arrière. Les sièges du troisième rang étaient rabattus pour y loger la cage piège que lui-même avait fabriquée. Dans l'un des deux compartiments, la chienne en chaleur qu'ils avaient récupérée à la fourrière se dressa sur ses pattes. L'autre partie de la cage était vide.

Il demanda à Pata de l'aider à la descendre. Ensuite il leva l'un des côtés, laissant ouverte la moitié vide de la cage. Il avait conçu un mécanisme pour qu'elle se referme automatiquement si le sol du compartiment recevait une pression supérieure à neuf kilos.

La chienne gémit.

– Chuuut ! n'aie pas peur, demain on vient te chercher, dit Pata, introduisant la main dans la cage pour la caresser.

– La pauvre, pensa Mac à voix haute.

– La pauvre ? Cette chienne a gagné à la loterie ! répondit Pata tout en remplissant d'aliments le récipient fixé aux barreaux et mettant de l'eau dans un abreuvoir.

– On s'en sert d'appât...

– On la sauve de la fourrière, imbécile. Ils allaient l'euthanasier. À partir de la semaine prochaine, cette beauté commence une nouvelle vie.

– Que veux-tu dire ?

– Je l'emmène à San Julian avec Sandra, ma femme. Nous allons l'adopter. Et après, quand nous serons millionnaires, nous allons acheter une propriété à Los Antiguos. Elle va pouvoir courir autant qu'elle le veut. Es-tu déjà allé à Los Antiguos ?

– Non.

– C'est un des endroits les plus jolis de la province. C'est là qu'allaient les *Tehuelches* pour passer leurs vieux jours, d'où le nom. Avec Sandra nous avons décidé que c'est là que nous voulons vivre, pour cultiver les cerises et faire de la confiture. Nous sommes des gens simples, nous n'avons pas besoin de choses coûteuses ni de voyages à travers le monde.

– Les gens simples ne prennent pas le risque de passer leurs meilleures années en prison. Ils cherchent plutôt un travail.

– Premièrement, regarde celui qui dit ça. Deuxièmement, j'ai essayé de travailler, mais ça n'a pas fonctionné. J'ai bossé deux ans et demi dans la mine de Cerro Retaguardia. J'ai été un employé exemplaire, et malgré ça ils m'ont viré. Comme voleur.

– Ça t'étonne qu'ils t'aient viré pour vol ?

– Pour *avoir été* un voleur. Après deux années de travail sans manquer un seul jour, le directeur des ressources humaines m'appelle pour me dire qu'ils viennent d'apprendre que je suis un ancien taulard et qu'ils ne peuvent pas continuer à employer un type qui a falsifié son certificat d'antécédents judiciaires pour entrer dans l'entreprise. C'est tout, renvoyé sans indemnisation.

Pata passa les doigts à travers la cage.

– Tu comprends ? Si tu fais une connerie, tu la paies avec un séjour en prison. Moi, j'ai pris quatre ans comme pirate de la route. Mais ce qui n'est écrit nulle part, c'est que quand tu sors, tu continues de payer toute ta vie.

Mac acquiesça. Il n'avait pas besoin d'avoir été taulard pour comprendre ce que signifiait être stigmatisé. Toute son enfance il avait été l'un des fils du ferrailleur.

– Au moins à Mendoza c'est différent, poursuivit Pata, mais ici, la classe moyenne ne relève jamais la tête. Sandra est institutrice. Ça fait trois ans qu'elle n'a pas eu d'augmentation de salaire. Avec une inflation de cinquante pour cent, tu n'as qu'à faire le compte. Moi, à mon âge et avec mes antécédents, tout ce que je peux faire, c'est agent de sécurité dans un bordel. Et cela ne suffit pas à payer les factures et ne convient pas à une vie de couple.

Pata s'appuya sur le capot et fixa son regard sur une des parois rocheuses.

– Tout ce que je veux, c'est une vie normale, mec, continua-t-il. Avoir de quoi manger et ne pas devoir me préoccuper de combien se met dans la poche le gouverneur en poste. Tu as vu les machines abandonnées au bord de la route quand nous sommes venus ici ? Tu as vu les chantiers que le gouvernement a attribués à ses amis et qui n'ont jamais été achevés parce qu'ils ont tous fini en prison ? Ici, la seule façon de s'en sortir, c'est le vol ou la politique.

Mac fut sur le point de faire une plaisanterie facile, mais il préféra acquiescer en silence. Chacun avait ses propres motivations pour risquer sa liberté. Celles de Pata étaient peut-être les moins ambitieuses, mais c'étaient aussi les plus importantes.

– Tu lui as donné un nom ? dit-il en montrant la cage.
– Mina.
– Mina ? rit Mac.
– Oui, Mina. Qu'en penses-tu ?

Il regarda les yeux tristes de la chienne. Il se réjouit en pensant que bientôt elle aurait de quoi courir.

– Approprié.

CHAPITRE 40

16 juillet 2019, 12:07 PM

Après avoir rendu la paire de claques à Mac, Serrurier laissa derrière lui le camion-citerne et se dirigea vers les grandes constructions modulaires peintes en vert foncé. Il observa les appareils pour l'air conditionné, qui dépassaient sous chaque fenêtre. Minerva leur avait expliqué qu'ils fonctionnaient presque toute l'année en mode chauffage.

Les modules étaient disposés en matrice. Chaque rangée avait une lettre et chaque colonne, un numéro. Il ne mit pas longtemps à trouver celui qu'il cherchait ; il faisait la même taille que les autres mais n'avait que quatre climatiseurs au lieu de douze.

Avec la carte d'identification bien visible autour de son cou, il s'arrêta devant la porte et essaya de tourner la poignée. La porte s'ouvrit sur une entrée vide. Ils l'appelaient le couloir glacial, lui avait expliqué Minerva, parce que l'air froid de l'extérieur restait bloqué entre les deux portes. Celle de l'intérieur avait une petite fenêtre à hauteur d'yeux mais n'avait pas de poignée. Pour l'ouvrir les employés avaient besoin d'une clé.

Par chance, lui n'était pas un employé.

Il sortit de son sac à dos un bout de radiographie et observa les vertèbres mal alignées, comme une colonne de cubes en bois construite par un enfant.

– Aide-moi, papa, murmura-t-il, et il posa un rapide baiser sur le cliché avant de l'insérer entre la porte et le montant.

Les radiographies étaient parmi les meilleures amies de n'importe quel serrurier. Lui, les avait utilisées pour ouvrir des centaines de portes, encore que jamais dans de telles conditions. Normalement il le faisait avec quelqu'un qui lui soufflait dans la nuque. Soit un cambrioleur pressé d'entrer, soit un client de la serrurerie honteux de s'être laissé enfermer à l'extérieur de sa propre maison.

Il mit moins de trente secondes pour repousser le pêne avec la feuille de plastique. Une fois à l'intérieur il approcha le téléphone de son oreille : personne ne pose de questions à un type qui parle au téléphone.

Il parcourut le couloir examinant chacune des quatre portes, deux de chaque côté. Il respirait lentement, essayant de se convaincre qu'à cette heure il n'y avait personne à l'intérieur. Les chefs étaient ceux qui passaient le plus de temps hors de leurs chambres.

Il s'arrêta devant le numéro quatre et frappa. Il avait toujours le téléphone collé à l'oreille.

Silence.

Au bout de quelques secondes, il frappa un peu plus fort.

Rien.

Il observa la serrure. La radiographie n'allait pas lui servir avec une telle serrure. Il fallait s'y attendre. Après tout, derrière cette porte dormait la plus haute autorité d'Entrevientos.

Il tâta les crochets qu'il avait dans une poche jusqu'à reconnaître le toucher doux et sinueux du *Bogotá*. Il sortit aussi la clé de tension en acier qu'il s'était fabriquée. Tenant le téléphone coincé entre l'épaule et l'oreille, il introduisit les deux outils dans la serrure. Tandis qu'il appuyait sur la clef de tension de la main gauche, la droite bougeait le *Bogotá*. « Rapide comme les ailes d'un colibri », lui avait appris son père il y avait une demi-vie. Quand il pouvait encore parler et bouger les mains.

Un bon serrurier était capable d'ouvrir ainsi la plupart des serrures. Cependant, de temps en temps il y en avait une qui lui résistait. Ce n'était pas toujours les modèles les plus chers, ni les meilleurs. Un dixième de millimètre pouvait faire la différence entre une serrure facile et une très difficile.

Il retira le *Bogotá* et diminua la pression. Ses doigts entraînés sentirent le clic de plusieurs goupilles rentrant dans leur emplacement. Il avait réussi à en positionner quelques-unes dans la position d'ouverture, mais pas toutes.

Après deux nouvelles tentatives manquées, il changea le *Bogotá* pour un crochet au profil identique à celui d'une crosse de hockey. Il l'enfonça jusqu'au fond puis le retira en comptant le clic de chaque goupille. Ça, son père n'avait pas pu le lui montrer.

– Pablo, mon fils, je ne peux plus me servir de mes mains, lui avait-il dit un matin, alors que Serrurier ne possédait pas encore la technique du *Bogotá*. Dans peu de temps je ne vais plus marcher. Les médecins disent qu'au final je ne vais même plus pouvoir parler. Tu vas devoir prendre ma part de la serrurerie. Ton oncle Abel va t'enseigner tout ce qu'il te reste à apprendre.

C'est ainsi qu'à ses seize ans, la maladie dégénérative de son père le fit basculer dans l'âge adulte. D'un jour à l'autre son oncle se convertit en son associé et nouveau maître. En premier, il lui apprit à faire des copies de clés et après à utiliser les crochets. Beaucoup plus tard ils passèrent aux coffres forts.

Il compta cinq goupilles : merde.

Il remit la clé de tension. La sueur qui se condensait sur le téléphone lui trempait l'oreille. Il serra un peu plus fort l'appareil pour éviter qu'il ne glisse, prenant garde à ne pas transférer cette pression à ses doigts.

Il perçut alors un bruit sur lequel il était impossible de se tromper. Quelqu'un venait d'ouvrir une porte.

Il se hâta de ranger les outils et prit le téléphone à la main.

– Bonjour papa, comment vas-tu ? dit-il à voix basse.

Il fit une pause.

– Bien, bien, ici tout va bien, ajouta-t-il. Toujours le boulot.

Il laissa passer deux autres secondes. Il en profita pour arranger la carte sur sa poitrine qui l'accréditait comme personnel de maintenance.

– Oui, papa, moi aussi j'ai très envie de te voir.

Bien qu'à l'autre bout de la ligne il n'y eût personne, il disait la vérité. Il avait envie de revoir son père. De le voir bouger encore une fois. Et sourire. C'est pour ça qu'il était là, à quatre mille kilomètres de chez lui, en train d'essayer d'ouvrir cette porte.

De la chambre contiguë à celle dans laquelle il essayait de pénétrer, sortit un homme avancé en âge et en kilos. Serrurier lui tourna le dos et fit semblant d'être pris par la conversation tout en regardant vers le haut, comme s'il vérifiait l'installation électrique. Il ne se retourna pas avant que la porte extérieure du couloir glacial ne fût refermée et le silence revenu.

Il ressortit le crochet et la clé de tension.

Trois minutes paraissent peu de temps. Mais si au cours de ces trois minutes tu es en train de commettre un délit et que le plan prend l'eau, elles durent une éternité. Surtout quand deux des cinq goupilles sont des goupilles de sécurité. Des petits bouts de métal avec des stries perfectionnées années après années par des ingénieurs allemands pour arrêter des gens comme lui.

Mais il y a longtemps que Serrurier n'abandonnait plus. Et, comme son premier cadenas avait fini par céder, il y avait de ça plusieurs années, la serrure qu'il avait en face de lui se rendit en moins de deux cents secondes.

De l'autre côté de la porte il trouva un tableau très différent de celui qu'il avait imaginé. Minerva leur avait montré des photos de la chambre d'un simple employé : trois mètres sur trois, deux lits à une place, une petite table bon marché et une salle de bain.

Celle-ci ne ressemblait pas du tout à ça.

Pour commençait, le directeur général ne la partageait avec personne. Le lit était double, aussi large que long. Le téléviseur accroché au mur opposé était plus grand que n'importe laquelle des fenêtres. Dessous, un petit frigo-bar avec une porte transparente et à l'intérieur, toute une variété de boissons sans alcool offertes. À côté, une étagère pleine de livres et de photos de familles dans lesquelles on voyait la chronologie de trois enfants qui étaient devenus des hommes.

Sur la table de nuit en bois verni, il y avait une lampe, une liseuse électronique et une boîte de chewing-gums au café. Il en mit un dans sa poche. Il ne savait pas qu'il en existait avec ce parfum.

Il s'approcha du bureau où étaient posés plusieurs câbles pour connecter l'ordinateur que le directeur emportait partout avec lui. L'un des tiroirs était fermé à clé. Il l'ouvrit avec le *Bogotá* et y trouva une pile de papiers qu'il inspecta. Il en choisit quelques-uns qu'il mit dans son sac à dos.

Avant de visiter la salle de bain, il examina la penderie. Sur les cintres étaient pendus toutes sortes de chemises. Certaines avec le logo d'Inuit, d'autres avec un crocodile vert ou un petit bonhomme jouant au polo. Il y avait aussi plusieurs jeans et des pantalons en gabardine beige.

Les choses deviennent intéressantes, pensa-t-il en se mettant à genoux.

Tout en bas, entre les mocassins et les chaussures de sécurité, il y avait un compartiment de la taille d'un four à micro-ondes qu'il connaissait bien. C'était le modèle de coffre-fort le plus commun dans les hôtels milieu de gamme. N'importe quel serrurier de quartier pouvait l'ouvrir en moins de quinze minutes.

Il mit soixante-trois secondes. Dedans il ne trouva ni papiers ni argent, seulement un téléphone argenté, trop vieux pour un type qui palpait plus d'un million par mois. Il était éteint. Il le mit dans le sac à dos et referma la porte du coffre.

Il passa à la salle de bain. Baignoire avec hydromassage, bidet et un tas de flacons de parfum et autres lotions d'importation dans le petit meuble derrière le miroir.

Il en avait fini avec le travail que lui avait assigné Minerva. Il alluma la radio :

– C'est fait pour la chambre. Il me semble qu'il y ait un bonus.

– Bien. Un bonus ?

– Quand on se revoit, je t'explique. Terminé.

CHAPITRE 41

16 juillet 2019, 12:08 PM

Une fois descendus du Cerro Solo, Minerva et Poudrier donnèrent la carte de Madueño à leurs camarades qui attendaient dans le camion puis s'éloignèrent sans perdre une seconde. Deux cents mètres plus loin, ils rangèrent la Hilux à côté de quatre autres identiques, sur le parking principal du camp. Le conducteur de chaque véhicule pouvait se trouver dans un bureau, le réfectoire, la salle commune ou même dans sa chambre. Ils laissèrent donc la voiture de Madueño sans crainte d'attirer le moindre soupçon.

Poudrier arrêta le moteur et donna la clé à Minerva. Puis chacun mit une casquette avec le logo d'Inuit.

Minerva descendit de la camionnette et avança tête baissée pour éviter les caméras de sécurité. Elle regarda les chaussures de sécurité, le pantalon de travail et le blouson officiel de l'entreprise. Elle se dit qu'il n'y avait rien de suspect. Elle et Poudrier n'étaient que deux employés pressés de se protéger du froid.

Ils pénétrèrent dans le module principal et se dirigèrent vers les toilettes qui étaient juste avant le réfectoire. Minerva entra dans celles des femmes, s'assit sur la cuvette, sans baisser son pantalon, et compta soixante secondes. Puis elle tira la chasse, se lava les mains et sortit.

Mac marcha vers elle et la salua d'un baiser sur la joue comme s'il s'agissait de deux employés se retrouvant après une ou deux semaines de repos. En voyant le sourire de Mac, Minerva sut que Pata avait mené à bien son travail.

Comme cela avait été planifié, Mac lui remit la carte de Madueño. Durant un millième de seconde, elle se souvint de leur conversation le jour précédant quand ils avaient finalisé l'itinéraire de fuite. Elle lui devait des excuses pour la façon dont elle l'avait traité, mais ce n'était ni le moment ni le lieu. Elle écarta cette pensée comme elle l'aurait fait avec une mouche.

Ils allaient se séparer quand une forte explosion secoua le sol et les murs autour d'eux. Mac ouvrit des yeux ronds comme des soucoupes et regarda de tous les côtés. Minerva le prit par le bras et s'approcha pour lui parler à l'oreille :

– Nous sommes dans une mine, ne l'oublie pas.

Dans les premiers temps, elle aussi sursautait à chaque déflagration. Même si les *pits* étaient à des kilomètres de là, les explosions pour rompre la roche étaient suffisamment fortes pour faire vibrer les vitres de toutes les fenêtres du camp.

Mac acquiesça, sûrement se souvenait-il qu'elle avait mentionné tout cela à San Rafael. Ils se séparèrent. Lui se dirigea vers les toilettes des hommes et elle ressortit dans la froidure du milieu de journée. Dehors, deux contractuels en uniforme noir et vert fumaient, les bras croisés pour garder la chaleur. Ils la détaillèrent de haut en bas : elle avait l'habitude. Dans un lieu isolé, où quatre-vingt-dix pour cent des employés étaient des hommes, les regards sur un corps féminin pleuvaient, même en plein hiver quand les formes disparaissaient sous plusieurs épaisseurs de vêtements. En passant devant eux, elle leva à peine la main pour les saluer.

Par réflexe, elle arrangea sa casquette et remonta un peu les lunettes sur l'arête du nez. Les deux hommes répondirent avec un « bonjour » écœurant.

Elle s'éloigna rapidement par l'allée recouverte de dalles en ciment qu'elle avait empruntée des milliers de fois. Elle conduisait au *data center*, un container de quatre mètres sur deux. À la différence de ceux qui servaient de bureaux ou de postes de sécurité, celui-ci n'avait pas de fenêtres. Quoi qu'il en soit, elle savait qu'à l'intérieur il n'y avait personne, car Madueño était à Cerro Solo et Mallo, d'après ce qu'elle avait entendu à la radio, dans son bureau. Elle approcha la carte du lecteur à côté de la porte et la petite lumière rouge passa au vert.

Dedans, l'odeur de plastique chaud était comme dans son souvenir. Chaque serveur viciait l'air de la pièce tout en effectuant un ensemble de tâches essentielles au bon fonctionnement de la mine : courrier électronique, internet, communications, base de données. Si l'usine de traitement était le cœur de la mine, comme elle l'avait dit à ses camarades, le *data center* en était le cerveau.

Elle mit des gants en latex et s'assit sur la chaise devant l'unique bureau. Sa chaise. Même ça n'avait pas changé en sept mois. Elle appuya sur la barre d'espace et l'écran noir reprit vie. Elle choisit de se connecter au serveur des caméras, chargé de transmettre et d'enregistrer tout ce qui se passait à Entrevientos.

Elle tapa le mot de passe sans avoir à y penser. Ses doigts le connaissaient par cœur.

« Mot de passe erroné. Veuillez réessayer. »

Elle recommença, cette fois en se concentrant sur chaque touche, se forçant à le faire lentement. Le résultat fut le même : fenêtre rouge et frustration. Elle essaya une troisième fois, sans y croire.

C'est impossible. Ils n'ont pas changé un seul mot de passe mais celui-ci ils l'ont modifié.

La fenêtre rouge l'avertissait qu'il ne lui restait plus que deux essais avant que le serveur ne soit bloqué durant une heure.

Il fallait passer au plan B.

Elle sortit un tournevis de son sac à dos et s'accroupit près du serveur. Elle desserra les vis à l'arrière et souleva le carter métallique en prenant soin de ne pas déconnecter un seul des câbles.

Ils étaient là, connectés à la carte mère, les six disques qu'elle-même avait configurés. Deux d'entre eux hébergeaient le système d'exploitation. Les déconnecter attirerait autant l'attention qu'une fusée de détresse. Dans les quatre autres étaient stockés les huit derniers mois d'images en haute définition que captait chacune des cent vingt caméras de sécurité du gisement.

Avec précaution, elle déconnecta les quatre disques. Sur l'écran n'apparut aucun message d'erreur. C'était bon signe.

– Caméras hors circuit, annonça-t-elle à la radio en même temps qu'elle revissait le carter du serveur.

Pour les trois types qui surveillaient les moniteurs rien n'aurait changé. Le serveur continuait à envoyer les images du circuit interne, et n'importe quelle personne autorisée pouvait les voir. La différence, c'était qu'à partir de maintenant, rien ne serait enregistré. Et si Minerva détruisait les quatre disques qu'elle était en train de mettre dans son sac, les huit derniers mois d'Entrevientos disparaîtraient pour toujours.

L'étape suivante était de rendre inutilisable le serveur d'internet par satellite. Elle suivit des yeux le câble qui courait le long de la plinthe, montait le long du mur et sortait du *data center* par un trou au niveau du toit. C'était elle qui avait fait ce trou avec une perceuse pour connecter la petite antenne parabolique.

Elle tira sur le câble pour le décoller de la plinthe puis avec une pince elle dénuda l'extrémité faisant apparaître quelques fils de cuivre. Elle tordit le câble d'un côté et de l'autre jusqu'à ce que plusieurs fils se détachent.

CHAPITRE 42

16 juillet 2019, 12:47 PM

L'e-mail que Carlos Sandoval venait d'écrire à Ignacio Beguiristain, le chef d'Inuit pour toute l'Argentine, était resté bloqué dans la fenêtre d'envoi. C'était normal qu'il mît un certain temps à partir, car Sandoval y avait ajouté des photos en haute définition de différents sites d'Entrevientos pour les inclure dans le rapport annuel.

C'était la quatrième année qu'il le faisait, mais cette fois c'était différent. Au milieu de ces images il y avait une photo de lui au premier plan. Lui, Carlos Sandoval, allait se retrouver rien de moins qu'en couverture de l'annuaire que l'entreprise imprimait et distribuait à ses milliers d'employés au Canada, Brésil, Chili et en Argentine.

Il mit dans sa bouche un de ces chewing-gums au café qu'il achetait à un importateur de Buenos Aires. Il ferma les yeux et durant un instant il retourna à son enfance à San Fernando del Valle, Catamarca. Il portait une blouse blanche impeccable. C'était la première fois qu'il entamait une année scolaire avec une blouse neuve. Il avait fait toute l'école primaire avec des blouses données par des voisins, elles avaient les manches tellement sales qu'aucun détergent n'arrivait à les blanchir.

Il était assis dans le fauteuil râpé de la salle à manger, face au téléviseur noir et blanc sur lequel son papa le laissait regarder les dessins animés une demi-heure par jour. Pour le moment, l'appareil était éteint. Il avait son père d'un côté et son frère de l'autre. Tous les trois buvait du café dans des tasses en inox. Un café instantané d'une marque qui maintenant n'existait plus et dont il avait retrouvé le goût, par hasard, dans des chewing-gums fabriqués aux États-Unis.

Le souvenir de sa mère remonta lui aussi à la surface, mais il ne dura pas longtemps. Il n'avait quasiment aucun souvenir d'elle. Et de quoi pouvait-il se rappeler, s'il ne l'avait pas vue depuis l'âge de onze ans ?

Son enfance, ses véritables souvenirs, étaient près de son frère et de son papa.

– Si tu étudies, tu iras loin. Sinon, tu finiras comme nous, lui disait son père.

Et c'était vrai, il était arrivé loin. Directeur de l'une des mines les plus rentables d'Argentine. Plus de mille deux cents personnes sous ses ordres. Employé de l'année d'une multinationale cotée en bourse à Wall Street.

Il rouvrit les yeux. La petite roue qui tournait à côté de l'e-mail s'était transformée en un X rouge. Il ouvrit le navigateur et tapa l'adresse du site qu'il avait l'habitude de consulter pour avoir un résumé sur les différentes bourses dans le monde :

Connexion impossible.

Il essaya son téléphone officiel. Un point d'exclamation dans un coin de l'écran indiquait qu'il y avait un problème. C'était la même chose avec celui qu'il utilisait pour appeler Pam.

En soufflant, il attrapa la radio et sélectionna le canal réservé au service informatique.

– Votre attention, Madueño et Mallo. C'est Sandoval qui vous parle.

– Ici Mallo, je vous écoute, monsieur le directeur.

– Il y a encore un problème ? Je n'ai plus d'internet, ni sur l'ordinateur ni sur le téléphone.

– Oui, moi aussi je viens de remarquer la coupure. Madueño est parti à Cerro Solo pour voir ce qui se passe avec l'antenne. Il y a une heure que nous sommes passés sur le *backup* satellitaire, mais apparemment ça aussi ne fonctionne plus. Au niveau du software, je ne vois rien d'anormal. En ce moment je me dirige vers le *data center* pour voir s'il y a un problème avec le matériel. Je vous informe dans quelques minutes.

CHAPITRE 43

16 juillet 2019, 1:06 PM

Gerardo Mallo raccrocha la radio à sa ceinture et accéléra le pas. C'était son premier hiver à Entrevientos et il attendait avec impatience la fin de cette période de quatorze jours pour fuir ce froid qui lui lacérait le visage et embrasser sa femme dans la petite maison qu'ils avaient achetée dans les environs de Rosario.

Il passa sa carte et pénétra dans le *data center*, accueillant avec plaisir l'air chaud produit par les appareils électroniques. Son attention fut attirée par l'écran du terminal des serveurs. Il était allumé. Normalement il s'éteignait au bout de quinze minutes d'inactivité. Peut-être que Madueño était revenu de Cerro Solo et venait de passer ici ? Mais c'était bizarre qu'il ne l'ait pas informé. C'était justement pour ça qu'il avait emporté l'un des quatre téléphones satellites du gisement.

S'il ne l'avait pas appelé, le plus probable, c'était qu'il avait identifié la faille et essayait de la réparer. Il était bon, le gamin. Très bon. Quand il se branchait sur un problème, il en oubliait même de manger.

Il tapa le mot de passe du serveur d'internet par satellite et essaya quelques commandes de diagnostic. La connexion était morte.

Il réinitialisa le serveur. Rien.

Il vérifia les connecteurs à l'arrière. Le câble qui venait de l'antenne parabolique était correctement branché. Ce ne fut que quand il le suivit des yeux qu'il détecta le problème.

L'une des agrafes fixées au mur était arrachée et le câble, qui maintenant serpentait sur le sol, finissait sous le pied d'une armoire métallique dans laquelle il rangeait le vieux matériel. Comment était-ce possible ? Il ne comprenait pas. Il allait devoir parler sérieusement avec Madueño.

Il poussa avec précaution l'armoire pour soulever le pied afin de libérer le câble. Le métal l'avait tellement écrasé que plusieurs fils de cuivre apparaissaient, comme si on les avait coupés avec une pince.

– Monsieur le directeur, j'ai identifié la cause de la rupture de connexion satellitaire, annonça-t-il à la radio. Un câble coupé. Je le remplace immédiatement.

– Parfait, Mallo. Tenez-moi au courant. Je dois envoyer un e-mail très important.

Il connecta un nouveau câble au serveur et passa l'autre extrémité par le trou dans le mur. Puis il sortit du *data center* et relia le câble à la petite antenne parabolique fixée à l'extérieur du container.

Il rentra et tapa une fois de plus les commandes de test.

C'est impossible ! Pas de connexion ?

Il vérifia plusieurs fois le câble et réinitialisa le serveur, mais ne parvint pas à rétablir le lien.

La seule explication pour ce qui était en train de se passer, c'était ce qu'il appelait une « tempête parfaite ». Cela faisait plusieurs années que Mallo était dans le métier et il savait que, de temps en temps, Murphy se moquait de tous en détruisant en même temps le plan A et le plan B. Comme en ce moment où il venait de détraquer une tour de vingt-neuf mètres de haut et un satellite à trente-six mille kilomètres d'altitude.

Le comble : le véritable expert d'internet par satellite, ce n'était pas lui mais Madueño. Si Mallo était allé à Cerro Solo, en ce moment le gamin serait ici pour réparer la connexion. Mais non, Mallo avait décidé d'envoyer le jeune garçon perdre une demi-heure à conduire sur un chemin pierreux jusqu'au sommet de la colline.

« Les meilleurs chefs sont les premiers à relever les manches quand un problème surgit », c'est ce qu'il avait entendu dans un séminaire d'entreprise. Et lui, il avait fait l'inverse. Il s'était caché derrière la hiérarchie par commodité.

Décidé à réparer son erreur, il sortit du *data center* et monta dans une camionnette. Il irait à Cerro Solo pour aider Madueño.

CHAPITRE 44

16 juillet 2019, 1:04 PM

Minerva observa les filaments du câble endommagé. Maintenant plus de doute, tout le camp se trouvait sans internet. C'était une question de minutes pour que quelqu'un, probablement Gerardo Mallo, apparaisse dans le *data center*.

Elle poussa le côté d'une armoire où ils rangeaient le matériel hors service jusqu'à ce que les pieds latéraux soient décollés du sol. Elle glissa dessous le câble et reposa le meuble en l'appuyant sur la partie endommagé du câble. Quand quelqu'un le trouvera dans cet état, il essayera de solutionner le problème avant de se demander quelle en était la cause.

Elle sortit du container avec les quatre disques dans le sac à dos. Elle regarda de chaque côté puis se dirigea vers l'extrémité de la paroi, là où la petite antenne parabolique était orientée vers le satellite géostationnaire.

La moindre déviation lui faisait perdre la connexion. Au début, avant que Minerva ne fasse ajouter un renfort spécial pour le support, les vents forts étaient un problème.

Elle fit un petit saut et se suspendit au bras de l'antenne, l'inclinant à peine vers le bas, juste assez pour le dévier un peu au-dessus des trois degrés de tolérance mais pas plus pour que ça ne se remarque pas d'un simple coup d'œil. Si elle n'avait fait que bouger l'antenne, il serait facile de la réorienter, par contre en pliant le bras, le récepteur restait en dehors du foyer de la parabole. Quelle que soit la position de l'antenne, elle ne fonctionnerait pas.

Il leur faudra un bon moment avant qu'ils comprennent ça.

CHAPITRE 45

16 juillet 2019, 1:39 PM

Après le déjeuner avec les employés de la fonderie, Pata quitta le réfectoire et entra dans les toilettes en sifflant le refrain de *Alma de piedra y carbón*, de Hugo Giménez Agüero. Tandis qu'il se lavait les mains, il vit dans le miroir les deux portes qui s'ouvraient dans son dos. Exactement comme prévu, des deux WC sortirent Mac et Poudrier.

Mac haussa les sourcils en signe d'interrogation.

– Trois sur quatre, chuchota Pata. Le tatoué est devenu végan et en plus il ne boit plus de Coca Cola.

Mac et Poudrier le regardèrent incrédules.

– Tu n'as pas pu lui en mettre dans l'eau ? demanda Poudrier.

Pata nia tout en se séchant les mains sous le flux d'air chaud.

– C'est comme ça, les enfants. Ce n'est pas si mal, leur dit-il, et il sortit.

***

Trente secondes après que Pata eut quitté les toilettes, Mac fit un signe à Poudrier et ils sortirent ensemble du module.

Le vent s'était levé. Mac enfonça la tête dans le col de son blouson pour se protéger de l'air glacial chargé de sable. Du coin de l'œil, il aperçut quelqu'un s'approchant d'eux. L'instinct lui fit accélérer le pas. Chaque fois qu'il avançait la jambe droite, le kilo et demi du 9 mm qu'il avait dans la poche tapait sur sa cuisse.

– Du calme, c'est Serrurier, lui dit Poudrier.

Il relâcha tout l'air qu'il avait dans les poumons. La tension nerveuse lui avait fait oublier pour un instant que Serrurier devait les rejoindre ici.

– Tout va bien ? demanda-t-il à voix basse.

– Très bien, répondit Serrurier en traînant sur le R.

Ils marchèrent en silence. Mac serrait les dents et regardait droit devant lui. Ils passèrent près d'un véhicule d'incendie. Minerva leur avait expliqué qu'Entrevientos avait une sorte de corps de pompiers volontaires constitué d'employés de l'entreprise. Sinon, n'importe quel incendie brûlerait plus de deux heures avant que quelqu'un arrive pour l'éteindre.

Une fois passé le camion de pompiers, Mac décrocha la radio de sa ceinture. Trois cents mètres les séparaient de la phase suivante du plan.

– Minerva, nous arrivons chez Morales. Pata a mis trois sur quatre.

– Avec ça on devrait y arriver, répondit-elle. Je viens.

Avec Poudrier d'un côté et Serrurier de l'autre, Mac continua d'avancer vers un autre cube de cette ville artificielle. Celui-ci avait une croix rouge sur la porte et deux ambulances 4X4 garées devant.

La salle d'attente sentait le désinfectant. Il n'y avait personne sur les chaises en plastique le long du mur. C'était mieux. Mac mit une cagoule et les autres firent de même. Il était impossible d'aller jusqu'au bout avec le visage caché, mais moins ils s'exposeraient et mieux cela serait.

Sur une des portes, une pancarte disait : « Consultation. Frappez et attendez ». Il allait appeler, mais Poudrier le devança en frappant trois coups. De l'autre côté ils entendirent le bruit d'une chaise glissant sur le sol creux.

Une femme avec des lunettes et une blouse blanche ouvrit la porte. Elle était grande et maigre et approchait des quarante ans. Poudrier la prit par les épaules et la poussa à l'intérieur du bureau.

– Que se passe-t-il ? demanda-t-elle.

Avant qu'elle ne puisse prononcer un mot de plus, il lui mit le 9 mm sur la tempe. La femme ouvrit des yeux immenses derrière les verres, elle écarta les lèvres, mais aucun son ne sortit. Mac ferma la porte, son cœur tapait comme un marteau piqueur.

– Qu'est-ce que c'est ? demanda un homme chauve, lui aussi en blanc, en train de prendre un maté dans la chaise réservée aux patients.

– Qu'est-ce que tu en penses, toi ? demanda Poudrier en dirigeant le pistolet vers lui.

Serrurier lui dit de se mettre debout et lui lia les mains dans le dos avec une bride en plastique.

– Madame la Docteure Morales. Infirmier Acuña, dit Poudrier. Si vous faites ce qu'on vous dit, il ne vous arrivera rien. Maintenant, mon ami va vous parler de téléphones.

La doctoresse et l'infirmier se regardèrent, déconcertés. Mac avala sa salive avant de parler.

– J'ai besoin de votre téléphone satellite, docteure.

La doctoresse, les mains tremblantes, se dépêcha d'ouvrir un tiroir du bureau et lui tendit l'appareil. Mac le mit dans sa poche et indiqua le téléphone fixe sur la table.

Maintenant, s'il vous plaît, prenez ce téléphone et suivez mes instructions.

***

– C'est pour vous, Andrés, la docteure Morales, dit le mécanicien en écartant de son oreille le téléphone couvert de cambouis.

Andrés Cepeda, conducteur de l'une des ambulances, trouva bizarre de recevoir cet appel. Pas parce que la doctoresse savait où il était – finalement, il passait plus de temps dans l'atelier que dans sa chambre –, mais parce qu'elle le contactait avec le téléphone et pas avec la radio.

Il prit le combiné et écouta les instructions de sa cheffe.

– J'arrive, docteure, répondit-il et il partit presque en courant pour traverser les quatre cents mètres qui séparaient l'atelier de l'infirmerie.

Il frappa à la porte du cabinet de consultation à un rythme que la doctoresse connaissait bien et auquel, normalement, elle répondait par un « Entrez Andrés ». Il aimait qu'elle l'appelle par son prénom.

Mais cette fois, la porte s'ouvrit sans que personne ne prononçât une parole. De l'autre côté ce ne fut pas le visage allongé de la doctoresse qui apparut, mais un type avec une cagoule sur la tête et un pistolet à la main.

***

Serrurier sortit de l'infirmerie vêtu de l'uniforme de l'ambulancier. Il était un peu trop grand, mais pas assez pour attirer les soupçons. Il avait gardé la cagoule dans une de ses poches. Dehors, en plus des deux ambulances et de la camionnette des services médicaux, il vit une autre Hilux grise. Au volant se trouvait Minerva, habillée elle aussi de blanc et rouge.

Il alla droit vers l'une des ambulances, la démarra et l'approcha en marche arrière, le plus près qu'il put, de l'entrée de l'infirmerie. Puis il ouvrit les portières arrière du véhicule.

Tandis que Serrurier surveillait que personne n'approche, Poudrier fit monter, sous la menace du pistolet, la docteure Morales, l'infirmier et le chauffeur.

– Allons-y, dit Poudrier, et il monta avec les otages.

Serrurier ferma les portières, se remit au volant et accéléra en direction de l'usine. Il vit dans les rétroviseurs que Minerva descendait de la camionnette grise et montait dans l'autre ambulance. Mac, lui, se mettait au volant de la camionnette qu'elle venait d'abandonner. Comme c'était prévu, Minerva le suivit de près et Mac resta en arrière.

Le cœur de Serrurier battait à un rythme trop rapide. Il lâcha le volant et ouvrit les mains mais, avec le véhicule en mouvement, il ne pouvait pas savoir si elles tremblaient.

Du calme, se dit-il.

Il ne put s'empêcher de penser que pour ouvrir une Kollmann-Graff il fallait une main plus ferme que pour une opération à cœur ouvert.

CHAPITRE 46

San Rafael, Mendoza, Argentine.
Deux mois et demi plus tôt.

Mac était tellement absorbé par les explications que, durant un instant, il oublia qu'il y avait une bande de délinquants dans la salle où normalement ses enfants prenaient le petit-déjeuner. Maintenant, toute son attention était monopolisée par le faisceau laser que Minerva déplaçait sur l'écran.

— Le minerai est entassé ici, expliqua-t-elle, arrêtant le point rouge sur une montagne de roches sur la gauche de l'écran. Ce tapis roulant les transporte au premier concasseur. De là sortent des pierres de la taille d'un caramel, qui à leur tour montent par cet autre tapis.

Maintenant le point rouge parcourait le long bras métallique qui reliait un silo gris à la grande construction en tôles noires qui dominait l'usine.

— Le plus intéressant se passe là. Tout en haut, il y a le moulin, une espèce de machine à laver de la taille d'un camion. Il utilise de l'eau et des billes d'acier pour broyer la roche jusqu'à ce qu'elle soit aussi fine que du sel de table. Ensuite elle passe dans d'énormes éviers contenant une solution de cyanure.

— Ce n'est pas un poison ? demanda Poudrier.

À la façon dont Minerva acquiesça, calmement et sans dramatiser, Mac supposa qu'elle avait déjà répondu de nombreuses fois à cette question durant ses années comme employée d'Inuit.

– Exact. Mais le cyanure de sodium est fondamental dans le processus, et il est aussi le principal cheval de bataille du mouvement anti-mine. S'il y a des fuites, le résultat peut être catastrophique.

– C'est sûr, intervint Pata, mais n'importe quelle entreprise minière te dira qu'il ne faut pas s'inquiéter, parce que l'industrie a beaucoup changé durant ces dernières années. « Maintenant nous sommes beaucoup plus respectueux de l'environnement ». Il accompagna sa dernière phrase de petits guillemets qu'il dessina dans l'air avec ses doigts.

– Pas très loin d'ici, appuya Mac, la mine de Veladero compte déjà trois fuites dans les quatre dernières années. La plus grave a contaminé cinq rivières.

Minerva acquiesça et leva les deux mains.

– Si nous commençons avec les critiques sur l'industrie minière, nous n'allons jamais en finir. Moi-même j'ai une longue liste, surtout depuis que je ne travaille plus pour eux. Mais pour le moment, on laisse ça de côté et on continue avec l'usine, qu'en pensez-vous ?

Mac approuva, comme le reste de ses compagnons.

– Je vous disais que le cyanure est la clé car il dissout l'or et l'argent et ainsi les sépare de la roche. Le processus s'appelle lixiviation.

– Il a le nom d'une lésion de footballeur, dit Poudrier. En ce moment, Messi est arrêté pour une lixiviation du genou.

Serrurier secoua la tête devant cette plaisanterie. Minerva, par contre, l'ignora et continua en leur expliquant en détail le traitement de la roche jusqu'à l'obtention des lingots.

– Comment allons-nous entrer dans l'usine ? demanda Mac quand elle eut terminé.

– Il n'y a qu'un seul accès, avec portail et guérite de surveillance. Pour le reste, les douze hectares sont entourés d'un grillage de deux mètres cinquante de hauteur, avec du fil de fer barbelé acéré au sommet.

– Bonjour. Nous venons vous dévaliser. Seriez-vous assez aimables pour nous laisser entrer ? dit Pata d'une voix exagérément courtoise.

Mac sourit. Il aimait bien ce type. S'ils n'avaient pas convenu qu'après le casse ils ne devraient plus avoir de contacts, ils auraient pu être amis.

– Le protocole est ainsi, expliqua Minerva. Tout véhicule en approche est obligé de s'identifier par radio et indiquer où il va et dans quel but. L'agent de sécurité a l'ordre strict de n'ouvrir le portail qu'à ceux figurant sur la liste du personnel autorisé.

– Je suppose qu'en ce qui nous concerne, un simple appel radio ne va pas suffire à le tromper, s'aventura Banquier.

– Non. L'appel n'est là que pour accélérer l'entrée. Si la personne est autorisée, alors l'agent de sécurité sort pour contrôler les papiers. Si tout est correct, il revient dans la guérite et ouvre le portail.

– Donc, si nous parvenons à le faire ouvrir, c'est gagné, dit Poudrier.

– Pas vraiment.

CHAPITRE 47

16 juillet 2019, 2:08 PM

Dans sa guérite, le gardien écrivait un texto à sa mère à quatre cents kilomètres de là, lorsque quelqu'un émit sur le canal sept de la radio.

– *Pour l'usine, ici l'équipe médicale. Nous arrivons avec l'ambulance.*

Surpris, il posa le téléphone sur le bureau et attrapa la radio.

– Ici l'usine. De quoi s'agit-il ?

Comme il ne recevait pas de réponse, il passa la tête par la fenêtre et regarda en direction du camp. Effectivement, une des ambulances de l'infirmerie approchait, suivie par une camionnette d'Inuit.

– Au personnel médical. Pourquoi avez-vous besoin d'entrer dans l'usine ?

Toujours pas de réponse. Il sortit de la guérite par la porte qui donnait à l'extérieur de la clôture et fit signe à l'ambulance de s'arrêter. Le véhicule ralentit jusqu'à s'immobiliser à une dizaine de mètres du portail. La camionnette s'arrêta derrière.

Ce doit être un nouveau chauffeur, pensa le gardien.

Il marcha jusqu'à la fenêtre du conducteur. En effet, il était nouveau, péruvien ou bolivien, supposa-t-il. Ou plutôt de

Jujuy ou Salta. Même derrière les lunettes de soleil, on devinait les traits de l'altiplano.

Argentins, suédois, boliviens ou martiens, ceux du personnel médical se prenaient pour des dieux. Comme si le règlement était différent pour eux.

– Même si c'est une ambulance que vous conduisez, vous devez m'informer par radio du nom de la personne autorisée qui demande l'accès.

– Excusez-moi. Je suis nouveau.

– Vous le saurez pour la prochaine fois. Et alors, pourquoi devez-vous entrer ?

– Je n'en sais rien, répondit le conducteur en haussant les épaules et montrant du pouce derrière lui. Je fais ce que me dit la docteure Morales. Demandez-lui si vous voulez.

À ce moment-là, le garde entendit les portières arrière de l'ambulance s'ouvrir. Il fit le tour du véhicule. La hilux arrêtée quelques mètres plus loin appartenait aussi à l'infirmerie. Elle était conduite par une femme aux cheveux courts et lunettes de soleil qui le salua en décollant deux doigts du volant. En plus du chauffeur, il y avait aussi une nouvelle infirmière. Il se dit que, dès que possible, il irait en consultation sous un prétexte quelconque.

Il rendit le salut et se pencha vers la partie arrière du véhicule. Des mains le saisirent par l'uniforme et le tirèrent avec force à l'intérieur.

***

Serrurier ouvrit la petite fenêtre et tira le rideau pour voir ce qui se passait à l'arrière de l'ambulance. Sous la menace du pistolet, Poudrier obligeait le garde à enlever son uniforme pendant que la docteure Morales et les autres otages regardaient, effrayés.

Quand l'homme fut en caleçon, Serrurier descendit, fit le tour de l'ambulance et entra par la portière arrière. Poudrier emmena la doctoresse à l'avant.

Serrurier enfila à toute allure l'uniforme du gardien par-dessus son fin costume d'infirmier.

– Mets ça, dit-il à l'homme dénudé en lui tendant un sac de vêtements neufs.

– Fais ce que te dit mon ami qui est encore plus fou que moi, cria Poudrier, assis au volant.

Pour confirmer les paroles de son camarade, Serrurier releva son pistolet.

– C'est facile, dit-il. Vous faites ce que je dis et il ne va rien vous arriver. Si quelqu'un fait un geste anormal, je tire. C'est clair ?

Le gardien, l'infirmier et le chauffeur acquiescèrent sans mot dire.

– C'est bien, dit-il, et il leur lia les pieds et les mains puis les bâillonna.

Serrurier descendit de l'ambulance et fit un signe de la tête à Minerva pour lui indiquer que tout allait bien. Puis il regarda vers le camp. Mac approchait dans l'autre Hilux.

Il présenta la carte du gardien devant la serrure électronique et entra dans le poste de garde. C'était un local de la taille d'une chambre à coucher, avec une fenêtre aux quatre vents et un bureau comme unique mobilier. Posé sur ce bureau, un écran affichait les images des caméras de surveillance installées à l'extérieur. Sur l'une d'elles on voyait l'ambulance au premier plan, avec Poudrier au volant et la doctoresse comme copilote.

Il parcourut du regard la paroi de la guérite et trouva le bouton vert exactement à l'endroit indiqué par Minerva. Il appuya fortement et le portail d'accès pour les véhicules commença à rouler sur un côté.

L'ambulance entra dans l'enceinte de l'usine. Minerva la suivit avec la camionnette des services médicaux. Quelques secondes après arriva Mac dans la Hilux du technicien informatique.

Quand les trois véhicules furent à l'intérieur, Serrurier appuya sur le bouton qui commandait la fermeture du portail.

Ses mains tremblaient comme du flan.

CHAPITRE 48

San Rafael, Mendoza, Argentine.
Deux mois et demi plus tôt.

– Une fois à l'intérieur, il faut accéder à la *gold room*, dit Minerva.

Elle fit une pause pour observer un à un les cinq membres de la bande. Elle vérifia avec satisfaction qu'ils continuaient de l'écouter même si cela faisait plus de deux heures qu'elle parlait sans interruption.

– La *gold room* est l'endroit le plus contrôlé de la mine. Dans ce local, il ne doit jamais y avoir plus de huit personnes en même temps. Le grand patron ici, c'est le chef de fonte, qui est présent chaque fois que l'on verse le doré liquide dans les moules et qui supervise le transport des lingots jusqu'à la chambre forte. D'après les fiches de poste que j'ai copiées hier dans le serveur, il est fort probable que nous ayons affaire à Silvio Alcántara. Je vous montrerai une photo. Il est facile à identifier car il a un dragon tatoué sur le cou.

– Cette *gold room* a deux accès, comme celle de Retaguardia ? demanda Pata.

– Oui. Un pour le personnel et un pour les véhicules, qui ne s'ouvre que pour les camions blindés ?

– Caméras de sécurité ? interrogea Serrurier.

– Cent dix en tout. La majorité à l'intérieur, mais aussi dehors, dirigées dans toutes les directions. Il n'y a pas d'angle mort. Pas même dans le vestiaire du personnel.

– Qui est derrière les écrans ?

– Dans la *gold room*, il y a une salle avec plusieurs écrans où les images défilent. De là, les employés voient tout. Les fours de fonte, le transport des palettes avec les lingots et l'intérieur de la chambre forte. Tout.

– Et comment allons-nous entrer ? demanda Mac.

Minerva prit une profonde inspiration avant de répondre. L'air de la salle à manger circulaire était vicié par un mélange d'odeurs de sueur et de tabac à la vanille. Il était temps qu'elle fasse une pause et ses camarades aussi.

– Entrer dans la *gold room* est compliqué même pour un employé autorisé, expliqua-t-elle. Sur les mille deux cents personnes travaillant à Entrevientos, moins de trente ont l'autorisation d'y pénétrer. La majeure partie des employés de la mine n'a jamais vu un seul lingot de doré.

– Je n'en ai jamais vu à Retaguardia, intervint Pata.

– Et toi ? demanda Poudrier, désignant Minerva de son cigare.

Elle avala sa salive. Elle savait que ce qu'elle allait répondre diminuerait sa crédibilité, mais elle ne pouvait pas leur mentir.

– Seulement à travers les caméras.

Il y eut un silence. Elle remarqua que ses mains étaient devenues moites. Par chance Banquier intervint.

– Pour ceux qui peuvent entrer, quel est le protocole ?

– Premièrement, expliqua-t-elle en essuyant discrètement ses mains sur ses hanches, il faut s'annoncer en arrivant. Le gardien entre alors en contact avec ses collègues à l'intérieur de la *gold room*. Si la personne qui veut entrer est autorisée, il lui permet de franchir les sept cents mètres qui séparent l'entrée de l'usine de la *gold room*.

Minerva montra sur l'image aérienne la longue zébrure que traçait le chemin à parcourir dans cette zone encombrée de citernes, tapis roulants et machineries de toutes sortes. Elle arrêta le laser au milieu.

– Une fois arrivé devant la porte d'entrée de la *gold room*, l'employé présente sa carte d'identification au lecteur. Toutes les données s'affichent alors sur l'écran des agents de sécurité qui sont à l'intérieur, même une photo qu'ils peuvent comparer avec celle qu'ils ont sur la caméra. Si c'est la même personne, ils ouvrent la porte, sinon ils lui demandent de faire demi-tour.

– Ils sont armés ? demanda Mac.

– Non. Il n'y a pas d'armes à feu sur le site. Très peu d'entreprises de sécurité sont capables de fournir un tel nombre d'agents armés dans un lieu aussi isolé. Premièrement, parce qu'en Argentine il est très difficile pour un civil d'obtenir un permis de port d'arme. Et deuxièmement, si un employé tue quelqu'un, même un gangster, la responsabilité retombe sur l'employeur.

– Je résume, dit Pata en regardant Mac. Il n'y a pas d'armes parce que ça coûterait trop cher à la mine.

– Exact, et cela joue en notre faveur, dit Minerva. Mais attention, nous ne devons pas sous-estimer les agents de sécurité. Ce sont des types entraînés et costauds.

– Et que se passe-t-il si quelqu'un se plante devant la porte de la *gold room* et vise la caméra avec un fusil en exigeant qu'ils ouvrent ?

– Ils activent l'alarme, appellent la police et bloquent tout à l'intérieur. Donc plus personne ne peut entrer, même avec un bulldozer.

Cette fois, le silence des cinq hommes était très différent ; ils ne disaient rien car ils réfléchissaient. Minerva contint un sourire. Cela l'amusait de les garder sur des charbons ardents.

– Mais ne vous inquiétez pas, à nous, ils vont l'ouvrir cette porte.

CHAPITRE 49

16 juillet 2019, 2:16 PM

Après avoir passé le portail donnant accès à l'usine, Mac gara la Hilux sur le parking entre la guérite du gardien et un module de bureaux. Il suivit du regard l'ambulance et la camionnette de Minerva jusqu'à ce qu'elles disparaissent derrière une construction en tôle.

Allons, allons, pensa-t-il tandis que ses doigts pianotaient sur le volant.

Son cœur battait la chamade. C'était une chose d'étudier l'usine sur une photo aérienne, c'en était une autre d'y être.

Dans une situation différente, il se serait émerveillé devant les trémies de toutes les tailles et les énormes cuves cylindriques reliées entre elles par un complexe réseau de conduites jaunes. Son attention aurait été attirée par l'énorme ruban transporteur qui montait le minerai depuis le silo où il s'entassait jusqu'à une structure en tôle noire qui dépassait en hauteur toute les autres. Il se serait imaginé comment, dans le moulin, les pierres étaient pulvérisées.

Mais en ce moment, il ne pouvait que penser à ce qui était sur le point de se passer dans la construction basse qui se trouvait au milieu de tous ces tuyaux et citernes.

Et attendre.

***

L'ambulance avançait lentement sur les allées de l'usine. Assise sur le siège passager, la docteure Morales calculait les probabilités qu'elle réussisse à s'emparer du pistolet du gangster qui était au volant.

Elle s'inclina discrètement pour regarder dans le rétroviseur. Il n'y avait plus qu'une seule camionnette derrière eux.

Son agresseur arrêta l'ambulance sur un côté de l'entrée pour véhicules de la *gold room*. Même elle savait qu'ils ne l'ouvraient que pour les véhicules blindés. L'homme se retourna et ouvrit la petite fenêtre qui communiquait avec la partie arrière.

– Si l'un de vous trois fait du raffut, je mets une balle dans la tête de la doctoresse. Alors du calme.

Patricia Morales ferma les yeux, demandant de l'aide à un dieu avec lequel elle avait perdu contact depuis sa première communion. Quand elle les rouvrit, elle vit que la camionnette qui les avait suivis était arrêtée à deux mètres de sa fenêtre.

– Vous savez ce que vous devez dire, non ? lui demanda le gangster en se regardant dans le miroir pour arranger sa casquette et ses lunettes de soleil.

Elle acquiesça en silence.

– Je n'ai pas entendu, dit le type en rangeant le pistolet dans l'une des poches de sa tenue d'infirmier.

– Oui, je sais, parvint-elle à dire d'une voix hachée.

– Très bien.

D'une certaine manière, cela la rassura de voir que c'était une femme qui descendait de la Hilux. Elle était vêtue de l'uniforme rouge et blanc du personnel médical et portait des lunettes de soleil. La voleuse lui sourit, s'approcha et posa une main gantée de latex sur son épaule.

– Allons-y, doc, sinon tu vas geler ici, dit-elle avec un accent… de Buenos Aires ? Oui, de Buenos Aires. Et de danseuse de tango.

Tous trois se dirigèrent vers la porte d'entrée du personnel. La docteure Morales était consciente du fait que la caméra qui les surveillait d'en haut ne pouvait pas détecter le pistolet que le type lui plantait dans les reins. Elle n'avait pas d'autre alternative que de suivre les instructions qu'ils lui avaient données. Ce qu'elle fit en approchant sa carte de la serrure électronique et en appelant dans l'interphone.

– Oui ? répondit un homme de l'autre côté.
– Bonjour, je suis la docteure Morales.
– Bonjour.

Elle avala sa salive.

– Nous avons plusieurs cas d'intoxications confirmés sur le site. Apparemment quelque chose dans la nourriture d'aujourd'hui. Nous inspectons tous les secteurs. Pourriez-vous confirmer qu'il n'y a pas de problèmes dans le personnel de la *gold room* ?

– Je les ai tous sur les écrans et je ne vois rien d'anormal.

– Il est possible qu'ils se sentent mal mais que les symptômes ne soient pas encore visibles. Le personnel des cuisines nous a dit qu'il y avait plusieurs employés de la fonderie dans le réfectoire. S'il vous plaît, demandez-leur s'ils n'ont pas de problèmes. En particulier, des douleurs d'estomac ou envie de vomir.

L'interphone demeura silencieux quelques secondes.

– Attendez, docteure.
– C'est très bien, docteure, lui susurra à l'oreille la Portègne.

CHAPITRE 50

16 juillet 2019, 2:01 PM

Il restait à Mallo cinq kilomètres à parcourir pour arriver au Cerro Solo quand il se rendit compte que là-haut, près du container qui abritait les équipements de communication, il n'y avait aucune camionnette.

Il songea à faire demi-tour pour revenir au camp, mais il avait déjà fait les deux tiers du chemin. Dans dix minutes il serait au sommet du Cerro Solo et pourrait jeter un coup d'œil aux équipements. Au mieux, il aurait de la chance et arriverait à régler le problème.

En arrivant il se gara près du container et se dirigea vers la porte. La clé n'entrait pas dans le cadenas. L'avait-on remplacée sans lui en parler ?

Il entendit alors un coup sourd provenant de l'intérieur du container, comme si un objet lourd venait de tomber. Il colla une oreille à la porte et se boucha l'autre pour supprimer le vent. Il perçut un nouvel impact.

– Madueño, tu es là ? cria-t-il à la porte.

Les coups s'intensifièrent.

Que se passe-t-il ?

Il retourna à la camionnette et prit la clé en croix qu'il utilisait pour changer les roues crevées. Il s'en servit de levier et dut s'y reprendre à plusieurs fois avant que le cadenas cède.

En entrant, il trouva Felipe Madueño pieds et poings liés. Mallo se dépêcha de lui enlever le ruban adhésif argenté qui lui couvrait la bouche et Madueño cracha une boule de chiffon.

– Nous devons donner l'alerte, dit-il d'une voix rauque et de la frayeur dans le regard. Il y a une intrusion sur le site.

Intrusion. Jusqu'à présent, Mallo n'avait entendu ce mot que durant les exercices organisés par le responsable de la sécurité. Mais cette fois, les appareils détruits autour de lui prouvaient sans l'ombre d'un doute qu'il ne s'agissait pas d'un exercice.

– Que s'est-il passé ? demanda-t-il tandis qu'il coupait les brides qui immobilisaient le jeune homme.

– Ils m'ont attaqué. Un homme et une femme. Ils étaient armés. Ils ont pris la camionnette, ma carte d'identification et le téléphone satellite. Il faut donner l'alerte.

Mallo regarda le container saboté. Il faudrait un bon moment avant de rétablir les communications.

– Je vais tirer une fusée éclairante, dit-il en se dirigeant vers la sortie.

– Non, l'arrêta Madueño. Ils vont penser que nous avons un problème et ils vont venir nous chercher.

– Mais nous avons un problème.

– Oui, mais entre le temps qu'ils vont mettre pour arriver et celui qu'il va nous falloir pour revenir au camp, une heure va passer. Et durant ce temps de mauvaises choses peuvent arriver.

– Nous pouvons redescendre avec la camionnette. Nous économiserons une demi-heure.

– Que va-t-il se passer si nous rencontrons ces types en chemin ? Tu ne les as pas vus, chef, mais ils ne sont pas là pour rigoler. S'ils doivent nous mettre une balle dans la tête, ils nous la mettront.

– Alors, que veux-tu que l'on fasse, Madueño ?

– Je ne sais pas. Il faut donner l'alerte, mais j'ai peur de sortir d'ici.

– Nous ne pouvons pas rester là à attendre. Toi-même tu viens de dire qu'il peut y avoir des gens en danger.

– Si nous descendons, ceux que l'on met en danger, c'est nous.

Mallo lui posa une main sur l'épaule.

– Tu es très nerveux, Felipe. Mais quelqu'un doit aller donner l'alerte. Faisons une chose : tu tires la fusée et tu attends ici que l'on vienne te chercher. Pendant ce temps, moi je descends, lui proposa-t-il.

Madueño secoua la tête.

– Je préfère aller avec toi plutôt que rester seul.

CHAPITRE 51

16 juillet 2019, 2:18 PM

Face à la porte de la *gold room*, Minerva donnait des petits coups sur le sol de la pointe du pied. Ou, plus exactement, c'était son pied qui frappait la terre de manière automatique, sans que son cerveau n'eût donné aucun ordre.

– Docteure, il semblerait que nous ayons un problème, annonça enfin le garde dans l'interphone. Nous avons trois employés avec de la diarrhée et des douleurs d'estomac.

– Nous entrons avec l'ambulance ? demanda Poudrier.

– Ce n'est pas nécessaire ; ils peuvent sortir par leurs propres moyens. Le chef dit qu'ils terminent de couler le métal déjà fondu et ils sortent. Si vous voulez, vous pouvez entrer pour les attendre.

La porte d'entrée du personnel s'ouvrit dans un bourdonnement électrique. Minerva en eut la chair de poule.

– Toi, tu te tiens tranquille, entendit-elle Poudrier chuchoter à la docteure Morales.

On accédait à la *gold room* par un couloir bas de plafond aux murs blancs avec une porte au fond et une autre sur un côté. Cette dernière donnait sur un bureau avec de grands écrans. Bien que la porte soit fermée et que Minerva ne puisse même pas voir le coin d'une table, elle savait que ces moniteurs transmettaient en boucle les images de plus d'une centaine de caméras de surveillance de la mine.

De cette pièce sortit un agent de sécurité en uniforme noir et jaune qui leur barra le passage. À peine l'homme avait-il mis les pieds dans le couloir que déjà la porte se refermait derrière lui par un mécanisme automatique que Minerva ne connaissait pas.

– Attendez là, leur dit-il en faisant un geste pour qu'ils restent où ils étaient.

Minerva mit discrètement une main dans la trousse de premier secours qu'elle portait dans son dos. Elle sentit le métal froid à travers le gant en latex. Lorsque l'employé leur tourna le dos pour regagner son poste, elle regarda Poudrier et hocha la tête.

Elle fut la première à entrer en action. D'un geste rapide, elle sortit de la trousse une bombe aérosol et recouvrit de peinture noire la lentille de la caméra.

– Ne bouge pas sinon je te flingue, cria Poudrier dans la seconde qui suivit.

– Quoi ? fit l'homme en se tournant vers eux.

En voyant que Poudrier le menaçait d'une arme, le garde leva les mains. Minerva se dépêcha de lui attacher les poignets et fit de même avec la doctoresse. Pour finir, Poudrier et elle se couvrirent la tête d'une cagoule.

C'était le moment le plus critique du plan. Même si les caméras n'enregistraient pas, les autorités de la mine avaient accès à la transmission en directe sur le réseau interne. Cela voulait dire que si quelqu'un était connecté durant la fraction de seconde qu'il avait fallu à Minerva pour aveugler la caméra, il saurait qu'il y avait une intrusion. Les probabilités étaient très faibles, car cette caméra dirigée vers un couloir était parmi les moins consultées, mais il y avait quand même un risque.

Quoi qu'il en soit, les dés étaient jetés. Maintenant, ils devaient agir vite et avec prudence. Dès qu'ils abandonneraient ce couloir, ils entreraient dans le champ d'une nouvelle caméra.

– Asseyez-vous là, dit Minerva à la docteure Morales et au garde en désignant le sol près de la porte du bureau.

Elle s'accroupit face à eux et les regarda dans les yeux. Dans ceux du médecin il y avait de la peur. Dans ceux du garde, de la perplexité.

– Ne vous inquiétez pas, tout va bien se passer. Tous deux acquiescèrent en silence. Elle décrocha la carte d'identification du cou de l'employé et la jeta à Poudrier. Son compagnon l'approcha du lecteur de la porte et secoua la tête.

– Il faut entrer un code.

Merde ! Ça n'existait pas quand elle travaillait ici.

Elle regarda le garde appuyé contre le mur. Le type la défia du regard. Aussitôt, Poudrier s'approcha et lui mit le pistolet dans la bouche.

– Donne-moi le code et le bon. Parce que si je le tape et que cette porte ne s'ouvre pas, je te mets une balle dans les couilles avant de te tuer.

Le garde commença à parler avant que le filet de salive qui unissait ses lèvres au canon du pistolet n'ait le temps de se couper. Minerva dut donner raison à Mac : Poudrier était indispensable.

– Sept, cinq, quatre, neuf.

Poudrier retourna au clavier et tapa le premier chiffre de la pointe de son index ganté.

–Arrête ! cria Minerva.

– Quoi ?

– Le code. Essaye un nombre au-dessous : Sept, cinq, quatre, huit.
– Mais s'il vient de dire…
– Fais ce que je te dis.

Poudrier obtempéra et une lumière verte s'alluma sur la serrure. Un claquement annonça que la porte était ouverte.

À peine entrée dans la pièce, Minerva se dépêcha d'asperger de peinture noire l'autre caméra.

– Les serrures des portes ont un système de sécurité, expliqua-t-elle. Si tu avais tapé le code, la porte se serait bien ouverte, mais tu aurais activé une alarme silencieuse.

Poudrier jeta un regard haineux au garde. Minerva lui mit une main sur l'épaule qui ne parvint pas à le calmer.

– Alors ça te plaît de jouer au héros ? dit-il en attrapant le garde par le col de sa chemise en même temps qu'il lui appuyait le canon du pistolet sur la pomme d'Adam.

– Du calme, dit Minerva.

L'employé garda le silence, respirant bruyamment. Poudrier approcha assez son visage de celui du type pour quasiment le toucher du nez.

– Il y a des gens à qui on a coupé la gorge pour moins que ça, lui dit-il.

– Où est le téléphone satellite ? demanda Minerva en regardant les écrans du coin de l'œil. Elle voulait voir l'intérieur de la chambre forte, mais le garde avait bloqué les moniteurs avant de les laisser entrer. C'était le protocole.

– Dans ce tiroir, dit l'employé.

Minerva mit le téléphone dans sa poche et décrocha la radio de sa ceinture :

– Nous sommes tous à l'intérieur.

CHAPITRE 52

16 juillet 2019, 2:31 PM

Pata approchait de l'usine au volant du camion-citerne. Il avait le regard rivé sur les cuves cylindriques et les constructions carrées en tôle noire que Minerva leur avait fait mémoriser.

« Pour la plupart nous n'aurons même pas à nous en approcher, mais c'est mieux si vous savez ce que c'est. » leur avait-t-elle dit.

Malgré ça, maintenant qu'il était là, il n'aurait pas su distinguer un réservoir de lixiviation d'une citerne d'eau potable. Seule l'adrénaline lui permettait de se concentrer sur sa mission qui était d'amener le camion au cœur de ce labyrinthe de métal.

Quand il ne lui resta plus que trois cents mètres pour d'arriver au périmètre fermé, le portail commença à s'ouvrir. Il se permit un sourire quand il vit Serrurier vêtu de l'uniforme noir et jaune, comme un quelconque agent de sécurité d'Inuit.

Derrière la clôture, deux guanacos broutaient, étrangers à tout cela. Il aurait aimé avoir leur calme.

Cent cinquante mètres.

Sur un côté du portail, Serrurier lui faisait signe de la main pour qu'il avance. Le geste était ample et officiel. Le geste normal d'un agent de sécurité à un camionneur autorisé.

Cent mètres.

Il avait les jointures des phalanges blanches tant il serrait fort le volant. Un camion de combustible n'avait rien à faire dans l'usine, les cuves de gasoil et le générateur étaient de l'autre côté à l'extérieur. Un mastodonte remorquant une citerne de trente-sept mille litres, dans une enceinte de haute sécurité, n'allait pas passer inaperçu bien longtemps.

Cinquante mètres et les problèmes allaient commencer, pensa-t-il.

C'est alors que le portail s'immobilisa à moitié ouvert durant une fraction de seconde, puis repartit dans l'autre sens pour se refermer.

Un homme grand et maigre venait d'apparaître de nulle part et criait après Serrurier tout en faisant signe de la main à Pata pour qu'il stoppe le camion. Celui-ci n'eut pas d'autre option que d'écraser la pédale de frein.

Le pare-chocs du camion s'immobilisa à deux mètres du portail.

CHAPITRE 53

16 juillet 2019, 2:31 PM

Gerardo Mallo tenait fermement la radio pour ne pas la laisser échapper. À côté de lui, Madueño accélérait bien au-delà des soixante kilomètres par heure autorisés sur le site et la camionnette bondissait comme un cheval sauvage sur le chemin irrégulier.

– Urgence. Urgence. Urgence, répéta Mallo dans l'appareil. Nous avons une intrusion. Quelqu'un m'entend ?

Comme les fois précédentes, il n'y eut pas de réponse.

– Dès que nous allons entrer dans la zone couverte par le relais qui se trouve dans le camp, ils vont t'entendre, chef. Il nous reste deux ou trois kilomètres.

Mallo savait que Madueño avait raison, mais la dernière chose qu'il allait faire, c'était attendre.

– Urgence. Urgence. Urgence, reprit-il, prononçant les mots définis par le protocole.

Madueño prit le seul virage de la piste sans diminuer la vitesse. Le 4X4 dérapa, mais le gamin réussit à contrôler le véhicule.

– Urgence. Urgence. Urgence.

L'appareil grésilla.

– Oui… cap… mal.

– Ici Gerardo Mallo. Il y a une intrusion sur le site. Ils sont armés. Il faut activer l'alarme et appeler la police avec le téléphone satellite. L'antenne de Cerro Solo et la connexion internet sont hors service. Je répète : intrusion armée. Prévenir la police.
– Je ne… tend… bien…Pourrais rép… plaît ?

CHAPITRE 54

16 juillet 2019, 2:34 PM

– Que se passe-t-il ici ?

En se retournant, Serrurier reconnut l'homme grand et maigre, âgé de trente-cinq ans, vêtu d'une chemise et d'un jean. Minerva leur avait montré les photos des cadres de l'entreprise. Ce type, qui indiquait le camion arrêté de l'autre côté du portail, se nommait Patricio Iglesias, c'était le chef de la sécurité. Son bureau se trouvait dans le module près duquel Mac venait de se garer.

– Il a l'autorisation du directeur, improvisa Serrurier en se dirigeant vers la guérite d'un pas décidé.

– Et peut-on savoir pourquoi un camion de combustible entre dans l'usine ? demanda Iglesias dans son dos.

Serrurier se limita à montrer la guérite sans diminuer le pas. Derrière lui, les chaussures de sécurité d'Iglesias crissaient sur la terre desséchée. Il entra dans le petit container avec l'autre sur les talons. Il inspira profondément, essayant de se calmer.

– Où est Soto ? interrogea Iglesias.

Serrurier fit demi-tour avec la main gauche dans la poche du blouson du dénommé Soto, serrant le 9 mm.

– Asseyez-vous.

L'autre le regarda, surpris. Sûr qu'il n'était pas habitué à ce qu'on lui parle de cette façon.

– Écoute, petit, tu dois être nouveau et tu ne sais pas à qui tu t'adresses.

– Je sais qui vous êtes, monsieur Iglesias.

Durant un instant, le type fut déconcerté. Puis il prit une inspiration et parla en élevant la voix, énumérant les demandes en comptant sur ses doigts.

– Voyons si nous nous comprenons. Premièrement, je veux ton nom et ton prénom. Deuxièmement, que tu m'expliques pourquoi il y a une ambulance arrêtée devant la *gold room*. Et troisièmement, que tu me dises, bordel, ce que vient faire un camion d'YPF dans l'enceinte de l'usine.

– Je vous l'ai dit, ce sont les ordres du directeur, répondit Serrurier en appuyant sur le bouton vert près du bureau. Dans un ronflement atténué par la distance, le portail recommença à s'ouvrir.

– Que fais-tu ? Montre-moi immédiatement l'ordre de Sandoval.

– Le voici, dit-il en posant le 9 mm sur le bureau.

Iglesias resta pétrifié.

– Écoutez-moi bien. Je vais ôter ce truc de la vue, mais ne croyez pas qu'il n'est pas braqué sur vous, d'accord ? J'ai le canon dirigé, à quelques centimètres près, vers vos couilles.

– Qui êtes-vous ?

Il remarqua qu'Iglesias avait arrêté de le tutoyer. C'était incroyable le respect que pouvait procurer une arme.

– Tu ne t'en doutes pas ?

– Juste une chose. S'il vous plaît, ne faites pas de mal à nos employés.

– Bien sûr que non, Iglesias. Pour qui vous nous prenez ?

Les derniers mètres de la citerne finirent de franchir le portail. Serrurier pressa le bouton rouge et la grille commença à rouler sur son rail pour se refermer. Le camion de combustible tourna vers la droite, suivant le chemin que tant de fois le pointeur laser de Minerva avait suivi sur la carte.

C'est à ce moment-là que le son assourdissant d'une alarme retentit dans la guérite. Serrurier se leva d'un bond et braqua l'arme sur Iglesias.

– C'est quoi ça ?

– Je n'ai rien fait, je vous le jure, dit Iglesias en levant les mains.

– Allons à votre camionnette.

L'homme acquiesça et sortit sans rechigner. Dehors, la sirène hurlait dans des haut-parleurs fixés sur des poteaux. Cela rappela à Serrurier les camps de concentration dans les films sur les nazis qui plaisaient tant à son père.

Iglesias marcha jusqu'au parking, entre la guérite et le module de bureaux, où étaient garées une demi-douzaine de Toyota Hilux grises. L'une d'elles était celle de Mac.

– Celle-ci, c'est ma camionnette, cria Iglesias par-dessus l'alarme, en désignant un véhicule.

– Vite, à la *gold room*. Vous conduisez, dit Serrurier, s'installant sur le siège passager tout en faisant signe à Mac de les suivre.

Le chef de la sécurité n'ouvrit pas la bouche jusqu'à ce qu'ils se garent à côté de l'ambulance et du camion de combustible.

– Que voulez-vous exactement ?

– La même chose que vous autres, Iglesias. L'or et l'argent.

CHAPITRE 55

16 juillet 2019, 2:36 PM

L'alarme commença à sonner dans différents points du camp. Ce n'était pas le *woup-woup* rapide de l'alerte incendie ni le *ni-no-ni-no* étourdissant d'une urgence médicale.

Non. Carlos Sandoval n'avait jamais entendu le hululement lent de cette sirène ailleurs que dans les exercices organisés par Francisco Alvarado, le responsable de la sécurité. Mais aujourd'hui Alvarado était occupé à préparer une réunion que ce même Sandoval lui avait demandé d'organiser avec les employés travaillant dans le tunnel. En plus, quelles probabilités y avait-il qu'Alvarado organise un exercice surprise le jour où l'antenne de Cerro Solo tombait en panne et où la connexion internet satellitaire était interrompue ?

Aucune. L'alarme intrusion était authentique et il devait immédiatement enclencher le protocole.

La première chose à faire était d'appeler la police. Sans internet ni téléphone cellulaire, il avait besoin de l'un des quatre téléphones satellites. Il y en avait un à la division informatique, l'autre à l'infirmerie et le troisième pour les agents de sécurité de la *gold room*. Le quatrième, c'était comme s'il n'existait pas, car il était assigné à l'équipe de prospection, qui en ce moment se trouvait à trente kilomètres, occupée à prélever des échantillons dans un nouveau filon.

En pensant à eux, il se rappela que la veille un agent de la sécurité qui patrouillait sur des chemins peu fréquentés avait remarqué un petit avion volant à sept kilomètres au nord de l'usine de traitement. Sandoval avait trouvé ça bizarre, et maintenant il regrettait de ne pas avoir considéré le fait plus sérieusement.

Il décrocha le téléphone de son bureau. Par chance, le téléphone intérieur continuait de fonctionner. Il tapa le numéro de l'infirmerie pour leur demander, s'il ne l'avait pas déjà fait, d'appeler le commissariat de Puerto Deseado.

La ligne sonna plusieurs fois, mais personne ne répondit. Mauvais présage. L'infirmerie répondait toujours rapidement.

CHAPITRE 56

16 juillet 2019, 2:36 PM

Dans la *gold room*, Minerva regardait l'agent de sécurité avec un mélange de haine et de peine.

– Ce n'est pas moi, supplia l'homme.

Il était affalé sur le sol de son propre bureau, à côté de la docteure Morales, là où Poudrier l'avait balancé.

L'alarme résonnait sur les murs préfabriqués. Minerva avait prévu qu'au bout d'un moment ils finiraient par détecter l'intrusion, mais tout aurait été plus facile si en premier ils avaient maîtrisé les employés de la fonderie. Maintenant, en proie à la panique, ces types allaient essayer de se cacher. Ou, pire encore, jouer au héros.

– Le mot de passe, dit-elle au garde en indiquant les écrans bloqués.

L'homme le donna entrecoupé de sanglots. Le hurlement de la sirène était tellement strident qu'ils devaient crier pour s'entendre.

En voyant les écrans s'allumer, Minerva sentit son cœur s'arrêter. Les cameras transmettaient un rectangle noir, et pas seulement les deux qu'elle venait d'aveugler. Toutes.

– C'est quoi, ça ?

– Je n'y suis pour rien. Je vous le jure. En fait, si ça venait de moi, l'alarme ne sonnerait qu'ici. Elle ne ferait qu'alerter ceux du camp pour qu'ils appellent la police.

– C'est. Quoi. Ça ? répéta-t-elle en montrant les écrans noirs.

– Nous n'avons plus accès aux caméras s'il y a une intrusion.

Poudrier fit deux pas rapides dans sa direction et appuya le canon contre son crâne.

– Tu es en train de me dire que les caméras se déconnectent juste au moment où l'on en a le plus besoin. Tu nous prends pour des cons ?

– Non, non. Les caméras ne se déconnectent pas. Ils nous coupent le signal à nous, dans la *gold room*. Dehors ça fonctionne, mais ici les écrans sont déconnectés.

Poudrier regarda Minerva, comme pour lui demander quoi faire. Elle sentit le nœud à l'estomac se resserrer un peu plus. Elle ne connaissait pas ce détail du protocole.

– Nous devons accepter que la police soit déjà en route, dit-elle.

– Alors dépêchons-nous.

Avec son faux accent portègne, Minerva ordonna aux otages de se remettre debout. Ils mirent un peu plus de temps que la normale : avec les mains attachées dans le dos ils avaient du mal à garder leur équilibre. Quand ils sortirent du bureau, Poudrier avait déjà ouvert la porte au fond du couloir avec la carte de l'employé.

Un détecteur de métal occupait presque toute la largeur du nouveau couloir dans lequel ils venaient de pénétrer. C'était un cadre rectangulaire identique à ceux des aéroports. Minerva le traversa en premier et l'appareil émit un *bip-bip-*

bip qui s'entendait à peine par-dessus l'alarme. La docteure Morales la suivit, puis le gardien et pour finir, Poudrier.

Ils continuèrent jusqu'au bout du couloir. Une autre porte, un autre couloir. Plusieurs portes encore. La *gold room* était un labyrinthe, mais Minerva avait passé des mois à étudier les plans.

– Ça, c'est la pièce sécurisée, dit-elle à Poudrier quand ils arrivèrent devant une porte anti-effraction près d'une fenêtre aux vitres blindées.

La pièce sécurisée était un bureau renforcé dans lequel les employés avaient pour instruction de se réfugier en cas d'intrusion. Minerva regarda par la fenêtre. À l'intérieur, l'autre gardien de la *gold room* avait un téléphone collé à l'oreille. Les employés de la fonderie n'étaient pas encore arrivés.

Poudrier donna quelques petits coups sur le verre épais avec la crosse du pistolet. Quand l'homme leva les yeux, il appuya le canon sur la tempe de son collègue menotté.

L'employé regardait à travers la vitre comme un cerf face aux phares d'une voiture. Il mit un instant à réagir, et quand il le fit, Minerva eut l'impression qu'il se déplaçait au ralenti. Il lâcha le téléphone, montra ses mains vides et ouvrit la porte.

Minerva se dépêcha de lui attacher les poignets et de tirer le rideau de la fenêtre pour que personne ne puisse voir depuis le couloir ce qui se passait dans la salle. Ensuite Poudrier fit asseoir les trois otages sur le sol et elle leur attacha les chevilles.

– Maintenant, couchez-vous sur le ventre, ordonna-t-il.

– N'ayez pas peur, ce n'est pas après vous qu'on en a, ajouta-t-elle tandis qu'elle reliait les liens des poignets à ceux des chevilles avec une troisième bride. Quand les trois furent immobilisés, le ventre sur le sol, ils les bâillonnèrent.

– On se revoit bientôt, leur dit Poudrier.

Ils sortirent de la pièce sécurisée et Minerva ferma à clé.

– C'est la dernière, dit-elle à son camarade en courant vers la porte au fond du couloir, qui donnait accès au cœur de la *gold room*.

Elle s'ouvrit sans problème, avec le même code que celui de la salle des écrans.

En se rappelant la conversation qu'elle avait eue avec Pezzano quelques mois plus tôt, quand elle ne pensait pas encore à lui comme « Banquier », Minerva se demanda si de l'autre côté de cette porte il y aurait un lion.

CHAPITRE 57

Trelew, Chubut, Argentine.
Quatre mois et demi avant le braquage.

Minerva avait mis près d'une demi-heure pour expliquer les grandes lignes du plan à Pezzano. Le vieux brigand l'avait écoutée attentivement, buvant un café assis dans le canapé d'où elle lui avait envoyé l'e-mail qui avait tout mis en marche.
– À première vue, ça peut fonctionner, dit-il.
– *Peut* ? Ça ne me convient pas. *Doit* fonctionner. Si toi tu ne peux pas me le dire, alors que tu as à ton actif plus de larcins que tous les pirates des Caraïbes, alors qui ?

Pezzano finit son café et posa avec délicatesse la tasse sur la soucoupe en céramique.
– Imagine-toi dans une pièce où il y a deux portes. Derrière l'une d'elle il y a un lion. Derrière l'autre, une pièce identique à la précédente.
– Je sais derrière laquelle il y a le lion ?
– Non. Tu dois en ouvrir une au hasard. Tu ne pourras plus ouvrir l'autre. Si tu as de la chance, tu ouvres celle qui donne sur la pièce vide, mais là encore il y a deux portes.
– Et l'une d'elle m'amène au lion ?
– Correct, acquiesça Pezzano, les cernes étirés par un sourire. Il y a dix pièces ainsi. Dans la dixième, l'une des deux

portes est celle de la sortie. Alors, ingénieure Viader, quelles sont les probabilités que tu survives ?

– Il faudrait mettre zéro virgule cinq à la...

– Très basses, l'interrompit Pezzano. Il est plus facile de gagner à la loterie que de sortir vivant de là.

– Et qu'est-ce que cela a à voir avec notre affaire ?

Pezzano secoua la tête, comme si la question l'offensait.

– Si je mets un type dans la première pièce, tu crois qu'il survit ou qu'il meurt ?

– Il meurt, évidemment.

– Et si je fais la même chose un million de fois ? Chaque type qui entre choisit la séquence de portes qu'il veut, sans savoir ce qu'ont fait les autres avant.

– Une grande majorité meurt, mais quelques-uns survivent.

– Et ces quelques-uns, pourquoi survivent-ils ?

– Parce qu'ils ont la chance d'ouvrir les dix bonnes portes.

Pezzano tourna son index vers lui.

– Exact. Et je suis l'un de ces super-chanceux.

– C'est-à-dire que tu es en train de me raconter que tu es le type qui a cambriolé le plus de banques dans le pays par pure chance.

– Non. Je te dis que je suis un survivant. Bien sûr, j'ai fait tout ce que j'ai pu pour ouvrir ces portes correctement. J'ai collé mon nez au trou de la serrure pour voir si ça sentait le lion. J'ai appuyé mon oreille pour entendre un rugissement. Et parfois je l'ai détecté. Mais quand je n'ai eu aucune idée de quelle putain de porte ouvrir, j'en ai choisi une au hasard.

– Où veux-tu en venir ?

– Je ne suis pas là où je suis par pur talent. Ni moi ni personne ne peut te dire, par avance, que derrière les portes que tu veux ouvrir il ne va pas y avoir un lion.

CHAPITRE 58

16 juillet 2019, 2:42 PM

Après avoir passé la dernière porte, Poudrier se trouva devant un panorama très différent des banques, bijouteries ou villas qu'il avait cambriolées auparavant. La *gold room* avait la surface d'un terrain de football et était remplie de grandes machines industrielles couvertes de poussière. Certaines, de la taille d'une auto, étaient accrochées au-dessus de sa tête.

Ils avancèrent prudemment. L'alarme résonnait dans tous les coins, mais elle était moins forte que dans les couloirs.

– Nous devons rapidement trouver les employés de la fonderie, dit Minerva en allant vers un côté de la salle.

Poudrier la suivit. Ils se dirigeaient vers des cylindres en métal grands comme des lave-linge. L'un d'eux était au rouge vif. Des creusets de fonte. Ici naissaient les lingots.

À cinq mètres de distance, il ressentit une chaleur intense au niveau des yeux, la seule partie du visage que la cagoule laissait exposée. Il se rappela les instructions de Minerva : sans équipement adéquat, il est impossible de s'approcher à moins de deux mètres d'un creuset sans souffrir de brûlures.

– Je ne vois personne, dit Minerva.

Derrière lui, Poudrier entendit un bruit suffisamment fort pour couvrir l'alarme. Comme si quelqu'un avait renversé une armoire ou claqué une porte. Cela venait de l'entrée.

Il pivota et partit en courant entre les machines, le 9 mm à la main. En arrivant à la porte, il tourna la poignée et poussa de l'épaule, la porte ne bougea pas.

– Les employés de la fonderie ont dû se cacher en nous voyant entrer. Puis ils sont sortis quand la voie s'est trouvée libre, expliqua Minerva, qui avait couru derrière lui. Elle tapa le code sur le clavier de la serrure.

Poudrier attendait avec impatience que la lumière rouge passe au vert pour donner un autre coup d'épaule.

– Ça ne fonctionne pas, dit Minerva.

– Comment, ça ne fonctionne pas ?

– Il doit y avoir un code différent pour sortir. Ou un mécanisme de sécurité spécial qui la bloque en cas d'urgence.

– Il y a tant de choses qui ont changé en sept mois dans cette putain d'entreprise ?

Minerva ne répondit pas.

Si je finis en prison, c'est à cause de ma connerie, pensa Poudrier. *C'est moi qui me suis laissé entraîner jusqu'au cul du monde par cette nana.*

Il souffla par le nez et releva un peu son arme.

– Nous devons attraper les fondeurs, coûte que coûte, non ? Sans eux impossible de négocier.

– Il y a ceux de l'ambulance, répondit Minerva.

– Oui, mais dans la pièce sécurisée il y a la doctoresse. Nous pouvons en avoir besoin.

Il dirigea le canon du pistolet vers la serrure de la porte.

– Arrête ! Poudrier.

– Qu'est-ce qui t'arrive ?

– Les employés de la fonderie sont peut-être derrière.

En plus d'avoir le cœur tendre, elle regarde trop de films. Ça se confirme, je suis un imbécile, se dit-il avant de presser la détente quatre fois de suite.

Les tirs couvrirent le hululement monotone de la sirène. À la place de la serrure ne restait qu'un trou en forme de croix fait par les quatre balles.

– Dans la vraie vie, personne en train de fuir ne ferme une porte et reste derrière.

Il donna un coup de pied dans la porte qui céda comme si elle était faite d'un bois de mauvaise qualité.

De l'autre côté, à l'autre bout du couloir, ils virent le dos des trois hommes qui s'éloignaient en courant. Ils avaient sûrement dû s'arrêter devant la pièce sécurisée pour tenter de libérer la docteure Morales et les deux employés de la sécurité. Effrayés par les tirs, ils s'enfuyaient, ralentis par les lourdes combinaisons qui les protégeaient de la chaleur à l'intérieur de la fonderie.

À cet instant, Poudrier sentit vibrer la radio accrochée à sa ceinture. Il approcha l'appareil de son oreille.

– Nous attendons derrière la porte, dit Pata. Je répète, nous attendons derrière la porte.

– Va leur ouvrir, dit-il à Minerva qui, elle aussi, avait la radio collée à l'oreille. Moi je me charge de ceux-là.

Elle acquiesça et pénétra dans la *gold room*.

Poudrier leva son arme et tira trois fois.

CHAPITRE 59

16 juillet 2019, 2:44 PM

Poudrier regarda les trois hommes au bout du couloir. Les trois balles qu'il avait tirées en l'air, loin de les stopper, les avaient fait courir encore plus vite. Il sourit et se lança à leur poursuite.

Il ne mit pas longtemps à les rejoindre. Leurs vêtements de protection les ralentissaient trop. Ils ressemblaient à des astronautes.

– Arrêtez-vous ou la prochaine fois je vise la tête, cria-t-il par-dessus l'alarme qui maintenant commençait à lui taper sur les nerfs.

Ils stoppèrent immédiatement. Il sortit du sac une poignée de brides et la jeta aux pieds du plus proche.

– Attache-les ! lui ordonna-t-il.

Avec des gestes maladroits, l'employé lia les poignets et les chevilles de ses deux collègues. Après s'être assuré qu'il avait correctement fait le travail, Poudrier l'attacha à son tour.

– Il en manque un. Où est-il ?

L'un d'eux dit quelque chose, mais Poudrier ne comprit pas les paroles amorties par le casque de la combinaison de protection. Il s'approcha et le remit debout.

– Nous n'avons pas le code de la chambre forte, s'empressa-t-il de répéter.

– Ce n'est pas ce que je t'ai demandé. Je veux savoir où est celui qui manque.

Il sentit alors un coup sur la tête, et toutes les lumières s'éteignirent.

CHAPITRE 60

San Rafael, Mendoza, Argentine.
Deux mois et demi plus tôt.

– Et ça ne serait pas plus facile d'attaquer le camion blindé en rase campagne plutôt que d'entrer là-dedans ? demanda Mac.

Banquier vit que Minerva souriait presque affectueusement devant l'ingénuité de la question. Poudrier, lui, fut moins subtil et lâcha l'un de ses rires porcins. Pata se contenta de regarder Mac avec une lueur dans le regard que Banquier savait très bien interpréter ; il essayait de contenir un éclat de rire.

– Qu'est-ce qui vous fait rire ? Dans la mine il y a sept cents employés, des agents de sécurité et des milliers de choses qui peuvent mal se passer. Ce n'est pas plus facile d'intercepter l'or durant son transport ?

– Celui-ci, d'où tu le sors ?

Poudrier avait posé la question à Banquier, qui se dirigea vers Mac pour répondre.

– De nos jours, un camion blindé est l'une des choses les plus difficiles à braquer.

Il se souvint, avec une certaine nostalgie, des années quatre-vingt, au début de sa carrière de pilleur de banques.

– Il y eut une époque où c'était le maillon faible, mais cela a beaucoup changé. Maintenant ils sont armés jusqu'aux dents et ont dix mille gadgets électroniques.

– En plus, intervint Minerva, les camions blindés qui transportent le doré ne sont pas les mêmes que ceux que tu vois devant les banques. Ceux d'Entrevientos sont plus grands et encore plus sécurisés. À l'intérieur, il y a quatre agents avec des armes de gros calibre.

– Il est quasiment impossible de les stopper, ajouta Pata. Les camions qui allaient à Cerro Retaguardia avaient deux essieux à l'arrière et six roues motrices. Six-six. Et ils étaient toujours escortés par une camionnette avec deux types armés dedans.

– Ceux d'Entrevientos aussi, dit Minerva. Et, évidemment, ils ont un téléphone satellite, un GPS et une alarme silencieuse qui s'active automatiquement si le camion s'arrête là où ce n'est pas prévu.

– Et si on leur fait exploser une charge sous les roues ? demanda Poudrier. Dans ce cas, Mac a raison. Avec deux kilos de plastique ils volent en l'air.

– Il reste le problème de l'escorte, fit remarquer Pata en se passant la main dans la barbe.

– Non ! dit Minerva sur ton tranchant que Banquier ne lui connaissait pas. Nous n'allons pas faire ça parce que, si nous dynamitons le camion, nous allons tuer les cinq types qui sont dedans.

– C'est sûr, tu ne vas pas leur demander gentiment qu'ils t'ouvrent les portes, répliqua Poudrier.

Banquier fut sur le point d'intervenir pour calmer les esprits, mais il se retint. Il n'avait pas menti en disant que dans cette affaire il n'était pas beaucoup plus qu'un mécène. Celle qui dirigeait l'orchestre, c'était Minerva, et cela impliquait des responsabilités. Il la regarda dans les yeux. *C'est ton plan et ton équipe*, essaya-t-il de lui dire dans une mimique.

Mac brisa le silence qui s'était installé dans la salle.

– Si l'idée c'est de faire une boucherie, ne comptez pas sur moi, dit-il en passant le maté à Pata. J'arrête sur le champ.

Minerva leva les mains en signe d'apaisement.

– Il n'y aura aucune boucherie. Gravez-vous ça dans la tête.

Banquier sentit son cœur s'emplir d'une sorte d'orgueil. Il éprouvait à nouveau cet instinct paternel qui l'avait poussé, quinze ans plus tôt, à risquer sa vie pour l'aider à s'échapper de la salle de billard de l'Avenida de Mayo.

– Ce vol va se faire sans répandre de sang, c'est clair ? poursuivit-elle. Il nous faut des armes parce que nous allons prendre des otages. Mais je ne veux pas un seul blessé.

– Bien sûr. Personne ne veut de blessés, dit Poudrier, mais parfois les choses tournent mal et il faut mettre quelques coups.

– Ça n'arrivera pas.

– C'est ce que tu dis maintenant, répondit-il sur un ton sarcastique. Voyons si tu restes aussi zen quand la situation se complique.

– Nous allons le faire sans une goutte de sang et sans un seul blessé.

– C'est ça, comme dans tes anciens coups, rétorqua Poudrier. Rappelle-moi. À combien de casses as-tu participé sans qu'il y ait de sang versé ou plusieurs blessés ? Trente, tu avais dit ? Ou bien quarante ?

De nouveau le silence, ponctué par le crépitement du feu. Banquier regarda Minerva pour lui transmettre un peu de son calme, mais elle avait les yeux dans le vague. Il la vit faire le tour de la table, s'approcher du fauteuil dans lequel était Poudrier et se pencher en avant les mains sur les genoux.

— Je ne sais pas ce qui est le pire, dit-elle quand leurs visages furent au même niveau, ne pas avoir d'expérience ou en avoir et qu'elle ne t'ait jamais servi à rien. À ce stade de la partie, même si pour toi la vie d'une personne ne compte pas, tu devrais au moins savoir qu'il y a une raison évidente pour laquelle tu ne dois pas tirer sur qui que ce soit. La police a l'habitude d'enquêter plus à fond sur un assassinat que sur le braquage d'une multinationale.

Sans le quitter des yeux, Minerva désigna l'écran.

— Dans cette usine travaillent des gens honorables qui passent la moitié du mois à bouffer de la poussière pour faire vivre une famille.

Elle se redressa et regarda le reste de la bande, Banquier inclus.

— Si le plan ne convient pas à l'un d'entre vous, la porte est là. Personne n'est irremplaçable.

— En fait, toi tu l'es, dit Mac. Sans tes informations, nous ne passons même pas le Poste d'Entrée.

Banquier cessa de retenir sa respiration et bénit le ton apaisant de leur hôte.

— Sauf si nous entrons en tirant, ajouta Poudrier.

Minerva ramena son regard sur lui et ouvrit la bouche pour dire quelque chose, mais un éclat de rire porcin l'arrêta.

— Relaxe, Minerva, c'est une blague. Si tu dis, pas de coups de feu, il n'y a pas de coups de feu. Tu es la cheffe.

Pour accompagner ses dernières paroles, Poudrier leva la pointe des doigts jusqu'à sa tempe, imitant un salut militaire.

Minerva secoua la tête et se releva, regardant un à un les membres de la bande. Banquier se mordit la langue pour ne rien dire. S'il avait ouvert la bouche, il aurait dû donner raison à Poudrier. C'était une chose que dans le plan il n'y ait aucun mort, c'en était une autre, très différente, ce qui se passerait réellement le jour J.

Aucun plan ne se passait comme prévu à la virgule près. Même Minerva, en son for intérieur, devait le savoir.

CHAPITRE 61

16 juillet 2019, 2:48 PM

Quand Poudrier ouvrit les yeux, une douleur aiguë lui troubla la vision. Il était sur le sol, étendu sur le ventre. À une vingtaine de centimètres de ses doigts, il devinait les contours flous du 9 mm.

Il tenta de l'attraper, mais une botte argentée frappa l'arme, l'envoyant glisser sur les dalles en plastique. Le pistolet passa entre les employés toujours attachés et s'arrêta au bout du couloir.

Il releva la tête. Le propriétaire de la botte était grand et costaud. Même sous la combinaison d'astronaute se devinait une forte musculature. Il n'avait plus la capuche, et de la toile argentée dépassait un cou épais et nerveux sur lequel était tatoué un dragon vert qui se terminait par une bouche ouverte sous l'oreille. Comme s'il lui confiait un secret.

En plus des muscles, du tatouage et du coup de pied dans le pistolet, Poudrier vit de la peur dans les yeux de l'homme. Une peur dangereuse, celle d'un animal acculé.

– Il y a quatre hommes armés dehors, dit Poudrier. Quand ils entreront, la première chose qu'ils feront sera de venir me chercher, et si tu n'es pas tranquillement attaché, ils vont te tirer dessus.

Le coup de pied le frappa dans les côtes avec la force d'une massue. Puis il sentit qu'on lui tirait les cheveux. Le type avait arraché la cagoule.

– S'ils entrent, dit-il en continuant les coups de pied.

Pourquoi y a-t-il toujours un taré pour jouer au héros ?

Poudrier secoua la tête et essuya les larmes que lui avaient arrachées les coups. La rage le faisait voir rouge. En cet instant, il n'était plus dans une mine d'or à deux mille kilomètres de chez lui ; il était dans la cour de la prison de Caseros, durant sa première semaine.

Il regarda discrètement derrière lui. L'un des trois astronautes, pieds et poings liés, rampait vers le bout du couloir, essayant d'arriver jusqu'au pistolet.

Il calcula ses chances. Si le reste de la bande ouvrait la porte avant que ce type atteigne l'arme, il s'en sortait. Dans le cas contraire, il pouvait finir en passoire.

Il tenta alors ce qu'il y avait de mieux à faire quand tu es allongé sur le sol et que tes côtes sont à la merci de bottes aux bouts en acier : il les encercla dans ses bras de toutes ses forces.

Dans sa lutte pour se libérer, le tatoué finit au sol. L'autre employé était à moins d'un mètre de l'arme. Poudrier lâcha le type au dragon et courut vers le fond du couloir. Il sauta par-dessus celui qui rampait et récupéra le 9 mm. En se retournant il vit le tatoué disparaître derrière la porte que lui-même avait ouverte avec quatre balles.

Il se précipita dans cette direction le plus rapidement que le lui permettait la douleur dans les côtes. Même s'il lui échappait, de l'autre côté de la porte, ses camarades seraient en train d'entrer avec les véhicules et ne mettraient pas longtemps à l'attraper. Et quand il serait en face de lui, quoi qu'en dise Minerva, il allait lui rendre ses coups de pied multipliés par mille.

Cependant, en ouvrant la porte pour entrer dans la *gold room*, son sang en ébullition se glaça immédiatement.

CHAPITRE 62

16 juillet 2019, 2:53 PM

Qu'il n'y eût pas trace du tatoué, ce n'était pas ce qui le préoccupait. En fin de compte, *la gold room* était pleine d'endroits où se cacher. Ce qui réellement inquiétait Poudrier, c'était que ses camarades ne soient pas encore là.

Il regarda vers le portail d'accès des véhicules à la *gold room*, par où ils auraient dû entrer. Il était ouvert. D'après Minerva, il donnait sur une espèce d'énorme garage avec une seconde porte vers l'extérieur. Ils l'appelaient l'écluse.

Bien que l'angle ne lui permît pas de voir la porte extérieure de l'écluse, il sut qu'elle était fermée. Sinon, la lumière du jour filtrerait jusqu'à la *gold room*. Il ne voyait aucun de ses camarades, pas plus qu'il ne les entendait, bien que cela pût être dû à l'alarme qui couvrait tous les autres bruits.

Il commença à se diriger vers l'écluse quand un reflet argenté derrière l'un des grands fours le fit changer de direction. Il s'avança tout doucement, le 9 mm levé.

En contournant le four, il trouva le type au tatouage en train d'essayer d'ouvrir une porte. Probablement que Minerva lui avait expliqué où donnait cette porte, mais à cet instant Poudrier ne s'en souvenait plus. De toute façon, ça n'avait pas d'importance. Entre les machines à côté du four, le mur et la porte fermée, le type n'avait pas d'échappatoire.

Sans cesser de le tenir sous la menace de son arme, il cria par-dessus l'alarme :
– Viens ici !

L'homme se retourna lentement et lui jeta un regard chargé de haine. Il leva les mains, toujours recouvertes des gros gants en cuir de la combinaison. Poudrier fit un pas en arrière pour le laisser passer. L'autre, sans lâcher un mot, avança devant lui.

Ils pénétrèrent un peu plus avant dans la grande salle. Ils étaient maintenant près des creusets. L'un d'eux était toujours aussi rouge. À San Rafael il avait appris que ces récipients en pierre, une fois chauffés à plus de mille degrés, mettaient des heures pour refroidir.

– Où allons-nous ? demanda l'employé.
– À la chambre forte.

À cet instant, une explosion résonna dans toute la *gold room*. Une fraction de seconde, Poudrier dévia le regard vers l'écluse d'où venait le bruit. Un coup sur le poignet lui fit lâcher son arme qui rebondit sur le sol. Avant qu'il ait pu la ramasser, un autre coup le cueillit au visage.

Sérieusement, qu'est-ce qu'il a ce type ?

Le tatoué tapait fort et bien, comme le faisaient à Caseros ceux qui avaient été boxeurs. Poudrier frappa au visage, mais le type esquiva d'un mouvement rapide. Il bougeait avec sa combinaison d'astronaute comme dans un vêtement de gymnaste.

Poudrier savait qu'il n'avait aucune chance de le vaincre dans un corps à corps, mais il devait le maintenir occupé. S'il lui laissait une seconde de répit, le type se pencherait pour récupérer le pistolet.

Il lui balança un coup de pied en plein dans le genou. Le tatoué émit un grognement et le regarda déconcerté, comme s'il n'avait jamais cru possible un coup aussi bas : c'était bien un boxeur.

Le type répondit avec trois crochets au visage. Poudrier ne put que bloquer le premier. Les autres coups lui firent perdre l'équilibre, l'obligeant à reculer. Le goût métallique de son propre sang inonda sa bouche.

Il sentait une chaleur intense dans son dos. Il n'avait pas besoin de se retourner pour savoir qu'il n'était pas loin du creuset incandescent.

– Putain, mec, qu'est-ce qui t'arrive ? lui cria-t-il. Si tu ne coopères pas, quand ils entrent, mes camarades…

– Ils ne vont pas entrer, l'alarme bloque tout, donc suce-moi la pine, et il expédia un autre coup.

Poudrier réussit à l'éviter en faisant un autre pas en arrière. Maintenant la chaleur était insupportable. Il devait se sortir de là vite fait.

Une explosion, encore plus forte que la première résonna dans la *gold room*.

De ses mains gantées, le tatoué l'empoigna par le col et le poussa en arrière. Vers le creuset.

Ce fils de pute n'est pas seulement plus fort que moi, mais en plus il est protégé de la chaleur, pensa Poudrier. La peau de sa nuque grillait et il sentait maintenant une odeur de vêtements brûlés. Ses vêtements.

Il tenta de se libérer, mais les doigts étaient serrés comme des tenailles. Il n'avait aucune idée de combien de centimètres séparaient son dos du creuset. Il ressentait une douleur telle qu'il avait la sensation que son dos prenait feu. Il imagina sa peau se couvrir de cloques et comprit que s'il ne faisait rien, il allait probablement mourir. Il rassembla toutes ses forces et cogna le type sur le même genou. Il sentit comment le bout en acier de la botte brisait l'os de l'autre. Un seconde après, tous deux s'écroulèrent sur le sol.

Poudrier se releva en toussant et se précipita sur le pistolet, mais le type réussit à l'attraper par la cheville et le fit tomber à plat ventre. Il secoua le pied pour que la main gantée de son adversaire frappe le sol et finisse par le libérer.

Cette fois, à quatre pattes, il réussit à se traîner jusqu'au pistolet, l'empoigna et fit demi-tour.

Il retrouva le tatoué assis sur le sol, indiquant sa poitrine.

– Tire ici, fils de pute.

Poudrier se remit debout et releva son l'arme.

– Mais à quoi tu joues, bordel ? lui demanda-t-il.

– Si tu ne me tues pas maintenant, c'est moi qui te tuerai. Je te retrouverai où que tu sois et je t'arracherai les yeux.

Poudrier continua de le regarder. Ce que disait le type au tatouage n'avait aucun sens. Il lui sourit.

– Je n'ai jamais vu un gars défendre autant son entreprise.

– J'en ai rien à foutre de cette entreprise.

– Ce n'est pas l'impression que tu donnes.

L'otage frappa violemment le sol du plat de sa main engoncée dans le gros gant en cuir. Il inclina puis secoua la tête.

– Tu ne comprends pas ? J'ai besoin que tu me flingues.

Poudrier haussa les sourcils. *Ce type est complètement fou*.

– J'ai une saloperie au foie. Méritée, en plus, dit-il en faisant un geste avec le pouce, pour imiter quelqu'un buvant au goulot d'une bouteille. Il me reste au maximum une année. Si tu me tues ici, au travail, ma famille touche l'assurance vie. Beaucoup, beaucoup d'argent.

Poudrier resta silencieux. L'autre releva le regard.

– S'il te plaît, mec. Tire.

CHAPITRE 63

16 juillet 2019, 2:53 PM

Quand Minerva laissa Poudrier dans le couloir tenant en joue les trois ouvriers de la fonderie, elle courut vers la *gold room* pour aller ouvrir le portail donnant accès aux véhicules. Elle brisa la vitre de la guérite et pressa le gros bouton rouge pour les urgences. La porte se releva lentement dans un ronflement hydraulique, révélant l'écluse. C'était la deuxième fois de sa vie qu'elle entrait dans cette espèce de grand garage de dix mètres de long. La première, c'était quand elle avait contrôlé les caméras de sécurité que maintenant elle était en train de recouvrir de peinture en grimpant sur la structure d'acier de la paroi.

Dans l'écluse, le hurlement de l'alarme était tellement assourdissant que quelqu'un pourrait vider le chargeur d'une arme sans qu'elle s'en rende compte. Minerva traversa la salle jusqu'à la porte extérieure. De l'autre côté, attendaient Serrurier, Mac et Pata.

Elle brisa l'autre vitre et appuya sur le bouton rouge, mais la porte ne bougea pas. Elle appuya de nouveau. Rien. Elle essaya plusieurs fois, frénétiquement, mais le mécanisme ne réagissait pas. C'était comme si on avait coupé les câbles connectés au bouton rouge.

Peut-être avaient-ils conçu un nouveau protocole de sécurité qui déconnectait la porte quand on activait l'alarme. Ou alors s'agissait-il d'un simple dysfonctionnement, dans ce cas, c'était pure malchance. Quoi qu'il en soit, Minerva ne s'attendait pas à ça.

– Le bouton d'urgence ne fonctionne pas. Je ne peux pas ouvrir le portail, cria-t-elle dans la radio, et elle se la colla à l'oreille pour entendre la réponse.

– Regarde à côté de la porte. Peut-être qu'il y a une chaîne pour la relever manuellement, suggéra Mac.

– Non, c'est un système hydraulique.

– Ne t'inquiète pas, je vais régler le problème, dit Pata. Éloigne-toi du portail.

Minerva recula et regarda derrière elle, vers la *gold room*, mais elle ne vit ni Poudrier ni personne d'autre – trop de machines lui bouchaient la vue.

Elle se recentra sur l'écluse, se demandant ce que Pata manigançait. Tout à coup une déflagration secoua le portail extérieur, mais sans l'ouvrir.

Des explosifs ?

Elle s'éloigna un peu plus. Après quelques secondes, qui lui parurent une éternité, se fit entendre le même fracas mais cette fois le portail tomba vers l'intérieur en soulevant un nuage de poussière. Dans le rectangle de lumière se découpa la silhouette ovale de la citerne ; Poudrier s'en était servi de bulldozer.

Sans perdre une seconde, Minerva s'empressa de sortir. Elle laissa derrière elle le camion d'YPF et courut vers l'ambulance et les trois Hilux. Mac attendait dans celle de Madueño et Serrurier dans l'autre.

C'est Patricio Iglesias qui est au volant ? Quelque chose ne s'est pas passé comme prévu, pensa-t-elle.

Sans perdre de temps à se poser plus de questions, elle monta dans l'ambulance, la rentra dans la *gold room* et la rangea à quelques mètres d'un des murs de la chambre forte. Tandis que Mac et Serrurier franchissaient eux aussi les deux portes, chacun dans une Hilux, Minerva courut vers la troisième et la rentra.

Quand les quatre véhicules furent dans la *gold room*, ce fut au tour de Pata. Minerva descendit de la camionnette pour le regarder manœuvrer. Reculer une citerne de trente-sept mille litres par un portail prévu pour des fourgons blindés, c'était comme enfiler une aiguille.

Plusieurs fois la citerne frotta les côtés de la porte intérieure de l'écluse, mais il suffit de quelques manœuvres pour que le camion se retrouve sous le toit. Il était clair que Pata avait caché beaucoup de véhicules dans sa vie.

Le plan originel était de fermer le portail extérieur qui maintenant était couché sur le sol, aplati par les roues de la citerne. Cela étant, Minerva fit signe à Pata pour qu'il s'arrête là, occupant toute l'écluse, avec à peine un quart de la citerne dans la *gold room*.

Tandis que Pata descendait du camion, gonflant la poitrine et rentrant le ventre, Minerva remarqua un mouvement sur sa droite. En se retournant, elle vit Poudrier sortir de derrière un four de fonte. Il avait son arme à la main et avait perdu sa cagoule. Il souriait, montrant des dents couvertes de sang.

Poudrier se toucha l'oreille avec un doigt et indiqua le toit.

– Comment on arrête cette merde ? cria-t-il par-dessus l'alarme.

CHAPITRE 64

16 juillet 2019, 2:44 PM

Mac descendit de la camionnette et, après avoir mis sa cagoule, parcourut du regard toute la machinerie qui vibrait avec force dans la *gold room*. Il reconnaissait certains appareils comme les monte-charges pour transporter les palettes, il y en avait dont la fonction était évidente, comme le four de fonte et les moules pour couler les lingots, mais la plupart étaient nouveaux pour lui.

Au milieu de la *gold room*, il identifia le cube gris comme celui dont ils avaient tant parlé au cours des derniers mois : la chambre forte.

– Rassemblons les otages ! cria Minerva sur sa gauche.

Mac prit une inspiration, sortit un couteau du sac à dos et ouvrit la porte arrière de l'ambulance. Les mains tremblant à cause de la tension nerveuse, il coupa les brides aux pieds des trois hommes, les fit sortir puis s'asseoir contre un mur de la chambre forte.

Il les observa un à un à travers les trous de la cagoule. Des trois, l'infirmier était celui qui semblait le plus calme. Le chauffeur de l'ambulance avait la tête entre les genoux et les épaules qui bougeaient au rythme de sa respiration agitée. Le gardien de la guérite avait la tête appuyée contre le mur et gardait les yeux fermés.

Mac eut envie de les tranquilliser. De leur dire que tout allait bien se passer s'ils collaboraient. Mais avant qu'il ait prononcé un seul mot, Serrurier apparut avec le chef de la sécurité, il l'assit près des trois autres puis disparut derrière la chambre forte.

Tout en surveillant les quatre otages, Mac observa le cube en béton contre lequel ils étaient appuyés. Bien que Minerva eût parfaitement décrit la chambre forte – quatre mètres de côté et une seule porte –, il l'avait imaginée plus brillante, polie et peinte en noir. Mais il avait devant lui des murs cimentés d'aspect ordinaire sur lesquels on voyait même les empreintes du coffrage en bois. Et derrière ces parois, des millions de dollars en or et en argent.

Poudrier se présenta avec un employé engoncé dans une combinaison argentée. Mac le reconnut immédiatement à cause du dragon tatoué sur le cou. Presque en même temps, Pata et Minerva arrivèrent, amenant six personnes de plus. Trois étaient des ouvriers de la fonderie, vêtus de la même façon que le tatoué, deux étaient des agents de sécurité de la *gold room* et la dernière, la docteure Morales.

Mac compta les otages : onze. Tous entravés par des brides en plastique. Tous assis contre le mur de la chambre forte.

– J'ai envie de vomir, dit l'un des ouvriers de fonte.

Mac s'approcha de la docteure Morales et coupa la bride des poignets.

– Faites le nécessaire, docteure, lui dit-il.

La femme acquiesça et se mit debout. Mais Poudrier lui coupa le passage en lui montrant sa nuque.

– Avant tu regardes mon dos et tu me renseignes sur la gravité des brûlures.

Mac ne savait rien des brûlures dont parlait son camarade. La doctoresse releva l'uniforme, identique au sien.

– C'est un peu rouge, rien de plus.
– Je n'ai pas d'ampoules ? Rien de grave ?
– Non.
– Que t'est-il arrivé ? demanda Mac.
– Celui-ci, il a voulu jouer au héros, répondit-il en désignant le type au tatouage de dragon.
– Tu aurais dû me tuer, fils de pute, dit l'otage, la voix chargée de haine.

L'ignorant, Poudrier se tourna vers la docteure Morales :
– Docteure, dites-moi ce dont vous avez besoin dans l'ambulance et je vous l'apporte.
– Pour lui, bandes et attelles. Pour ceux qui sont en état de choc, de l'eau minérale et la trousse de premiers secours.

Poudrier se perdit dans la partie arrière de l'ambulance. Mac se demanda ce qu'avait voulu dire le tatoué avec « Tu aurais dû me tuer ».

À cet instant, Minerva leva une main pour réclamer l'attention des otages.
– Nous ne voulons rien d'autre que partir avec l'or et l'argent, leur dit-elle. Ensuite, l'assurance rembourse à Inuit tout ce que nous avons volé et ici tout continue comme avant.

En l'écoutant parler, Mac ressentit comme un mélange de fascination et de peur. Fascination pour la facilité avec laquelle elle s'était transformée en une autre personne afin de dissimuler sa véritable identité : autre attitude, autre accent. Peur devant l'aplomb avec lequel elle mentait face à ces onze personnes. C'était vrai qu'ils n'avaient rien contre eux, mais le truc de l'assurance, c'était un mensonge gros comme une maison. Inuit n'allait pas récupérer un seul peso de ce qu'ils allaient leur subtiliser, elle le leur avait fait clairement comprendre deux mois et demi plus tôt à San Rafael.

Poudrier ressortit de l'ambulance à toute vitesse. Après avoir donné à la doctoresse ce qu'elle avait demandé, il partit comme une flèche vers Minerva et l'entraîna à l'écart.

Mac s'approcha d'eux pour voir ce qui se passait.

– J'en suis sûre, ce sont deux choses différentes, entendit-il Minerva expliquer à Poudrier. L'assurance d'Inuit contre le vol et celle des employés, pour les accidents au travail, n'ont rien à voir.

– Ça veut dire que le tatoué à qui j'ai bousillé le genou sera pris en charge ?

– Complètement.

– Tant mieux. Il n'est pas responsable du bordel qu'on a foutu, dit Poudrier et il retourna près des otages.

– Qui aurait dit que ce type avait des sentiments ? demanda-t-elle à Mac quand ils furent seuls.

CHAPITRE 65

16 juillet 2019, 3:08 PM

Sandoval était dans son bureau avec sa secrétaire et Fernando Alvarado, le responsable de la sécurité. Tout du moins, c'était ainsi la dernière fois qu'il leur avait prêté attention. Maintenant, cela faisait un bon moment qu'il se trouvait dans une sorte de transe, le regard rivé sur l'écran de son ordinateur.

La rage lui remontait dans la gorge. Durant les trente et quelques minutes qui s'étaient écoulées depuis que Mallo et Madueño l'avaient informé de l'intrusion, il n'avait pas fait beaucoup plus qu'activer l'alarme et ordonner l'évacuation des postes non indispensables au fonctionnement de l'usine. Il n'avait même pas pu prévenir la police, les assaillants avaient récupéré tous les téléphones satellites.

– Monsieur Sandoval, entendit-il dans son dos.

– Pas maintenant, Marcela, dit-il en levant la main.

C'était le pire moment pour décoller les yeux de l'écran. Une à une les images qui montraient les otages assis contre le mur de la chambre forte se transformaient en rectangles noirs à mesure que l'un des cagoulés recouvrait les caméras de peinture.

– Monsieur le directeur, insista la secrétaire, l'équipe de prospection est revenue plus tôt que prévu.

Cette fois Sandoval se retourna pour la regarder. Quand il vit ce que Marcela avait dans la main, il se permit un sourire.

Ces fils de pute en ont fini avec la chance, pensa-t-il.

Il arracha le téléphone satellite à sa secrétaire et composa le numéro de la police.

– Commissariat de Puerto Deseado.

– Ici le directeur d'Entrevientos. Nous avons une intrusion. Cinq personnes armées, il y a des otages. J'ai besoin que vous envoyiez immédiatement tous les officiers disponibles.

– Un instant, s'il vous plaît.

– Comment un in… ?

Il entendit à nouveau le signal d'appel. Au troisième, un autre homme se présenta.

– Commissaire Lamuedra, je vous écoute.

Il répéta ce qu'il venait de dire et ajouta :

– Je vous demande aussi d'activer l'opération verrou. Prévenez les postes-frontières et le commissariat de Ramón Santos, à la limite du Chubut. Au cas où ils arriveraient à quitter le gisement.

– Pour ça, considérez que c'est fait. En ce qui nous concerne, nous partons immédiatement. Nous allons aussi prévenir nos collègues de San Julián et Caleta Olivia pour qu'ils envoient des hommes et intensifient les contrôles.

– Merci bien.

– Écoutez-moi, monsieur Sandoval. La première chose, c'est la sécurité du personnel. Ne vous opposez pas aux assaillants et n'essayez pas de les retenir. Combien y a-t-il d'otages ?

– Au minimum, onze.

– Au minimum ?

– En ce moment il y a plus de sept cents personnes sur le site, commissaire. Il n'est pas facile de faire un comptage avec les communications hors service.

– Vous avez un moyen de vous connecter à internet ?

– Maintenant oui, le téléphone satellite avec lequel je vous appelle.

– Pensez-vous pouvoir faire une liste des otages confirmés et une autre des possibles ?

– Bien sûr.

– Envoyez par e-mail une première version, le plus rapidement possible, s'il vous plaît. À mesure qu'il y a du nouveau, vous l'actualisez et l'expédiez à la même adresse.

Le commissaire dicta une adresse électronique.

– Dois-je appeler les autres commissariats ? demanda Sandoval, après avoir noté l'adresse.

– Ce n'est pas la peine, nous nous en chargeons.

– Très bien, commissaire. Dépêchez-vous, s'il vous plaît.

Quand Sandoval eut coupé la communication, il répéta le même appel pour les commissariats de San Julián, Ramón Santos et Caleta Olivia. Au cas où.

– Dans environ deux heures, ceux de Deseado vont arriver, annonça-t-il à Marcela et Alvarado. Ceux de Caleta et San Julián vont mettre trois heures et demie.

– C'est beaucoup de temps, dit Marcela.

– Nous pouvons essayer de les retarder, suggéra-t-il, ignorant le conseil du commissaire.

– Monsieur le directeur, là-bas il y a nos collègues. Ces types peuvent exercer des représailles.

– Marcela, qui te demande ton avis ? Nous sommes face à une catastrophe. Si nous, nous ne savons pas comment la résoudre, comment, toi, tu vas savoir.

Alvarado leva les mains et parla sur un ton apaisant.

– Pour le moment, ils ne sont pas entrés en contact avec nous. La première chose que font les preneurs d'otages, c'est une demande. En général, ils exécutent les otages seulement quand on n'accède pas à leurs exigences. Ce qui veut dire que, pour le moment, nos otages ne sont pas dans la pire des situations.

Pour la première fois depuis les deux années qu'Alvarado travaillait pour lui, Sandoval se réjouit que le responsable de la sécurité soit un ex-policier. Jusqu'à présent il avait horreur de cette attitude militaire qui ne le quittait jamais même si cela faisait une demi-vie qu'il avait pris sa retraite. Cependant, en ce moment, c'était rassurant de compter sur quelqu'un qui n'avait pas acquis ses connaissances sur les prises d'otages dans les films.

Il demanda à Alvarado et à Marcela qu'ils établissent la liste que le commissaire lui avait réclamée. Pendant qu'ils y travaillaient, il revint aux caméras.

Celles de la *gold room* ne montraient que des rectangles noirs. Les autres transmettaient de la tranquillité. Il n'y avait rien d'anormal dans les images de la guérite du gardien, des cuves de lixiviation, ou des rubans transporteurs. Le seul détail qui indiquait qu'il y avait cinq types armés et un tas d'otages dans la *gold room*, c'était le nez d'un camion-citerne là où d'habitude il y avait un portail fermé.

Il revint aux écrans noirs et appuya sur la touche retour pour visualiser les images de l'entrée des types dans la *gold room*. Une fenêtre rouge lui indiqua que l'opération était impossible.

– Marcela, dans combien de temps vont arriver Mallo et Madueño ?

– En fait, ils devraient déjà être là. Ça fait une demi-heure qu'ils ont appelé avec la radio, dit Marcela sans quitter des yeux l'écran où elle inscrivait les noms que le chef de la sécurité lui dictait.

Dès qu'ils arrivèrent, il les mit à travailler sur les enregistrements. Avant que les assaillants neutralisent les caméras de la *gold room*, il avait pu voir les otages assis contre un mur de la chambre forte. Il croyait en avoir compté onze, mais maintenant il n'en était plus très sûr. Il avait seulement pu identifier Patricio Iglesias et la docteure Morales.

– Votre attention. Nous voulons parler à Carlos Sandoval. Immédiatement.

Une voix de femme était sortie en même temps des trois radios posées sur son bureau. Le directeur regarda Alvarado, celui-ci acquiesça de la tête.

– Je suis Carlos Sandoval, qui êtes-vous ? répondit-il dans l'une des radios.

– Tu sais très bien qui parle.

Elle avait un tel accent portègne qu'on avait l'impression que de toute sa vie elle n'avait jamais dépassé l'avenue du General Paz.

– C'est simple, Sandoval. Nous détenons onze otages dans la *gold room*. Ils vont tous bien et ça va continuer si tu nous donnes ce qu'on veut.

– Oui, d'accord, dit-il, tandis que son cerveau travaillait à toute vitesse.

– Premièrement, éteins l'alarme, ici on ne s'entend plus.

Sandoval leva le pouce et Alvarado déconnecta l'alarme en deux clics sur son ordinateur.

– Très bien. Je te rappelle, à toi et à tous ceux qui m'écoutent, que le doré ainsi que les machines sont assurés, ce qui veut dire qu'Inuit ne va pas perdre un seul dollar. C'est-à-dire qu'il ne sert à rien de jouer au héros.

Il pressa le bouton pour répondre, mais ne sut que dire et le relâcha.

– Tu es muet, Sandoval ?

– Non, je suis là. Que puis-je faire pour aider mes camarades ?

– Évacuer l'usine en dix minutes. Dans la *gold room* il n'y a plus personne, mais dans les autres secteurs il y a encore du monde. Nous ne voulons pas un seul employé à l'intérieur du périmètre.

– C'est très dangereux. Il y a des machines complexes et des produits chimiques très nocifs. Il doit toujours y avoir un minimum de personnel pour les surveiller.

– Des produits chimiques très dangereux, répéta-t-elle. Il est certain qu'avec les journalistes tu n'emploies pas ces mots.

Il serra la radio de toutes ses forces, imaginant qu'il s'agissait du cou de cette femme.

– Tu as de la chance, je ne suis pas journaliste, donc reprenons. L'usine peut très bien être évacuée si elle est arrêtée.

Elle avait raison et cela le mettait hors de lui.

– Je peux réduire son fonctionnement au minimum pour que vous la contrôliez à distance depuis le camp.

– Voyons, Sandoval. Tu penses que nous sommes des amateurs ? Si on te dit d'arrêter l'usine, tu arrêtes l'usine. Que tu ne veuilles pas le faire parce qu'à ton entreprise ça lui coûte des millions de dollars, c'est autre chose. Tu es le chef, nous respectons ta décision. Si ce que produisent tes machines est plus important que la vie de tes employés...

– Non. Attends. Donne-moi quinze minutes et je l'arrête.

– Je crois que tu n'as pas bien compris la première fois. Dix minutes, et ça part de maintenant. Terminé.

Sandoval explosa la radio contre le mur de son bureau. Une femme qui lui donnait des ordres. C'était facile d'être courageuse à distance. Si elle avait été à côté de lui, il lui aurait mis les points sur les I en cinq minutes. Comme il avait fait avec sa femme à une époque. Trois claques et c'en était fini de leur bravoure.

CHAPITRE 66

16 juillet 2019, 2:52 PM

Serrurier s'arrêta devant la porte comme s'il se préparait à entrer dans un temple.

– C'est à toi de jouer, dit Minerva en lui posant une main sur l'épaule.

Il acquiesça en silence, le regard bloqué sur les gonds qui fixaient les deux plaques d'acier poussiéreuses à la structure en béton. Ils avaient la taille de son avant-bras.

Il avança de deux pas pour être en face du cadran circulaire. Avant d'y toucher, il observa l'inscription Kollmann-Graff en cursives dorées. Elle était identique à celle qu'il y avait sur la serrure avec laquelle il s'était entraîné durant deux mois et demi.

– Dis-leur qu'ils essaient de faire le moins de bruit possible, dit-il à Minerva en désignant le reste de la bande et les otages.

L'alarme s'était tue depuis quelques secondes et dans la *gold room* on n'entendait plus que la vibration constante des machines.

– Bien sûr. Je m'en occupe.

– Ah, Minerva, autre chose.

– Oui.

– Le bonus dont je t'ai parlé. Dans la chambre de Sandoval il y avait un petit coffre-fort.
– Tu l'as ouvert ?
– Oui, et dedans il y avait un téléphone. Il est dans mon sac à dos avec ce que tu m'avais demandé. Il est bloqué.
– On fait la course, alors. Voyons si j'arrive à le débloquer avant que tu ouvres cette porte.

Il acquiesça avec sourire crispé, incapable de dissimuler sa nervosité.

Quand il fut seul, il résista à l'envie d'étendre les doigts pour voir s'ils tremblaient. Il inclina la tête sur un côté jusqu'à faire craquer les cervicales et se mit au travail. Il ne pouvait pas voir le reste de la bande, ils étaient de l'autre côté du cube en béton, mais c'était comme s'il avait leurs yeux plantés dans son dos.

De tels regards, on les sentait. C'était ceux de propriétaires qui désespéraient de pouvoir accéder à leurs biens les plus précieux, ou bien ceux d'un mafioso qui l'avait obligé à ouvrir des coffres-forts en menaçant son père malade. Et maintenant, la première fois qu'il volait pour son propre compte, il sentait le regard de ses camarades.

Il tourna le cadran et la sensation ne lui plut pas du tout. Le mouvement de cette Kollmann-Graff était très différent de la serrure sur laquelle il s'était entraîné.

Pour la même raison qu'il n'existait pas de serrure parfaite, il n'y en avait pas non plus deux identiques. Ça, il l'avait appris en crochetant les cadenas. Toutes les techniques pour violer un mécanisme se basent sur des imperfections de fabrication : une goupille un centième de millimètre plus longue que l'autre, un barillet avec une strie pratiquement imperceptible pour un toucher non entraîné, ou une saillie minuscule dans l'encoche de l'un des disques d'un coffre-fort.

Pas même Kollmann-Graff, l'une des marques les plus prestigieuses au monde, ne pouvait fabriquer une serrure parfaite. Si un jour un fabriquant réussissait, les ouvreurs de coffres travaillant au toucher comme lui disparaîtraient. Mais ça, comme le lui avait dit un malfrat avec lequel il avait cambriolé la maison d'un politicien de Punta del Este, c'était comme affirmer que le jour où la société aurait atteint la perfection il n'y aurait plus de prisons. Vrai, mais impossible.

La Kollmann-Graff qu'il avait utilisée tournait sans offrir de résistance. Lui-même avait lubrifié l'axe et les disques avec de la poudre de graphite. Celle-ci, c'était le contraire, elle tournait avec un bruit d'abrasion, comme un couteau sur la pierre à aiguiser. Cette friction masquait tout indice venant de l'intérieur du mécanisme. C'était comme essayer d'entendre une personne murmurant dans une discothèque.

– Apportez-moi du graphite en poudre, dit-il à voix haute, pour que ses camarades l'entendent, sans cesser de manipuler le cadran.

La première chose qu'il devait vérifier, c'était si cette Kollmann-Graff avait quatre ou cinq disques. Cela déterminerait si la combinaison avait quatre ou cinq chiffres. C'était la partie la plus facile et il pouvait faire ça même avec les vibrations de l'usine et le mécanisme dépourvu de lubrifiant.

Il tourna plusieurs fois le cadran dans le sens contraire des aiguilles d'une montre. Puis il le bougea doucement dans l'autre sens. Il sentit à l'intérieur du mécanisme le dernier disque entrer en contact avec l'avant-dernier. Il tourna un peu plus et toucha un troisième disque.

Quatre.

Cinq disques, merde.

La serrure avec laquelle il s'était entraîné avait aussi cinq disques, mais il avait espéré, jusqu'à présent, que celle-ci n'en aurait que quatre. Cela aurait diminué de manière exponentielle le nombre de combinaisons possibles et donc la difficulté pour l'ouvrir.

À cet instant, la vibration de l'usine commença à diminuer. En moins de trente secondes, la *gold room* passa d'un bourdonnement constant à un silence total, comme quand un avion, une fois immobilisé, coupe ses réacteurs.

Une bonne chose pour lui. Ce calme lui permettait de travailler plus sereinement.

Par habitude, ou Dieu sait pourquoi, il tourna un peu plus le cadran et sentit que le cinquième disque en enclenchait un sixième.

Six.

Un frisson lui parcouru le dos. Jamais dans sa vie il n'avait ouvert un coffre-fort avec six disques.

En fait, il n'en avait jamais vu un seul.

CHAPITRE 67

*San Rafael, Mendoza, Argentine.
Deux mois et demi plus tôt.*

Après une brève pause pour aller aux toilettes, qui n'étaient en fait qu'un dôme un peu plus petit avec la douche au centre, ils se réunirent de nouveau face au projecteur.

– Une fois dans la *gold room*, il est impossible de continuer sans être vu, expliqua Minerva. Dès que nous entrons, nous devons accepter le fait qu'il y ait quelqu'un en train d'appeler la police. En plus d'internet et de la téléphonie cellulaire, il y a quatre téléphones satellites dans le camp.

– Combien de temps avons-nous avant qu'ils arrivent ?

– Le commissariat le plus proche est à Puerto Deseado. C'est-à-dire quatre-vingt-dix kilomètres jusqu'à l'entrée de la mine, mais il est pratiquement impossible de les faire en moins de deux heures.

– C'est très peu, dit Pata en caressant sa barbe blanche.

– Deux heures, c'est beaucoup, le contredit Poudrier.

– Dans une ville, oui. Mais ici ça ne te suffit même pas pour atteindre le bitume le plus proche.

– Il est difficile, pour qui n'est pas de la région, de s'imaginer comme cet endroit est isolé, trancha Minerva. En fait, il est isolé même pour ceux qui vivent ici. Quand nous irons à Caleta Olivia et de là en reconnaissance jusqu'au Poste d'Entrée, vous vous en rendrez compte. Et cet isolement peut jouer en notre faveur ou contre nous.

– Tu n'avais pas dit que c'était parfait ? intervint Poudrier.

– Parce que nous allons savoir l'utiliser à notre avantage.

– La police ne peut pas venir en hélicoptère ? demanda Mac.

– Le plus proche est à Bahia Blanca, à mille kilomètres. Il devrait refaire le plein au moins une fois, probablement à Trelew, et mettrait au moins cinq heures avant d'arriver.

– Et ça, s'ils le demandent, ajouta Banquier.

– Qu'ils le demandent ou non, les premiers policiers arriveront du nord par la route, depuis Puerto Deseado. Un peu plus d'une heure après arriveront ceux de San Julián par le sud.

Mac leva la main en un geste qui fit sourire Minerva. On aurait dit un collégien demandant l'autorisation d'aller aux toilettes. Elle le désigna du doigt pour lui donner la parole.

– Mais alors, en supposant que la police parte par la route en même temps que nous, où que nous allions, ils vont nous intercepter avant que nous arrivions sur l'asphalte.

– Sauf que nous allons prendre le chemin secondaire d'une estancia, ajouta Poudrier.

– Attention, plus le chemin est secondaire et plus il est lent, précisa Pata. Et, tôt ou tard, nous allons devoir prendre une route principale. En plus, tous les véhicules de la mine ont un GPS. Si nous ne changeons pas de moyen de transport, ils peuvent nous suivre par satellite.

Amusée, Minerva décida de mettre un bâton de plus dans la roue des cogitations de ses collègues.

– En plus, quand la police reçoit un avis d'intrusion, elle active ce qu'ils appellent le plan verrou.

Elle revint en arrière de plusieurs diapositives jusqu'à la carte de la région de Santa Cruz.

– Regardez bien, la province est bordée à l'est par l'océan : mille kilomètres de falaises et de plages de galets. Au sud et à l'ouest, c'est le Chili : dix postes frontières, chacun avec des policiers chiliens et argentins. Donc, la seule direction possible est le nord, mais par ici, à la limite de la province, se trouve le commissariat de Ramón Santos. C'est un détachement de policiers au milieu de nulle part, installé ici spécifiquement pour contrôler les routes. Donc, quand ils mettent en route l'opération verrou, toutes les sorties sont bloquées.

– Sauf si nous remontons par la route 40. Là, il n'y a pas de contrôles pour changer de province.

– La route 40 est à sept heures d'Entrevientos.

Minerva regarda, les sourcils levés, chacun des membres de la bande, les invitant à proposer une solution. Après un temps de silence, Pata se décida à parler :

– Santa Cruz fait plus de mille kilomètres d'un bout à l'autre. Et d'après moi, on peut trouver un endroit où se planquer, jusqu'à ce que les choses se tassent et que nous puissions franchir un poste de contrôle.

– Ce ne sera pas nécessaire, dit Minerva.

– Se cacher ou passer les contrôles ?

– Les deux.

– Alors comment allons-nous sortir de là ?

– Par magie.

CHAPITRE 68

16 juillet 2019, 3:14 PM

Le coup de poing que Carlos Sandoval mit sur la grande table résonna dans toute la salle de réunion. Il s'était installé ici parce que son bureau était devenu trop petit quand étaient arrivés les responsables de chaque secteur de la mine.

– Comment ça les caméras n'enregistrent pas, Mallo ? dit-il au téléphone posé sur la table.

– Ils sont entrés dans le *data center* avec le passe qu'ils ont volé à Madueño et ont emporté les quatre disques du serveur, grésilla la voix de Mallo dans l'appareil. Ils ont aussi saboté la connexion de l'internet satellitaire.

Sandoval eut envie de tout casser autour de lui, mais se limita à souffler bruyamment. Il leva les yeux pour regarder un à un tous ceux qui étaient autour de la table. Et l'un d'eux était Madueño, il venait de connecter son ordinateur à un projecteur pour afficher les images des caméras qui restaient fonctionnelles.

– Désactive ta carte, lui ordonna Sandoval. Qu'ils ne puissent plus l'utiliser, même pas pour ouvrir un container d'ordures.

– C'est déjà fait, monsieur, répondit Madueño.

– Donc nous n'avons pas un seul enregistrement de ces types ?

– Non, dit Mallo à l'autre bout de la ligne.

– Je viens de configurer le serveur des caméras pour qu'il utilise l'espace libéré par le système d'exploitation...
– En clair, Madueño, rugit Sandoval.
– Depuis trente secondes nous enregistrons à nouveau.

CHAPITRE 69

16 juillet 2019, 3:17 PM

À six mètres des otages, Minerva s'appuya sur le capot de l'ambulance pour ouvrir le sac à dos de Serrurier. Elle y trouva un téléphone argenté bas de gamme, datant de trois ou quatre ans. En l'allumant, l'écran lui demanda un code à quatre signes.

Si elle avait de la chance, Sandoval aurait utilisé l'un de ses trois mots de passe habituels. Elle essaya 1 3 1 2, qui était la combinaison qu'il employait le plus souvent : la date de naissance de sa femme.

« Code PIN incorrect. Réessayez ».

Elle devrait bien réfléchir avant d'entrer les autres combinaisons. Les téléphones ont l'habitude de se bloquer au bout de trois essais erronés. Cinq au maximum. Elle observa les lettres et les chiffres du clavier qui apparaissait dans la partie inférieure de l'écran. Elle ne le sentait pas. Si le clavier était alphanumérique, cela pouvait vouloir dire que le code PIN n'était pas nécessairement constitué de chiffres.

Si tel était le cas, il serait impossible à deviner. Il ne lui restait plus qu'à espérer que Sandoval n'ait utilisé que des chiffres, comme il le faisait généralement. Une fois, il avait été jusqu'à l'appeler pour se plaindre que le logiciel de messagerie l'obligeait à utiliser des lettres dans le mot de passe.

– Je me sens toujours plus à l'aise avec les chiffres, Noé, lui avait-il dit.

– Noelia, l'avait-elle corrigé.

La seconde tentative fut avec la date de naissance de son fils aîné. Elle manipulait le téléphone avec délicatesse, pour le toucher le moins possible avec ses mains recouverte de latex. Si l'appareil était dans un coffre-fort, c'était parce qu'il contenait quelque chose d'important. Donc plus il y aurait d'empreintes de Sandoval, mieux ce serait.

– Les empreintes digitales, murmura-t-elle.

– Tu as dit quelque chose, Minerva ? demanda Mac près des otages.

Elle secoua à peine la tête comme si ce geste risquait de faire fuir l'idée qu'elle venait d'avoir. Elle pressa le bouton sur le côté, et l'écran s'éteignit. Puis elle inclina le téléphone jusqu'à ce que l'un des projecteurs de la *gold room* se reflète sur la surface sombre.

Alors elle les vit. De petites traces circulaires sur la moitié inférieure de l'écran, là où apparaissait le clavier.

Des empreintes digitales.

Elle ralluma l'écran pour voir à quelles touches elles correspondaient. Il n'y avait des traces que sur le cinq, le neuf et le zéro. Elle sourit. Maintenant elle avait le code PIN.

0 9 0 5

Le 9 mai.

Le jour où, il y avait un peu plus de deux ans, Entrevientos avait coulé le premier lingot de doré.

Sur l'écran apparut une seule icône de couleur verte, correspondant à une application de messagerie. Elle appuya dessus espérant trouver, comme dans n'importe quel téléphone, des conversations classées par date, de la plus récente à la plus ancienne. Mais ce téléphone avait été utilisé pour communiquer avec une seule personne.

Gastón Muñoz.

Ce nom lui disait quelque chose. Elle lut les messages les plus récents. Alors, non seulement elle sut qui était Muñoz, mais aussi pourquoi Sandoval gardait cet appareil dans un coffre-fort.

Elle continua de lire pendant plus d'une minute en même temps que sa respiration s'accélérait. Cela changeait tout.

Elle observa du coin de l'œil les onze otages assis sur le sol. Sans se laisser trop de temps pour réfléchir, elle marcha jusqu'à Poudrier et lui arracha la radio de la main.

– Écoute-moi, Sandoval, dit-elle en exagérant son accent portègne, que ferais-tu pour sauver la vie de ces onze orages ?

– N'importe quoi.

– Ça me plaît. Nous allons faire un échange. Nous voulons que tu viennes, seul, à la *gold room*. Si tu viens nous libérons les otages. Sinon, une balle dans la tête pour chacun.

– C'est quoi, ça ?

– Tu n'as pas bien compris ? Je répète ? Ou tu préfères que je te l'envoie par WhatsApp sur ton téléphone argenté ?

Il y eut un silence de dix secondes.

– Quelles garanties ai-je que vous libériez mes employés si je vais là-bas ?

– Aucune. Mais ce qui est sûr, c'est que tu as quatre minutes pour frapper à cette porte.

Le temps que Minerva ramène la radio à Poudrier, ses camarades l'encerclèrent comme une meute de loups.

– Qu'est-ce qui t'arrive ? Tu es devenue folle ? demanda Pata.

Elle s'attendait à cette réaction. Ce n'était pas dans le plan. Ou plutôt, c'était dans le plan originel qu'elle était la seule à connaître, mais elle avait écarté cette option bien avant de contacter Banquier.

Cependant, ce qu'elle venait de découvrir changeait les choses.

Elle s'écarta des otages, et ses compagnons la suivirent comme un essaim d'abeilles derrière la reine mère.

– Putain de ta mère, Minerva, qu'est-ce que tu viens de faire ? marmonna Poudrier.

– Ces types sont de simples travailleurs, murmura-t-elle. Premièrement, ils n'ont rien fait de mal. Et deuxièmement, si les choses se compliquent, nous aurons plus de pouvoir de négociation avec le canon d'un pistolet braqué sur la tempe du grand-chef d'Entreviontos en personne.

– Mais nous avons onze otages, argumenta Mac.

– Nous n'allons pas tous les libérer. Faites-moi confiance. C'est très important.

– Mais ce n'est pas ce qui était prévu, protesta Poudrier.

– C'est vraiment très important, répéta-t-elle.

– Si nous en libérons plus d'un, nous sommes perdants, dit Mac. Deux vies valent plus qu'une, c'est certain.

– Ici, la seule mesure qu'ils connaissent, c'est l'once.

Le groupe demeura silencieux. Pata et Poudrier secouaient la tête.

– Regardez, dit Minerva, en leur montrant le téléphone. Quand il va voir ça, il fera tout ce qu'on lui demandera.

Elle leur afficha certains messages qui laissaient clairement comprendre que Sandoval ferait n'importe quoi pour qu'ils ne sortent pas à la lumière. Elle insista encore une fois pour qu'ils comprennent que ce troc les mettrait dans une position bien meilleure que celle qu'ils avaient en ce moment.

Mais elle leur cacha un détail. Elle avait pris cette décision parce qu'elle venait de se rendre compte que si elle partait d'Entrevientos sans avoir vu la tête de ce fils de pute, elle ne se le pardonnerait jamais.

CHAPITRE 70

16 juillet 2019, 3:23 PM

Sandoval leva les yeux sur la quinzaine de personnes qui venaient d'entendre la demande de la femme. Le dernier à arriver dans la salle avait été Mallo.

– Le protocole d'intrusion dit que nous devons attendre la police, dit le chef de la sécurité, Alvarado.

– Mais nous avons onze employés là-dedans, protesta le directeur des ressources humaines.

– Exact. Une vie est une vie. Ici il n'y a pas une personne plus importante qu'une autre. Si en livrant Sandoval nous libérons onze collègues, nous sommes dans l'obligation de le faire, conclut le responsable de la maintenance, par ailleurs délégué syndical.

Sandoval écoutait d'une oreille distraite. Dans sa tête résonnait encore la phrase de la femme à propos du téléphone argenté. Pas besoin d'être très perspicace pour comprendre que ses conversations avec Gastón Muñoz ne se trouvaient plus à l'abri dans le coffre-fort.

Il se racla la gorge avant de parler.

– Le problème, c'est que nous courons le risque qu'ils ne libèrent pas les otages, même si je me livre.

– Nous ne sommes pas en position de négocier, rétorqua le syndicaliste. Ceux qui ont la force, ont le pouvoir. Et, dans le cas présent, ce sont eux.

La salle resta silencieuse. Sandoval pouvait entendre la respiration de ses subordonnés.

– Si tu ne fais rien et que le pire arrive, tu en porteras l'entière responsabilité, Sandoval, ajouta le syndicaliste, le tutoyant pour la première fois. Tu ne passeras plus une seule nuit tranquille.

Il détestait ce type. Si son titre de délégué syndical ne lui interdisait pas de le virer, il lui aurait mis un coup de pied au cul depuis un bon nombre d'années.

– Tu as raison, je vais y aller.

– C'est ce que tu as de mieux à faire, Carlos, ajouta le responsable des mines.

Il hocha la tête, sans cesser de penser une seule seconde au téléphone argenté.

– C'est ce que je dois faire.

CHAPITRE 71

16 juillet 2019, 3:29 PM

– Laisse-moi ici. Le reste je le fais à pied, dit Sandoval.
– Tu ne veux pas que je t'approche un peu plus ?
Il secoua la tête.
– Ils ont été clair. Je dois y aller seul, dit-il en ouvrant la portière de la camionnette avec laquelle Alvarado l'avait amené jusqu'à la guérite contrôlant l'accès à l'usine.

Tandis qu'il parcourait les sept cents mètres le séparant de la *gold room*, ses yeux observaient l'usine de traitement comme ils ne l'avaient jamais fait. En ce moment, il ne voyait plus des cuves de lixiviation, ni des broyeurs, ni des fours de distillation, mais mille recoins d'où ils pouvaient le tenir en joue. Il remarqua que ses mains commençaient à transpirer dans ses poches malgré les quatre degrés de température extérieure.

Il avança, les dents serrées, ralentissant le pas à mesure qu'il approchait du grand portail en acier réservé aux camions blindés. Exactement comme il l'avait vu par l'intermédiaire des caméras, il le trouva par terre, aplati par les roues du camion-citerne. Il s'arrêta devant le nez du véhicule, regarda autour de lui et approcha la radio de sa bouche. L'appareil tremblait dans sa main comme un œuf dans de l'eau bouillante.

Il pressa le bouton.
– Je suis dehors.
– Par l'entrée du personnel, répondit une voix d'homme.

À quelques mètres de lui s'entrouvrit la porte par laquelle entraient les employés de la fonderie. Avec précaution, il avança un peu, posa la main sur la poignée glacée et tira.

Il se trouva face à un homme cagoulé. Ses yeux d'un vert sombre avaient un aspect froid et professionnel qui laissait entendre que ce n'était pas son premier braquage. La main qui tenait fermement un pistolet le confirmait.

– Entrez, Sandoval. À la chambre forte. Donnez-moi la radio, dit-il en lui arrachant l'appareil de la main pour en extraire la batterie.

Le cagoulé ferma la porte. Ensuite Sandoval sentit le canon de l'arme dans son dos et sut qu'il devait avancer. Pendant qu'il marchait, son subconscient cherchait n'importe quelle distraction qui lui fasse oublier un instant qu'il était mort de peur. Alors il se mit à penser que l'usine sans employés ressemblait à un village fantôme. Depuis que la mine avait entamé la phase de production, il y avait toujours eu des ouvriers ou des surveillants. Que ce fût Noël, le Nouvel An, ou trois heures du matin.

C'était étrange de ne pas sentir dans le sol la vibration permanente des machines. Mais plus étrange encore était la porte de la *gold room* qu'ils avaient ouverte avec quatre balles dans la serrure.

– Carlos Sandoval ! Bienvenue, le reçut une femme avec la même cagoule que son complice. Approchez. D'après son accent portègne, c'était elle qui lui avait parlé à la radio.

Il s'avança vers elle, laissant derrière lui les fours. Sur sa gauche, à côté de la chambre forte, l'ambulance et les trois Hilux de la mine étaient stationnées de telle manière qu'il ne puisse pas voir s'ils avaient déjà réussi à accéder au doré. L'arrière de la citerne du camion dépassait de l'écluse, occupant une bonne partie de l'espace libre de la *gold room*.

Quand il fut à trois mètres de la femme, celle-ci fit demi-tour tout en faisant un geste de la main :

– Suivez-moi.

Ils marchèrent dans la direction opposée aux véhicules. Après avoir contourné le premier angle de la chambre-forte, Sandoval trouva deux autres cagoulés en train de surveiller les otages. Chacun d'eux avait un sac en toile sur la tête. Il en compta onze.

– Ainsi vous voulez sauver la vie de vos employés ? lui demanda-t-elle en parlant fort pour que les otages l'entendent.

– Oui, oui. Bien sûr, balbutia-t-il.

– Très bien. Alors vous restez avec nous et eux peuvent partir.

– Qu'allez-vous faire de moi ?

– Cela ne vous semble pas hors de propos en ce moment ? Quoi que nous fassions, si vous décidez de rester, vous sauvez la vie à plusieurs personnes.

La femme fit dépasser le téléphone argenté de l'une des poches de son uniforme d'infirmière. Il sentit tous les muscles de son corps se tendre.

– C'est d'accord, dit-il en essayant de parler d'une voix assurée. Si vous les laissez partir, je reste.

– Très bien, Sandoval, très bien. Je suis fière de vous.

La femme se tourna vers les otages.

– Je veux que les personnes auxquelles je vais couper les brides se mettent debout sans faire le moindre bruit.

Les otages acquiescèrent. Elle prit une pince coupante et libéra un à un les otages sauf le dernier.

– Si l'un d'entre vous reste attaché, ne vous inquiétez pas, il ne va rien lui arriver.

Le seul otage encore assis s'agita un peu.

– Maintenant je veux que tous ceux qui sont debout se tournent de quatre-vingt-dix degrés sur leur droite et mettent la main sur l'épaule de la personne qui est devant eux. C'est ça, très bien.

Sandoval regarda la chaîne humaine. Un des employés, vêtu d'un costume de fondeur, avait une attelle au genou et marchait avec difficulté.

– Maintenant, très lentement, vous allez vous laisser emmener par la personne qui est devant vous. N'enlevez pas le sac de votre tête.

Le premier de la file était le type qui lui avait ouvert la porte. Il fit un pas en avant, lentement pour donner le temps de réagir aux otages. Et c'est ainsi que la chaîne des dix employés d'Entreviento disparut derrière la porte par laquelle Sandoval venait d'entrer.

– Attachez-vous les poignets avec ça, monsieur le directeur.

La femme lui jeta une bride en plastique. Sandoval la serra tout ce qu'il put avec les doigts.

– Serrez-la plus fort. Avec les dents. Très bien. Maintenant asseyez-vous à côté de lui.

– Vous n'allez pas tous les libérer ?

– Dix pour un, ça ne vous paraît pas un bon échange ? demanda la femme en lui montrant un pistolet.

Sandoval se laissa tomber sur le sol près de l'autre otage et appuya son dos contre le mur de la chambre forte. Ils lui mirent un sac sur la tête et il se retrouva dans l'obscurité totale.

CHAPITRE 72

16 juillet 2019, 3:34 PM

Serrurier décolla sa main du cadran et la secoua pour détendre les doigts. Il regarda sa montre. Ça faisait plus d'une demi-heure qu'il essayait de trouver la combinaison. Poudrier était déjà venu le voir deux fois pour lui demander s'il voulait qu'il passe au chalumeau, mais il avait refusé. Percer le ciment et l'acier prenait trop de temps. En outre, avec le lubrifiant sec, le mécanisme tournait plus facilement, et il était quasiment sûr d'avoir quatre chiffres de la combinaison.

Le quatrième et le sixième lui résistaient encore. Peut-être parce que les disques correspondant étaient ceux qui avaient le moins d'imperfections de fabrication. Ou peut-être, et il essayait de ne pas y penser, s'était-il trompé sur l'un des quatre chiffres qu'il croyait corrects. Si c'était le cas, il ne faisait que chercher pour rien.

Il fit tourner le cadran de sept tours vers la gauche pour tout recommencer. Il commençait à avoir des crampes à la base du pouce. Il introduisit les trois premiers chiffres : 14, 9, 27. Il ferma les yeux et tourna lentement le cadran vers la gauche, attentif à n'importe quel changement dans le toucher.

Il essaya de se détendre et d'ignorer les voix qui lui parvenaient depuis l'autre côté de la chambre forte, comme il avait dû ignorer le pistolet sur sa tempe quand il avait ouvert son premier Fichet à Punta del Este.

Il pensa à son père qui, après six années dans un état végétatif, avait retrouvé la parole et un peu de mobilité grâce à un traitement expérimental aux États-Unis. Il était toujours en fauteuil roulant, mais ce n'était plus un légume.

Il pensa aussi à sa mère. Cela faisait deux ans qu'il ne l'avait pas vue aussi heureuse.

De l'autre côté de cette porte blindée se trouvait le seul espoir que son père puisse continuer à aller à New-York. Une fois par an, au minimum, avaient dit les médecins du New York Presbyterian Hospital. Si en un seul voyage il s'était autant amélioré, quelle serait sa marge de progression s'il continuait avec la suite du traitement ?

C'est alors qu'il sentit un clic quasi imperceptible à la pointe de ses doigts nus – même pour un toucher entraîné comme le sien, un simple gant en latex l'aurait bloqué. C'était si subtil qu'à chaque fois qu'il avait essayé de l'expliquer, cela s'était avéré impossible.

« C'est comme raconter à quelqu'un ce que c'est qu'être amoureux, lui avait dit son oncle Abel. Si tu l'as ressenti une fois, tu comprends. Dans le cas contraire, ça ne sert à rien qu'on te l'explique. »

14. Le quatrième chiffre de la combinaison était le même que le premier, et c'est pour ça qu'il avait mis tout ce temps pour le trouver. Il tourna le cadran en sens contraire jusqu'au 5, qui était le cinquième chiffre. Maintenant il ne lui en manquait plus qu'un, le plus facile. Il ne restait plus qu'à tourner le cadran et manœuvrer le levier à chaque chiffre jusqu'à trouver le bon.

Quand il arriva au 19, le levier céda. Il tira de toutes ses forces et la porte de béton et d'acier bougea de quelques centimètres.

– Ça y est, cria-t-il.

Il continua de tirer sur la porte tandis qu'il entendait ses camarades courir jusqu'à lui. La porte s'ouvrit un peu plus.

– C'est quoi cette merde ? cria Poudrier dans son dos.

Serrurier pencha la tête pour regarder à l'intérieur. La déception réduisit son estomac à la taille d'une balle de golf.

Il se tourna vers ses compagnons, cherchant une explication. Poudrier regardait Minerva furieux. Les autres examinaient stupéfaits le contenu de la chambre forte.

L'expression sur leurs visages indiquait qu'ils ne voulaient pas croire ce qu'ils avaient devant eux.

CHAPITRE 73

16 juillet 2019, 3:36 PM

– Regardons le côté positif, dit Pata. L'or est là.

C'est vrai, pensa Mac. Dans la chambre forte, il y avait palettes sur palettes poussiéreuses, chacune avec six lingots dorés. D'un calcul rapide, il trouva qu'il y avait quatre-vingt-huit barres de dorés. Cinq mille trois cents kilos d'or et d'argent. Un peu plus que ce qu'avait prévu Minerva.

– L'or est là, répéta Poudrier d'un ton moqueur. Je le sais bien qu'il est là. Je ne suis pas aveugle. Mais, bordel, comment pouvais-tu ignorer ça ? dit-il à Minerva en montrant puis en frappant de sa main ouverte un des gros barreaux qui leur interdisaient le passage.

Mac observa avec attention la grille. Comme la porte que Serrurier venait d'ouvrir, elle était constituée de deux feuilles. Dans le cadre en acier de l'une d'elle, il y avait trois trous dans lesquels venaient se loger les pênes de l'autre. Chacun avait la taille de son poing.

Ils étaient si proches, se dit Mac, que s'il tendait le bras entre les barreaux, il pourrait toucher les lingots de la pointe des doigts.

– Cette grille est récente, dit Minerva. Il y a un an, elle n'était pas là.

– Avant de commencer, nous savions que la mine changeait constamment, dit Mac pour la défendre. Elle nous l'avait clairement expliqué dès le premier jour.

– Il te faut combien de temps pour ouvrir ces grilles ? demanda-t-elle à Serrurier.

– Il s'agit de deux clés à double palette. Probablement sept ou huit goupilles, répondit-il en observant la serrure de la grille.

– Combien de temps ?

– Entre vingt et quarante minutes...

Poudrier se prit la tête entre les mains et fit un pas en arrière.

– ... chacune.

– Merde ! cria-t-il en frappant du poing le mur en béton.

Durant quelques secondes, il n'y eut plus un bruit dans la *gold room*.

– Nous la découpons avec la lance thermique, suggéra Poudrier.

Mac secoua la tête.

– Avec la lance thermique, on en a pour au moins une demi-heure, à mon avis.

– Tu as une meilleure idée ?

Tout à coup, dans la *gold room* se fit entendre un *bip-bip-bip* électronique qui obligea Mac à se retourner pour regarder derrière lui.

CHAPITRE 74

16 juillet 2019, 3:37 PM

Minerva entendit le coup de klaxon et, une seconde après, la voix de Pata.

– Dégagez !

Il était au volant d'un chariot élévateur et roulait en marche arrière pour s'éloigner de la porte de la chambre forte.

Que va-t-il faire ? se demanda Minerva.

Le chariot s'immobilisa un instant puis les dents de métal s'élevèrent à un mètre du sol.

– Arrête, Pata ! cria Mac.

Mais il était déjà trop tard. Le véhicule avançait comme un taureau furieux vers les barreaux. La seule chose qu'il leur restait à faire était de s'écarter de son chemin.

Bam !

L'une des dents frappa en plein dans la serrure.

Durant l'instant que dura le grincement du métal contre le métal, se passèrent trois choses que Minerva vit défiler comme au ralenti. Tout d'abord la grille plia vers l'intérieur. Ensuite l'impact bloqua sèchement le chariot élévateur. Puis Pata fut projeté en avant.

Elle se précipita vers lui. Il était étendu sur le sol poussiéreux, près de la grille tordue.

– Pata ! Ça va ?

Son camarade la regarda, les yeux dans le vague et hocha la tête en se redressant sur les coudes. Elle remarqua alors la tache visqueuse et brillante qui diffusait sur la toile qui lui recouvrait la tête.

– Tu saignes.

Pata enleva la cagoule et tâta son crâne rasé jusqu'à ce que ses doigts sales trouvent l'entaille de quatre centimètres.

– Ça, ce n'est rien, Minerva.

– Je vais chercher la docteure Morales et la trousse de premier secours, dit Mac.

– N'oublie pas l'eau de javel, pour nettoyer les taches de sang.

En se retournant, Minerva vit que Poudrier s'était glissé par l'espace d'environ quarante centimètres que le chariot avait ouvert entre les barreaux. Il caressait un lingot.

CHAPITRE 75

16 juillet 2019, 3:38 PM

— Nous n'allons pas pouvoir utiliser le chariot élévateur, dit Mac.

Minerva réfléchissait à toute allure. Le plan prévoyait, après avoir ouvert la chambre forte, de charger les palettes de doré avec ce chariot. Mais l'impact contre la grille non seulement avait cassé le mécanisme d'élévation mais en plus avait tordu les barreaux vers l'intérieur de telle façon qu'ils rendaient impossible l'accès à tout véhicule.

— Il faut charger le doré à la main, cria Poudrier. Toi, viens avec moi.

Minerva sursauta quand son camarade la prit par le bras et la tira jusqu'à la chambre forte.

Une fois de l'autre côté des barreaux tordus, elle resta paralysée. Au cours des derniers mois elle s'était souvent demandé ce qu'elle éprouverait en mettant les pieds là-dedans. Cela faisait des jours qu'elle imaginait de l'euphorie, ou une peur incontrôlable. Maintenant elle ressentait les deux en même temps.

— Allons, dépêche-toi, dit Poudrier, en saisissant l'extrémité d'une barre de doré.

Minerva attrapa l'autre bout. C'était la première fois qu'elle touchait un lingot. Même à travers le latex, le métal était plus froid et rugueux qu'elle ne s'y attendait.

À eux deux ils soulevèrent les soixante kilos et se dirigèrent vers la porte à petits pas. Quand Minerva passa à reculons entre les grilles tordues, Poudrier lâcha l'un de ses rires, comme s'il venait de se rappeler une blague.

– L'or et les barreaux, dit-il en montrant du menton tout autour de lui. L'un des deux est notre futur.

À peine avaient-ils passé la grille, que Mac et Pata entrèrent pour prendre le lingot suivant. Après avoir chargé le sien, Minerva fit le tour de la chambre forte et posa une main sur l'épaule de Serrurier :

– Prends ma place, moi je me charge de ça, dit-elle en désignant les otages assis par terre.

Serrurier lui jeta un regard surpris devant le changement dans le déroulement du plan.

– Je crois que je me suis foulée le poignet. Il était déjà à moitié déglingué, ajouta-t-elle en touchant l'orthèse à sa main gauche. Si je continue, je vais retarder l'opération. Peux-tu aller charger les lingots pendant que je reste ici avec eux ?

– Pas de problème, et il partit en courant.

Quand elle fut seule avec les otages, elle releva le 9 mm.

Ce n'était pas dans le plan, pensa-t-elle tandis qu'elle visait la tête encapuchonnée de Sandoval et, durant un instant, redevenait Noelia Viader.

CHAPITRE 76

Entrevientos.
Deux ans plus tôt.

Noelia avait mal au dos d'être restée trop longtemps assise. Cela faisait plus de deux heures qu'elle et Sandoval travaillaient. Le directeur l'avait convoquée dans son bureau pour étudier la proposition d'une entreprise concernant un nouveau réseau de communications.

– Nous n'allons pas régler le problème en cinq minutes, dit Sandoval en montrant les documents éparpillés sur la table.

Il avait raison, ça risquait de durer encore un bon moment.

– Faisons une pause, proposa-t-il. Un café ? Je te recommande le *ristretto*.

– Bon, d'accord. Je vais le goûter.

Sandoval quitta sa chaise pour se diriger vers une cafetière rouge aux bordures chromées, qu'il avait fait installer récemment sur un côté du bureau. Avec le temps Noelia avait appris que le type était vraiment accro au café. Il allait jusqu'à mâcher du chewing-gum avec ce parfum.

– Il semblerait que le bracelet t'ait plu, dit-il, le dos tourné vers elle, tandis que la machine émettait des gargouillis.

Noelia regarda son poignet gauche, où le puma et le guanaco brillaient d'un pâle éclat sous la lumière du bureau. Quelques mois plus tôt, Sandoval le lui avait offert pour la remercier de son application au travail : « C'est un alliage d'or et d'argent dans les mêmes proportions que le doré que nous sortons de la mine ».

Elle l'avait remercié, mais hésita durant des jours avant de se décider. Elle se dit que ne pas porter un cadeau que le directeur lui avait offert en reconnaissance de son investissement dans son travail pourrait être interprété comme un rejet de son supérieur. En plus, il s'agissait d'un bracelet d'une grande valeur.

– Oui, il est vraiment très joli, répondit-elle quand la cafetière eut fini son vacarme.

Sandoval se retourna, une tasse de café dans chaque main. Il contourna le bureau qui les séparait et lui tendit l'une d'elle en la regardant droit dans les yeux. Quand elle vit son sourire, Noelia comprit qu'elle n'aurait jamais dû mettre le bracelet.

Elle baissa le regard vers sa tasse pour remuer son café avec la cuillère en métal. Il s'approcha un peu plus. Elle recula d'un pas, mal à l'aise, et avant qu'elle ait pu dire un seul mot, Carlos Sandoval, son chef et celui des mille employés d'Entrevientos, l'embrassa sur la bouche.

Elle resta pétrifiée les deux secondes durant lesquelles les lèvres baveuses du directeur restèrent collées aux siennes. La tasse lui échappa et se brisa en mille morceaux en heurtant le sol, la tirant de l'espèce de stupeur dans laquelle elle était plongée. Elle le repoussa alors des deux mains pour prendre ses distances.

– Que fais-tu ? Tu n'as pas honte ? Tu es marié, lui dit-elle en se dirigeant vers la porte du bureau.

– Casé mais pas castré.

Elle claqua la porte et s'éloigna le plus rapidement qu'elle put. Tandis qu'elle avançait sans trop savoir où elle allait,

Noelia eut honte de sa réaction. Sortir en courant ? Ce qu'elle aurait dû faire, c'était lui écraser les couilles d'un coup de genou et lui dire « Qu'est-ce qui t'arrive, crétin ? La prochaine fois que tu me touches, ne serait-ce qu'un cheveu, je te dénonce ». Mais les bonnes réactions ne viennent à l'esprit que lorsqu'il est déjà trop tard.

Pour se calmer, elle se dit que cette après-midi finissait sa période de quatorze jours. Elle passerait les deux semaines suivantes dans sa maison de Trelew, à sept cents kilomètres de ce salopard.

CHAPITRE 77

16 juillet 2019, 3:43 PM

Minerva s'accroupit, agrippa l'autre otage par le revers de son blouson et l'obligea à s'éloigner de plusieurs mètres pour qu'il n'entende pas ce qu'elle allait dire à Sandoval. En se rendant compte du mouvement à côté de lui, le directeur se redressa, en alerte.

– Je veux savoir ce qui va se passer demain, dit Minerva quand elle revint près de lui.

– De quoi tu parles ?

– Je veux que tu me racontes comment ça se passe dans une mine le lendemain du jour où on leur a dérobé treize millions de dollars.

Elle essayait toujours de parler avec l'accent de Buenos Aires le plus marqué possible, dissimulant le sien qui était celui de n'importe quel habitant de la Patagonie à l'exception de quelques mots survivants de ses premières quatorze années de vie à Barcelone.

– Je suppose que dans un premier temps la police scientifique devrait faire son travail. Ensuite nous entamerons les réparations nécessaires pour remettre en marche l'usine.

– Quand peut-elle redémarrer ?

Sandoval ne répondit pas.

– Quand ? cria-t-elle.

– Très certainement demain en fin de journée.

– C'est-à-dire que perdre treize millions de dollars, pour vous, ce n'est rien d'autre qu'une mauvaise journée.

– Non, pas du tout. En parallèle, il faut faire toutes les démarches avec les assurances. C'est beaucoup de temps et de travail.

– Voyons si je comprends bien. Nous volons Inuit, mais Inuit ne perd pas un seul dollar.

Sandoval acquiesça du bout des lèvres. Minerva se mordit la langue pour ne pas lui dire qu'il ne pouvait pas plus se tromper.

– Au mieux, on vous rend service. Avec ce que vous allez économiser sur le transport du doré jusqu'en Autriche, il est possible que vous finissiez par gagner du fric.

Les muscles du directeur semblèrent se tendre.

– Ça te surprend que je sache où se trouve la raffinerie ? Maintenant, tu ne penseras plus que la petite Portègne n'a pas fait ses devoirs.

Sandoval ne répondit pas. Minerva lâcha un soupir exagéré avant de poursuivre.

– En fin de compte, nous devrons nous contenter d'être riches. J'ai toujours dit que l'histoire de David contre Goliath était l'un des plus grands mensonges de la Bible. Du pain et du cirque pour amuser le peuple.

– Sur cela nous sommes d'accord, répondit Sandoval.

– Ce Goliath est trop grand pour qu'une bande de petits voleurs comme nous le fasse tomber. Surtout qu'il a l'appui de bandits beaucoup plus puissants, avec des sièges bien moelleux à la chambre des députés.

Sandoval inspira profondément. Sans cesser de le tenir sous la menace de son arme, Minerva sortit le téléphone argenté de son sac à dos, l'alluma et lut à haute voix :

– Il faudra modifier l'article 4, où il est dit : « Concernant la région ... ».

À mesure que Minerva lisait, elle voyait les poings de Sandoval se serrer de plus en plus fort.

– Je ne continue pas parce que c'est trop long, mais je te résume : le directeur de l'une des plus grandes mines du pays donne des instructions à un député pour qu'il apporte des modifications à la nouvelle loi sur les mines. Ensuite il y a d'autres messages où il est question de compensations, dons, contributions et autres euphémismes.

Elle essaya de profiter de la situation. Elle le tenait à sa merci, avec un pistolet dans une main et un téléphone dans l'autre, deux objets avec lesquels elle pouvait le détruire. Elle aurait bien aimé savoir ce qui se passait dans cette tête qui croyait toujours avoir la main gagnante.

– Maintenant réponds-moi, Sandoval. Ce Goliath ne te semble pas immoral ?

Sandoval tarda à répondre.

– Mon travail, c'est que cette mine produise de l'or, et c'est ce que je fais. Je ne suis pas responsable du fonctionnement de la politique dans ce pays. C'est comme si l'on rendait un fabriquant de couteaux responsable de tous les coups de poignards.

– Pas très original comme excuse. Au cours de l'Histoire, tout un tas de salopards se sont justifiés de cette manière.

CHAPITRE 78

Entrevientos.
Deux ans plus tôt.

Dès le deuxième jour de la période suivante de Noelia, Sandoval la convoqua à une nouvelle réunion pour définir la sacro-sainte infrastructure des communications. Ce matin-là, le jour s'était levé avec un vent insupportable qui soufflait en rafales à plus de quatre-vingts kilomètres par heure.

Cette fois elle avait suggéré qu'ils utilisent la grande salle de conférences au lieu du bureau du directeur. Et pour être plus tranquille, elle prit avec elle Felipe Madueño. De toute façon, une équipe de support informatique était toujours composée de deux personnes : le chef et un subordonné. En l'occurrence, Noelia et Madueño. C'est ainsi qu'elle se persuada qu'il était fondamental que le garçon soit présent.

Durant la réunion, Felipe fit peu de commentaires, mais ils furent tous très pertinents. Après tout, c'était lui qui était le plus souvent en contact avec le *hardware*. Quand quelque chose cessait de fonctionner, il était le premier soldat à intervenir.

– Madueño, laisse-nous, je dois parler avec l'ingénieure Viader, dit Sandoval quand ils eurent terminé la réunion.

Felipe Madueño acquiesça. Du regard, Noelia essaya de lui faire comprendre qu'il ne devait pas la laisser seule, mais n'y parvint pas.

Le directeur quitta sa chaise pour accompagner Felipe jusqu'à la porte de la salle. Il lui serra la main en le félicitant pour son travail. Il lui dit que Noelia n'avait dit que du bien à son propos et que, s'il continuait ainsi, il pourrait « faire une grande carrière dans l'entreprise ». Le compliment toucha Madueño en plein cœur.

Sandoval ferma la porte à clé, marcha jusqu'à l'unique fenêtre et tira le rideau.

Noelia se mit debout face à la grande table de réunion.

– Moi aussi je dois partir. J'ai un tas de…

Le directeur se jeta sur elle, la saisit par les poignets et la poussa contre le mur. Elle se retrouva immobilisée les bras en l'air.

– Arrête ! Que fais-tu ? cria-t-elle.

– Tu m'as beaucoup manqué. Je comptais les jours avant ton retour. Je ne peux pas m'empêcher de penser à notre baiser.

– Non, arrête, Carlos. Nous ne nous sommes donné aucun baiser. C'est toi qui m'as embrassée. Tu te fais de fausses idées.

Elle songea à crier pour demander de l'aide, mais la salle de conférences était un container isolé et les quatre murs ne jouxtaient qu'un petit local pour les toilettes. Même si quelqu'un passait à l'extérieur, il n'entendrait rien à cause du vent.

– Bien sûr que ça t'a plu. Sinon, tu n'aurais pas mis le bracelet, non ?

– Va te faire foutre. Cela n'a rien à voir.

Elle essaya sans succès de libérer son poignet pour lui montrer qu'elle ne le portait plus.

– En plus, je sais que tu aimes les hommes mûrs, ajouta-t-il en tentant de l'embrasser sur la bouche.

Le dégoût lui provoqua deux réactions : l'une d'elles fut de tourner la tête pour éviter les lèvres de Sandoval, et l'autre de relever le genou pour lui écraser les testicules. Mais les salopards ont de la chance et le coup fut bloqué par la cuisse.

– Ne joue pas à l'hystérique.

– Lâche-moi, fils de pute.

Noelia parvint à libérer sa main droite et le gifla. Si elle avait pu, elle lui aurait démoli quelques dents, mais elle était si près de lui qu'elle n'arriva pas à mettre de la force dans son coup.

Loin de lui faire peur, ça l'excita. Ses mains descendirent à toute vitesse, frôlant les seins de Noelia, pour chercher la boucle de sa ceinture. Elle était morte de dégoût et de rage.

– Arrête, putain de ta mère ! cria-t-elle en lui frappant les bras et le torse.

Mais Sandoval continuait en souriant. Maintenant il baissait son pantalon. Noelia sentit sur ses hanches la rigidité dans le caleçon. Ses mains cherchèrent alors le visage de l'homme et elle y enfonça ses ongles de toutes ses forces. Elle comprit qu'elle était en train de labourer la peau et appuya encore plus fort. Si elle avait pu, elle lui aurait arraché les yeux.

Sandoval émit un hurlement de douleur. Alors que Noelia commençait à croire qu'il allait la laisser tranquille, elle prit un coup sur le nez comme jamais elle n'en avait reçu. Ses yeux se remplirent de larmes et tout devint noir.

Quand elle reprit connaissance, elle était étendue sur le sol en plastique de la salle, avec Sandoval sur elle. Il la maintenait les bras en croix et l'embrassait en essayant d'introduire sa langue dans sa bouche. Il respirait par le nez, le souffle court.

Si Noelia avait observé la scène de l'extérieur, elle aurait probablement eu envie de vomir. Cependant, elle eut un instant de lucidité. Quelque chose lui indiqua comment agir, et tous les autres chemins possibles s'évanouirent.

Elle relâcha la tension dans sa mâchoire et entrouvrit les lèvres. Elle sentit la langue au goût de café pénétrer un peu dans sa bouche, accompagnée d'un gémissement de plaisir. Elle serra les dents. Ses incisives s'enfoncèrent dans la chair tendre et Sandoval lâcha un grognement guttural. Le sang tiède ne mit pas longtemps à inonder la bouche de Noelia. Malgré les cris du type et la répulsion qu'elle ressentait, elle ferma les yeux et continua à serrer de toutes ses forces.

Sandoval roula sur un côté pour s'écarter d'elle. Elle se permit d'ouvrir les yeux et de desserrer les dents que lorsqu'il ne resta plus que leurs bouches en contact. Elle se mit debout à toute vitesse tandis que le directeur bredouillait quelque chose d'inintelligible.

Elle cracha sur lui une salive rosée et sortit de la pièce. Elle courut directement à l'infirmerie, se cachant le visage dans son bras pour que personne ne lui pose de questions. Dans les toilettes de la salle d'attente, elle se rinça plusieurs fois la bouche et lava le sang collé au menton et sur les joues. Puis elle frappa à la porte de la docteure Morales.

CHAPITRE 79

16 juillet 2019, 3:48 PM

Le pistolet tremblait. Minerva l'appuya encore plus fort contre la tête encapuchonnée de Sandoval. Si elle le tuait, elle rompait sa propre règle d'un braquage sans une goutte de sang. D'un autre côté, quelles seraient les conséquences si elle laissait en vie un fils de pute comme celui-ci ? Elle se rappela un documentaire dans lequel un biologiste parlait de la progression géométrique de la population de castor en Terre de Feu. Éliminer un castor aujourd'hui évitait d'avoir à en tuer douze mille dans dix ans.

De l'autre côté de la chambre forte, le reste de la bande continuait le chargement des lingots. Le transfert manuel était long et ils ne pouvaient rien faire pour l'accélérer parce que l'espace entre les grilles ne permettait le passage que d'un seul lingot à la fois.

Elle n'avait aucun moyen d'aider ses camarades à aller plus vite, il ne lui restait qu'à attendre. Et elle n'avait jamais su le faire en silence.

– Dis-moi une chose, Sandoval. À quoi sert tout ça ?
– Je ne sais pas de quoi tu parles.
– Ce n'est pas une question avec un piège. Pourquoi la mine s'est-elle installée ici ?
– Pour extraire de l'or et générer de la richesse.

– Oui, mais à quoi sert cet or ?

Elle ne pouvait pas lui révéler le vrai motif pour lequel elle avait planifié ce vol, mais elle pouvait lui parler de l'autre. Des choses qu'avant elle ne voyait pas. Ou ne voulait pas voir.

– Sans minerai nous n'aurions pas d'appareils électroniques, pas d'autos, pas de maisons, répondit le directeur. Pas plus que d'énergie nucléaire et les autres choses que la société moderne…

– Je te parle de l'or, pas du minerai en général. L'or lui aussi est fondamental pour notre société moderne ? Sans or il n'y aurait pas de maisons ni d'énergie nucléaire ?

Sandoval resta silencieux.

– Réponds-moi.

– L'or est beaucoup utilisé dans l'électronique et la médecine, par exemple.

– Seulement dix pour cent ! rugit-elle. Et tu le sais très bien. Tu le sais, ou tu ne le sais pas ?

La tête encapuchonnée acquiesça. Elle sourit sous la cagoule.

– Voyons si tu as bien appris ta leçon, Sandoval. La moitié de l'or dans le monde est utilisé par…

– La bijouterie.

– La bijouterie, très bien. Et les quarante pour cent restant pour…

– Les placements.

– Excellent ! Les placements. Se fabriquer des petits lingots et se les garder au cas où les bourses de New York et Londres s'effondreraient. C'est-à-dire que quatre-vingt-dix pour cent de ce qui sort d'ici finit dans la cave d'un particulier ou dans le coffre-fort d'une banque en Suisse. Voilà à quoi sert ton or : vanité et spéculation.

Durant une seconde, elle se sentit hypocrite. Elle avait travaillé des années pour cette industrie sans se poser de questions et maintenant, alors qu'elle n'avait plus à obéir en échange d'un salaire, elle débitait un sermon. Elle ressemblait à ces anciens fumeurs qui du jour au lendemain se convertissaient en activistes anti-tabac.

Mais la seconde passa rapidement, et elle secoua immédiatement la tête. Être hypocrite et changer d'opinion sont deux choses totalement différentes. Ce qui serait vraiment bizarre, ce serait de continuer à voir les choses de la même façon. Surtout après avoir passé des mois à lire des documents confidentiels qui feraient se dresser les cheveux sur la tête de n'importe qui, employé ou pas.

– Tu n'as pas honte de travailler pour ça ?

Le sac en toile qui coiffait la tête de Sandoval demeura immobile. Cela ne la surprit pas. Elle savait très bien que la culpabilité était totalement inconnue de ce type.

CHAPITRE 80

*Puerto Deseado, Santa Cruz, Argentine.
Deux ans plus tôt.*

– Et alors j'ai convaincu la docteure Morales que j'avais une attaque de panique et qu'il fallait me transporter en ambulance jusqu'ici, expliqua Noelia à la directrice des ressources humaines.

Avec « ici », elle se référait à Puerto Deseado, l'agglomération la plus proche d'Entrevientos, où l'entreprise minière avait un bureau administratif.

Consternée, la DRH avait écouté toute l'histoire. La préoccupation, sincère dans son regard, était allée croissante au fur et à mesure que Noelia avançait dans son récit.

– Avant tout, je veux que tu saches que tu peux prendre tout le temps dont tu as besoin. Ce que dit ce papier n'a pas d'importance, dit-elle en désignant le certificat médical où le seul psychiatre de Puerto Deseado recommandait deux semaines d'arrêt de travail.

Noelia hocha la tête. Elle fut sur le point de dire « merci ».

– Je veux dénoncer ce salopard. Je veux qu'ils le mettent à la porte et qu'il n'obtienne plus aucun travail où que ce soit, pas même comme apprenti maçon.

– Calme-toi. Je te comprends, crois-moi, je te comprends, dit-elle en la regardant dans les yeux, mais il y a quelque chose que tu dois savoir avant de faire quoi que ce soit.
– Quoi ?
– Pour Inuit Argentine, il y a une seule personne au-dessus de Carlos Sandoval. C'est de directeur national, Ignacio Beguiristain. Il travaille dans les bureaux de Buenos Aires.
– Je le connais. Il est venu quelques fois en visite à Entrevientos. Il a aussi donné une conférence pendant la formation que nous avons suivie en avril à Buenos Aires, dit-elle en se rappelant qu'elle était arrivée en retard parce qu'elle était restée un peu trop longtemps dans la milonga pour danser le tango et boire une bière avec Pezzano.
– Si tu veux que cela ait des conséquences pour Sandoval au sein de l'entreprise, tu dois absolument aller voir Beguiristain en personne. Dès que tu sors d'ici, moi je me charge de lui téléphoner pour expliquer la situation.
Noelia acquiesça.
– Autre chose. Es-tu allée porter plainte à la police ?
– Bien sûr.
– Tu as eu raison. Plus tôt c'est fait et mieux c'est.

***

Quatorze jours plus tard, Noelia se leva à cinq heures du matin. Comme toutes les deux semaines depuis maintenant trois années, elle ferma à clé la porte de sa maison de Trelew et monta dans un taxi pour se rendre à l'aéroport. De là elle prit un avion pour Comodoro Rivadavia où l'attendait une camionnette de transport du personnel qui l'amènerait, en même temps que dix-huit autres employés débarqués du vol de Buenos Aires, jusqu'à la mine d'Entrevientos.

Porte à porte, le voyage durait huit heures. Elle passa chaque minute à penser à ce que serait son travail à partir de maintenant. La directrice des ressources humaines avait parlé avec le directeur national et ils avaient décidé de lancer une enquête interne. Dans l'immédiat, Beguiristain avait proposé que lorsqu'elle serait prête, Noelia soit réincorporée avec un régime de sept jours de travail pour quatorze de repos, en lui garantissant que pendant sa semaine de service Sandoval aurait l'interdiction de poser un pied sur le gisement.

– Je vous donne ma parole, mademoiselle Viader, lui avait-il dit au téléphone.

Même si c'était vrai, comment allait se passer sa semaine de travail à Entrevientos après avoir déclaré la guerre au directeur ?

Elle ne mit pas longtemps à s'en rendre compte. Ce furent sept jours où elle ne sortit de sa chambre que pour se rendre au bureau et de là au réfectoire. Même si elle savait que Sandoval n'était pas là, elle avait la sensation désagréable qu'elle allait le rencontrer dans le couloir le plus improbable.

Elle ne voulait voir personne, ni parler à personne. Pour chaque appel téléphonique, pour un serveur à reconfigurer ou un ordinateur défaillant, elle se limitait à envoyer Madueño. Par chance, les ressources humaines lui avaient donné une chambre pour elle seule et ainsi elle n'avait plus à la partager avec la surveillante de l'environnement.

Ainsi passèrent trois campagnes. La plainte au commissariat de Puerto Deseado était arrivée au tribunal, là où la machine bureaucratique faisait avancer les dossiers à la vitesse géologique. De temps en temps la directrice des ressources humaines l'appelait pour voir comment elle allait et lui disait que Beguiristain suivait le cas de très près.

En attendant, Noelia voyait bien que la boîte mail de Sandoval ne baissait pas d'activité, qu'il soit là ou pas. En deux occasions, elle demanda à la secrétaire de Sandoval où était son chef. La réponse fut à chaque fois la même : le directeur avait son agenda rempli de réunions à Puerto Deseado, Catamarca ou Buenos Aires, et il ne reviendrait pas avant la semaine prochaine.

En d'autres mots, cette espèce d'injonction d'éloignement décrétée par Beguiristain était un secret. Pour le reste des employés, Sandoval continuait d'être toujours le même.

Ce furent trois périodes banales durant lesquelles elle allait pleine de rage et de ressentiment. Elle imaginait Sandoval en réunions directoriales parlant d'onces, d'heures de travail et de millions de dollars, pendant qu'elle se faufilait dans les couloirs d'Entrevientos minimisant les interactions avec les autres êtres humains, se faisant chaque fois plus petite. Cela lui produisait une sensation d'angoisse qui lui serrait la gorge. Son indignation était comme de l'air chargé d'électricité dans lequel un coup de tonnerre suffisait pour déclencher la tempête.

Le coup de tonnerre arriva le dernier jour de sa troisième période, exactement cinq minutes avant que Noelia quitte le gisement d'Entrevientos pour passer deux autres semaines dans sa maison de Trelew afin de souffler un peu.

CHAPITRE 81

16 juillet 2019, 3:54 PM

Le pistolet appuyé contre la tête de Sandoval ne tremblait plus beaucoup.

– Prenez tout ce que vous voulez, mais ne nous faites pas de mal. La seule chose que nous faisons, c'est gagner notre vie.

– Dis-moi, Sandoval, Vous ne vous fatiguez jamais de rabâcher toujours le même discours minable ?

– Je ne comprends pas. Quel discours minable ?

– Celui qui vous fait passer, toi et la mine, pour les sauveurs : les pauvres gens de cette province, quelle chance qu'Inuit soit venue les sortir de la misère, c'est ça ?

– Sans la mine il y aurait mille deux cents postes en moins. Et c'est sans compter les emplois indirects.

En cela, Sandoval avait raison. Minerva connaissait par cœur tous les bénéfices engendrés par l'industrie minière, que la hiérarchie ne manquait pas de rappeler au moindre questionnement. Elle-même s'en était servi il n'y avait pas si longtemps, quand elle occupait l'un des mille deux cents postes que mentionnait Sandoval.

Quand elle n'était pas de l'autre côté.

– Vous autres appelez ça travail et progrès, moi j'appelle ça des miettes. Vous transformez la terre en passoire. Vous faites des trous, y mettez des explosifs, des tonnes de cyanure et utilisez plus d'eau qu'un village entier. Pendant ce temps, à Puerto Deseado, les gens n'ont même pas le droit d'arroser.

Sandoval leva la tête. S'il n'avait pas eu un sac dessus, il l'aurait certainement regardée dans les yeux. Minerva sut qu'il luttait pour ne pas lui répondre. Il n'était pas habitué à ce qu'on le contredise.

– Nous générons de la richesse, très peu peuvent en dire autant.

Minerva se demanda si Sandoval ferait encore le coq s'il pouvait voir l'arme.

– Là-dessus, nous sommes d'accord. Ils génèrent de la richesse, pour les plus riches. Pour les autres, toi inclus, ils laissent des miettes. Ils ne paient même pas d'impôts dans le pays.

– Avec tout mon respect, mademoiselle, nous payons tous les impôts qu'exige la loi.

– Ah, oui ? Dis-moi, Mère Teresa, tu as entendu parler des documents luxembourgeois ? C'est comme les *Panama Papers*, mais en moins célèbres.

Sandoval garda le silence.

– Vous nous répétez à pleine bouche que les capitaux d'Inuit sont canadiens, mais tu sais très bien que c'est faux, non ? Je ne peux pas croire que le directeur général puisse ignorer qu'Inuit Argentine est une filiale d'Inuit Chili.

– Je ne comprends pas ce...

– Et qu'Inuit Chili appartient à une compagnie située sur l'île de la Barbade. Plus exactement, était située, jusqu'à ce qu'en 2011 ils la transfèrent au Luxembourg où la fiscalité est plus avantageuse. D'aucuns diront, bon, du Luxembourg au Canada. Non, monsieur ! Du Luxembourg en Irlande. Et cette fois, oui, d'Irlande au Canada.

– Ce n'est pas illégal.

Minerva éclata de rire.

– C'est immoral, ce qui est bien pire. Pendant ce temps-là, tous ceux qui travaillent pour Inuit doivent payer l'impôt sur le revenu, sur les biens immobiliers, la voiture et même la TVA quand ils vont au supermarché. Tous, même toi.

– Je ne te suis toujours pas.

– C'est moi qui n'arrive pas à suivre. Pourquoi ceux qui gagnent le plus ne paient pas d'impôts comme n'importe quel citoyen ? Pourquoi en plus de venir nous faire des trous dans la terre et littéralement l'empoisonner, on leur facilite tout ? Pourquoi le fric qu'ils gagnent ici doit passer par la moitié du monde avant d'arriver au Canada ? Tu crois que c'est parce que tout ce micmac les amuse ? Non ! C'est pour ne rien laisser, ne serait-ce que les miettes du gâteau, en Argentine et au Canada. C'est ça qui « génère de la richesse ». Fais-moi plaisir, retourne dans cette merde.

CHAPITRE 82

Entrevientos. Deux ans plus tôt.

Au Poste d'Entrée, l'agent de sécurité en charge du scanner à rayons X détecta quelque chose sur l'écran et appela son collègue.

– Cette valise t'appartient ? demanda-t-il à Noelia tandis qu'elle passait au détecteur de métaux.

– Oui.

– Suis-nous un instant.

Noelia perçut un murmure parmi les dix-huit autres employés d'Inuit qui eux aussi passaient le contrôle de sécurité. Après sept ou quatorze jours de travail ininterrompu, dans le minibus qui attend devant la sortie pour entamer le voyage de retour chez soi, n'importe quel retard est mal venu.

L'agent de sécurité retira la valise du scanner et l'emporta jusqu'à une petite salle sur un côté. Noelia le suivit, avec deux autres agents pour l'escorter.

En entrant dans la petite pièce, l'un d'eux ferma la porte et l'autre posa la valise sur une table en plastique.

– Peux-tu l'ouvrir, s'il te plaît ?

Elle obtempéra.

– Je peux ? demanda l'agent de sécurité en désignant le contenu.

– Comme tu veux, répondit-elle en haussant les épaules.

Le plus jeune fouilla dans ses affaires. Il semblait plus intéressé par les vêtements que par les articles d'hygiène. Il sortait les habits un par un et les serrait dans ses mains, comme s'il cherchait quelque chose. Il déplia un pantalon et, après l'avoir palpé, ses doigts suivirent les contours d'une bosse allongée et cylindrique dans une des poches.

L'agent y plongea les doigts et en sortit un stylo avec le logo d'Inuit Gold. Cela attira l'attention de Noelia car elle ne mettait jamais ses stylos dans les poches de son pantalon. Elle trouvait cela gênant.

– Depuis quand il est interdit d'emporter un stylo ?

– Il est très lourd, dit l'agent en le soupesant dans sa main.

Noelia se rendit compte que quelque chose ne tournait pas rond. À première vue, il s'agissait d'un de ces stylos bon marché que l'entreprise distribuait à ses employés. Cependant, dans l'orifice par où sortait la pointe il y avait des restes de silicone ou d'une quelconque colle transparente.

L'agent de sécurité étala une feuille de papier sur la table et démonta le stylo. Dès que les deux moitiés se séparèrent, une poudre dorée tomba en crissant pour former une petite montagne de la taille d'un bonbon.

– Ce n'est pas à moi, s'empressa-t-elle de dire.

– Je reviens tout de suite. Je dois prévenir le chef de la sécurité, dit l'agent presque en s'excusant.

***

Le télégramme de renvoi arriva deux jours plus tard. L'entreprise avait décidé de se passer des services de l'ingénieure Noelia Viader en faisant référence au fait que le stylo trouvé dans ses vêtements allait à l'encontre du code de conduite de l'entreprise. Sur le fait que son chef l'avait quasiment violée, rien. Le message se terminait en annonçant que, étant donnée la nature du renvoi et selon la loi, elle ne recevrait aucune indemnisation.

Elle téléphona au bureau de Puerto Deseado pour parler à la directrice des ressources humaines.

– Noelia, je ne peux rien faire, se défendit la femme. L'entreprise a le droit de renvoyer qui elle veut. Si tu penses que tu as droit à une indemnisation, tu peux aller au tribunal.

– Mais tu sais bien que tout ça a été arrangé. Ce stylo n'était pas à moi, c'est eux qui l'ont mis dans mon pantalon. Ce fils de pute a fait ça pour qu'ils me renvoient…

La directrice des ressources humaines coupa la communication. Noelia sentit une rage la brûler de l'intérieur. Au début elle l'avait traitée comme une amie et maintenant elle lui raccrochait au nez.

Soudain, son téléphone sonna.

– Tu peux prouver ce que tu dis ? lui dit la femme comme si la conversation n'avait pas été interrompue.

Maintenant elle parlait à voix basse, à peine plus fort que le bruit du vent. Elle était sortie du bureau pour lui parler de son téléphone personnel.

– Parce que si tu as une quelconque preuve, je suis prête à t'aider.

– J'ai une plainte à la police pour tentative de viol, et bizarrement, trois périodes de travail après, ils me virent. Ça ne peut pas être plus clair, c'est Sandoval.

– Ça ne peut pas être lui, Noelia. Avant hier Sandoval était à une réunion à Buenos Aires avec Beguiristain. Je suppose que, entre autres choses, il l'avait convoqué pour discuter de ta plainte.

Noelia s'imagina la réunion entre les deux hommes. « Parlons de la production, de la pression syndicale et de ton comportement avec Noelia Viader. Eh ! Carlitos, ne sois pas si dissipé. »

– Même si Sandoval n'était pas présent ce jour-là, ça ne veut pas dire qu'il n'avait pas tout organisé pour me dégager.

– Noelia, tu sais que le vol est un péché capital chez Inuit. Il leur suffit d'un simple soupçon pour un renvoi. Et toi ils t'ont prise en train de sortir du site avec du doré.

– Je suis en train de te dire que tout ce cirque, c'est pour m'enfoncer. Tu ne comprends pas ?

– Moi, je n'ai aucune preuve de ce que tu avances, et il me semble que toi non plus. Réfléchis un peu, Noelia. Dans les papiers de l'entreprise, maintenant tu es fichée comme la pire des employés : une voleuse. Une fois que tu as cette pancarte autour du cou, c'est très difficile qu'ils te fassent à nouveau confiance. Moi j'ai fait tout ce que j'ai pu pour qu'ils te versent une indemnité.

– J'ai un télégramme dans la main qui dit juste le contraire.

– Crois-moi, j'ai insisté. Je leur ai dit qu'un procès allait nous coûter plus cher. J'ai pensé que cet argent t'aiderait en attendant que tu décides de ce que tu allais faire de ta vie. Mais ils ne m'ont pas écoutée.

– C'est-à-dire qu'en plus je devrais te remercier ?

– Noelia, je vais être complètement franche avec toi parce que je t'apprécie beaucoup et que l'on s'entend bien. Entre ce qui s'est passé avec Sandoval et ça, Entrevientos est le dernier endroit au monde où tu devrais travailler.

– Pourquoi distingues-tu les deux choses ? Il n'y a pas un « ce qui s'est passé avec Sandoval » et un « ça ». C'est la même chose. Tout est de la faute de ce salaud.

– Je comprends ta colère, vraiment. Mais moi, je ne peux rien faire. La seule chose qui est à ma portée, c'est que tout ce processus soit le moins traumatisant possible pour toi. C'est pour ça que tu ne dois pas venir au bureau pour y laisser tes affaires. Le plus important, ton ordinateur, est resté au camp. Et la carte magnétique a déjà été désactivée.

La directrice des ressources humaines s'était remise à parler comme un robot qui répète ce qu'il a dit des milliers de fois. En bruit de fond, on n'entendait plus le vent mais l'écho d'un couloir.

La femme était revenue dans les bureaux d'Inuit, alors Noelia sut qu'elle n'avait plus rien à lui dire.

CHAPITRE 83

16 juillet 2019, 4:02 PM

Minerva n'avait jamais tiré sur personne. Pas même quand Pezzano lui avait donné une arme pour qu'elle se défende alors que les balles sifflaient au-dessus de sa tête dans la salle de billard de l'Avenida de Mayo. Ce n'était pas dans sa nature. Du moins jusqu'à présent.

Dans les gants en latex, ses mains suaient à grosses gouttes.

– Si les messages de ce téléphone arrivaient à la presse, que crois-tu qu'il se passerait, Sandoval ?

Silence.

– Je crois qu'il y aurait un procès, continua-t-elle. Inuit pourrait gagner ou perdre. Mais toi, Sandoval, c'est sûr que tu perdrais. Parce que la première chose qu'ils vont faire, c'est prendre leur distance. Ils vont dire : « La conduite de monsieur Sandoval, qui maintenant n'a plus aucun lien avec Inuit Gold Argentine, est inacceptable et va à l'encontre de la politique de transparence de l'entreprise. »

Minerva brandit le téléphone devant le visage de Sandoval comme s'il pouvait le voir.

– Autrement dit, si nous le voulions, nous pourrions te détruire, Sandoval. Mais ne va pas croire que nous sommes aussi méchants. Après tout, nous sommes des voleurs, ce qui fait que nous ne sommes pas dans la meilleure des positions pour critiquer la façon que chacun a de gagner sa vie. Si tu veux continuer à vendre ton âme au diable, nous allons respecter ta décision.

Sandoval tremblait. Minerva se demanda si c'était de peur ou de rage.

– Tu ne vas pas me remercier ?

Toujours le silence.

– Ah, évidemment. Que je suis bête ! Le sac sur ta tête t'empêche de voir le pistolet sur ta tempe. Recommençons, tu ne vas pas me remercier ?

– Mer… merci.

– Pas comme ça, mon gars. Tu me fais de la peine. Répète avec moi : merci, madame la voleuse…

– Merci, madame la voleuse…

– … de me permettre de continuer à aider les gros Canadiens en costume, qui n'ont jamais touché une pelle de toute leur putain de vie, à piller toute la richesse de la région sans payer d'impôts.

Sandoval redevint silencieux. Minerva appuya un peu plus le pistolet contre la tempe de l'homme. L'adrénaline l'avait rendue tellement euphorique que, si elle ne se contrôlait pas, elle allait finir par éclater de rire.

– Je vais te donner vingt secondes pour que tu répètes ce que je t'ai dit. Si tu refuses, j'appuie sur la détente. Ou, encore mieux, je te laisse en vie et envoie une copie de ce qu'il y a dans ce téléphone à tous les journaux.

– S'il te plaît.

– Vingt. Dix-neuf. Dix-huit…

– Tu perds du temps. Quatorze. Treize…

– Pourquoi tu me fais ça ? Je suis un travailleur. Je n'ai jamais fait de mal à personne.

La phrase la frappa comme la foudre. *Fils de pute*, pensa-t-elle. Sa main gauche se crispa par réflexe, laissant tomber le téléphone sur les jambes de Sandoval.

– *Collons*, laissa-t-elle échapper tandis qu'elle se penchait pour le ramasser.

Après avoir prononcé le mot, elle resta pétrifiée. Un frisson parcourut son dos. Comment avait-elle pu être aussi stupide ? Comment avait-elle pu lâcher une insulte en catalan ? C'était comme si elle avait montré sa carte d'identité à Sandoval.

Elle l'observa durant une longue seconde. Il lui sembla que le corps de Sandoval avait acquis une certaine rigidité. Même avec le sac sur la tête, elle pouvait le voir penser.

– Le temps passe, dit-elle en exagérant autant qu'elle le put son accent portègne. Huit. Sept. Six.

L'avait-il entendue ? Ou bien n'était-ce que pure paranoïa de sa part ? Car, en fin de compte, elle n'avait que chuchoté le mot. Mais elle ne pouvait pas prendre le risque. Elle devait tirer. Elle avait dit que le braquage se ferait sans verser une goutte de sang, mais maintenant elle n'avait plus d'autre option. Si elle voulait protéger son identité, elle devait éliminer Sandoval.

Elle glissa l'index sur le côté de l'arme jusqu'à frôler la détente.

– Cinq. Quatre.

Elle eut envie d'enlever les deux cagoules et d'admettre que oui, c'était elle. De le regarder dans les yeux et de lui dire que la balle dans la tête, c'était en règlement de compte pour ce qu'il lui avait fait. Mais ce salaud ne méritait même pas ça. Il lui convenait mieux de mourir sans explications. Comme un cafard.

Et si en le rayant de la carte elle évitait qu'une autre femme ne subisse ce qu'elle avait subi, cela aurait valu la peine. Un castor en moins.

– Trois. Deux.

L'index était maintenant fermement appuyé sur la détente. Peut-être trop fermement. À tout moment le coup pouvait partir. Sandoval commença à parler.

– Merci, madame la voleuse, pour me permettre de continuer à aider les gros Canadiens…

Mais une voix dans le dos de Minerva l'interrompit.

– Nous partons.

En se retournant, Minerva trouva Mac avec sa cagoule toujours sur la tête. Il avait le blouson et le pantalon d'Inuit noircis par le frottement des lingots. En le voyant ainsi elle se rappela que le braquage d'Entrevientos ne lui appartenait pas.

CHAPITRE 84

16 juillet 2019, 4:07 PM

Il sentit qu'on lui tirait les cheveux en même temps qu'on lui arrachait la cagoule.

– Tu t'en sors parce que nous devons partir, lui dit la fille.

Carlos Sandoval lâcha le soupir le plus long de toute sa vie. Selon ses calculs, ils avaient mis un peu plus de vingt minutes pour vider la chambre forte.

Il observa la femme cagoulée. Elle avait les yeux marron, comme Noelia Viader, mais ni l'accent ni l'attitude ne correspondaient.

Viader était insignifiante, elle passait son temps libre à jouer sur son ordinateur et avait couru le dénoncer pour de simples avances. Par contre, la Portègne qui était face à lui, forte, décidée et aux commandes d'un groupe d'hommes armés, semblait être une femme qui savait ce qu'elle voulait.

Près d'elle se trouvaient deux autres membres de la bande. Le plus costaud, qui l'avait reçu à l'entrée de la *gold room*, l'obligea à se mettre debout en le tirant par les vêtements et le poussa jusque de l'autre côté de la chambre forte.

Le bras musclé lui désigna les véhicules. Le plus proche était l'ambulance. Derrière dépassaient les capots des trois Hilux. Plus loin, le camion-citerne à moitié entré dans l'écluse.

– Maintenant tu vas dire aux tiens qu'ils nous laissent partir tranquillement.

Sandoval acquiesça sans décoller les yeux de l'ambulance. Elle avait les portières arrière grandes ouvertes et, bien que l'angle de vue ne fût pas le meilleur, il pouvait distinctement voir un lingot de doré à côté des pieds du brancard.

C'est impossible qu'ils transportent cinq mille kilos dans l'ambulance, pensa-t-il. *Ils ont dû les répartir.*

– Si tu te comportes bien, j'oublie les messages que j'ai lus.

La Portègne lui montra l'arme et le téléphone argenté. Son acolyte lui mit la radio devant la bouche et appuya sur le bouton.

– Alvarado, c'est Sandoval qui vous parle, dit-il dans l'appareil.

– Monsieur le directeur, tout va bien ?

Quelle question idiote.

– Écoutez-moi, j'ai un arrangement avec ces gens. Je veux que vous ouvriez le portail et que vous les laissiez sortir sans leur mettre de bâton dans les roues.

Il y eut un silence à l'autre bout de la ligne.

– Monsieur le directeur, vous savez bien qu'une fois le protocole de fermeture enclenché, les seuls qui ont le code pour le débloquer sont ceux de l'entreprise de sécurité.

Celui qui tenait la radio l'éloigna de la bouche de Sandoval pour l'approcher de la sienne.

– Alors vous avez deux minutes pour le leur demander, dit-il, et il tira un coup de feu vers le plafond de la *gold room*. Sandoval fut assourdi par le bruit. Tu as entendu ? La prochaine fois, c'est dans la tête de ton chef.

– Donnez-moi quelques minutes, s'il vous plaît.

– Deux, dit le cagoulé, et il poussa Sandoval pour l'obliger à s'asseoir par terre.

Avec l'ensemble des machines à l'arrêt, Sandoval n'entendait plus que le sifflement du vent qui frappait l'énorme construction en métal. Il n'osa aucun commentaire durant la minute et demie qui s'écoula jusqu'à ce que l'homme qui avait tiré reprenne la radio :

– Alors ? Vous en êtes où ?

– J'essaye, mais je n'arrive pas à entrer en communication avec l'entreprise de sécurité.

Sandoval ferma les yeux. Il était foutu. Comment c'était possible, avec les millions que payait Inuit à cette compagnie de sécurité ?

– Ça ne fait rien, dit l'assaillant au gros ventre, tandis qu'il se dirigeait vers le camion-citerne. Nous partons quand même.

– Mais le portail de l'usine est fermé, dit la femme.

– Nous partons, répéta-t-il.

Celui qui avait parlé par radio avec Alvaro s'approcha de l'autre otage, l'aida à se lever et l'obligea à s'asseoir sur le siège passager de l'ambulance.

La femme s'approcha de Sandoval, lui remit le sac sur la tête et coupa la bride qui lui liait les poignets.

– Tu ne bouges pas avant que nous soyons partis, lui dit-elle, et il entendit ses pas s'éloigner.

CHAPITRE 85

16 juillet 2019, 4:10 PM

La première chose que fit Pata en se mettant au volant du camion fut de réunir deux câbles dénudés pour reconnecter le GPS. Ensuite, il mit le moteur en marche.

– Tout va bien, dit-il à Poudrier en passant la tête par la fenêtre de la portière.

– On y va, on y va ! cria Poudrier au reste de ses camarades tout en frappant sur une paroi en tôle avec la crosse de son 9 mm.

Pata fit avancer prudemment le camion coincé dans l'écluse jusqu'à le libérer complètement. Puis il appuya à fond sur l'accélérateur.

Il vit dans le rétroviseur les autres véhicules démarrer en dérapant pour le suivre. Une Hilux. Deux Hilux. Trois Hilux. Et pour finir l'ambulance.

Il passa en quatrième et tourna à droite. Maintenant il ne lui restait plus qu'à atteindre la zone clôturée puis tourner à gauche pour arriver au portail par lequel ils étaient entrés. S'ils ne l'avaient pas ouvert, il était décidé à l'emporter avec lui.

Mais quand il arriva suffisamment près pour avoir une vue dégagée du portail, il sut qu'il ne pourrait pas passer par là. Il n'était pas seulement fermé, mais en plus ils avaient mis le camion des pompiers en travers pour bloquer la sortie.

Fils de pute.

Le seul accès à l'usine était maintenant obstrué.

Il lui restait moins de cent mètres pour prendre une décision.

Quatre-vingt.

Soixante.

Il enfonça l'accélérateur.

***

– Que fait-il ? demanda Minerva à voix haute, bien qu'elle fût seule dans sa camionnette.

Elle suivait le camion-citerne d'YPF dans la Hilux qu'ils avaient prise à Madueño il y avait à peine quatre heures et demie, mais cela lui paraissait une vie.

À cette vitesse, quand il va devoir tourner pour sortir par le portail il va finir en tonneaux, pensa-t-elle.

Mais quand les bâtiments ne lui cachèrent plus le portail, elle comprit que Pata n'envisageait pas de sortir par là.

***

Le camion-citerne se dirigeait vers la clôture à soixante kilomètres par heure et il allait de plus en plus vite. Sans lâcher l'accélérateur, Pata pensa attacher la ceinture de sécurité, mais il renonça très vite. Car, en fin de compte, si tout ça finissait mal, quelques os de cassés seraient le moindre de ses problèmes.

De l'autre côté de la clôture, au bord du chemin qui longeait l'usine pour rejoindre le camp et les mines, les deux guanacos qu'il avait vus en entrant étaient toujours là, tranquilles.

S'il vous plaît. Que tout se passe bien. S'il vous plaît.

Il avait embouti pas mal de clôtures quand il était pirate de la route, mais jamais une protégeant une enceinte de haute sécurité. C'était une chose d'emporter six fils d'acier accrochés à des piquets en bois, c'en était une autre de percuter une grille de deux mètres de haut fixée à des piliers en béton.

Et le comble, la largeur du camion rendait inévitable qu'il tape sur au-moins un de ces piliers. S'ils avaient été plus écartés, il aurait pu passer entre deux et seulement heurter la clôture.

Des trois piliers vers lesquels il se dirigeait, il remarqua que seul celui de droite avait deux piquets en métal de chaque côté. Cela voulait dire qu'à cet endroit un rouleau de fil de fer en rejoignait un autre. Il s'accrocha fermement au volant et prit cette direction. Une toile d'araignée était toujours plus fragile sur les bords qu'au centre.

Il pensa à Sandra, à Los Antiguos et à Mina. Et aussi aux passagers dans la citerne. Deux mètres avant l'impact contre le pilier, il ferma les yeux.

Au bruit du béton pulvérisé suivit le grincement des fils de fer qui s'étiraient puis se rompaient. La vitesse du camion diminua brutalement et l'inertie projeta Pata en avant. Les bras, trop crispés sur le volant, lui produisirent une violente douleur dans les épaules.

Il rouvrit les yeux. La cabine était ballottée dans tous les sens tandis que le camion traversait la frange de terre entre la clôture et le chemin, secouant Pata comme s'il était dans un lave-linge. Sans lever le pied de l'accélérateur, il tourna le volant à gauche et mit le camion dans la direction du camp.

Dans le rétroviseur, il vit, l'une après l'autre, les trois Hilux et l'ambulance sortir de l'usine par le passage qu'il venait d'ouvrir.

Il baissa la vitre, sortit un poing et vida ses poumons avec un cri euphorique. Les guanacos s'étaient déplacés d'une centaine de mètres pour aller brouter ailleurs.

CHAPITRE 86

16 juillet 2019, 4:13 PM

Peu après être sortie de l'usine, Minerva dépassa Pata pour prendre la tête du convoi. Derrière le camion-citerne venait Serrurier dans une autre Hilux, suivi de Poudrier dans l'ambulance. Mac fermait la marche avec la troisième camionnette.

Ils traversèrent le camp à toute vitesse et prirent le chemin sinueux qui rejoignait le Poste d'Entrée. Minerva mit le compteur kilométrique à zéro.

Elle avait mal aux mâchoires à force de serrer les dents. Elle cramponnait le volant des deux mains, attentive aux virages, essayant de ne pas penser qu'il leur restait le plus difficile.

Quand le compteur indiqua trois kilomètres, les virages s'arrêtèrent. Elle suivit la large ligne droite, qui disparaissait et réapparaissait selon les ondulations du terrain, en direction du Poste d'Entrée.

Les trois kilomètres virgule neuf venaient à peine de passer à quatre quand elle baissa la vitre, sortit une main ouverte et écrasa le frein.

La caravane s'arrêta dans un creux du terrain. Derrière eux, ni le camp ni l'usine n'étaient visibles. Devant, le chemin se perdait dans l'ondulation suivante et le Poste d'Entrée restait caché derrière l'horizon. On ne voyait que piste et steppe.

Minerva descendit de la camionnette et rejoignit Mac, Poudrier et Serrurier à côté de l'ambulance.

– Tout va bien ? lui demanda Poudrier en sortant un couteau de sa poche.

Elle hocha la tête et Mac ouvrit la porte de l'ambulance côté passager.

Pendant ce temps, Pata manœuvrait le camion.

CHAPITRE 87

San Rafael, Mendoza, Argentine.
Deux mois et demi plus tôt.

Minerva posa le pointeur laser sur la table et éteignit le projecteur.
– Je suppose que vous avez des questions.
– Qui va se charger d'écouler le doré ? demanda Poudrier depuis le canapé qu'il partageait avec Banquier en face de la cheminée.
– Pata, répondit-elle tout en se servant une tasse de thé. Il a un contact au Chili.
– Mauro, dit Pata. L'un des meilleurs contrebandiers d'Amérique du Sud.
– Nous devons sortir cinq tonnes vers un autre pays ? protesta Poudrier après avoir tiré une nouvelle bouffée de son cigare à la vanille. Sommes-nous idiots ? Pourquoi ne pas vendre en Argentine ?
– C'est vrai. Je n'y avais pas pensé, dit Pata sur un ton sarcastique tout en se frappant la tempe et en regardant le plafond.
– Ne me casse pas les pieds. Je te parle correctement.
– Eh ! du calme, intervint Banquier. Tu n'aimes pas les blagues ?
– Non.

– Alors nous allons t'apprivoiser avec des caresses, rigola le vieux bandit en lui donnant deux petites tapes sur une joue. Poudrier l'écarta d'un coup de main.

– Il y a très peu de raffineries dans le monde qui séparent l'or de l'argent, expliqua Minerva. Canada, Autriche, Australie… La plus proche est en Afrique du Sud. Comme tu peux l'imaginer, on peut difficilement se présenter à la porte avec cinq mille kilos de doré et leur proposer de les traiter sans qu'ils nous demandent des explications.

– Quel rapport avec le Chili ?

Minerva fit un signe à Pata pour qu'il explique.

– Notre industrie minière est très jeune comparée à celle du Chili. De l'autre côté de la Cordillère ils ont des décennies de pratique avec l'or, l'argent, le cuivre, ou tout ce que tu veux.

– Un marché noir pour un produit aussi particulier ne surgit pas d'un jour à l'autre, ajouta-t-elle. Ça prend du temps de tisser un réseau de contacts qui te permette de vendre du doré.

– Quel pourcentage prend le Chilien ? demanda Poudrier en émettant de la fumée à chaque parole.

– Il garde l'argent et nous l'or. Tous les frais de transport sont pour nous.

– En fric, ça fait combien ?

– Si au final nous emportons les cinq mille kilos à quatre et demi pour cent en or, il restera trois millions de dollars pour eux et dix pour nous.

– Dix divisé par six font un peu plus d'un bâton et demi par tête de pipe, calcula Serrurier.

Minerva les regarda les uns après les autres. Presque tous avaient les yeux qui brillaient devant la somme. Seul Poudrier ne paraissait pas convaincu.

– Il n'y a pas moyen de faire la transaction en Argentine ?

Pata secoua sa tête rasée.

– Impossible. Si nous voulons les dix bâtons de billets verts, nous devons entrer les lingots au Chili.

– Et peut-on savoir comment nous allons sortir cinq tonnes de la mine et comment nous allons les transporter dans un autre pays ?

– Je vous l'ai déjà dit, par un tour de magie, répondit-elle en essayant de sourire. Puis elle mit une main dans sa poche.

Elle en sortit une pièce de monnaie brillante et la prit entre le pouce et l'index pour la montrer à ses camardes. Dans la salle on entendit les mouches voler.

– Imaginez-vous que cette pièce représente les cinq mille kilos de doré.

En faisant un mouvement de vague avec ses doigts elle fit passer la pièce de doigt en doigt, de l'index à l'auriculaire puis en sens inverse. Elle se concentrait pour que la pièce ne tombe pas par terre, comme c'était arrivé un grand nombre de fois quand elle s'entraînait face au miroir.

– Quand tout le monde regarde la main droite, ce qui est réellement important se passe dans la main gauche. C'est l'essence même de tout tour de magie : détourner l'attention.

Elle ferma les deux mains et les agita.

– La manœuvre de sortie sera un truc sophistiqué, avec plusieurs niveaux de distraction. Disons que, quand la police arrivera, elle trouvera une caisse. Dedans il y aura une autre caisse. Dedans, encore une plus petite. Et ainsi de suite.

– Et quand finalement ils ouvrent la dernière ? demanda Serrurier.

Minerva ouvrit les deux mains en montrant ses paumes vides.

– Il n'y aura rien.

Puis elle fouilla dans une de ses poches, sortie la pièce de monnaie et la montra aux spectateurs.

– Plus il y a de niveaux, plus nous serons protégés, car si l'un d'eux ne fonctionne pas, il nous en restera d'autres.

– Allez, Minerva, ne fais pas ta mystérieuse et dis-nous tout, proposa un Poudrier enveloppé de vapeurs de vanille.

Alors Minerva hocha la tête et expliqua en détail chacune des quatre manipulations de distraction. Bien entendu, elle leur révéla aussi le truc : elle leur dit comment ils allaient faire disparaître les cinq tonnes de doré d'Entrevientos et comment ils allaient les faire réapparaître au Chili.

CINQUIÈME PARTIE

Le tour de magie

CHAPITRE 88

16 juillet 2019, 4:11 PM

Quand il n'entendit plus les moteurs des véhicules, Carlos Sandoval arracha le sac en toile sur sa tête. Il ouvrit les yeux avec la peur irrationnelle de se retrouver avec le canon d'une arme pointé vers son front, mais face à lui il n'y avait personne.

Il parcourut du regard les murs en tôle et les machines de la *gold room*. Il y avait très peu d'indices de ce qui venait de se passer : à peine quelques traces de peinture noire sur les caméras, la lumière du jour se découpant sur la porte ouverte de l'écluse, le trou fait par le tir dans le plafond d'où filtrait un rayon de soleil.

Et le silence. La dernière fois que l'usine s'était complètement arrêtée remontait à quatorze mois, pour une fausse alarme. Interrompre le processus coûtait un demi-million de dollars par heure à l'entreprise.

Il se mit debout, fit le tour de la chambre forte, et là, le désastre fut évident. Il se faufila entre les grilles enfoncées vers l'intérieur comme si un géant leur avait donné un coup de poing. Dedans, la lumière des néons éclairait quinze palettes empilées contre un mur. Il ne restait pas un seul des quatre-vingt-huit lingots enregistrés sur l'inventaire. Les voleurs avaient emporté cinq tonnes de doré et un otage.

Il se les imaginait fuyant, impatients de sortir d'Entrevientos le plus vite possible, et un sentiment de panique l'envahit. Et s'ils rencontraient un problème, ou s'ils avaient oublié quelque chose et décidaient de revenir ? Il devait partir d'ici sans plus attendre.

Il se mit à courir, laissant derrière lui la chambre forte, et traversa la *gold room* en direction de l'écluse. Il passa sur le portail en tôle aplati au sol et sortit. Le vent glacial lui fouettant le visage, il continua à toutes jambes dans la direction opposée à la guérite du gardien. De l'autre côté de l'usine il y avait une petite porte dans la clôture qui donnait accès au local des générateurs d'électricité. Et cette porte, comme toutes celles d'Entrevientos, s'ouvrait avec sa carte.

Tandis qu'il courait, le cerveau d'ingénieur de Sandoval calculait les pertes. La chambre forte vidée, les dégâts, l'usine complètement arrêtée, l'indemnisation des otages et tout ce qui pouvait encore arriver. Ce qu'Inuit allait demander à la compagnie d'assurances dépasserait de beaucoup les treize millions de dollars du doré volé.

Il lui restait à peine vingt mètres pour atteindre la porte de la clôture lorsqu'il vit du coin de l'œil une Hilux grise qui s'approchait à toute vitesse. Il courut encore plus vite. Ses poumons allaient exploser.

La camionnette arriva jusqu'à lui et bloqua les freins. Quelques-unes des pierres soulevées par le dérapage frappèrent ses jambes.

Il se coucha au sol, les mains sur la nuque.

– Chef. Ça va ?

C'était Francisco Alvarado, le chef de la sécurité.

– Oui, je vais bien, dit-il, s'empressant de se remettre debout. Ils sont partis ?

– Oui, ils ont défoncé la clôture et se sont dirigés vers le Poste d'Entrée.

– Les autres responsables ? demanda-t-il en se référant à ses subordonnés immédiats.

– Ils sont toujours dans la salle de réunion.

– Emmène-moi jusqu'à eux.

CHAPITRE 89

16 juillet 2019, 4:22 PM

En entrant dans la salle de réunion, Sandoval fut saisi par l'air épais et vicié. Les quatorze personnes assises autour de la table levèrent les yeux vers lui. Il reconnut les sept directeurs de chaque secteur de la mine, quelques superviseurs sous leur responsabilité, les secrétaires et les informaticiens Madueño et Mallo. Plusieurs se levèrent et s'approchèrent de lui.

– Je vais bien, dit-il, stoppant ainsi le flot des questions. Que savez-vous des voleurs ?

– Ils ont traversé le camp et continué vers le Poste d'Entrée, dit quelqu'un.

– Ils ont quitté la *gold room* avec au moins un otage. Savons-nous qui c'est ?

– Andrés Cepeda, le conducteur de l'ambulance, répondit le chef de la sécurité.

– Manque-t-il quelqu'un d'autre ?

– Nous sommes en train d'effectuer le protocole de recomptage. Dans quelques minutes nous aurons les résultats.

– Tous les véhicules sont partis ensemble ?

– Oui, en convoi. Le camion-citerne, les trois camionnettes et l'ambulance.

Sandoval se tourna vers Felipe Madueño, qui tapait frénétiquement sur son ordinateur portable.

– Des communications ?

– Nous rétablissons l'internet satellitaire, dit Mallo en voyant que Madueño continuait sur son clavier sans lever la tête. En ce moment nous sommes en train d'essayer de localiser les GPS des véhicules avec lesquels ils sont partis.

Sandoval fit le tour de la table et regarda l'écran par-dessus l'épaule de Madueño. Sous une fenêtre qui montrait une carte satellite du camp, le jeune entrait des commandes à toute vitesse.

– Je crois que je les ai, s'exclama Madueño.

– Où sont-ils ?

– Le programme peut mettre quelques secondes pour les montrer sur l'écran. Ça, ce sont les coordonnées, dit-il en indiquant des chiffres dans la partie noire de l'écran.

Le garçon avait à peine fini de parler que quatre cercles en file indienne apparurent sur le moniteur. Ils se dirigeaient vers le nord, en direction du Poste d'Entrée. Madueño appuya sur deux touches simultanément et l'image apparut sur l'écran installé au fond de la salle. Toutes les têtes se tournèrent dans cette direction.

L'un des quatre points devint rouge.

– C'est quoi, ça ? demanda Sandoval.

– Rien. J'ai changé la couleur de l'ambulance pour que ce soit plus facile de la distinguer. Les trois gris sont les Hilux.

– Il manque le camion-citerne, observa Sandoval.

– Il n'appartient pas à la mine. Il faudrait demander à YPF qu'ils nous donnent accès à leur service de GPS. Sans cela, il nous est impossible de le localiser.

– Marcela, connecte-moi avec quelqu'un de chez YPF qui puisse résoudre ce problème. Maintenant !

– Oui, monsieur Sandoval, répondit la secrétaire, regardant Madueño en même temps qu'elle sortait son téléphone de sa poche. Je n'ai pas de réseau.

– Tu peux utiliser le programme de Voix sur IP, répondit Madueño. Tout d'abord tu te connectes à ce réseau Wifi...

La conversation entre l'informaticien et la secrétaire s'estompa du cerveau de Sandoval. La seule chose qui l'intéressait, c'était les quatre points qui continuaient de se déplacer sur l'écran. Il avait très envie de fumer.

Il mit dans sa bouche un chewing-gum au café et attrapa une des radios posées sur la grande table. Il avait déjà approché l'appareil de sa bouche quand il se rendit compte qu'il ne savait pas ce qu'il allait dire. Une partie de lui voulait ordonner à ceux du Poste d'Entrée de mettre en travers du chemin tous les véhicules qu'ils auraient sous la main pour bloquer le passage : s'il les empêchait de sortir, au mieux il pourrait récupérer le téléphone argenté. Une autre partie voulait croire que si ces voleurs parvenaient à sortir, la Portègne tiendrait parole et les messages entre lui et Gastón Muñoz ne verraient jamais le jour.

– Votre attention, c'est le directeur général qui vous parle sur le canal des urgences. Les assaillants se dirigent vers le Poste d'Entrée. Ouvrez le portail et laissez-les sortir. Je répète, ouvrez le portail et n'opposez aucune résistance. Ils sont armés.

– Attendez ! Ils se sont arrêtés ! s'exclama Madueño.

En regardant l'écran, il vérifia que le jeune avait raison : les véhicules s'étaient arrêtés à quatre kilomètres du camp. Il leur en restait encore huit pour arriver au Poste d'Entrée. Sandoval suivit mentalement le trajet qu'il avait fait des milliers de fois dans les deux sens. Ils étaient arrêtés dans un endroit aveugle, sans ligne de vue directe avec le camp ou le Poste d'Entrée.

– Qu'est-ce qu'ils manigancent, ces fils de pute ? se demanda-t-il à voix haute.

Pour toute réponse lui parvinrent les murmures de la salle : Marcela parlant au téléphone et les différents responsables exposant à voix basse des hypothèses qu'ils ne considéraient pas comme suffisamment solides pour les proposer à leur chef.

– Monsieur Sandoval, j'ai en ligne le chef de la sécurité des poids lourds d'YPF, dit Marcela quelques secondes plus tard en lui passant un téléphone.

– J'ai besoin de localiser un de vos camions-citernes. C'est une urgence, dit-il à peine eut-il approché le téléphone de son oreille.

Comme tous chefs de la sécurité, l'employé d'YPF se montra méfiant. Sandoval mit plusieurs minutes pour le convaincre qu'il s'agissait vraiment d'une urgence et qu'il n'y avait pas que le patrimoine d'YPF qui était en jeu mais aussi la vie de l'un de ses employés. En fin de compte personne ne savait ce que les assaillants allaient faire du chauffeur auquel ils avaient volé le camion.

– Donnez-moi l'immatriculation, finit par dire le type.

– MRG 118, lut Sandoval sur un des bloc-notes posés sur la table de réunions.

– Laissez-moi voir ce que je peux faire.

– « Laissez-moi voir », mon cul. J'ai besoin des coordonnées GPS maintenant. Tu ne te rends pas compte que c'est une urgence ?

Il y eut un silence à l'autre bout de la ligne.

– Monsieur Sandoval ?

– Oui.

– Répétez-moi le numéro, s'il vous plaît.

Tandis qu'il s'exécutait, Sandoval eut une étrange sensation de familiarité. Où avait-il déjà vu cette séquence de chiffres et de lettres ?

– Il n'y a aucun MRG 118 dans notre flotte.

– Ce n'est pas possible. Regarde encore.

– Attendez. Il me semble qu'il se passe quelque chose de bizarre.

Sans blague, pensa Sandoval.

– Nous avons un camion qui devrait déjà être en route vers la raffinerie, mais ça me dit qu'il est encore sur le gisement. En ce moment il se déplace en ligne droite.

– C'est lui ! C'est lui ! Il nous faut immédiatement les coordonnées GPS pour que la police puisse le pister.

L'homme recommença à parler, mais la rage de Sandoval ne lui laissait percevoir la voix que comme un bruit de fond. Après avoir coupé la communication, il jeta le téléphone de Marcela sur la table.

– Que se passe-t-il ? demanda Alvarado.

– Il dit qu'il nous envoie les coordonnées GPS par e-mail le plus tôt possible. Mais je ne les veux pas le plus tôt possible, je les veux maintenant !

– L'ambulance se déplace, annonça Madueño en désignant le point rouge sur l'écran, qui maintenant s'éloignait des gris. Elle se dirige vers le Poste d'Entrée.

Sandoval en informa le Poste d'Entrée, leur disant de faire attention à eux et leur répétant de ne pas entraver la sortie du véhicule. Suivirent deux minutes de silence absolu durant lesquelles il ne quitta pas des yeux le petit point rouge qui avançait vers le nord.

Felipe Madueño l'informa qu'un e-mail d'YPF venait d'arriver. Plusieurs des responsables se dressèrent sur leur chaise quand l'informaticien afficha une carte similaire à la précédente mais qui cette fois indiquait la position du camion sous la forme d'un rectangle bleu.

Il se déplaçait, mais dans une direction inattendue.

– Ce n'est pas possible ! s'exclama Sandoval. Il doit y avoir une erreur.

Le chef de la sécurité se prit la tête dans ses deux mains.

– Que faisons-nous ? demanda quelqu'un.

– Il faut garder son calme, dit un troisième, d'un ton peu convaincant.

– À quelle vitesse vient-il ?

– Soixante kilomètres par heure, précisa Madueño en désignant avec le pointeur laser un chiffre dans un coin de la carte.

– Il vient ? demanda Marcela. Comment ça il *vient* ?

Sandoval acquiesça sans être capable de prononcer une parole. *Venir* était le verbe correct. Le camion-citerne d'YPF avait fait demi-tour et revenait vers le camp.

Vers eux.

CHAPITRE 90

16 juillet 2019, 4:34 PM

Carlos Sandoval reprit la parole sur le canal des urgences.

– À tout le personnel. Un camion d'YPF se dirige en ce moment vers le camp. Il sera là dans deux minutes. Je veux que tout le monde se tienne éloigné de ce véhicule. Il y a des hommes armés et vraisemblablement des otages à bord. Je répète, restez éloignés du camion. Je ne veux personne hors des modules. Tout le monde à couvert.

– Il arrive, dit Marcela en indiquant la fenêtre.

Le camion bleu soulevait un énorme nuage de poussière sur le chemin principal qui reliait le camp au Poste d'Entrée et à l'usine. La fenêtre où se tenait Sandoval donnait directement sur ce chemin.

– Que veulent-ils, demanda Madueño ?

Ils ont un problème. Ou ils viennent prendre plus d'otages, pensa Sandoval.

Dans la salle de réunions pas même une mouche n'osait bouger. Seul se percevait le sifflement oscillant du vent sur les parois du module. Tandis qu'il regardait le véhicule approcher, le directeur pensa à sa femme et ses trois enfants. Cela faisait longtemps qu'il n'avait pas ressenti une telle peur. Il avait le pressentiment que le camion venait le chercher. Une panique irrationnelle lui disait que son dernier jour était arrivé. Qu'il allait mourir à Entrevientos, loin de sa famille, de sa ville, de la maison dans laquelle son père et son frère l'avaient élevé.

S'il mourait aujourd'hui, il lui resterait trop de choses à accomplir : raccommoder son couple, faire la couverture de l'annuaire d'Inuit Gold, chercher sa mère pour lui cracher toute la bile accumulée durant cinquante années.

Mon Dieu, si je m'en sors vivant, je te promets de changer. Ciao Pamela et autres putes. Et je ne lèverai plus la main sur ma femme, je te le jure. Mais pas aujourd'hui, s'il te plaît.

Le camion traversa le camp sans réduire d'un iota sa vitesse. En passant devant eux, une vague de galets frappa la paroi de la salle de réunions.

– On dirait qu'il se dirige vers l'usine, dit le chef de la sécurité en se hâtant de donner l'information par radio.

Sandoval s'adossa au mur près de la fenêtre. Il tenta de calmer sa respiration et d'ignorer les battements dans ses tempes. Son regard balayait l'écran à l'autre bout de la salle. En haut, le point rouge de l'ambulance se dirigeait vers la sortie. En bas, le rectangle bleu du camion-citerne approchait de l'usine. Au centre, les trois Hilux ne bougeaient pas.

– Il continue, dit quelqu'un à la radio. Le camion ne va pas à l'usine.

– Alors où va-t-il ? demanda Marcela, comme si, à l'autre bout de la radio, on pouvait l'entendre. Après l'usine il n'y a rien d'autre que des *pits* à ciel ouvert.

– Ça n'a aucun sens, dit Sandoval à voix haute, plus pour lui que pour les autres. Les pistes au-delà des *pits* ne sont que des chemins à peine carrossables, même avec une camionnette quatre-quatre. Ce n'est pas possible qu'un camion continue par là.

– Il me semble qu'ils n'ont pas l'intention de continuer, dit Madueño en montrant l'écran.

À une triple bifurcation, le camion avait pris à gauche et avançait maintenant sur un chemin sans issu.

– Ce n'est pas l'entrée du tunnel ? demanda Marcela.

– Pourquoi veulent-ils aller là ? intervint le responsable des mines.

Sans explication logique, le rectangle bleu continua d'avancer. Quand il arriva à l'entrée du tunnel, il stoppa.

CHAPITRE 91

San Rafael, Mendoza, Argentine.
Deux mois et demi plus tôt.

Mac regarda à travers les fenêtres triangulaires du dôme. Les dernières lueurs du jour avaient disparu et maintenant il faisait nuit noire.

Il reporta son attention sur Minerva, qui pointait le laser sur une photo aérienne projetée sur l'écran. On y voyait une immense étendue marron avec des excavations si grandes que les camions qui étaient dedans paraissaient minuscules. Mac estima que chacune avait la taille d'un terrain de football.

– C'est ce qu'ils appellent une mine à ciel ouvert, expliqua Minerva. Ces gros trous nommés *pits*, suivent la veine de roche riche en or et en argent.

Minerva changea de photo. Sur l'écran apparut un chemin de terre qui descendait jusqu'à l'entrée d'un tunnel. Cela rappela à Mac les tunnels creusés par les Anglais pour le chemin de fer qui reliait Mendoza à Santiago du Chili. Sauf que celui-ci ne traversait aucune montagne mais descendait dans les entrailles de la plaine.

– Soixante pour cent du métal est trop profond pour creuser des *pits*, continua Minerva. Pour l'entreprise ce n'est pas intéressant d'enlever toute cette roche stérile pour arriver à la roche riche. Avec un tunnel, c'est plus rentable. Et cela malgré les risques.

Le schéma en trois dimensions d'un tube qui descendait en tire-bouchon remplaça la photographie.

– Le tunnel descend en colimaçon jusqu'au filon à différentes profondeurs, comme s'il s'agissait d'un gigantesque parking souterrain. En ce moment il fait trois kilomètres de long et atteint les quatre-vingts mètres de profondeur, mais ils estiment qu'il atteindra les deux cents mètres. La seule entrée, c'est celle-ci et, notez-le, il n'y a aucun contrôle.

– Il n'y a pas de contrôle? S'étonna Poudrier.

– Non, parce que personne de sensé n'entrerait là-dedans sans prendre toutes les précautions nécessaires. À l'entrée, il y a un lecteur de carte où les employés s'identifient. De cette manière, d'un simple coup d'œil, on peut voir qui est à l'intérieur.

– Il y a un système de communication en bas ? demanda Mac.

– Il y a un signal VHF, et c'est vital. S'il se coupe, ils suspendent toutes les activités. Tout est strictement surveillé, car c'est l'un des endroits les plus dangereux d'Entrevientos. Chaque centimètre de câble est inspecté, jusqu'au simple paquet de gâteaux secs dans les refuges.

– Refuges ? demanda Serrurier en traînant sur le R.

– Trois bunkers pour les urgences. S'il y a un effondrement et qu'il reste des ouvriers bloqués, ils ont ordre de s'enfermer dans les refuges jusqu'à ce qu'on vienne les secourir. Là ils ont des bouteilles d'oxygène, des vivres, de l'eau, des couvertures, des toilettes chimiques et mêmes des jeux de société.

– Depuis ce qui est arrivé en 2010 au Chili, les compagnies minières ont beaucoup renforcé la sécurité dans les galeries, ajouta Pata. L'un des problèmes rencontrés par les fameux trente-trois fut qu'il n'y avait quasiment pas de nourriture dans les refuges. Comme la mine est très profonde, ils avaient discrètement mangé les provisions au cours des mois précédents, parce que c'était plus simple que de remonter manger en surface. C'est pour cette raison que maintenant les contrôles sont plus stricts et les stocks toujours au maximum.

– Quelle est la capacité de ces refuges ? demanda Serrurier.

– Vingt personnes par refuge.

CHAPITRE 92

16 juillet 2019, 4:42 PM

– Ils se sont arrêtés à l'entrée du tunnel ? demanda Sandoval.
– Non, ils sont entrés. Mais une fois à l'intérieur il n'y a plus de signal GPS, c'est pour ça que sur l'écran ils ne bougent plus, répondit Madueño en même temps que le rectangle bleu, immobile, devenait de plus en plus pâle et commençait à clignoter.

Sandoval avait envie de crier.

– Combien d'ouvriers à l'intérieur ? demanda-t-il au directeur des mines.
– Aucun. Nous avons donné l'ordre d'évacuer, comme dans la mine.

Madueño projeta sur l'écran l'image de l'unique caméra dirigée sur l'entrée du tunnel. Tout ce que l'on y voyait, c'était un chemin qui descendait vers un trou noir. S'il n'y avait pas eu les coirons jaunâtre agités par le vent, on aurait pu croire qu'il s'agissait d'une photo.

– Nous ne pouvons pas entrer avant l'arrivée de la police, précisa le chef de la sécurité. Nous ne savons pas combien ils sont, s'ils sont armés, s'ils ont des otages…
– Dans environ quarante-cinq minutes la police de Deseado devrait être là, intervint Marcela. Et dans deux

heures et demie, tout au plus, nous aurons celle de San Julián et les forces spéciales de Caleta Olivia.

– Maintenant les Hilux se déplacent elles aussi, annonça Madueño.

À nouveau l'écran montrait la carte avec le chemin d'accès au gisement. L'ambulance continuait vers le nord. Il lui restait deux kilomètres pour arriver au Poste d'Entrée. Six kilomètres plus bas, les trois points gris, qui jusqu'à présent étaient immobiles, s'éloignaient maintenant dans une direction perpendiculaire au chemin.

– Il semblerait qu'ils aient pris l'une des pistes secondaires que nous autres utilisons, dit Alberto de Abreu, le directeur des explorations.

– Où vont-ils arriver ? demanda Sandoval.

– À d'autres pistes, et de là, encore à d'autres. Ce sont des chemins difficiles, mais avec ces camionnettes ils ne vont pas rencontrer de problèmes pour avancer, même lestés par le doré.

– Où pourraient-ils finir par sortir ?

– Sur la route 47, et de là trouver le bitume à Tres Cerros. Ils peuvent aussi aller jusqu'à la 83, qui longe la côte, et terminer à soixante-dix kilomètres de San Julián.

Sandoval serra les deux poings. Même s'il ne se souvenait pas de toutes les pistes dont parlait De Abreu, il était clair que les voleurs avaient trop de directions possibles.

– Où qu'ils aillent, ils vont finir sur la route 3, dit le directeur de l'usine.

– Ils s'arrêtent encore, commenta Madueño.

Sandoval souffla par le nez. Il en avait plus qu'assez de ne pas comprendre ce qui se passait. Les trois points gris, maintenant à plus de trois kilomètres de la voie principale, s'étaient arrêtés. Il aurait été ravi que quelqu'un lève la main pour donner une explication à tout cela. Ou au moins une théorie.

– Apparemment, ils se séparent, ajouta le jeune informaticien.

Les trois Hilux s'éloignaient de la piste principale et en même temps se séparaient en dessinant un trident qui s'ouvrait vers le nord.

– Ils prennent des chemins différents, mais les trois vont déboucher sur la route 47, dit Sandoval.

– Je crois que vous faites erreur, monsieur Sandoval, répondit Madueño en agrandissant la photo satellite.

– Comment ça, je fais erreur ? Sandoval s'approcha à grandes enjambées de l'écran et traça avec son doigt trois lignes droites vers le haut. Ils vont directement à la 47.

– Sur ce point, vous avez raison. Ce que je veux dire, c'est qu'ils ne prennent pas trois chemins différents.

– Que veux-tu dire, Madueño ?

– Qu'ils ne vont par aucun chemin.

Il eut envie de l'étrangler. De tuer le messager.

– Tu es en train de me dire qu'ils vont à travers la steppe, au milieu des buissons ?

– C'est le plus probable. Regardez l'écran. Ils avancent sur un terrain vierge.

Cela n'avait aucun sens.

– Dans ce cas il est impossible qu'ils transportent mille sept cents kilos chacun. Ils roulent à vide.

– S'ils sont vides, le doré doit être dans l'ambulance ou dans le camion-citerne.

– Il y en a une partie dans l'ambulance. J'en suis sûr parce que je l'ai vu, dit Sandoval. Mais pas la totalité, je ne crois pas. Cinq tonnes, c'est beaucoup de poids.

– Alors le reste doit être dans le camion-citerne.

– C'est-à-dire dans le tunnel.

Le directeur était sur le point de frapper du poing sur la table, mais il parvint à se contrôler. Il regarda la carte que Madueño était en train d'élargir. Le point rouge était arrivé au Poste d'Entrée.

CHAPITRE 93

16 juillet 20219, 4:43 PM

Par la fenêtre à double vitrage, qu'à cet instant il aurait voulu blindée, le gardien du Poste d'Entrée vit à l'horizon les lumières rouges de l'ambulance. Il regarda encore une fois le portail pour s'assurer qu'il était grand ouvert, comme l'avait demandé le directeur.

– Allons-y, dit-il à ses deux camarades, essayant de cacher le tremblement dans sa voix.

Ils s'enfermèrent dans la petite salle sans fenêtres qu'ils utilisaient pour contrôler les bagages des employés quand le scanner détectait quelque chose d'anormal. Les deux autres s'assirent sur le sol, mais lui préféra rester debout. Il se signa tout en pensant combien il était absurde d'occuper un poste de gardien sans une arme avec laquelle se défendre.

La sirène de l'ambulance, encore lointaine, rompit le silence. Aucun des trois ne prononça un mot. Peu à peu, le son se fit plus intense, comme les battements de son cœur. Dans quelques secondes elle serait au Poste d'Entrée. Il ne put s'empêcher d'imaginer deux types s'arrêtant pour les arroser avec des fusils mitrailleurs.

Cependant, c'est tout le contraire qui arriva. Quand l'ambulance fut de l'autre côté de la paroi contre laquelle il était appuyé, il entendit le moteur accélérer et le hurlement de la sirène s'atténuer à mesure que le véhicule s'éloignait.

Merci, mon Dieu, prononça-t-il mentalement tout en décrochant la radio de sa ceinture. Il prit quelques secondes pour recouvrer ses esprits puis revint dans la salle principale avec ses deux collègues.

– L'ambulance vient de quitter le Poste d'Entrée, annonça-t-il tandis qu'il la regardait s'éloigner dans un nuage de poussière. Elle va vers le nord par la route 47. Je répète, vers le nord par la 47.

– Merci, Poste d'Entrée, répondit la voix du directeur. Avez-vous pu voir qui conduisait ?

– Négatif. Nous nous sommes mis à l'abri dès que nous l'avons vu approcher, comme vous nous l'aviez recommandé. Quand nous sommes sortis, ils étaient déjà loin.

CHAPITRE 94

16 juillet 2019, 4:50 PM

Sur la gauche de l'écran, le projecteur montrait la carte avec les quatre points des GPS : les trois camionnettes se dirigeant vers le nord-ouest et l'ambulance vers le nord-est. Sur la droite, l'image de la caméra dirigée vers l'entrée du tunnel dans lequel avait pénétré le camion-citerne. Sandoval alternait entre les deux moitiés d'écran, comme si l'une d'elles était la clé pour comprendre ce qui se passait.

– Y a-t-il quelqu'un dans les *pits* ? demanda-t-il à la salle.

– Non, eux aussi ont été évacués, répondit Alvaro. Tout le personnel du gisement se trouve dans le camp, à l'exception des trois du poste de garde. Les employés ont pour instructions de s'enfermer dans leur chambre jusqu'à nouvel avis. Ceux qui font l'aller-retour à Deseado sont dans le réfectoire.

– Combien de temps avant l'arrivée de la police ?

– En théorie, un peu moins d'une demi-heure, répondit Marcela en regardant la montre à son poignet. Mais comme il n'y a pas de réseau et que la radio est hors de portée, nous n'avons aucun moyen de savoir où ils sont.

– Quand tout sera redevenu normal, faites-moi penser à fournir un téléphone satellite à tous les commissariats de la région.

– Oui, monsieur, répondit Marcela en prenant note sur son agenda.

Sandoval reporta son attention sur l'écran. Il tenta de se calmer, mais il avait la rage. Il appuya un doigt sur le côté droit, là où s'affichait l'entrée du tunnel. La toile s'incurva, déformant l'image.

– À quoi sont-ils en train de jouer ? Tout ça n'a aucun sens. Dans quel but restent-ils coincés dans ce tunnel.

– Peut-être qu'ils se sont terrés pour négocier, suggéra l'un des directeurs. L'eau et les vivres ne vont pas leur manquer. Ils ont les trois refuges.

– Combien de temps peuvent-ils rester là-dedans ?

– Ça dépend de combien ils sont, répondit le responsable des mines. Chaque refuge à de l'eau, de la nourriture et des bouteilles d'oxygène pour que vingt personnes survivent une douzaine de jours. Donc, s'ils ne sont que deux ou trois, ils peuvent rester en bas…

– Entre neuf mois et un an, calcula Sandoval.

– Je vais informer les commissariats, dit Alvaro. Je crois qu'avec ces gars-là, les forces spéciales de Caleta Olivia ne vont pas suffire. Nous avons besoin, au minimum, d'un négociateur et d'une unité d'assaut.

Sandoval acquiesça d'un geste absent. Son esprit était ailleurs, essayant de donner un sens à toutes ces manœuvres. S'ils étaient entrés sur la mine avec ce camion de combustible, c'était logique qu'ils en sortent avec ce même camion. Surtout que c'était le seul véhicule capable de transporter tout l'or qu'ils avaient dérobé.

Cependant, le lingot qu'il avait aperçu dans l'ambulance lui prouvait que le doré avait été réparti. Mais de quelle façon ? Une partie dans l'ambulance et l'autre dans le camion ? Ou bien y avait-il aussi des lingots dans les Hilux ?

Dans ce cas, pourquoi prendre à travers champs au risque de rester bloqués ?

Aucune des explications n'arrivaient à le convaincre.

– Avec les engins à l'intérieur du tunnel, pourraient-ils creuser ?

– Ils peuvent avancer au maximum d'une centaine mètres avant que le carburant ne s'épuise, répondit le responsable des mines.

– Avec ça ils ne vont pas aller très loin, ajouta Alvaro.

– À moins qu'ils connectent le tunnel avec un autre qu'ils auraient creusé auparavant.

– Impossible, intervint à nouveau le responsable des mines. Nous autres, qui sommes des professionnels, avançons à pas de fourmi. Imaginez une bande de voleurs. En plus, d'où auraient-ils commencé pour que nous ne les ayons pas repérés ? Nous sommes en train de parler de kilomètres de roche.

– Je crois que le doré n'est pas là, ajouta le directeur de l'usine. Ça n'a aucun sens de se fourrer dans un tunnel sans sortie.

Le directeur des mines se racla la gorge puis se cala dans sa chaise.

– En réalité, il y a une sortie, dit-il. Et pas seulement une, mais huit.

– Huit sorties ? s'étonna Marcela.

– Oui, les *shafts* de ventilation. Ce sont des puits verticaux qui connectent le tunnel avec la surface. Ils permettent la circulation de l'air.

– Quel est leur diamètre ? demanda le directeur de l'usine.

– Quatre-vingt-dix centimètres.

– Donc un homme peut sortir par là sans problème.

– Ils sont prévus pour ça. En plus de la ventilation, ce sont aussi des points d'accès au tunnel. Ils sont utilisés pour faciliter les opérations de sauvetage en cas d'effondrement.
– Ils sont équipés d'une échelle ?
– Non. Pour sortir quelqu'un, il faut utiliser une grue ou un moteur électrique.
– Qu'y a-t-il en surface, là où débouche chaque *shaft* ?
– Une grille métallique pour éviter la chute d'animaux ou de pierres. C'est très facile à ouvrir, de l'intérieur comme de l'extérieur, car c'est étudié pour fournir une assistance en cas de catastrophe.
– Madueño, affichez toutes les caméras qui sont dirigées vers ces huit bouches d'aération, ordonna Sandoval.
– Il n'y en a aucune, intervint Alvarado, comme s'il s'excusait. Presque toutes ces bouches se trouvent derrière une colline, cent et quelques mètres au-delà de l'entrée du tunnel. Il n'y a rien à surveiller.
Sandoval examina la carte. Derrière l'entrée du tunnel il y avait deux kilomètres carrés de terrain vierge, sans chemins ni *pits*.
– Au-delà de l'entrée du tunnel, il n'y a que la steppe, ajouta Alvaro, comme s'il avait lu dans ses pensées.

CHAPITRE 95

16 juillet 2019, 4:59 PM

Le commissaire Rodolfo Lamuedra était agrippé au volant du quatre-quatre de la police de Santa Cruz qui traversait la steppe à soixante-dix kilomètres par heure. Son regard alternait entre le compteur de vitesse, la piste rectiligne qui sillonnait la plaine devant lui et le rétroviseur. Derrière le nuage de poussière, suivaient deux autres camionnettes identiques à la sienne.

Cela faisait plus d'une heure qu'ils avaient quitté le bitume en direction du sud, vers Entrevientos. Il y avait aussi une unité spéciale en chemin, mais elle venait de Caleta Olivia et mettrait deux heures de plus qu'eux pour arriver. Une heure et demie avec de la chance. Il était clair que Lamuedra et ses trois hommes seraient les premiers sur les lieux du braquage.

L'adrénaline le tenait en alerte. Il ne s'était pas senti dans cet état depuis deux ans, quand il avait aidé la criminaliste Laura Badía dans l'affaire que la presse avait baptisée *le collectionneur de flèches*. Ensuite, il s'était remis au travail bureaucratique. Comme il était l'un des plus anciens commissaires de la province, il était maintenant trop haut dans la hiérarchie pour y échapper.

C'est pour ça qu'il profitait au maximum de moments comme celui-ci, où il pouvait faire ce pour quoi il était né. Être policier était un choix de vie. Être commissaire, par contre, une circonstance.

– Quelqu'un vient vers nous, dit Bellido depuis le siège passager, le tirant de ses réflexions.

L'officier montrait l'horizon. Plissant les paupières, Lamuedra parvint à voir un nuage de poussière que le vent dissipait sur la gauche. Trente secondes plus tard, à l'origine du nuage de poussière, il distingua un véhicule rouge et blanc. Cubique. Et ce qui au début lui avait paru être le reflet du soleil couchant, était maintenant trop régulier. C'était le gyrophare sur le toit.

– Une ambulance ? se demanda-t-il.

– On dirait que oui, dit Bellido.

Il lâcha le volant d'une main et attrapa la radio.

– Une ambulance vient dans notre direction, dit-il en regardant dans le rétroviseur. Nous allons l'arrêter pour qu'ils nous disent ce qu'il y a de nouveau.

– D'accord, Commissaire, répondit Pereira depuis la camionnette immédiatement derrière.

– D'accord, répéta Ramírez, qui fermait le convoi.

Une ambulance était un mauvais signal. Dans son for intérieur, il maudit l'absence de moyen de communication. Il n'avait pas la moindre idée de ce qui s'était passé à Entreviontos depuis plus d'une heure, quand son téléphone s'était retrouvé sans réseau à la sortie de Puerto Deseado.

Tout en conduisant, il spéculait. D'un côté, s'il y avait des blessés, c'était parce qu'il y avait eu des complications. D'un autre côté, si l'ambulance avait réussi à sortir cela signifiait que, soit les assaillants l'avaient permis, soit ils n'étaient plus à Entreviontos.

Il fit des appels de phares et commença à ralentir. Il lui sembla que le véhicule lui aussi freinait, mais une seconde plus tard, il eut la sensation contraire. Comme si le conducteur avait changé d'avis. Il baissa la vitre et, par-dessus les rafales de vent, entendit le hurlement lointain de la sirène qui accompagnait le gyrophare rouge. Il sortit la main gauche, faisant signe de stopper.

Cette fois, l'ambulance diminua sa vitesse.

Ils étaient à cinquante mètres l'un de l'autre. Tous deux avançant lentement, soulevant très peu de poussière.

Il y a quelque chose de bizarre, pensa Lamuedra. *Pourquoi ne s'approche-t-il pas plus vite ?*

La sirène continuait de hurler. Trente mètres. Maintenant Lamuedra pouvait lire les lettres sur le capot, sous le mot ambulance était écrit de la droite vers la gauche : « Services Médicaux. Inuit Gold. Gisement d'Entrevientos ».

Il arrêta sa camionnette. L'ambulance cessa d'avancer elle aussi. C'était le moment de descendre, faire vingt pas et demander au conducteur quels étaient les derniers événements. Cependant, malgré les deux kilos de kevlar qui lui protégeaient le torse, le commissaire Lamuedra eut peur. Après trente-neuf années dans la police, on développe un flair spécial pour le danger.

Le conducteur, un homme entre trente et quarante ans, gardait les mains sur le volant et le regard braqué sur eux. La distance et le soleil de face rendaient difficile de distinguer l'expression sur le visage.

Il décrocha la radio et l'amena à sa bouche. Il parla en regardant Bellido.

– Je n'aime pas l'attitude du type. Il ne baisse pas sa vitre ni ne fait aucun signe. Je vais m'approcher voir ce qui se passe.

– Seul ? demanda Pereira.
– Seul.

Il raccrocha l'appareil, passa les pouces par l'échancrure du gilet pare-balles et ouvrit la portière.

Il n'eut pas le temps de poser un pied sur le sol.

CHAPITRE 96

16 juillet 2019, 5:05 PM

Si l'homme qui conduisait l'ambulance avait pu se signer, il l'aurait fait. Mais ses nerfs à fleur de peau lui paralysaient les bras lui interdisant de lâcher le volant comme le courant électrique empêche de lâcher un câble dénudé. Il ferma les yeux durant une seconde pour penser à ses enfants. Quand il les rouvrit, deux événements se déroulèrent en même temps. Tous deux de mauvais augure.

Le premier : la portière de l'une des trois camionnettes de la police venait de s'ouvrir. Le second, beaucoup plus grave : l'écran du téléphone posé sur le siège passager s'était allumé pour la première fois depuis qu'il avait quitté Entreventos et une musique classique se faisait entendre.

Si tu entends Beethoven, alors tu as un problème, se rappela-t-il. Il en eut les jambes coupées.

Il enclencha la première et écrasa l'accélérateur bien avant que le policier n'ait fini d'ouvrir la portière de la camionnette. Malgré la sirène et Beethoven, il entendit les pierres projetées par les roues frapper le plancher de l'ambulance.

Il passa près des véhicules arrêtés et jeta un regard aux policiers. Il s'attendait à voir une arme le mettant en joue, mais il ne vit que des visages surpris.

Cent mètres plus loin, la musique s'interrompit. Ce ne fut qu'à cet instant qu'il relâcha l'air dans ses poumons et regarda dans le rétroviseur latéral. Derrière le nuage de poussière il distingua les trois voitures de police à sa poursuite.

Il ne lui restait que cinq kilomètres. S'il arrivait jusque-là avant qu'ils le rattrapent, tout irait bien. Dans le cas contraire, il ne reverrait plus ses enfants ni sa femme. En réalité, il ne reverrait plus rien du tout.

CHAPITRE 97

16 juillet 2019, 5:06, PM

Le commissaire Lamuedra n'entendait déjà plus la sirène de l'ambulance, couverte par celle de sa camionnette. Bellido l'avait mise en marche pendant que lui, Pereira et Ramírez manœuvraient pour faire demi-tour au milieu d'un nuage de poussière.

– Il est probable qu'il y ait d'autres passagers à l'arrière et qu'ils soient armés, dit Lamuedra à la radio quand les trois véhicules se furent lancés à la poursuite de l'ambulance.

Il maudit encore une fois son isolement. S'il avait été en contact avec Entrevientos, certainement qu'il aurait été informé de l'identité du conducteur.

– Peut-être qu'ils transportent un blessé grave et ne peuvent pas s'arrêter, suggéra Bellido.

– Officier, celui qui ne s'arrête pas quand la police le lui demande n'est jamais très clair. Pas même une ambulance.

– Mais il avait le visage découvert. Si c'était un des bandits, il aurait dissimulé son visage, non ?

Mais Lamuedra n'était pas dans les suppositions. En ce moment, la seule chose qui l'intéressait, c'était d'appuyer sur l'accélérateur afin de combler les cent-cinquante mètres d'avance qu'avait l'ambulance.

– Qu'allons-nous faire, commissaire ? demanda Bellido.

– Nous allons les arrêter. Pour le meilleur ou pour le pire.

Le vent semblait faire une pause au pire moment. La poussière que l'ambulance soulevait, tardait maintenant à se dissiper, et plus ils se rapprochaient moins ils y voyaient. Malgré cela, le commissaire continua d'accélérer et se positionna à une dizaine de mètres derrière l'ambulance.

– Arrêtez-vous !

L'ordre, amplifié par le mégaphone sur le toit de la camionnette, n'eut aucun effet.

– Si vous ne stoppez pas cette ambulance, nous allons ouvrir le feu.

Aussi bien lui que Bellido savait que c'était une menace vide. Ils ne pouvaient pas tirer sans savoir qui était dans l'ambulance. Même si c'était un coupable qu'ils tuaient, la justice argentine se chargerait de leur faire tout un tas de problèmes pour le reste de leur carrière.

Apparemment, le conducteur de l'ambulance, lui aussi, le savait.

Pendant une seconde le commissaire souhaita que Bellido puisse se pencher par la fenêtre et qu'il parvienne à loger une balle dans un pneu, comme dans les films. Mais cela était aussi vraisemblable que trouver une palmeraie avec des singes derrière le prochain virage.

Lamuedra jeta un coup d'œil au compteur de vitesse et en même temps perçut un impact.

Tac ! Un coup sec.

Un entrelacs de fissures concentriques apparut sur le pare-brise à la hauteur du visage de son passager.

– C'est une pierre. Rien d'autre, Bellido, lui dit-il.

À quatre-vingt-cinq kilomètres par heure sur une piste sèche, les véhicules dérapent à la limite de la perte de contrôle et laissent sur leur passage une gerbe de graviers projetés à toute vitesse. C'est pour cette raison qu'il est habituel en Patagonie de voir des pare-brise couverts d'impacts.

– J'ai eu la trouille commissaire, j'ai cru qu'ils nous tiraient dessus, répondit son subordonné, le visage blême.

En voyant que l'ambulance ne diminuait pas sa vitesse, Lamuedra se mit sur la gauche et entreprit de la doubler. La poussière l'empêchait de voir à plus de quelques mètres devant lui, il souhaitait juste que personne n'arrive en sens contraire.

L'ambulance imita sa manœuvre, lui fermant le passage. Le commissaire revint à droite et accéléra un peu plus, mettant le nez de sa camionnette à la hauteur du pare-chocs arrière de l'ambulance. Celle-ci obliqua vers la droite pour de nouveau le bloquer. Lamuedra se demanda pourquoi le chauffeur le faisait lentement, lui interdisant de passer mais lui laissant le temps de se retirer.

– Pereira, aide-moi, dit-il à la radio.

Lamuedra n'eut pas besoin de lui expliquer le plan. Pereira essaya de passer par la gauche et, quand l'ambulance voulut lui fermer le passage, Lamuedra parvint à se mettre sur sa droite. Le conducteur alternait le regard entre la route devant lui et les voitures de police. Sur son visage se lisait la peur qu'ont ceux qui savent qu'il n'y a pas d'issue.

– Arrêtez ! cria Lamuedra dans le mégaphone.

Le conducteur secoua la tête.

– Arrêtez, c'est un ordre !

Cette fois, il ne prit même pas la peine de répondre. Il l'ignora complètement, le regard vissé sur la piste.

– Vous deux, restez derrière, dit Lamuedra à la radio tandis qu'il passait devant l'ambulance.

– Qu'allez-vous faire, commissaire ? demanda Bellido, cramponné à son siège.

– Je vais l'arrêter.

CHAPITRE 98

16 juillet 2019, 5:12 PM

Quand, après les premiers virages, le conducteur de l'ambulance vit le pont sur le río Deseado, il comprit pourquoi la voiture de police avait pris deux cents mètres d'avance. Le pont, d'environ vingt mètres de long, avait à peine la largeur suffisante pour le croisement de deux véhicules. Sur les côtés, des piliers en béton réunis par trois tubes horizontaux faisaient office de barrière contre une chute de quatre mètres dans le lit sec et craquelé. C'était l'endroit idéal pour lui couper la route.

S'ils savaient, pensa-t-il.

Et comme il l'avait prévu, la voiture de police entra sur le pont avec une secousse et profita de la courte portion goudronnée pour freiner. En arrivant à l'autre extrémité du pont, elle se positionna perpendiculairement au chemin.

Deux policiers descendirent et se réfugièrent derrière le capot. Ils sortirent leur pistolet et le mirent en joue. En regardant dans le rétroviseur, il sut que tout était perdu. Les deux voitures roulaient côte à côte, occupant toute la largeur de la route. Il n'y avait pas d'échappatoire.

Encore une fois il pensa à ses enfants et cette fois, il fit le signe de croix.

Il ralentit et remarqua que les deux véhicules derrière lui ralentissaient eux aussi afin de maintenir la distance. Ils paraissaient avoir peur de lui. S'ils savaient, ils auraient encore plus peur, et ils n'essaieraient même pas de lui barrer la route.

Il passa de la piste gravillonnée au bitume du pont et avança au pas jusqu'au milieu où il s'arrêta. Un des policiers, le plus âgé, avait rengainé son pistolet pour prendre un fusil d'assaut.

Beethoven se remit à sonner.

Le conducteur ouvrit la porte de l'ambulance, en deux enjambées il atteignit la rambarde du pont et sauta dans le vide.

CHAPITRE 99

16 juillet 2019, 5:15 PM

Pour Lamuedra, tout se déroula en une fraction de seconde. Durant un instant il avait le conducteur de l'ambulance dans le viseur télescopique, et l'instant d'après le type sautait en bas du pont.

Il quitta sa position derrière la camionnette et couru se pencher par-dessus la rambarde. L'homme était étendu sur le sol. Amortis par le sable, les quatre mètres de chute ne semblaient pas l'avoir trop amoché car il se releva et, sans même se retourner pour les regarder, se mit à courir vers l'amont en évitant les crevasses laissées par les crues de l'été dernier.

– Qu'a l'intention de faire cet idiot ? Pense-t-il pouvoir s'échapper ?

Lamuedra contourna le pont, descendit jusqu'au lit asséché et se mit à courir. Bellido, plus jeune et plus rapide, fit la même chose et ne tarda pas à laisser le commissaire loin derrière. Il lui fallut une cinquantaine de mètres pour rejoindre le fuyard et le plaquer au sol à la manière d'un rugbyman. Lamuedra lui fut reconnaissant de ne pas avoir dû faire ça lui-même. À presque soixante ans, il se serait certainement rompu un ligament.

Quand il arriva à leur hauteur, Bellido maintenait le type par les poignets et lui immobilisait la tête avec un genou. Le nez écrasé contre le sol, sa respiration soulevait la poussière à un rythme accéléré. Il murmura quelque chose sur un ton paniqué que Lamuedra ne parvint pas à comprendre.

– Maintenant tu vas avoir du temps pour t'expliquer, dit-il en lui passant les menottes.

L'homme essaya une nouvelle fois de parler, encore plus agité. Lamuedra fit signe à Bellido pour qu'il relâche un peu la pression de son genou.

– Qu'ils ne s'approchent pas, cria le prisonnier en tordant le cou pour regarder dans la direction du pont.

Pereira et Ramírez avançaient vers l'ambulance, leurs armes dirigées vers la portière arrière.

– Elle est bourrée d'explosifs ! Ça va sauter dans moins de dix minutes. Pour l'amour de Dieu, qu'ils ne s'en approchent pas.

– Éloignez-vous de l'ambulance, lança le commissaire à la radio. Il y a des explosifs. Tirez-vous immédiatement.

Sans réfléchir, ses hommes se replièrent derrière leur véhicule.

– Nous aussi, ajouta le conducteur. Il y a deux kilos d'ANFO. Même ici nous sommes exposés.

Même s'ils étaient à cinquante mètres du pont, Lamuedra ne voulut pas prendre de risques. Il n'avait pas la moindre idée de ce qu'était l'ANFO et encore moins qu'elle était sa puissance. Il fit un signe à Bellido et tous deux relevèrent l'homme par les bras et coururent vers le haut du fleuve pour mettre un peu plus de distance entre eux et les explosifs.

À cent mètres du pont, un coude dans le lit du fleuve leur offrit un mur de terre d'un mètre de hauteur derrière lequel se protéger. Lamuedra avait l'impression que son cœur allait lui sortir par la bouche. Cela faisait des années qu'il n'avait pas autant couru.

– Nous sommes à l'abri, dit-t-il à la radio.

– Nous aussi, commissaire. Derrière les camionnettes.

Il respira à fond et regarda Bellido. Pereira et Ramírez étaient à dix mètres à peine de l'ambulance, mais les environs du pont n'offraient aucune meilleure protection.

Quelques secondes passèrent en silence. Au-dessus de leurs têtes le vent sifflait dans les anfractuosités du fleuve mort.

– Qui es-tu ? demanda-t-il au prisonnier.

– Je m'appelle Andrés Cepeda. Je travaille à Entrevientos. Je suis le chauffeur de l'ambulance.

– Et où sont les autres ?

– Quels autres ?

– Les autres membres de la bande.

– Je ne suis pas…

– Où sont-ils ? Combien sont-ils ?

– Cinq. Je crois qu'ils sont cinq, et je ne sais pas où ils sont. Ils m'ont séquestré, et quand nous sommes sortis du camp, ils m'ont dit que je devais amener l'ambulance de l'autre côté du río Deseado. Les explosifs sont programmés sur le GPS d'un téléphone. Si l'ambulance s'arrête avant de traverser le fleuve, ils explosent.

Le commissaire sortit la tête. Le véhicule blanc et rouge était arrêté exactement au milieu du pont, juste au-dessus du lit du fleuve.

– On dirait que le GPS te situe de l'autre côté.

– Impossible, parce que c'était Beethoven.

– Quoi ?

– Ils m'ont dit que si le téléphone se mettait à sonner, c'était parce que les explosifs étaient sur le point de sauter.

Alors, quand j'ai entendu Beethoven, j'ai plongé par-dessus la rambarde. J'avais moins d'une minute avant que tout vole en l'air.

Lamuedra était incapable de dire s'il le croyait ou pas. Le visage du gars était le reflet vivant de la peur, mais il avait vu trop de menteurs tout au long de sa carrière pour se laisser tromper par celui-là.

– Attendons une quinzaine de minutes. Si rien ne se passe, nous ouvrirons l'ambulance, dit-il à Bellido.

– Non ! s'empressa d'intervenir le conducteur. Si on ouvre la portière arrière, c'est l'explosion.

Lamuedra remarqua que Bellido l'observait.

Que faisons-nous ? demandait le visage de son subordonné.

Je n'en ai pas la moindre idée, voulut-il lui répondre de la même manière, mais il décida de ne rien laisser paraître.

CHAPITRE 100

16 juillet 2019, 4:21 PM

Au kilomètre quatre du chemin qui menait au camp, Minerva descendit de la Hilux et observa le convoi immobilisé. Les trois camionnettes de la mine et l'ambulance étaient sur un côté de la piste, juste devant un panneau indiquant que les animaux en liberté étaient prioritaires. Quelques mètres plus loin, le camion-citerne, Pata au volant, chuintait à chaque manœuvre. Cela faisait quatorze minutes qu'ils étaient sortis de la *gold room*.

Minerva rassembla toute la bande près de l'ambulance.

– Tout va bien ? demanda Poudrier, un couteau à la main.

Ils hochèrent la tête et il ouvrit la portière. À l'intérieur, le chauffeur de l'ambulance, un dénommé Andrés Cepeda, était assis, la ceinture de sécurité encore attachée, pieds et mains liés et un sac en toile sur la tête. Minerva observa avec attention les mouvements de Poudrier et Serrurier. Pendant que le premier coupait les entraves de l'otage avec son couteau, le second posa la main sur le sac qui lui couvrait la tête.

– Je vais t'enlever le bâillon, mais je te laisse la capuche, tu as compris ?

Cepeda acquiesça avec des mouvements de tête courts et rapides.

– Ici tu peux crier sans problème, personne ne va t'entendre, ajouta Poudrier en lui donnant une claque dans le dos.

Minerva eut envie de l'étrangler. Quel besoin avait-il de faire le malin avec un type mort de peur ?

– Ne me faites pas de mal, s'il vous plaît, supplia-t-il dès qu'il put parler.

– Ne t'inquiète pas, *petit monstre*. Tout va bien se passer. Tu me fais confiance, non ?

Une fois encore, le chauffeur acquiesça sous sa capuche. Poudrier passa son bras autour de ses épaules et l'aida à sortir du véhicule.

– Très bien, viens avec moi. Mais ne songe même pas à enlever le sac sur ta tête.

***

Tandis qu'il manœuvrait avec le camion, Pata vit dans le rétroviseur Poudrier sortir l'otage de l'ambulance. Puis il observa comment Minerva et Serrurier transféraient l'unique lingot chargé dans l'ambulance jusqu'à une Hilux. Ils l'avaient laissé là à dessein, bien en évidence, pour que Carlos Sandoval le remarque quand ils lui enlèveraient la capuche dans la *gold room*.

Quand il en eut fini avec le camion, il descendit et fit signe à Minerva. Avec Serrurier ils coururent jusqu'à l'arrière de la citerne et grimpèrent à l'échelle. En les voyant là-haut sans harnais, il détourna le regard.

***

À peine dans la citerne, Minerva entendit les gémissements des chiens résonner avec un écho métallique.

– Du calme, les petits, c'est presque fini, dit-elle en engageant la moitié du corps dans le trou du brise-vagues pour passer dans le compartiment où se trouvaient les chiens. Un dernier effort et vous rentrez chez vous.

Elle les regarda un à un. Tous trois avaient l'œil vitreux à cause du sédatif. Mais plus le faisceau de sa lampe frontale les éclairait, et plus ils semblaient se calmer.

Serrurier ouvrit l'écoutille et lança une corde. Minerva décida de commencer par le border collie blanc et gris. Elle le caressa et décrocha la courroie qui l'attachait au brise-vagues. Ensuite elle le tira doucement jusque sous l'ouverture. Pour finir, elle attacha la corde au harnais du chien.

– Le premier est prêt, dit-elle en regardant vers le haut.

Elle poussa l'animal sous le ventre pendant que Serrurier tirait la corde jusqu'à ce qu'ils arrivent à l'extraire par l'écoutille. Quelques secondes plus tard, Minerva entendit le bruit des pattes bandées marchant un mètre au-dessus de sa tête.

Après avoir fait la même chose avec les deux autres chiens, Minerva revint au premier compartiment, lui aussi éclairé par la lumière d'une écoutille ouverte de laquelle pendait une corde. Ils sortirent huit sacs de voyage.

Pour finir, Minerva traversa deux brise-vagues pour arriver dans l'avant-dernier compartiment. La lampe éclaira le visage sale et brillant de sueur d'un homme.

– Je t'avais dit qu'il n'allait rien t'arriver, dit-elle avec un sourire.

Le véritable conducteur du camion s'empressa de hocher la tête.

– Mais il faut que tu nous fasses une dernière faveur.

Il acquiesça de nouveau. Elle sortit un couteau, déplia la lame et la lui montra.

– Comporte-toi bien, je te le demande pour ce que tu as de plus cher, dit-elle avant de couper ses liens.

CHAPITRE 101

16 juillet 2019, 4:33 PM

Quand ils lui enlevèrent la capuche, Andrés Cepeda se trouvait face à la portière côté conducteur de l'ambulance.

– Monte, lui ordonna le plus costaud et braillard de la bande en le menaçant de son arme.

En s'asseyant au volant il perçut un bruit de plastique sous ses fesses, comme s'il avait écrasé un cadeau enveloppé dans de la cellophane. L'assaillant fouilla sous le siège pour finalement sortir un téléphone connecté à un long câble qui disparaissait derrière les pédales. Il pianota sur l'écran et jeta l'appareil sur le siège passager.

– Ça c'est un bricolage du gars que nous appelons Mac, dit-il en montrant derrière lui avec le pouce. Tu aimes la musique classique ?

Cepeda ne sut que répondre.

– Tu es sourd ? Tu aimes ou tu n'aimes pas la musique classique ?

– Non, je n'aime pas ça.

– Moi non plus. J'en ai horreur. Bon, si tu entends Beethoven, c'est que tu as un problème.

– Je comprends pas, fut tout ce qu'il put dire.

– Tu sais ce qu'est l'ANFO ?

– Un explosif.

– Il y en a deux kilos sous ton siège. Pour te donner une idée, avec un kilo ton entreprise fait sauter six tonnes de roche.

Cepeda réagit instinctivement et pivota sur sa gauche, décidé à sortir de l'ambulance.

– N'y pense même pas, l'arrêta le bandit. L'explosif est relié à un détecteur de poids et le téléphone à un GPS. Si tu te lèves, tu voles en petits morceaux en moins de dix secondes. Si tu arrêtes l'ambulance plus de trois minutes, ou si quelqu'un ouvre la portière arrière, même résultat.

– Non, s'il vous plaît.

Le bandit leva une main et la passa sur la tête de Cepeda, comme une mère qui console son enfant.

– Tu as une famille ?

Il hocha la tête.

– Ils vont t'attendre à la maison. La seule chose que tu dois faire, c'est sortir par le Poste d'Entrée, tourner à droite et continuer par la route provinciale. Le téléphone est programmé pour désactiver le détecteur de poids dès que tu passes le río Deseado. Tu peux alors descendre de l'ambulance sans problème. Ne t'arrête pas avant, ne quitte pas la piste, sinon boum !

– Et si ça ne fonctionne pas ? Si le mécanisme se déclenche avant ?

– Mac ne fait jamais d'erreur.

Le type ferma la portière de l'ambulance, lui sourit et leva les doigts à son front, imitant un salut militaire.

Tremblant de peur, Andrés Cepeda écrasa l'accélérateur et l'ambulance partit comme une flèche vers le Poste d'Entrée.

***

Quand il fut derrière le volant, le chauffeur du camion-citerne reprit espoir. Quelque chose lui disait que ce cauchemar n'allait pas tarder à se terminer. Le type au gros ventre assis à côté de lui agita le pistolet avec lequel il le menaçait.

– Donne-moi ta main.

Il ne pouvait pas voir son visage car il portait une cagoule, mais il sut par sa voix que c'était l'un de ceux qui l'avaient arrêté et séquestré deux jours plus tôt. Il sut aussi que c'était lui qui s'était chargé de mettre le camion en sens inverse des autres véhicules.

Sans autre alternative qu'obéir, il tendit sa main. L'homme lui attacha au poignet une montre au bracelet en caoutchouc, avec un écran aux chiffres violets. Ensuite il sortit un téléphone de la boîte à gants et le connecta à un câble qui disparaissait sous le siège.

– Cette montre est équipée d'un GPS et surveille ton rythme cardiaque. Elle envoie le signal à ce téléphone. Et ce câble est relié à une jolie quantité d'explosifs.

Les mots le laissèrent pétrifié.

– Pour résumer, si tu enlèves la montre, ça explose. Si tu t'éloignes de plus de dix mètres du camion, ça explose. Si tu meurs, ça explose.

Le cagoulé désigna les deux rétroviseurs extérieurs.

– Tu as vu à quelle vitesse est partie l'ambulance ? Bien, elle a le même dispositif que toi.

– Que dois-je faire ?

– Aller de l'autre côté.

– Retourner au camp ?

– Oui, mais ne t'arrête pas là. Tu passes le camp et tu continues. Tu dépasses aussi l'usine.

– Je vais aux *pits* ?

– Faux. Au tunnel. Sous terre il n'y a plus de signal GPS, et ce téléphone désactive les explosifs s'il perd la géolocalisation plus de trois heures. Donc ce que tu dois faire, c'est entrer dans le tunnel et descendre le plus bas possible. Quand tu arrives au bout, tu laisses le camion, tu attends quatre-vingts minutes et tu commences à remonter. Il y a trois kilomètres de côte, ce qui va te prendre environ une heure. Tu vas sortir épuisé, mais sain et sauf. Des questions ?

Le camionneur tenta d'avaler sa salive mais n'y parvint pas.

– Non, s'étrangla-t-il.

– Alors ne perds pas de temps, dit le voleur en lui donnant une claque dans le dos, et il descendit du camion.

CHAPITRE 102

16 juillet 2019, 4:39 PM

Pata regarda s'éloigner le camion jusqu'à le perdre de vue. De l'ambulance aussi, partie dans la direction opposée, il n'y avait plus trace.

– Allons-y, dit Minerva.

Maintenant, dans chacune des trois Hilux, en plus de quelques trente lingots de doré, il y avait un chien. Pata s'installa dans une des camionnettes et ses quatre camarades se répartirent dans les deux autres.

Ils parcoururent un kilomètre dans la même direction que l'ambulance. Quand ils arrivèrent au deuxième panneau plaidant pour le respect des animaux en liberté, ils tournèrent sur leur gauche pour quitter le chemin par l'une des pistes perpendiculaires que seules les équipes d'exploration avaient l'autorisation d'emprunter. Ils roulèrent deux kilomètres puis s'arrêtèrent.

– Vite, Pata, les chiens, dit Minerva.

Pata fit le tour de la Hilux et faillit trébucher sur les pieds de Mac qui dépassaient de sous la voiture. Il eut du mal à détacher le premier animal car, avec les secousses du chemin, le nœud s'était resserré. Quand finalement il y arriva, Mac émergea de sous la camionnette avec un cylindre en plastique dans une main et un tournevis dans l'autre.

– Voici le premier GPS, Pata, dit-il en lui donnant l'objet avant de se glisser sous une autre Hilux.

Pata s'accroupit face au chien de berger. L'animal grogna en montrant les dents derrière la muselière.

– Tranquille, maintenant tu rentres à la maison, dit-il en lui caressant la tête.

Il enleva les bandes autour de ses pattes et lui mit l'un des colliers qu'avait fabriqués Mac. Ils étaient semblables à ceux des Saint-Bernard, sauf qu'à la place d'un tonnelet de schnaps, ceux-ci avaient un tube en plastique. Il mit dedans le GPS et tira l'animal hors de la piste. Dix mètres plus loin, il détacha le harnais et avec une espèce d'accolade dit à l'oreille de l'animal :

– Quelle jolie paire tu ferais avec Mina.

En une série de mouvements rapide il enleva la muselière et recula de quelques pas. Le border collie ne prit même pas la peine d'aboyer. Il ouvrit grand la gueule pour étirer sa mâchoire et s'enfonça dans la steppe, reniflant les buissons et soulevant de petits nuages de poussière à chaque pas.

Pata fit demi-tour et répéta l'opération avec les autres chiens.

Une minute plus tard, Poudrier et Mac arrachaient la clôture pour que les trois camionnettes chargées de doré passent de Entreviontos à l'estancia voisine, propriété du dénommé Byrne. Une fois là, ils s'éloignèrent à toute vitesse par une piste qui allait vers l'estancia Bahía Laura, au sud. Pendant ce temps, les chiens avec les GPS au cou se déployaient en trident dans la direction opposée.

CHAPITRE 103

San Rafael, Mendoza, Argentine.
Deux mois et demi plus tôt.

L'écran déployé sur la paroi concave du dôme ne montrait ni cartes ni photos d'Entrevientos. L'image qui occupait toute la toile était celle d'une coupe transversale d'un museau de chien que Minerva avait scannée dans un livre de médecine vétérinaire.

– Tout le monde sait que les chiens ont un très bon flair, mais très peu savent que c'est leur sens principal, expliqua-t-elle aux cinq hommes. Sentir, pour eux, c'est comme voir pour les humains. Ils ont cinquante fois plus de récepteurs olfactifs que nous autres. C'est comme si une personne avait un nez de la taille d'une pastèque.

– Banquier n'en est pas loin, dit Poudrier.

Le vieux bandit lui répondit avec un sourire et le doigt du milieu dirigé vers le haut.

– Le sens de l'orientation qu'arrivent à développer ces chiens est pour nous quasi surnaturel, poursuivit Minerva.

– Pas tous, expliqua Pata. Il y a des chiens idiots comme il y a des gens idiots. Mais ici, un tel chien ne peut pas survivre. S'ils le gardent, c'est parce qu'il travaille bien.

– C'est pour ça qu'il est très important que nous nous procurions des chiens provenant des estancias du secteur.

– Des chiens de berger, précisa Pata. Les paysans du coin ont l'habitude d'utiliser des lévriers et des bâtards, mais ces chiens ne servent que pour chasser. Le chien de berger de Patagonie est d'une intelligence supérieure. Un animal extraordinaire. Moi-même, j'ai vu dans une estancia un paysan dire à son chien rien de plus que « va chercher notre consommation », et le chien partir à toute vitesse.

– Consommation ? Je ne crois pas qu'ici, dans le sud, ce mot ait la même signification que dans mon quartier, dit Poudrier en se touchant le nez.

– La « consommation », ce sont les brebis que le paysan se met de côté pour sa consommation personnelle. Quand le type lui dit « va chercher notre consommation », comme je te l'ai dit, sans gestes ni intonations bizarres, le chien part en courant et revient dans la demi-heure. Et sais-tu ce qu'il a fait ? Il a couru cinq kilomètres et mis quinze brebis dans le corral.

– Ça te plaît de mettre un peu de couleur, non ? demanda Poudrier.

– Non, il ne met pas de couleur, intervint Minerva. C'est difficile à croire si on ne l'a pas vu, mais les chiens de berger de Patagonie sont véritablement incroyables. Il y a eu des cas de chiens tombés de la camionnette de leur propriétaire à vingt, trente, cinquante kilomètres de l'estancia et qui sont rentrés sans problèmes.

– Un bon chien de berger revient toujours chez lui, résuma Pata. Il mettra un, deux ou cinq jours, mais où que tu le laisses, il rentrera. Son instinct ne lui permet pas de faire autre chose.

CHAPITRE 104

16 juillet 2019, 5:21 PM

Jacinto Fernández se dit que ça n'était plus de son âge. Le patron n'allait jamais le reconnaître, parce que ce n'était pas le genre de chose que don Byrne pouvait dire à un plus jeune que lui. Mais, en vérité, son corps n'avait plus assez d'endurance pour passer onze heures sur le dos d'une jument. Quand il avait quitté le petit ranch, il faisait encore nuit et maintenant qu'il rentrait, il ne restait pas une demi-heure avant le coucher du soleil. Il avait mal aux reins et une tiède acidité lui remontait dans la gorge. Le comble : il avait oublié la flasque de genièvre sur la table de la cuisine. Quand il arriverait à son petit ranch, il allait s'envoyer un ou deux verres. C'est sûr, ça calmerait les douleurs et le tremblement de sa main, qui depuis peu se déclenchait sans prévenir.

Malgré ses douleurs et son âge avancé, Jacinto Fernández continuerait d'être un péon de la steppe jusqu'au jour où il ne pourrait plus monter à cheval. Il ne savait rien faire d'autre. C'est pour cela qu'il était là aujourd'hui, à vérifier neuf lieues de barbelé pour s'assurer qu'il n'y ait pas de cassure par où les brebis de don Byrne pourraient s'échapper.

Il cracha, releva la tête et talonna doucement l'alezane pour l'encourager à avancer.

Il aperçut des véhicules gris à l'horizon. Ça ressemblait à des camionnettes de la mine, mais elles approchaient trop vite et par un chemin en dehors de l'estancia d'Entrevientos qui était celle que louait l'entreprise. Ou alors sa vue lui jouait un tour, et c'était des pêcheurs qui se rendaient à Bahía Laura. Bien que cela soit inhabituel en plein hiver.

À une autre époque de sa vie, il les aurait suivis pour s'assurer qu'ils n'allaient pas lui abattre une brebis pour la manger ou arracher la clôture pour passer là où ils n'auraient pas dû. Mais il était vieux et la nuit allait tomber.

Mais il resta quand même un moment à les observer. Par habitude. Il vit alors sur chaque camionnette, au bout d'une longue perche, un petit drapeau rouge. Maintenant il en était sûr : c'était des véhicules de la mine.

Que font-ils à rouler aussi vite sur les terres du voisin ? C'est-à-dire celles de son patron.

Jusqu'à présent les mineurs n'avaient jamais posé de problèmes, respectueux des règles et des animaux des champs. Trop, à son goût. Don Byrne non plus n'était pas ravi qu'ils se soient installés à côté de chez lui. Depuis qu'ils avaient commencé l'exploitation, il y avait maintenant plusieurs années, les guanacos s'étaient reproduits comme des lapins et laissaient de moins en moins de pâturages pour les brebis.

En plus, le puma était de retour. Le voisin, qui louait ses terres à la mine, n'en avait rien à faire qu'une femelle tue vingt brebis en une nuit pour apprendre à chasser à ses petits. Mais à lui si, et son patron aussi. Chez eux, les dollars ne pleuvaient pas comme à Entrevientos.

Il pressa un peu la jument fatiguée pour qu'elle le ramène à son ranch. Une fois arrivé, tandis qu'il boirait un genièvre, il essayerait de joindre son patron avec la radio qu'il avait installée l'été dernier. Parfois elle fonctionnait, parfois non. D'après don Byrne, c'était parce que l'antenne qu'il avait fait installer près de l'éolienne n'était pas assez haute. Mais parfois le patron parlait pour parler, sans savoir. Comme la nuit où il lui avait dit que l'homme était allé sur la lune depuis plus de cinquante ans.

Il regarda de nouveau les camionnettes de la mine, roulant aussi vite qu'elles le pouvaient sur un terrain où elles n'étaient pas autorisées à entrer.

– Regarde ça, Flecha, dit-il à l'alezane. Ils respectent certaines choses et d'autres ils s'en fichent.

Il avait souvent entendu son patron dire que si ceux de la mine voulaient mettre un pied sur ses terres, ils devraient payer. Et si don Byrne touchait de l'argent grâce à lui, peut-être qu'il augmenterait un peu son salaire.

CHAPITRE 105

16 juillet 2019, 5:46 PM

– Nous sommes presque arrivés, annonça à la radio le commissaire Lamuedra.

Au loin on apercevait la construction carrée à l'entrée d'Entrevientos. Il y avait trois ans, quand l'entreprise l'avait invité lui et les autres autorités de Puerto Deseado à visiter les installations, cette entrée avait été le premier arrêt. Ils l'appelaient Poste d'Entrée. Mais aujourd'hui, le parking de l'autre côté de la clôture était désert.

Cela faisait vingt minutes qu'ils avaient laissé le río Deseado derrière eux. Avant de partir, lui seul s'était approché des camionnettes qui attendaient du côté sud du pont et les avait éloignées de l'ambulance.

Maintenant ces deux camionnettes approchaient de l'entrée d'Entrevientos. Il en conduisait une et Bellido l'autre. La troisième était restée en travers du pont.

Il avait ordonné à Pereira et Ramírez de bloquer le trafic cinq cents mètres avant le pont dans les deux sens. Ils devaient interdire à qui que ce soit n'appartenant pas à la brigade de déminage de s'approcher de l'ambulance.

Quant à Andrés Cepeda, ils l'avaient laissé avec Pereira après avoir reçu confirmation de son statut d'employé du service médical d'Inuit. Son nom et sa photo étaient sur la liste des probables otages que lui avait envoyée par e-mail le directeur avant qu'ils quittent le commissariat de Deseado.

Quand ils lui demandèrent ce qu'il y avait à l'arrière de l'ambulance, Cepeda ne leur fut pas d'une grande aide. Il raconta que lorsque ses ravisseurs lui avaient enlevé la capuche et mis au volant, la fenêtre rectangulaire qui séparait la cabine de la partie arrière était obstruée par un rideau.

L'homme qui les attendait au Poste d'Entrée se présenta comme Francisco Alvarado, chef de la sécurité d'Entrevientos. Il suffit au commissaire d'échanger quelques mots avec Alvarado pour savoir que celui-ci avait un passé dans les forces spéciales. Peut-être l'armée, ou même la police.

La première chose que fit Lamuedra fut de lui demander un téléphone pour prévenir le commissariat de Comodoro Rivadavia afin qu'ils envoient au pont la brigade de déminage. Ils mettraient au minimum quatre heures pour arriver.

– Suivez-moi, commissaire. Je vais vous conduire à Carlos Sandoval, le directeur général, dit Alvarado avant de monter dans une camionnette grise garée près du portail du Poste d'Entrée.

***

Quand le commissaire Lamuedra, Bellido et Alvarado entrèrent dans la salle de réunion, une grande pièce aux murs blancs décorés de plans et de photographies aériennes de différentes parties de la mine, ils furent reçus par les regards de quinze personnes assises autour d'une longue table. Ça sentait la tanière d'ours.

– Ils sont enfin arrivés, dit un homme aux cheveux blancs. Il se leva et fit le tour de la table. Il avait des auréoles de sueur au niveau des aisselles, les cheveux en bataille et le visage brillant.

– Je suis Carlos Sandoval, le directeur général, se présenta-t-il en lui tendant la main. Vous avez déjà fait connaissance avec notre chef de la sécurité. Les autres sont les responsables des différents secteurs de la mine.

Lamuedra les salua d'un geste.

Parlant à toute vitesse, Carlos Sandoval les mit au courant des nouvelles depuis son appel au commissariat deux heures et demie plus tôt. L'une d'elles était que Sandoval en personne s'était livré aux assaillants en échange de la libération de dix otages. L'autre, que les voleurs avaient réussi à vider la chambre forte et qu'ils avaient quitté la *gold room* en emmenant treize millions de dollars en or et argent et, pour ce qu'ils en savaient, Andrés Cepeda comme unique otage.

– Où est le chauffeur à qui ils ont volé le camion-citerne ? demanda Lamuedra.

– Nous ne le savons pas, répondit Sandoval, et il leur raconta comment le camion-citerne avait fait demi-tour pour se retrancher dans le tunnel tandis que les trois camionnettes s'enfonçaient dans la steppe.

Quand il eut terminé son récit, Sandoval sortit un chewing-gum de sa poche et le mit dans sa bouche.

– Vous en voulez un ?

Lamuedra accepta.

– Ils sont au café.

L'idée de mâcher un chewing-gum qui avait ce goût lui parut écœurante.

– Je le garde pour après, dit le commissaire en le mettant dans sa poche. La journée va être longue. Maintenant, s'il vous plaît, montrez-moi la route prise par les camionnettes après avoir quitté l'usine.

Le directeur général indiqua avec un pointeur laser la carte projetée sur le grand écran.

– Ils ont traversé le camp pour prendre la direction du Poste d'Entrée. Mais huit kilomètres avant d'y arriver ils ont pris cette piste, et deux kilomètres plus loin ils se sont séparés.

Le commissaire observa les trois cercles gris sur l'écran. Deux avançaient en parallèle vers le nord. Celui qui avait le plus d'avance avait déjà traversé la route 47. Le troisième se dirigeait en ligne droite vers l'est, et se trouvait maintenant à quelques sept kilomètres de cette salle.

Le téléphone de Sandoval sonna et il s'écarta pour répondre. Lamuedra se concentra sur ces trois points, ignorant les conversations autour de lui.

– À quelle vitesse vont-ils ? demanda-t-il à la salle.

– Nous ne le savons pas, mais sûrement pas très vite, répondit le chef des explorations. Ils vont à travers champs comme s'il n'y avait pas de chemins. En plus, de temps en temps ils s'arrêtent et changent de direction. Probablement pour franchir une clôture ou contourner un obstacle.

– Il est probable qu'ils veuillent s'éloigner des pistes pour éviter de croiser quelqu'un, ajouta le chef de la sécurité.

– Des trois, c'est celle-ci qui est la plus proche du camp ? demanda le commissaire en indiquant le point qui se dirigeait vers l'est.

– Oui. À environ sept kilomètres.

– Et du tunnel ?

– Deux kilomètres.

Lamuedra observa les trois points gris qui, d'après ce qu'ils lui avaient dit, étaient partis du même endroit. Celui qui était le plus près du tunnel avait pris une direction perpendiculaire aux deux autres.

– Est-il possible que le chauffeur du camion soit parvenu à sortir du tunnel par l'une des ventilations et que cette camionnette soit passée le prendre ?

– Ça n'a aucun sens, dit un homme qui se présenta comme le responsable des mines. Pourquoi prendre le risque de mettre le camion dans le tunnel ? De toute évidence, ils ne peuvent pas sortir l'or par la ventilation.

– Ça ne passe pas ?

– Ça passe, mais ils devraient monter les lingots un par un. En plus, une camionnette n'arrive pas à deux mille kilos de charge. Ils en ont cinq mille.

– Mais Sandoval a vu une partie de l'or dans l'ambulance. Nous ne pouvons pas écarter la possibilité qu'il y en ait une autre partie dans ce camion.

– Écarter. Nous ne pouvons rien écarter, mais moi je ne vois pas où ils veulent en venir, rétorqua le responsable des mines. S'ils l'avaient voulu dans la camionnette, ils l'auraient mis dans la camionnette. Pourquoi le descendre dans le tunnel pour ensuite le remonter à la main ?

Lamuedra donnait raison à l'homme. Ça n'avait aucun sens. Mais charger l'or dans l'ambulance, la bourrer d'explosifs et mettre un otage au volant n'avait pas plus de sens.

– Il doit être dans ces camionnettes, conclu Alvarado, le chef de la sécurité. Cinq mille divisé par trois ça fait presque mille sept cents. Ce n'est pas beaucoup plus que la charge maximale recommandée par le fabricant.

– Mais pourquoi aller à travers champs, au risque de se prendre une pierre ou un trou et de rester planté ? demanda Alberto Abreu, du service explorations.

– Quelqu'un a une meilleure explication ? questionna à voix haute Alvarado.

Silence dans la salle.

– Je suis d'accord avec lui, dit Lamuedra en regardant Alvarado. Le plus probable, c'est que le doré soit dans les trois camionnettes. Et la plus proche, c'est celle-ci.

Il s'approcha de l'écran et toucha le cercle gris qui se dirigeait vers l'est en laissant le tunnel derrière lui.

– Il semblerait qu'il aille vers Punta Buque, non ? dit-il en prolongeant avec le doigt la trajectoire jusqu'à l'océan.

– Par là, il y a la route 83, s'empressa de dire le chef des explorations.

Le commissaire acquiesça et sortit le téléphone de sa poche. Il avait du réseau. Il fit le numéro du commissariat de Puerto Deseado avec l'intention de leur demander d'envoyer une voiture pour intercepter la Hilux au cas où elle déciderait de prendre vers le nord. Mais avant qu'il ait pu approcher l'appareil de son oreille, Carlos Sandoval l'interrompit.

– Marcelo Byrne vient de m'appeler, dit-il en montrant son propre téléphone.

– Le gringo Byrne ?

– Oui, le propriétaire de l'Esperanza, l'estancia qui jouxte le gisement.

– Je le connais. Nous avons été à l'école ensemble.

– Il dit que son employé a vu trois camionnettes de notre entreprise se dirigeant vers le sud à toute vitesse. Il en a informé Byrne par radio.

– L'informer ? Pourquoi, il a vu quelque chose d'anormal ?

– Nos voisins ne nous aiment pas beaucoup, commissaire. Quand ils nous parlent, c'est pour tenter de nous soustraire de l'argent. Byrne a dit à son employé qu'il le prévienne si nous pénétrions d'un centimètre sur ses terres. Et apparemment, ces camionnettes étaient de son côté de la clôture.

– C'est-à-dire que Byrne a appelé pour se plaindre.

– Non, cette fois Byrne m'a contacté de bonne foi, il savait qu'il y avait eu un vol dans la mine et il a pensé que cette information pouvait nous être utile.

– Il vous a dit comment il avait appris le vol ?

– Tout Puerto Deseado le sait. Ils en ont parlé à la radio. Nos employés ont envoyé des messages à leurs familles quand nous avons rétabli les communications, et après… vous savez comment ça se passe.

Le commissaire imagina comment ces pseudo-journalistes avaient disséminé la nouvelle sans en mesurer les conséquences. Comme d'habitude.

– En fait, le truc de Byrne pourrait être une fausse alerte, précisa le directeur.

– Pourquoi dites-vous ça ?

– Parce que son champ est à l'ouest du gisement, et le GPS indique que les camionnettes se déploient vers le nord-est, dit-il en regardant l'écran. Ce n'est pas possible que son employé les ait vues se dirigeant vers le sud. Et encore moins les trois groupées.

Sandoval montra les trois directions de manière brusque, en insistant sur le fait qu'elles se séparaient.

– Ça veut dire que le GPS indique qu'elles se séparent vers le nord-est, alors que le gringo Byrne dit qu'elles roulent groupées vers le sud, résuma Lamuedra, essayant de comprendre.

– Byrne, non, son employé, corrigea Sandoval.
– Qu'y a-t-il au sud de l'estancia de Byrne ?
– Une autre estancia, elle s'appelle Bahía Laura. Il y a une partie du gisement qui la touche.
– Avec eux aussi vous n'avez pas de bonnes relations ?
– Nous n'avons aucune relation. Il y a deux ans son propriétaire l'administrait encore, mais quand il est mort, son héritier n'a pas voulu s'en occuper. Il vit à Buenos Aires. Il a cédé les brebis à Byrne et mis en vente l'estancia. Bien qu'il me semble que pour ça, il ne soit pas trop pressé, parce qu'il garde espoir que nos équipes d'exploration trouvent de l'or là aussi.
– C'est-à-dire que Bahía Laura est une estancia abandonnée.
– Oui.

Lamuedra passa une main dans sa chevelure grise, comme chaque fois qu'il essayait de réfléchir. Il n'était pas ami avec le gringo Byrne, mais il le connaissait depuis toujours. C'était un type travailleur, honnête, qui avait su fonder une famille prospère estimée de tous à Puerto Deseado. Il n'y avait aucune raison de ne pas lui faire confiance. En ce qui concernait l'employé, il n'avait aucune information et ne pouvait donc pas savoir s'il disait la vérité. Avait-il confondu les camionnettes de la mine avec d'autres qui passaient par là ?

Il devait choisir entre croire les GPS ou l'employé de Byrne. Et il y avait quelque chose qui le faisait pencher pour le second choix. Non seulement parce que la technologie pouvait être piratée, mais surtout parce qu'il connaissait bien la région et les facultés mentales aiguisées des gens de la campagne quand ils étaient sur leur terrain. C'était vrai qu'ils avaient la réputation d'être bourrus et que la majorité ne savait ni lire ni écrire autre chose que leur nom, mais sur un cheval ils se transformaient en surhommes.

En outre, qu'est-ce qui avait le plus de sens ? Que les voleurs emportent l'or à la vitesse d'un homme à pied, en évitant les buissons, ou qu'ils aillent à toute vitesse sur une piste vers une estancia abandonnée ?

Il décida qu'il irait à Bahía Laura. Même s'il se trompait, les policiers de Caleta Olivia et de Puerto San Julián seraient là dans une heure.

Une nouvelle fois il fit le numéro du commissariat.

– C'est Lamuedra.

– Bonjour, commissaire.

– Je suis à Entrevientos, nous sommes arrivés les premiers. Je veux que vous informiez les commissariats de San Julián et de Caleta Olivia que, d'après les GPS de l'entreprise, les trois véhicules suspects se dirigent vers le nord-est. Je vous expédie par e-mail un lien pour que vous puissiez les suivre sur internet en temps réel. Envoyez immédiatement une camionnette avec quatre hommes vers Punta Buque pour contrôler la route côtière.

– Parfait, commissaire. Je donne l'ordre.

– Ils sont armés. Il est aussi possible qu'ils transportent des explosifs.

La voix à l'autre bout tarda un peu à répondre.

– Compris, commissaire.

Après avoir coupé la communication, Lamuedra s'adressa au directeur général :

– Quand mes collègues de San Julián et de Caleta Olivia arriveront, donnez-leur le lien pour qu'ils puissent les suivre.

– Et vous, qu'allez-vous faire, commissaire ?

– Nous allons à Bahía Laura.

CHAPITRE 106

16 juillet 2019, 6:36 PM

Le soleil avait déjà disparu derrière l'horizon quand le commissaire Lamuedra quitta le camp d'Entrevientos en direction de Bahía Laura. Derrière venaient Bellido dans l'autre camionnette de la police. Tous deux suivaient le responsable des explorations, Alberto de Abreu, qui était l'une des personnes connaissant le mieux les chemins de la région. Carlos Sandoval était resté dans la salle de réunions.

Ils mirent presque une heure pour parcourir les quarante-cinq kilomètres de piste défoncée. Sans personne avec qui parler, Lamuedra passa le trajet à penser au peu qu'il connaissait de Bahía Laura. Il n'était jamais allé là-bas, mais il savait que c'était un de ces villages fondés par le gouvernement argentin dans le but d'accroître la population de la Patagonie. Quelques anciens de Puerto Deseado se rappelaient encore l'époque où le bureau de poste et quelques maisons de Bahía Laura étaient encore habités.

Parmi les rares données qu'avait Lamuedra sur le lieu, la plus importante, c'était que par là passait la route 83, une piste qui suivait la côte de Puerto Deseado à Puerto San Julián. Si les voleurs arrivaient avec l'or jusqu'à l'une de ces agglomérations, ce serait beaucoup plus difficile de les attraper.

Il faisait nuit noire quand le responsable des explorations s'arrêta à une bifurcation. La montre de Lamuedra indiquait dix-neuf heures vingt-trois. Le commissaire descendit de sa camionnette et s'approcha de celle de la mine. La nuit apportait avec elle un vent glacé qui traversait les vêtements et mordait le visage.

– Nous sommes arrivés à Bahía Laura, annonça de Abreu.

Le commissaire regarda devant lui. Les phares de la camionnette éclairaient cent mètres de steppe avant de se perdre dans la nuit.

– Où est l'océan ?

De Abreu indiqua dans la direction des phares.

– Un peu plus loin par là.

– On prend quel chemin ?

– N'importe lequel. Celui de droite s'arrête aux ruines de l'ancien village de Bahía Laura, qui se trouve à l'extrémité sud de la baie. Celui de gauche conduit à la maison d'habitation de l'estancia Bahía Laura, à environ sept kilomètres,. Elle est presque sur la plage, à mi-parcours du chemin qui relie les deux pointes de la baie.

– C'est l'estancia abandonnée ?

– Oui. S'il faisait jour, on la verrait d'ici.

Alberto de Abreu s'inclina sur le volant pour regarder vers le haut à travers le pare-brise.

– Il y a une bonne lune. Presque pleine, dit-il en sortant une paire de jumelles du compartiment entre les sièges. Avant de descendre du véhicule, il éteignit les phares. Lamuedra fit signe à Bellido de faire de même avec les camionnettes de la police.

– On n'arrive pas à distinguer la maison, mais on voit très bien les arbres qui l'entourent. Regardez, dit de Abreu en lui tendant les jumelles.

Le commissaire balaya l'obscurité jusqu'à ce qu'il localise le bosquet qui protégeait la maison du vent. Probablement, pensa Lamuedra, que ce sont les seuls arbres à quarante kilomètres à la ronde.

– Ce n'est pas possible qu'elle soit si près de la plage, dit-il. Je ne vois pas l'océan.

– Bahía Laura possède l'une des plages de galets les plus large du pays, et de la maison jusqu'à l'eau il y a presque deux kilomètres.

Lamuedra chercha avec les jumelles jusqu'à distinguer, à peine, la ligne qui marquait la fin de la steppe et le début des cailloux. Il revint alors aux arbres, essayant de détecter un peu de lumière ou un autre indice qui laisserait penser que les voleurs pourraient être là.

Rien. Peut-être avaient-ils pris des précautions pour rester dans l'obscurité totale. Ou bien avaient-ils poursuivi leur voyage. Ou, pire encore, l'employé du gringo Byrne s'était trompé, et venir à Bahía Laura avait été une erreur.

Il était sur le point de décoller ses yeux des jumelles quand il crut voir un éclat lumineux. Il recommença à parcourir les environs jusqu'à ce qu'il découvre trois formes cubiques qui reflétaient la lumière de la lune. Elles n'étaient pas à plus de cent mètres des arbres.

– J'ai l'impression qu'ils sont là, dit-il en passant les jumelles à de Abreu.

– Oui, ce sont trois camionnettes de la mine, confirma le chef des explorations. Je vois les perches de sécurité à l'arrière. Pourquoi les ont-ils laissées en dehors du périmètre des arbres ? S'ils les avaient rentrées, on ne les verrait pas, même en plein jour.

Lamuedra se posait la même question.

– Que faisons-nous, commissaire ?

– Faisons-nous ? *Nous* ne faisons rien. Bellido et moi allons nous approcher un peu. Vous nous suivez sans allumer les phares, et quand on vous fait signe, vous vous arrêtez et vous attendez.

– Commissaire, je ne peux pas rester les bras croisés. Nous avons sept cents employés à bout de nerfs, quelques-uns avec des attaques de panique. J'ai été infirmier durant mon service militaire. Je serais plus utile dans le camp avec Sandoval, plutôt que de vous attendre ici.

– Nous ne savons pas où sont les bandits, de Abreu. Si vous repartez et qu'ils vous interceptent, nous pourrions finir avec sept cents énervés et un mort. Faites ce que je vous dis, c'est clair ?

– Oui, commissaire.

– Bien, dit Lamuedra en donnant des petits coups sur le toit de la camionnette.

Il revint à son véhicule et le mit en marche sans allumer les phares. Il avança lentement, avec Bellido qui le suivait à quelques mètres et de Abreu fermant le convoi.

***

Sept kilomètres plus loin, Lamuedra stoppa la camionnette. Ils étaient à peine à cent mètres des arbres qui encerclaient la maison. En essayant de faire le moins de bruit possible, il attrapa le fusil d'assaut sur le siège arrière, inséra un chargeur dans la culasse et pointa l'arme vers la maison.

À travers le viseur, Lamuedra examina les trois camionnettes d'Inuit. Elles étaient garées en dehors du périmètre des arbres, l'une à côté de l'autre, et paraissaient vides. Il inspecta aussi l'immense baie, mais ne vit qu'un paysage désert, la plage interminable et, au loin, les reflets de la lune sur l'eau.

– Je ne vois aucun mouvement, dit-il en se rapprochant de Bellido.

– Moi non plus, répondit l'officier qui observait avec les jumelles du chef des explorations. Vous voulez qu'on avance un peu plus ?

– Oui, mais à pied et lentement.

Lamuedra fit signe à de Abreu pour qu'il attende et se mit en marche avec Bellido. Ils suivirent le chemin qui n'était que deux traces parallèles sur la steppe. Au bout de cent mètres ils arrivèrent à une nouvelle bifurcation. Sur la gauche on allait à un portail en bois qui délimitait, plus pour les animaux que pour les personnes, le périmètre des arbres. Sur la droite, vers les camionnettes.

Il décida de prendre à droite.

Ils marchèrent en silence. Quand il ne leur resta plus que cinquante mètres pour atteindre les véhicules, Lamuedra remarqua que le sol changeait complètement. Presque sans transition, le chemin passa d'une trace précaire à l'une des routes empierrées parmi les plus larges qu'il ait jamais vues.

Ce changement brutal lui parut bizarre, mais la corruption dans les travaux publics argentins avait fini de le surprendre. Dans son propre village, sans aller plus loin, il y avait quatorze kilomètres de bitume qui ne menaient nulle part.

Il continua avec mille précautions, serrant un peu plus fort les dents à chaque pas vers les Hilux.

CHAPITRE 107

16 juillet 2019, 5:37 PM

Une heure après avoir libéré les chiens, les trois Hilux se garèrent au bout du chemin. Ils étaient à Punta Mercedes, un petit promontoire rocheux qui se dressait à l'extrémité sud-ouest de Bahía Laura. Un siècle plus tôt, une lubie du gouvernement argentin y avait installé un village. Trois maisons, un embarcadère, un bureau de poste et un petit hôtel pour les éleveurs qui expédiaient la laine par bateaux.

Aujourd'hui, il n'y avait plus trace de l'embarcadère, ni des éleveurs, ni du petit hôtel. Les uniques vestiges témoignant qu'à cet endroit il y avait eu un village pendant plus de cinquante ans, c'était les murs épais de deux maisons et la structure tordue d'un phare en acier effondré. Le reste avait été volé ou bien désagrégé par un demi-siècle de vent salé.

Mac se gara à côté du phare. Il sortit avec une paire de jumelles autour du cou et marcha le long de la structure d'acier affaissée. Elle lui faisait penser à une énorme girafe morte. La pointe, là où autrefois il y avait une lampe, pendait au bord du précipice.

Il regarda la mer et sourit. À cinquante mètres de la côte, le Maese était l'unique embarcation sur cent quatre-vingts degrés d'horizon bleuté. Seize mètres de coque vert-dollar éclairés par le soleil couchant. Sur la poupe, Banquier agitait une bannière de pirate – Tout allait bien.

– Des mouvements suspects ? demanda-t-il par radio.

Il vit Banquier déposer la bannière sur le pont et décrocher la radio de sa ceinture.

– Rien d'anormal, entendit-il après quelques crachotements. Tout est prêt.

Sans perdre de temps Mac s'assit au bord du précipice, juste sous la poutre en acier rouillée à laquelle lui-même, trente-deux heures avant, avait fixé le câble en acier qui pendait de la structure. Il regarda vers le bas. Le câble, enroulé en trois boucles, reposait sur les rochers au pied de la falaise.

– Vas-y, dit-il à la radio.

Il suivit avec les jumelles chacun des déplacements du vieux pilleur de banques. Il le vit se pencher près du mât et appuyer sur le bouton de mise en marche du cabestan pour qu'il commence à enrouler le câble.

– Apparemment tout se passe bien, annonça Banquier. Je commence à détendre le *backstay*.

Mac lui donna son accord, attentif au câble. À mesure que le cabestan l'enroulait, il se tendait en une courbe qui unissait le mât à l'eau.

Deux minutes plus tard, les trois boucles posées sur la roche, vingt mètres sous ses pieds, commencèrent à disparaître dans l'eau. Comme si un géant sous-marin aspirait un spaghetti d'acier.

***

Trois mètres derrière, Minerva observait en silence les mouvements de Mac. Comme le jour d'avant, quand ils se trouvaient au même endroit pour tout préparer, elle le suivait du regard tandis qu'il parlait dans la radio tout en prenant puis reposant les jumelles toutes les cinq secondes.

– Comment ça se passe ?

Mac ne répondit pas. Il était trop concentré sur le câble qui allait du vieux phare à l'eau et de l'eau au mât du Maese. Maintenant, l'extrémité de la structure d'acier commençait à s'incliner vers l'avant à mesure que la ligne se tendait. D'après le chronométrage de la veille, le câble mettrait encore une minute pour émerger entièrement de l'eau.

Pour Minerva ça semblait une éternité. Elle était si nerveuse que ses pensées partaient dans tous les sens pour ne pas imaginer ce qui se passerait si en ce moment quelque chose tournait mal. Elle se répéta qu'il n'y avait pas de quoi s'inquiéter. Hier, Mac et elle avaient tendu le câble avec d'extrêmes précautions, prenant toutes les garanties pour que rien ne lâche.

En pensant à tout cela elle se rappela la conversation qu'ils avaient eue à bord du petit Zodiac. À nouveau, elle ressentit de la honte. Elle lui devait des excuses pour la façon dont elle l'avait traité. Si tout se passait bien, elle aurait du temps pour lui expliquer que ce n'était qu'un malentendu. Qu'il y avait trente-deux heures elle ne savait pas qu'il était veuf. Que c'était Poudrier qui le lui avait appris aujourd'hui, pendant qu'ils attendaient dans le container de Cerro Solo.

Son esprit cessa de divaguer quand elle vit que Mac agitait un poing en l'air.

– Ça y est ! Le câble est hors de l'eau, s'exclama-t-il en se retournant pour la regarder.

Une seconde après, le phare tordu lâcha un grondement métallique qui n'augurait rien de bon.

CHAPITRE 108

16 juillet 2019, 7:39 PM

– Celle-ci aussi est vide, dit Bellido en regardant à l'intérieur de la troisième camionnette.
– Où sont passés ces types ? marmonna Lamuedra.
Il n'y avait que le sifflement du vent pour troubler le silence de la nuit.
– Peut-être qu'ils se sont planqués dans la maison.
– Nous ne pouvons pas écarter cette possibilité, bien que ce soit peu probable. S'ils avaient voulu se cacher, ils n'auraient pas laissé les camionnettes à la vue.
– Ou alors ils ont fui par la mer, commissaire.
Bellido avait dit ça en montrant vers sa droite, là où, très loin, scintillait l'océan.
Lamuedra voulut lui rappeler que pour arriver jusqu'à la berge, il fallait traverser deux kilomètres de galets. La seule manière de transporter cinq mille kilos sur un tel terrain sans rester planté, c'était avec un camion tout-terrain de l'armée type Unimog. Mais un engin de ce gabarit aurait laissé des traces énormes qui se verraient même au clair de lune.
Mais avant qu'il ait pu prononcer un mot sur le sujet, Bellido commença à marcher. Le commissaire le suivit jusqu'à la limite où les petits buissons tordus laissaient la place aux cailloux. Tandis que son subordonné scrutait la plage, lui, de

temps en temps, se retournait pour observer les arbres avec le viseur télescopique du fusil. Seules bougeaient les branches agitées par le vent.

– Je ne vois ni traces de véhicules ni empreintes de pas, commissaire. Peut-être demain, à la lumière du jour, trouverons-nous quelque chose.

– Revenons aux camionnettes.

Quand ils arrivèrent à côté des Hilux, le commissaire parla à voix basse.

– Ce que je ne comprends pas, c'est pourquoi ils n'ont pas procédé au changement de véhicules derrière les arbres. Quel besoin avaient-ils de stationner là où le chemin s'élargit autant ?

– Quel chemin ?

– Il n'y en a qu'un, Bellido. Celui-ci, vous voyez un autre chemin ? répondit-il en désignant ses pieds.

– C'est bien large pour être un chemin.

– Et alors quoi… ?

Mais le commissaire laissa sa phrase en suspens.

– Les fils de pute, lâcha-t-il, sans sentir la nécessité de continuer à voix basse.

Comment n'avait-il pas compris plus tôt ? Ils étaient à Bahía Laura, une estancia fondée au début du vingtième siècle. Il alluma une lampe et entama la marche.

– Commissaire, éteignez la lumière. Ils peuvent nous voir.

Lamuedra l'ignora et continua d'avancer aussi vite qu'il le put, le faisceau de sa lampe dirigé vers le bas. Il arriva à un endroit où la frange de terre en croisait une autre de même largeur avec un angle de quarante-cinq degrés.

– Les fils de pute.

Il laissa derrière lui l'intersection et continua, balayant avec sa lampe la terre sèche et compacte. Finalement, il trouva

ce qu'il cherchait : trois empreintes de pneus qui commençaient d'un coup, comme tombées du ciel.
– Tu as raison, Bellido. Ce n'est pas un chemin. C'est une piste d'atterrissage.

CHAPITRE 109

16 juillet 2019, 7:50 PM

Dans la salle de réunion se trouvent environ une vingtaine de personnes. Il y avait une heure, quand les policiers de Puerto San Julián et de Caleta Olivia étaient arrivés à Entrevientos, ils étaient beaucoup plus nombreux. Sandoval les avait mis au courant des déplacements de Lamuedra, et les officiers s'étaient dispersés dans le camp. Quelques-uns étaient partis sur la trace des signaux GPS et n'étaient pas encore revenus. D'autres surveillaient l'entrée du tunnel en attendant l'arrivée du négociateur et des forces spéciales. Les deux plus anciens étaient restés avec lui, ils écoutaient la voix de Lamuedra émise par le téléphone sur haut-parleur posé sur la table. Il appelait de Bahía Laura avec le téléphone satellite de de Abreu.

– Qu'est-ce que vous dites ? demanda Sandoval qui n'arrivait pas à croire ce qu'il venait d'entendre.

– Que nous avons trouvé les trois camionnettes à Bahía Laura. Ils sont partis en avion, répéta le commissaire.

– En avion ?

– Oui. L'estancia a une piste d'atterrissage abandonnée, comme beaucoup d'autres dans le secteur. Durant la première moitié du siècle dernier, les propriétaires avaient l'habitude de louer de petits avions pour qu'ils les transportent dans les grandes villes du pays.

Ça, Carlos Sandoval le savait. Plusieurs personnes vivant en Patagonie lui avaient expliqué que, jusque dans les années cinquante, l'aviation civile avait été fondamentale pour le développement de la région, les automobiles étaient trop précaires et les pistes impraticables. Ces récits sur l'âge d'or de l'aéronautique se terminaient presque toujours avec Antoine de Saint-Exupéry, l'auteur du Petit Prince, qui avait utilisé quelques-unes de ces pistes privées durant les seize mois au cours desquels il survola la Patagonie pour l'Aéropostale. Il y en a même qui soutiennent qu'il s'est inspiré de la désolation des paysages de Patagonie pour écrire le livre.

– Mais ces pistes ne sont plus utilisées depuis des dizaines d'années, commissaire.

– Les deux jeux d'empreintes sont récents. Chacun est constitué de trois traces. C'est-à-dire un train d'atterrissage. Comme disait ma mère, c'est clair comme de l'eau de roche, répondit le commissaire.

Sandoval sentit pointer le doute. Hier, le rapport journalier que lui envoyait le chef de l'équipe chargée de patrouiller sur les pistes de la zone, mentionnait qu'un employé avait vu un petit avion survoler le gisement. Il n'y avait pas accordé d'importance.

– Quel est l'écartement des traces des roues arrières ?

– Deux mètres cinquante. Trois au maximum. Il y en a deux jeux, de sorte que, soit deux avions identiques ont atterri, soit c'est le même avion qui a atterri deux fois.

– Monsieur le commissaire, avec tout mon respect, intervint de Abreu. J'ai fait des relevés aériens dans toutes sortes d'avions. Un avion avec un train d'atterrissage de trois mètres ne peut pas transporter plus de mille kilos, passagers compris.

– Qu'êtes-vous en train d'insinuer, demanda Lamuedra ?

– Je n'insinue rien. Il est possible que sur cette piste ait atterri un avion, ou deux. Mais ils n'ont pas pu emporter l'or.

Pendant que le commissaire et le chef des explorations discutaient à quarante-quatre kilomètres de là, Sandoval essayait d'emboîter les pièces de ce puzzle insensé. Si les camionnettes étaient là-bas, d'où venaient les trois signaux GPS que la police de San Julián suivait ? Le tunnel, et l'ambulance, quel était leur rôle ? S'il s'agissait de manœuvres de diversion, avaient-ils pu réellement s'enfuir par les airs ? Même si les lois de la physique répondaient par un non implacable, le jour d'avant quelqu'un avait aperçu un avion et l'aéro-club le plus proche était à cent vingt kilomètres en ligne droite.

Il décida de ne pas en parler. S'il le faisait, la police centrerait tous ses efforts sur cette piste. En revanche, s'il se taisait, l'incertitude ferait qu'ils continueraient à considérer toutes les possibilités.

– Et s'ils l'avaient caché ? suggéra l'officier de San Julián qui était resté dans la salle. Peut-être qu'ils ont mis l'or en lieu sûr et sont partis dans deux avions.

La première réaction de Sandoval, face à cette théorie, fut de penser que c'était ridicule. Cependant, il devait reconnaître au policier que la partie la plus difficile, quand on vole cinq tonnes d'or, c'est de les transporter. S'ils les laissaient derrière eux, la fuite était beaucoup plus facile.

CHAPITRE 110

Bahía Laura.
Un jour avant le braquage.

Le petit avion avait décollé à midi. Une heure plus tard, Banquier s'était approché de la côte avec le Maese. Il avait jeté l'ancre et fait plusieurs allers-retours avec le Zodiac jusqu'à ce que toute la bande soit à bord.

Maintenant, Mac venait de donner le dernier coup d'œil au pont pour s'assurer que tout était à sa place. Il alla jusqu'à la poupe et s'arrêta près de la bobine. Elle n'était pas beaucoup plus large qu'un tabouret, mais pesait cent quatre-vingt-dix kilos. Sans l'aide d'une grue comme celle qu'ils avaient utilisée pour la charger à Buenos Aires, il était impossible de la bouger sans casser quelque chose sur le voilier.

Il se pencha par-dessus le plat-bord. Le petit Zodiac bougeait au rythme des vagues comme une extension de la poupe du Maese. Minerva y avait pris position, une main sur le timon, comme si elle craignait que quelqu'un l'éjecte de son poste. Mac la comprenait. Il avait modifié son plan et c'était normal qu'elle veuille le surveiller de près.

Il mit de gros gants en cuir et déroula les premiers tours de câble. Il les passa par-dessus la rambarde de la poupe et

Minerva les fit descendre sur le fond en plastique du Zodiac en dessinant un grand huit.

Tandis qu'il se déroulait, Mac vérifia une dernière fois chacun des deux cent cinquante mètres du câble en acier avec noyau en polypropylène. Quand presque toute la bobine fut sur le Zodiac, il tira les derniers mètres restant jusqu'au mât en aluminium du Maese.

Il monta sur un escabeau de peintre et passa l'extrémité du câble autour de la poulie que lui-même avait installée à trois mètres cinquante de hauteur. Juste au-dessous, il avait recouvert le mât avec des matelas pris dans les cabines. Ceux qui étaient en trop s'empilaient sur le pont, sous la poulie.

Il enfila la pointe du câble dans l'axe d'un cabestan électrique au pied du mât. Puis il pressa le bouton pour l'enrouler sur plusieurs tours.

– Pour ce bout, c'est bon, dit-il en levant les yeux vers Banquier qui surveillait son bateau comme un chien de garde et avait observé avec attention chacun de ses gestes.

Il se tourna vers Serrurier, Pata et Poudrier, qui eux aussi l'avaient regardé travailler, mais depuis la poupe pour lui laisser de l'espace.

– Maintenant vous savez ce que vous avez à faire, leur dit-il. Nous nous revoyons dans un moment.

Il sauta dans le Zodiac, Minerva mit les gaz en direction de la côte tandis qu'il déroulait le câble dans l'eau.

Il n'y avait pas beaucoup de profondeur, ce qui fait qu'ils avaient des mètres en trop. Quinze mètres pour le fond, cinquante jusqu'à la côte et presque vingt de hauteur jusqu'au phare écroulé.

Pendant que le bleu de l'océan engloutissait le câble, il se demanda si un jour le gouvernement argentin reconstruirait le phare Campana. D'après ce qu'il avait pu apprendre, il s'était effondré entre 2009 et 2016. Ce squelette était destiné à tomber dans l'oubli et à se désagréger sous les intempéries. Tout comme Entrevientos quand la mine cesserait d'être rentable.

Une vague frappa violemment la coque du Zodiac en les aspergeant d'un spray glacé.

– Aux Caraïbes, j'imagine que l'eau doit être très différente, dit-il à Minerva.

– C'est sûr que ça va beaucoup plaire à tes trois enfants.

Mac fut surpris par le ton sarcastique de la réponse.

– Je suppose que oui. Bien que je pense prendre quelques jours sans eux.

– Écoute, Mac, ce n'est pas le moment.

En cela, il lui donnait raison. Un jour avant de faire un casse de plusieurs millions, il n'y avait pas lieu de jouer au romantique. Le mieux, c'était de se taire et de continuer à dérouler des boucles de câble.

Mais on ne fait pas toujours les bons choix.

– Comment sais-tu que j'ai trois enfants ?

Minerva ne quitta pas des yeux la petite plage aux pieds des falaises vers lesquelles ils se dirigeaient.

– Qu'est-ce que tu as, Minerva ? Ça te gêne que j'ai des enfants ? Dis-le-moi, un point c'est tout. Tu ne seras pas la première ni la dernière.

– Ce qui me gêne, c'est que tu aies une femme et que tu fasses le joli cœur avec moi.

– Quoi ?

– Écoute, j'ai travaillé durant plusieurs années entourée de types loin de leur famille. J'ai un master en détection des hommes mariés qui jouent aux célibataires.

– Avec moi, ton détecteur est défaillant.

– Tu vois, Mac, demain je joue ma vie et toi aussi. Nous avons donc mieux à faire. Alors, pour ça et par respect pour la femme de la photo dans ton portefeuille, ne dis rien de plus.
– Tu as fouillé dans mes affaires ?
Minerva haussa les épaules.
– Je suis la leader de la bande. Je dois savoir avec quels bœufs je laboure.
Mac secoua la tête. Il ne savait pas s'il devait commencer par lui demander qui l'avait autorisée à mettre ses affaires sens dessus dessous ou lui dire qu'elle avait tout compris de travers. Mais elle avait raison, ce n'était pas le moment. Il avait besoin d'avoir la tête froide et toute sa concentration durant les prochaines trente-deux heures. Si tout se passait bien, ils auraient le temps de parler.
Le Zodiac s'immobilisa sur la plage de galets avant qu'aucun des deux n'ait pu ajouter un seul mot. Ils sautèrent sur les pierres humides en silence. Il restait plus de cent mètres de câble dans l'embarcation. Mac les traîna jusqu'aux rochers au pied de la falaise. Pendant ce temps Minerva prit le sac à dos et partit en sens inverse, là où la paroi rocheuse cessait d'être verticale, et commença à grimper.
Quand il ne resta plus de câble dans le Zodiac, Mac regarda vers le haut. La pointe du phare abattu dépassait de la falaise, vingt mètres au-dessus de sa tête. Deux minutes plus tard, la silhouette de Minerva se découpa au milieu des poutres rouillées. Elle lui jeta une corde qui tomba en se déroulant à toute vitesse. Mac l'attacha à la pointe du câble et leva le pouce. Ensuite il courut pour monter au sommet de la falaise par le même chemin que sa camarade.

En arrivant en haut, il rejoignit Minerva près du phare. Elle avait déjà plusieurs mètres de câble enroulés à côté de ses pieds.

– Avec ça, nous en avons assez, dit-il en sortant du sac une serviette et un rouleau de ruban adhésif. À nouveau il étudia chacune des grosses poutres en acier rouillé du phare comme il l'avait fait quelques jours auparavant. Et cette fois encore il conclut que la meilleure était celle qui, bien qu'entièrement couverte de rouille, n'avait pas était affaiblie par la corrosion. En plus, sa situation était idéale : juste au bord du précipice, à quatre-vingt-dix centimètres du sol.

Il recouvrit la poutre avec la serviette et l'attacha avec le ruban adhésif, il enroula le câble autour et termina la fixation avec un serre câble. Il observa le résultat et fut satisfait. Il faudrait plus de dix mille kilos de traction pour que cet amarrage cède.

– L'heure de vérité, dit-il à Minerva en indiquant une des maisons en ruines.

Ils s'y rendirent ensemble pour prendre les pots de peinture remplis de plomb qu'ils avaient cachés là deux jours plutôt. Chacun contenait six litres de métal et pesait soixante-six kilos. À peu de chose près le même poids qu'un lingot de doré.

CHAPITRE 111

16 juillet 2019, 5:46 PM

Le jour d'avant, quand ils avaient tendu le câble et testé l'installation avec les pots remplis de plomb, la structure du phare, là aussi, s'était plainte avec des bruits de métal tordu. Mais aujourd'hui, Mac trouvait que les grincements étaient plus importants. Il voulut se convaincre qu'il les entendait amplifiés par les nerfs et l'adrénaline.

– Ça ne fait pas un peu trop de bruit ? lui demanda Pata.

– C'est normal, répondit-il sur le ton le plus serein qu'il pût prendre.

– Mais hier c'était moins fort, intervint Minerva.

– C'est parce qu'aujourd'hui il y a plus de vent et le câble tire un peu plus. Ne vous inquiétez pas, tout est calculé.

Il fut sur le point d'ajouter que même les plus hauts gratte-ciel du monde oscillaient avec le vent, mais il préféra ne pas faire de commentaire sur les structures élevées devant Pata.

– Comment ça va ? demanda-t-il dans la radio, le regard braqué sur le Maese.

– Tout est normal, répondit Banquier.

– Je vois que le câble est sorti de l'eau. À quelle hauteur est-il ?

– La partie la plus basse est entre un mètre cinquante et deux mètres au-dessus de l'eau, ça dépend de la hauteur des vagues.

– Très bien. Nous allons commencer.

Mac ouvrit l'un des sacs noirs et sortit un bout de filet de pêche parmi ceux qu'ils avaient préparés les jours précédents. Il y en avait une centaine, tous identiques, découpés en carrés d'un mètre vingt de côté avec une corde enfilée dans les quatre coins. Il le posa sur le sol rocailleux au bord du précipice, quatre-vingt-dix centimètres sous le câble relié au phare.

– Allons-y avec le premier.

Pata et Poudrier déchargèrent un lingot de la camionnette stationnée à trois mètres à peine du précipice et le posèrent au centre du filet. Mac tira sur la corde pour le refermer autour du doré. Ensuite il accrocha ce baluchon à une poulie avec système de freinage et positionna le tout sur le câble.

– Aide-moi, Poudrier.

À eux deux, ils le poussèrent vers le précipice.

Le doré glissa, suspendu à la poulie, comme une balle au ralenti tirée vers le mât du voilier.

***

Il arrive. *Surtout tu ne bouges pas, Maese...* pensa Banquier, le regard fixé sur le paquet qui glissait vers lui sur la tyrolienne.

Si le Maese gardait sa position, le mât résisterait. Car, en fin de compte, il était conçu pour encaisser les forces de plusieurs tonnes que le vent exerçait sur les voiles quand elles étaient déployées. Mais si l'ancre bougeait ou si une vague plus forte le faisait virer, la tyrolienne pourrait toucher l'un des haubans qui renforçaient le mât à bâbord et tribord. Sans le *backstay* et avec un hauban cassé, les tensions ne seraient plus assurées et le câble qui unit le Maese au phare Campana pourrait finir par arracher le mât.

... et j'espère que les matelas tiendront.

L'impact, lui aussi, le rendait nerveux. Ils avaient fait des essais le jour d'avant avec des pots en fer remplis de plomb, et les matelas avaient amorti le poids sans problème. Mais il avait participé à suffisamment de braquages pour savoir qu'un essai ne restait qu'un essai. Le jour J, Murphy avait l'habitude d'être présent plus que jamais.

Le lingot frappa avec un bruit sourd le premier matelas qui s'enfonça comme le gant d'un joueur de baseball. Le second plia un peu moins et le troisième encore moins. Ensemble, les matelas résistèrent stoïquement.

Banquier grimpa sur l'escabeau près du mât et fit une entaille dans le filet avec un couteau. Le métal tomba un mètre plus bas sur les matelas empilés sur le pont. Il sourit, satisfait.

Il décrocha la poulie avec le filet vide et agita la bannière des pirates. Il vit qu'à l'autre bout du câble ils installaient une nouvelle poulie.

Mais cette fois ils ne mirent pas de lingot. Le deuxième envoi allait être très différent.

***

– Toi en premier, Pata, dit Mac tandis qu'il sortait du sac un jeu de courroies noires. La jambe droite par ici et la gauche par là.

Pata obtempéra. Son cœur s'emballait, comme deux mois et demi plus tôt à San Rafael, quand il avait enfilé le même harnais. Sauf que cette fois, il n'aurait pas l'option de choisir le chemin de la poule.

Il sentit la pression des courroies sur son torse et ses jambes quand Mac vérifia que le harnais était bien mis. Ensuite, son camarade appuya la main sur son épaule et le guida au bord de la falaise.

– C'est mieux si tu ne regardes pas en bas.

Ça lui fit le même effet que lorsqu'on te dit de ne pas penser à un éléphant. La première chose que fit Pata, ce fut de s'accrocher de toutes ses forces à la structure rouillée du phare et de baisser le regard. Les vagues se brisaient contre les rochers aux arêtes tranchantes vingt mètres sous ses pieds. Tomber, c'était la mort assurée.

Il passa les doigts sur le câble en acier. Il lui parut très fin.

– Tu es sûr qu'il va résister ?

– Tu n'as pas vu, nous venons de faire descendre un lingot de soixante kilos ? S'il a supporté ça, il te portera toi qui n'as que la peau et les os, répondit Mac en lui tapant sur son ventre rebondi avec sa main ouverte.

– Je parle sérieusement. Il a un centimètre de diamètre et il est attaché à un tas de ferraille rouillée. Il ne va pas casser ? insista-t-il en tirant sur le câble.

– Évidemment qu'il ne va pas casser. En trois années, jamais aucun ne s'est rompu. Et je peux t'assurer que j'ai porté à cette tyrolienne beaucoup plus d'attention qu'à n'importe quelle autre. En plus, qu'est-ce qui peut t'arriver au pire ? Un plongeon un peu rafraîchissant ?

Pata fit claquer la langue et secoua la tête.

– J'ai vraiment la trouille, Mac. Vraiment. J'ai vu sur internet que l'eau d'ici est à trois degrés. En plus, je ne sais pas nager.

– Ça ne va pas casser, et il ne va rien t'arriver. C'est promis. Maintenant, assieds-toi au bord.

Sans lâcher les barres rouillées, Pata se baissa pour s'asseoir sur la roche, les jambes tendues vers l'avant. Le précipice commençait au niveau de ses chevilles.

– Très bien, dit Mac en enclenchant la poulie du harnais sur le câble qui lui touchait presque la tête. Maintenant, approche-toi un peu plus du bord. Imagine-toi que c'est un mur d'une cinquantaine de centimètres.

– Je ne peux pas imaginer ça, couillon. J'ai la phobie des hauteurs, tu ne comprends pas ?

– Il ne va rien t'arriver, d'accord. Accroche-toi à la fixation de la poulie et moi je compte jusqu'à trois et je te pousse, compris ?

Pata acquiesça et ferma les yeux. Même si dans l'accrobranche Mac lui avait expliqué que le poids bloquait les sangles des cuisses, il s'accrocha à la corde qui l'unissait à la poulie comme si c'était son unique lien à la vie.

Il s'avança jusqu'à ce que ses mollets pendent dans le vide.

– Un !… dit Mac.

Pata sentit en même temps qu'une poussée dans le dos, son estomac remonter jusque dans sa bouche et les sangles lui écraser les testicules. Au-dessus de sa tête, la poulie commença à ronfler à mesure qu'il prenait de la vitesse.

– Tu avais dit jusqu'à trois, fils de !…

Il fut incapable de terminer car, plus il avançait, plus la rage et la peur se transformaient en une sensation de soulagement. Il eut une sorte de vision : il était, presque littéralement, en train de voler vers sa liberté. Il repensa à Sandra, à Los Antiguos et à Mina courant au milieu des cerisiers.

– Attention à tes pieds, lui cria Banquier depuis le voilier, montrant le lingot de doré toujours sur le matelas.

L'atterrissage ne fut pas très glamour. Pata heurta les matelas par le côté avec l'épaule et la hanche en même temps. Le freinage fut brutal et il lâcha la poulie pour terminer la tête en bas, le visage à un mètre du lingot.

Banquier dut l'aider à se décrocher. Quand il fut libre, il remua un peu pour vérifier qu'il ne s'était rien cassé. Alors une euphorie, qui tendit tous ses muscles, l'envahit.

– Ouuuuuuuuuuh ! hurla-t-il de toutes ses forces.

– Mets-toi sur le côté pour fêter ça, il y a Serrurier qui arrive, le prévint Banquier tout en indiquant l'autre extrémité du câble où une silhouette se penchait vers le précipice.

Vingt secondes plus tard, un Serrurier tout pâle atterrit sur les matelas. À peine fut-il détaché qu'il se précipita jusqu'à la rambarde pour vomir.

– Allez, mec, reviens vite, nous avons du boulot, cria Pata en riant.

Serrurier s'essuya la bouche avec sa manche et revint à côté du mât près de Pata.

– Ça va, merci de demander.

Pata sourit, lui donna une claque dans le dos et montra le lingot sur les matelas. Ils le soulevèrent et le portèrent jusqu'à l'étroit escalier qui s'enfonçait à l'intérieur du bateau.

La dernière chose que vit Pata avant de descendre dans la cale fut Banquier en train d'agiter la bannière des pirates. Puis un nouveau lingot se dirigea vers eux, reflétant les rayons d'un soleil qui ne tarderait pas à se coucher.

***

Ils mirent un peu plus de quinze minutes pour décharger la première camionnette. Quand elle fut vide, Minerva la conduisit à onze kilomètres, à l'une des extrémités de la piste d'atterrissage de l'estancia Bahía Laura. Elle sortit du sac à dos une boîte à savon dans laquelle elle rangeait un chiffon imbibé d'eau de javel. Elle le passa sur le volant, le levier de vitesse et la poignée de la portière.

Sans perdre de temps elle courut les cents mètres qui la séparaient du bosquet. Elle ouvrit la barrière avec le cœur à mille à l'heure et les poumons en feu.

La porte d'entrée de la maison de deux étages n'était pas fermée à clé, et cela depuis trois jours, quand Serrurier avait fait son tour de magie. Elle entra et ferma derrière elle.

CHAPITRE 112

16 juillet 2019, 7:56 PM

Tout en se réfugiant dans la camionnette de de Abreu pour se protéger du vent, le commissaire continua sa conversation avec le directeur par l'intermédiaire du téléphone satellite.

– Pour le moment, nous devons rester ouverts à toutes les possibilités. Si le doré est parti par la terre, le plus probable, c'est que nous l'interceptions lors d'un contrôle routier ou à la frontière. La police de toute la province est prévenue. Mais ils peuvent aussi l'avoir emporté par la mer ou caché.

– Avec les bateaux, le problème est le même qu'avec les avions, répondit le directeur. Pour charger cinq mille kilos, il faut un gros bateau, qui ne peut jeter l'ancre que dans un port.

– Peut-être ont-ils utilisé un canot pour transporter les lingots de la côte jusqu'au bateau, proposa de Abreu en appuyant un coude sur le volant.

– Ça nécessiterait beaucoup d'allers-retours, rétorqua Sandoval. On ne leur en a pas laissé le temps.

– En plus, on ne voit aucune trace sur la plage, ajouta Bellido.

– Quoi qu'il en soit, ils ont le doré, opina de Abreu. Et l'idée qu'ils l'aient caché ne me convainc pas du tout.

Le commissaire, non plus. En fait, aucune des alternatives n'avait de sens pour Lamuedra. Il commençait à se résigner à attendre qu'il fasse jour pour trouver une réponse. À cet instant, en pleine nuit, il ne lui restait qu'une chose à faire.

Après avoir coupé la communication avec Sandoval, il se tourna vers Bellido, assis sur le siège arrière.

– Nous allons entrer dans la maison.

– Mais commissaire, nous sommes deux et eux sont cinq. S'ils nous attendent, ils vont nous cribler de balles.

– Dans cette maison, il n'y a personne, Bellido.

– Comment le savez-vous, demanda de Abreu.

– Parce que ça n'a aucun sens. Ces types ne sont pas des idiots. S'ils voulaient se cacher, ils ne laisseraient pas trois camionnettes à la vue.

– Alors pourquoi entrer ? Vous croyez que l'or pourrait être caché ici ?

Le commissaire secoua la tête.

– Et alors ?

– Cette maison est la seule construction encore debout dans les quarante kilomètres à la ronde, Bellido. C'est aussi l'une des maisons les plus proches de la mine d'Entrevientos. En plus, les Hilux sont quasiment devant la porte. Alors pourquoi ne pas entrer ?

Le commissaire ouvrit la portière de la camionnette, puis se tournant vers de Abreu :

– Vous attendez ici.

Lamuedra et Bellido marchèrent en silence en direction du portail entre les tamaris. Le commissaire était attentif au moindre bruit, mais il n'entendait que le vent et ses pas faisant crisser la terre desséchée. Il ouvrit le portail et ils avancèrent dans le rectangle d'arbres qui protégeait cette poignée de constructions solitaires.

Sous la lumière de la lune, la grande maison au centre du quadrilatère avait un air lugubre. Elle était en bois, du style anglais si populaire dans la Patagonie d'avant. Lamuedra en avait vu beaucoup avec ce style d'architecture, mais jamais une de deux étages comme celle qu'il avait en face de lui. La porte principale était protégée par un auvent à deux pans surmonté d'un œil de bœuf. Sur les lattes de bois on devinait les dernières écailles de ce qui avait dû être de la peinture blanche.

Autour de l'habitation, comme de petits satellites, il y avait trois constructions. Deux étaient des hangars, pour la tonte des moutons et les autres travaux des champs, toutes faites du même bois. La troisième était une petite maison en béton, probablement là où vivait l'employé.

Lamuedra avança directement vers la maison principale. Il mit son index sur ses lèvres et regarda Bellido. Chacun sortit son arme.

Le commissaire alluma sa lampe et tourna la poignée de la porte. Elle s'ouvrit en grinçant et le faisceau de la lampe révéla une grande cuisine-salle à manger présidée par un poêle à bois. Au centre il y avait une table sans chaises.

Il s'approcha du poêle et le toucha avec le dos de la main. Il était glacé.

En plus de la porte d'entrée, il y en avait quatre autres qui communiquaient avec le reste de la maison. Il dirigea son arme vers l'une d'elle et fit signe à Bellido pour qu'il l'ouvre. C'était un garde-manger où il restait quelques boîtes de conserve rouillées. Ils répétèrent la manœuvre avec la deuxième, qui donnait sur une chambre avec le lit fait. Derrière la troisième ils trouvèrent une vieille salle de bain poussiéreuse. La dernière conduisait à un escalier.

– Nous montons ? chuchota Bellido.

Lamuedra acquiesça et posa avec prudence un pied sur la première marche. Mais à peine avait-il mis tout son poids que le bois grinça comme la pire des charnières. Alors il monta à la course en grimpant les marches deux par deux.

Le couloir du haut était désert. Il compta quatre autres portes et se prépara à les explorer. La seule qui était ouverte donnait sur une salle de bain aussi vieille que celle d'en bas. Les deux suivantes étaient des chambres, une avec un lit double et l'autre avec trois lits individuels. Tout était soigneusement rangé.

Ils ne sont pas venus ici, pensa-t-il.

Résigné, il ouvrit la dernière porte.

Immédiatement, il sut qu'il s'était trompé.

CHAPITRE 113

16 juillet 2019, 8:01 PM

Ils sont bien venus ici, corrigea-t-il.

Le lit double, qui aurait dû occuper le centre de la chambre, était posé de côté appuyé contre un mur, les pieds dirigés vers Lamuedra. À sa place il y avait six chaises disposées sur deux rangées et dirigées vers une petite table sur laquelle était posé un verre vide. Derrière elle, deux posters fixés sur le mur en bois. L'un d'eux était un plan de la mine d'Entrevientos. L'autre avait pour titre « *Gold Room* », et portait des annotations rouges manuscrites.

Lamuedra se les imagina ce matin même, se levant tôt, chacun faisant le lit dans lequel il avait dormi. Sans compter celui de cette chambre, il y en avait cinq dans la maison. Cinq lits, cinq malfrats.

– La police scientifique devrait venir, non ? suggéra Bellido dans son dos.

– Oui, et ce serait mieux si nous sortions pour ne pas contaminer la scène.

Ils descendirent l'escalier sans toucher aux murs. Au rez-de-chaussée, Bellido prit la direction de la sortie, mais le commissaire s'arrêta pour observer le vieux poêle à bois.

Se couvrant les doigts avec la manche de sa chemise, il ouvrit la porte en fonte. Le faisceau de la lanterne révéla des cendres et un morceau de bois qui n'avait pas fini de se consumer. En le déplaçant, il découvrit un bout de papier roussi.

Il approcha le visage de la petite porte du poêle et, en regardant de plus près, il resta paralysé. Il voulut se convaincre qu'il s'était trompé, mais plus il y pensait, plus ça prenait sens.

Il décida de ne pas le toucher. Les experts de la police scientifique le trouveraient. Il ferma le poêle et sortit de la maison. Dehors, tandis que le vent du matin lui gelait à nouveau le visage, il raconta à Bellido ce qu'il avait découvert en lui demandant une absolue réserve. Ensuite ils vérifièrent que les deux hangars de tonte comme la maison de l'employé étaient vides.

Ils abandonnèrent la protection des arbres pour se diriger vers les camionnettes. Lamuedra ne pouvait s'empêcher de penser au bout de papier. Ce coin de feuille qui, par un caprice du destin, ne s'était pas consumé dans le feu, venait de lui désigner un membre de la bande.

***

Le commissaire et Bellido revinrent à la camionnette dans laquelle de Abreu les avait attendus pour la deuxième fois, toujours obéissant. Avant qu'ils aient fermé les portières, le chef des explorations était déjà en train d'appeler Sandoval.

– Vous avez trouvé quelque chose ? demanda-t-il à Lamuedra pendant que la ligne émettait une tonalité d'appel.

Lamuedra nia de la tête, faisant un effort pour ne pas révéler ce qu'il savait. Sa femme lui disait toujours qu'il était un piètre menteur.

– Du nouveau ? s'empressa de demander Sandoval.

– Lamentablement, non, dit Lamuedra. Nous sommes entrés dans la maison, mais nous n'avons rien trouvé.

– Ils ne peuvent pas s'être volatilisés, commissaire, insista Sandoval.

– Bien sûr. Demain, à la lumière du jour, nous devrions trouver de nouvelles pistes.

– Ça ne serait pas mieux de continuer à chercher ? demanda de Abreu.

– Où voulez-vous que nous cherchions ? La maison est vide et tout semble indiquer qu'ils sont partis par les airs.

– De Abreu vous a expliqué que c'est trop de poids pour un tel avion ! intervint Sandoval à l'autre bout de la ligne.

Lamuedra fut sur le point de lui répondre sur un ton encore plus énergique. Pour qui il se prenait ce type ? Le président de la nation ?

Mais se mettre à crier n'était pas une bonne idée. Le commissaire respira à fond et parla du ton le plus calme possible.

– Monsieur Sandoval, ne perdez pas les étriers. Il y a là une piste d'atterrissage avec des traces très nettes de pneus d'avions. Peut-être que vous avez raison et que le doré est caché. Si c'est le cas, nous allons le trouver. Pour le moment, ce que nous devons faire, c'est rentrer au camp.

En même temps qu'il parlait à la radio, Lamuedra sortit de la poche de son blouson le chewing-gum que lui avait donné Sandoval dans son bureau. Un des coins était identique au bout de papier roussi qui était dans le poêle.

CHAPITRE 114

16 juillet 2019, 6:05 PM

En entrant dans la vieille maison de l'estancia Bahía Laura, Minerva mit des gants en latex et un bonnet de chirurgien. Elle ferma la porte derrière elle et monta à toute allure les escaliers qui conduisaient à l'étage. Elle se rendit directement à la plus grande des chambres.

Le soleil était couché depuis une dizaine de minutes, mais la dernière clarté du jour filtrait encore à travers les rideaux. Suivant ses ordres, Poudrier et Mac avaient renversé le lit sur le côté et monté ici toutes les chaises de la maison, les orientant vers un des murs en bois.

Elle sortit un rouleau de ruban adhésif du sac à dos et fouilla dans les objets que Serrurier avait ramenés de la chambre de Sandoval. Elle colla au mur un plan de la mine et un autre de la *gold room* avec des annotations manuscrites du directeur.

Avant de sortir de la chambre, elle éparpilla sur le sol quelques cheveux gris que Serrurier avait recueillis dans la douche de Sandoval. Ensuite elle entra dans la salle de bain et cacha le rasoir derrière le lavabo.

Elle descendit à la cuisine et ouvrit la porte du poêle. Elle y trouva des cendres et un bout de bois carbonisé d'un ancien feu. Bingo.

Du sac, elle sortit le chewing-gum au café. Elle le déplia et s'obligea à le mettre dans sa bouche. Une vague de dégoût et le souvenir de la peur lui parcoururent tout le corps, mais elle continua de mâcher pendant qu'elle observait l'emballage.

Elle enflamma une pointe du papier avec un briquet et attendit que le feu ait consumé presque la totalité. Quand elle souffla, il ne restait qu'un coin de l'emballage entre ses doigts gantés. Elle le mit dans le poêle.

Pour finir, elle releva la manche de son bras gauche et remonta le bracelet jusqu'au coude. Le bracelet en doré brillait, même sous la faible luminosité. Elle l'avait remis le jour où elle avait décidé de dévaliser la mine, pour qu'il l'aiguillonne comme un éperon les jours de doute. Et ça avait fonctionné. Comme une sinistre boussole, le bracelet avait indiqué l'unique chemin à suivre pour manipuler ce salopard.

Elle respira profondément. Il restait peu de temps avant qu'elle puisse l'arracher de toutes ses forces. Elle s'imagina le soulagement qu'elle sentirait quand sa peau cesserait d'être en contact avec ce métal.

– Maintenant nous allons voir qui est le guanaco et qui est le puma, dit-elle à voix haute en claquant la porte du poêle.

Elle sortit de la maison.

CHAPITRE 115

16 juillet 2019, 6:25 PM

Minerva courut entre les arbres jusqu'à un hangar pour la tonte à cinquante mètres de la maison. À l'intérieur elle avait laissé la Sanspapiers. Elle s'installa au volant, poussa le levier de la boîte automatique et sortit du périmètre protégé par les arbres.

Elle parcourut les onze kilomètres jusqu'à Punta Mercedes en prenant soin de rester au centre de la piste, là où le revêtement était le plus compact et où les roues laissaient le moins de traces. En arrivant à la hauteur du phare effondré, ses camarades avaient déjà fini de décharger la deuxième Hilux et commençaient avec la troisième.

– Comment ça se passe, leur demanda-t-elle en montant dans la voiture pour les aider à porter un lingot.

– Jusqu'à présent, bien, dit Poudrier.

Ils travaillèrent dans un silence uniquement troublé par les grincements du phare. Il fallait soulever chaque lingot, le transporter jusqu'à un nouveau filet ouvert sur le sol, l'accrocher à une poulie et, à son tour, la poulie sur le câble d'acier. Ensuite, pousser avec force et espérer qu'il y ait soixante kilos de plus à bord du voilier.

Après avoir poussé avec Mac un nouveau lingot vers le précipice, Minerva revint à la camionnette pour décharger avec Poudrier le suivant. Le phare émit un de ses grondements auxquels Minerva ne faisait plus attention. Mais, en relevant la tête, elle vit que le câble avait perdu en tension, comme s'il s'était rompu à l'autre extrémité. Elle regarda vers le Maese et vit que Banquier agitait les bras depuis la poupe.

– Le câble se détend, il s'enfonce dans l'eau, annonça Mac.

À ce moment, la voix de Banquier résonna dans la radio.

– L'ancre vient de casser. Je suis à la dérive et le câble m'entraîne vers la falaise.

CHAPITRE 116

16 juillet 2019, 6:32 PM

Mac sentit qu'on lui arrachait brutalement la radio des mains, c'était Poudrier.

– Que faisons-nous ? demanda-t-il à la radio.

– Nous partons. Il y a déjà soixante-trois lingots à bord, répondit Banquier.

– Il en reste quinze.

– Mais nous n'avons plus d'ancre. Et je ne veux pas me risquer avec celle de secours.

Mac écoutait la conversation, le regard braqué sur le voilier. Ils avaient déjà parlé de ça, et il était d'accord avec Banquier. S'ils utilisaient la deuxième ancre, il devrait dire adieu à la possibilité de mouiller où que ce soit. Ça ou se livrer à la police, c'était pratiquement la même chose.

– Je ne pense pas laisser les quinze lingots ici.

– Il ne s'agit pas de ce que tu penses, Poudrier. L'ancre a lâché. Nous partons, répondit Banquier.

Mac jeta un coup d'œil aux lingots restant sur le dernier pick-up. Peut-être y avait-il un moyen de les charger sans recourir à l'ancre. Il demanda la radio à Poudrier.

– Banquier, j'ai une idée. Démarre le moteur et navigue en t'éloignant de la côte, pour retendre le câble.

– Tu es fou ? Se retrouver sans moteur, c'est bien pire que sans ancre.

– Ça ne va pas arriver. La tension dont nous avons besoin est bien plus faible que la résistance de l'eau quand le voilier navigue. Si le Maese avance à huit nœuds, il peut maintenir la tyrolienne tendue.

Il y eut un silence de l'autre côté de la radio.

– Essayons, insista Mac.

– Devant le moindre problème, nous partons.

– Évidemment.

En entendant cela, Poudrier s'éloigna pour décharger le lingot suivant avec Minerva.

– Une chose encore, Banquier, dit Mac.

– Quoi ?

– Comme le moteur et très en arrière du mât, il va pousser le bateau comme quelqu'un poussant une bicyclette par la selle. Tu sais ce que ça veut dire ?

– Que si je dévie ne serait-ce que de deux degrés, le Maese peut brusquement pivoter à cent quatre-vingts degrés.

Et finir au fond de l'eau, pensa Mac.

– Correct. Alors, ne dévie pas.

***

Banquier serra les mains sur le gouvernail du Maese et lâcha un profond soupir. Pata et Serrurier sortirent de la cale après avoir descendu un lingot.

– Que s'est-il passé ? demanda Pata. Nous avons senti comme une secousse.

– Ne me dis pas que... dit Serrurier en regardant le câble immergé.

– Nous avons perdu l'ancre. Je vais essayer de tendre le câble avec le moteur.

– Ce n'est pas dangereux ? demanda Serrurier.

Banquier fit claquer sa langue, comme si la question l'offensait.

– Pas pour le capitaine Nemo, dit-il en se montrant du doigt. Autant pour ses nerfs que pour rassurer les deux autres.

De la main droite, il appuya doucement sur le levier des gaz. Le moteur du Maese commença à pousser et le câble se tendit peu à peu. La main gauche serrait de toutes ses forces le gouvernail, comme s'il allait s'échapper.

– Ça y est, il est totalement hors de l'eau, annonça Serrurier, trente secondes après.

– De combien ?

– Un mètre.

– Le câble est un mètre au-dessus de l'eau, répéta Banquier à la radio.

– Ça ne suffit pas, répondit Mac. Si un lingot percute une vague et se bloque, la tyrolienne devient inutilisable.

Sans répondre, Banquier poussa un peu plus la manette.

– Un mètre cinquante, annonça Serrurier.

– Un mètre cinquante, répéta-t-il à la radio.

– Bien. Nous avons besoin d'au moins deux mètres pour être en sécurité.

– Le moteur est quasiment au maximum.

– Continue !

Il accéléra un peu plus, mais sans pousser le levier à fond. C'était son bateau et il ne voulait pas prendre plus de risques que nécessaire.

– Maintenant, on est entre un mètre cinquante et deux mètres, en fonction des vagues, dit Serrurier.

Banquier transmit à Mac.

Parfait, on envoie le lingot suivant.

Quand Banquier tourna la tête vers Punta Mercedes, une nouvelle barre de métal voyageait vers le Maese. Elle suivit la trajectoire vers le point le plus bas du câble. Le lingot passa à peine à vingt centimètres de la crête d'une vague.

Merde. Si le moteur faiblit d'un iota, ciao la tyrolienne, pensa-t-il.

***

— Quatre lingots de plus et nous avons fini, annonça Mac dans la radio.

C'est mieux, pensa Serrurier qui observait Banquier aux commandes du voilier depuis les matelas près du mât. Il était clair que la manœuvre était risquée, même si Banquier n'en laissait rien paraître. En plus, le vent s'était levé et les vagues étaient de plus en plus hautes.

— Le suivant arrive, prévint Pata, qui était de l'autre côté de la pile de matelas.

Serrurier suivit le lingot du regard pendant qu'il traversait le ciel, à peine éclairé par les dernières lueurs rougeâtres du crépuscule.

— Mince, le câble n'est pas un peu bas ?

Comme si sa phrase était un mauvais présage, le lingot toucha l'eau, projetant devant lui une gerbe d'eau en forme d'éventail.

En voyant que l'impact avait beaucoup réduit la vitesse du paquet, Pata partit en courant vers la poupe. Serrurier le suivit, les yeux fixés sur la barre de doré qui montait maintenant vers eux par la dernière partie du câble à la vitesse d'un escargot.

– Il ne va pas arriver en haut, annonça Banquier depuis le gouvernail.

Il a raison, pensa Serrurier. *Il ne va pas arriver. Et s'il n'arrive pas, c'est mort pour la tyrolienne.*

– Peut-être que nous pouvons l'aider, cria Pata en décrochant une longue perche en bois fixée au pont.

Serrurier devina immédiatement les intentions de son camarade. La perche, de trois mètres de long, avait un crochet en métal à son extrémité. Banquier leur avait expliqué qu'il l'avait achetée en République Dominicaine à une période où il était obsédé par *Le vieil homme et la mer* et avait essayé, sans succès, de pêcher des marlins dans les Caraïbes.

Tandis que les soixante kilos de doré remontaient lentement le câble, Pata pencha la moitié du corps par-dessus la rambarde chromée de la poupe du voilier.

– Ne va pas tomber à l'eau, Pata.

Pata s'inclina encore plus et tendit la perche.

Ce n'est pas pour rien qu'on appelle ça la fièvre de l'or, pensa Serrurier, et il agrippa son camarade par le ceinturon. *En ce moment, il a oublié sa peur du vide.*

Le lingot était sur le point de s'arrêter et il lui restait encore un mètre pour être à la portée du crochet.

– Tiens-moi bien, cria Pata, et il se pencha encore plus en avant.

– Arrête, imbécile, dit Serrurier. Son camarade avait la plus grande partie du corps à l'extérieur du voilier. S'il le lâchait, il tombait à l'eau.

– Je l'ai !

Serrurier regarda par-dessus Pata et vit qu'il avait accroché le filet. Mais c'était une chose d'empêcher le lingot de redescendre, et c'en était une autre de le remonter par un câble avec une telle inclinaison.

Il tira de toutes ses forces sur le ceinturon. Son camarade parvint à se stabiliser, mais le lingot pendait toujours au-dessus de l'eau à cinquante centimètres du bord de la poupe.

– Et maintenant, qu'allez-vous faire ? cria Banquier depuis le gouvernail.

La question était pertinente. Bien qu'ils aient le filet à portée de main, ils ne parviendraient jamais à faire remonter la poulie le long du câble.

– Banquier, combien de temps peux-tu lâcher la barre ?

– Trente secondes, maximum.

– Il faudrait y accrocher une corde et tirer depuis le mât, dit Pata en indiquant un filin enroulé sur le pont.

– Ce n'est pas une bonne idée, dit Banquier, et il se pencha pour ouvrir un meuble sous le gouvernail.

Quand il se releva, il avait à la main une machette en acier inoxydable.

– Non, arrête, que vas-tu faire ?

– En finir avec cette stupidité, et il s'avança vers eux d'un pas décidé.

D'un mouvement souple et rapide, Banquier monta sur la rambarde et coupa le filet d'un coup sec. Avec un *gloup !* le lingot s'enfonça dans l'océan et Serrurier tomba en arrière, coincé entre le pont et le corps de Pata.

Quand il se releva, Banquier avait déjà rejoint le gouvernail. Sur l'eau il n'y avait plus aucune trace de ce qui venait de se passer. Seuls se voyaient les remous causés par le moteur du bateau.

– Il en reste trois, non ? disait Banquier à la radio.

– Oui.

– Envoie-les en rafale. S'ils arrivent, c'est bon. S'ils percutent l'eau et restent bloqués, manque de chance. On en a bien assez.

CHAPITRE 117

16 juillet 2019, 6:35 PM

Mac vit dans les jumelles les trois derniers lingots arriver à destination sans toucher l'eau. Il fut envahi par une sensation d'extase. Sur les quatre-vingt-huit barres de doré, quatre-vingt-sept étaient à bord du Maese et une au fond de l'océan. Pas mal.

– Je t'envoie le dernier paquet, dit-il à Banquier par radio.
– OK.

Il enclencha une dernière poulie sur le câble. Il accrocha deux sacs de voyage avec tous les mousquetons, les filets et les poulies qu'il leur restait. Il poussa le tout dans le vide et les suivit du regard jusqu'à ce qu'il ne puisse presque plus les distinguer. Cela faisait plus d'une heure que le soleil était dans son dos, et maintenant il commençait à faire nuit.

Il alluma une lampe et examina le sol. À l'exception de la pince coupante que lui-même avait posée contre le phare rouillé, à ses pieds il n'y avait que la terre dure et les pierres. Il referma les mâchoires de la pince sur le câble qui fouetta l'air et se perdit sur la falaise tel un serpent qui s'enfuit après avoir été blessé. Maintenant, sans une ligne qui les unissait au voilier, ils ne pouvaient plus se permettre le moindre faux pas.

Il déroula le mètre de câble autour de la poutre en acier et défit la serviette. Après avoir tout rangé dans le sac à dos, il examina le métal. Le tissu avait fait son travail à la perfection : en plus d'empêcher que le câble ne se détériore à cause du frottement sur l'acier rouillé, il avait aussi évité qu'il y ait des traces de ce frottement.

Les seuls indices d'une présence en ce lieu, c'était eux-mêmes, les deux Hilux et la Sanspapiers.

– Allons-y, dit-il à ses camarades.

***

Avant de monter dans la Sanspapiers, Minerva se retourna vers les deux Toyota de la mine. Poudrier était au volant de l'une d'elle et Mac s'installait au volant de l'autre.

Les trois véhicules, Minerva en tête, parcoururent tous feux éteints les onze kilomètres qui les séparaient de l'estancia de Bahía Laura. Poudrier et Mac garèrent les deux Hilux à côté de celle que Minerva avait laissée là peu avant.

La police devait penser qu'ils étaient partis en avion. Plus exactement, dans deux avions. C'est dans ce but qu'ils avaient engagé un pilote pour qu'il atterrisse sur cette piste la matinée d'avant et les emmène faire un tour au-dessus de la zone – qui bien entendu incluait un survol de la mine – avant de les ramener à Bahía Laura. N'importe qui examinant la piste ferait la même conclusion : deux atterrissages récents.

Elle frotta le volant et les portières des Hilux avec un chiffon imbibé d'eau de javel. Elle alluma une lampe et jeta un dernier coup d'œil. Lorsqu'elle fut satisfaite, elle sortit du sac à dos une pochette remplie de cheveux provenant de plusieurs salons de coiffure de Caleta Olivia et les éparpilla sur les sièges des trois camionnettes d'Inuit. Elle l'avait vu faire dans le film *The town* et elle avait trouvé ça brillant.

– Nous partons, dit-elle à ses camarades.

Ils refirent en sens inverse les onze kilomètres jusqu'à Punta Mercedes. Elle ne se gara pas à côté du phare écroulé, comme ils l'avaient fait avec les camionnettes chargées de doré, mais deux cents mètres plus loin, là où la falaise faisait face au sud.

Tandis que ses camarades descendaient et ouvraient la portière arrière, elle donna un dernier coup d'œil dans la boîte à gants et derrière le pare-soleil. Tout était vide.

Quand elle descendit de la camionnette, Mac attendait déjà avec le bloc de ciment dans les mains.

– Elle est toute à toi.

Mac acquiesça et se mit au volant. Elle l'observa refaire les mêmes gestes qu'il avait répétés plusieurs fois dans les environs de Caleta Olivia. Premièrement, mettre le levier dans la position avancer. Deuxièmement, appuyer le bloc de ciment contre la pédale de l'accélérateur. Troisièmement, desserrer le frein à main. Et quatrièmement, sauter du véhicule pendant qu'il prenait de la vitesse.

Minerva compta les secondes entre le moment où la Sanspapiers tomba dans le précipice et le moment où elle toucha l'eau. Puis elle courut jusqu'au bord.

– On dirait que ça a fonctionné, dit Mac à côté d'elle.

– On dirait, oui, dit-elle avec un sourire. La seule trace de la Sanspapiers était un cercle d'écume blanchâtre qui brillait au clair de lune.

Sans perdre une seconde, elle descendit le long de la pente de Punta Mercedes vers l'extrême sud de Bahía Laura. Ses camarades la suivaient de près, avançant parmi les rochers en faisant attention de ne pas mettre un pied sur les galets de la plage. Dans le cas contraire ils laisseraient des empreintes aussi visibles qu'une enseigne lumineuse.

De temps en temps, elle levait le regard. Face à eux, le Maese flottait tranquillement avec les cinq mille kilos de doré dans sa cale. La lune lui permettait de distinguer sur le pont deux silhouettes appuyées contre la rambarde. Elle supposa qu'il s'agissait de Pata et Serrurier, parce que Banquier était probablement occupé à enrouler le câble avec le cabestan.

Une fois arrivés, à eux trois ils poussèrent le Zodiac échoué sur la plage jusqu'à ce qu'il commence à flotter. La marée se chargerait d'effacer les traces. Ignorant les morsures de l'eau glacée sur ses pieds, d'un bond Minerva fut dans l'embarcation et s'empressa de démarrer le moteur. Quand Mac et Poudrier furent à bord, elle prit la direction du voilier.

La traversée se fit en silence. Le vent leur apportait la voix de Banquier qui indiquait à Serrurier comment ajuster le *backstay* pour pouvoir déployer les voiles.

CHAPITRE 118

16 juillet 2019, 6:45 PM

Minerva fut la dernière des trois à monter sur le Maese. À peine à bord, elle leva un pouce en direction de Banquier qui était près du mât.

– Nous n'allons pas le hisser à bord ? demanda Poudrier en montrant le Zodiac.

– Ce n'est pas la peine, répondit Banquier en même temps qu'il déployait les voiles. Nous avons un très bon vent. Nous pouvons le remorquer sans problème jusqu'à ce nous soyons suffisamment éloignés de la côte.

Ils naviguèrent en silence, toute lumières éteintes, durant une trentaine de minutes, le regard dirigé vers la côte aride qui chaque minute se faisait plus lointaine, sombre et brumeuse. Le cœur de Minerva battait à toute vitesse. Elle appuya le dos contre la rambarde de tribord et observa chacun de ses camarades.

Banquier était à la barre, sûr de lui, comme s'il était le capitaine d'un navire marchand un jour de travail ordinaire. Poudrier souriait tout en donnant des coups de coude à Pata qui avait les deux mains sur sa tête rasée et les yeux comme des soucoupes. Serrurier était affalé sur le pont comme une poupée de chiffon que l'on aurait laissée tomber depuis le haut du mât. Mac jetait à l'eau harnais, câbles et outils qui maintenant n'avaient plus aucune utilité mais pouvaient les compromettre.

Elle aussi devait jeter quelque chose par-dessus bord. Elle releva la manche de son manteau, prête à arracher le bracelet, mais elle trouva un poignet gauche nu.

Elle sentit les muscles de son dos se contracter.

Ce n'est pas possible. S'il vous plaît, pas ça.

Elle passa ses doigts sous la manche jusqu'au coude. Rien.

Elle essaya de se souvenir. La dernière fois qu'elle l'avait vu, c'était dans la maison de Bahía Laura. De là elle avait couru vers le hangar où était garée la Sanspapiers, puis avait roulé onze kilomètres jusqu'à Punta Mercedes.

Sûrement qu'elle l'avait perdu durant ce trajet et maintenant le puma et le guanaco reposaient au fond de l'océan dans la Sanspapiers. Ou alors il était tombé dans le Zodiac.

Toutes les autres possibilités étaient catastrophiques. Si elle l'avait perdu en fermant brutalement la porte du poêle, ou quand elle courait de la maison au hangar, ou près du phare, la police pourrait le trouver. Alors elle aurait de gros problèmes.

Elle respira profondément, essayant de se convaincre que les probabilités étaient très faibles. De toute façon, les jeux étaient faits. Il n'y avait plus rien qu'elle puisse changer.

Elle laissa de côté cette pensée et releva les yeux. Elle rencontra le regard de Mac qui avait terminé son travail et l'observait depuis l'autre bord du voilier. La lune éclairait son visage. De la barbe obscure surgit un sourire clair auquel elle répondit.

Elle eut envie de l'embrasser. Ce serait sa façon de lui faire ses excuses pour l'avoir traité injustement. Elle remplit ses poumons d'air salé et se dirigea vers lui.

– Bordel de fils de mille putes ! entendit-elle dans son dos alors qu'elle était à mi-chemin. Trouvez-nous si vous le pouvez, bande de bâtards.

C'était Poudrier, qui montrait la côte avec son cigare. Ou, plus exactement, vers où devait se trouver la côte, parce que maintenant l'horizon, c'était trois cent soixante degrés d'eau sombre. L'unique point de référence était la lune qui se trouvait derrière eux.

Poudrier s'approcha d'elle, lâcha une bouffée de fumée à la vanille et appuya ses mains sur ses épaules. Ils étaient face à face, à trente centimètres de distance. Il la regarda dans les yeux et lui sourit.

Qu'est-ce qu'il fait celui-là ? Ne me dites pas que…

Poudrier commença à bouger vers le haut puis vers le bas. Tout d'abord à peine comme quelqu'un qui s'impatiente, puis il finit par carrément sauter devant elle. Quand il n'arriva pas à sauter plus haut, il cria si fort que plusieurs gouttes de salive atterrirent sur le visage de Minerva.

– Celui qui ne saute pas, c'est Sandoval ! Celui qui ne saute pas, c'est Sandoval !

Elle ne put s'empêcher de sourire. Immédiatement Pata et Serrurier les rejoignirent. Dix secondes plus tard, les six voleurs d'Entrevientos s'embrassaient et sautaient sur le pont en criant à se rompre les cordes vocales.

– Celui qui ne saute pas, c'est Sandoval ! Celui qui ne saute pas, c'est Sandoval !

SIXIÈME PARTIE

Après

CHAPITRE 119

Comodoro Rivadavia, Chubut, Argentine.
Un jour après le hold-up.

Le pilote sentit un frisson lui parcourir le dos.
– Ça va, lui demanda l'un des deux policiers.
Il hocha la tête.
Il avait atterri depuis quarante-cinq minutes. Après avoir rangé son avion, un Piper Cherokee 6, dans le hangar, il se préparait à monter dans sa voiture pour rentrer chez lui quand une voiture de la police du Chubut était arrivée.
Maintenant il était assis avec les deux officiers dans le petit bureau de l'aéro-club. La fenêtre donnait sur la piste d'atterrissage.
– Nerveux ?
– Pourquoi je devrais être nerveux ? dit-il, sans pouvoir éviter que ses paroles sortent comme un aboiement.
– Je ne sais pas. Parce que tu as transporté une cargaison et qu'en ce moment deux policiers t'interrogent.
L'autre policier posa une feuille de papier sur la table et parla pour la première fois.
– Voici une photocopie du registre des vols de l'aéro-club. Apparemment, avant-hier tu es sorti en indiquant comme

destination Los Antiguos. Cependant, dans cet aéro-club il n'y a rien d'enregistré à ton nom.

– Moi... moi la seule chose que je veux, c'est gagner ma vie.

– Mais il y a des lois.

Le pilote baissa la tête. Ils l'avaient découvert. Maintenant ça n'avait plus aucun sens de leur cacher la vérité.

– À qui j'ai fait du tort ? Hein ? Dites-le-moi ! Si j'avais raté mon atterrissage, c'est ma vie que je risquais. Et c'est mon avion. De plus, la piste était en bon état.

Il lui sembla qu'il y avait de la confusion dans le regard qu'échangèrent les policiers. Comme si quelque chose dans ce qu'il venait de dire ne cadrait pas.

– Je sais que c'est un atterrissage illégal, mais ce n'était quand même pas de la drogue que je transportais. Qu'y a-t-il de mal à réaliser le rêve d'un vieil homme ?

– Quel vieil homme ?

– Le père de la femme dont c'était l'anniversaire. C'est lui qui m'a engagé. Il m'a dit qu'il s'était élevé ici à l'âge d'or de l'aviation en Patagonie.

– L'anniversaire ? De quoi parles-tu ?

Le pilote prit une inspiration et tenta de mieux s'expliquer.

– Du propriétaire de l'estancia Bahía Laura. Il voulait que j'emmène sa fille, le mari et des amis. Il m'a dit que c'était son anniversaire, qu'elle avait trente-cinq ans et qu'elle n'était jamais montée en avion. C'est pour ça qu'il voulait que son premier vol, elle le réalise en découvrant du ciel l'endroit où son père avait grandi.

– Donc tu as accepté, sans autres explications, et avant-hier tu as atterri à Bahía Laura.

– Sans autres explications, exact. J'ai fait mes vérifications. La piste était dans un état acceptable, comme je vous l'ai déjà dit. En outre, ce monsieur m'a payé d'avance.
– Où s'est passée la transaction ?
– Á Comodoro. Dans un café du centre.
– Ce monsieur, il était à Bahía Laura avant-hier ?

Le ton solennel des policiers le laissa penser qu'il y avait autre chose qu'un simple atterrissage sur une piste non déclarée.

– Non. Il m'a dit que les passagers allaient être sa fille, le mari et trois amis qui passaient quelques jours dans l'habitation de l'estancia.
– Ça ne t'a pas paru bizarre que quelqu'un vienne en vacances dans cet endroit en plein hiver ?
– Si, plutôt.

À partir de là, les soupçons du pilote se confirmaient. Il n'était pas nécessaire d'être un génie. La presse de tout le pays ne parlait plus que des cinq voleurs qui avaient dévalisé la mine d'Entrevientos. Et cela, un jour après qu'il avait survolé la mine avec cinq passagers.

Maintenant, non seulement il avait des frissons, mais son corps entier était couvert de sueur.

– Le type qui t'a engagé, il était comment physiquement?
– La soixantaine, avec de rares cheveux gris, peignés en arrière.
– Les yeux ?
– Je ne sais pas trop, marron, je crois. Ce dont je suis sûr, c'est qu'il avait des cernes bien marqués. Mais, comprenez-moi bien, l'homme m'a dit qu'il voulait seulement...

Le bruit que fit l'un des policiers en aplatissant la photo contre la table l'obligea à laisser sa phrase en suspens.

– Le propriétaire de l'estancia Bahía Laura est Nicolás Reyes, un avocat de Buenos Aires. Il a quarante-neuf ans le teint mat et les cheveux noirs.

– Ce n'est pas celui-ci, dit-il, après avoir regardé la photocopie.

– Ni lui, ni personne dans sa famille, ne s'est élevé dans l'estancia. Le père de Reyes l'a achetée il y a une vingtaine d'années et il en a hérité il y a deux ans. En ce moment, elle est en vente.

– Tout ça a quelque chose à voir avec le vol à la mine ?

– C'est ce que nous cherchons à savoir. Raconte-nous tout, depuis le moment où tu as décollé de cette piste jusqu'à ce que tu reviennes atterrir ici, dit le moins bavard des policiers en montrant la fenêtre.

Il raconta le vol avec un luxe de détails. Il avait décollé de Bahía Laura avec cinq passagers, et quand ils avaient survolé la baie d'une pointe à l'autre, la femme, qui était supposée fêter son anniversaire, lui avait demandé de s'approcher un peu de la mine d'Entrevientos.

– Mais le plus bizarre, c'est quand je suis rentré à l'aéro-club pour réviser l'avion et que j'ai trouvé les sièges couverts de cheveux.

– Vous les avez brossés ?

– Évidemment.

– Nous devons inspecter cet avion.

– Allons-y maintenant. Prenez les empreintes digitales si vous voulez, mais je crois me souvenir qu'ils portaient tous des gants. À cause du froid. Écoutez, je reconnais avoir fait un atterrissage illégal, mais je ne suis pas un bandit. Je suis un type honnête.

Les policiers mirent presque une heure pour inspecter l'avion et terminer l'interrogatoire. Finalement, ils le laissèrent partir. Le jour suivant ils envoyèrent à la police scientifique les relevés d'empreintes et les échantillons de cheveux.

CHAPITRE 120

Océan Atlantique, 49° de latitude sud.
Un jour après le hold-up.

Minerva ne pouvait croire au peu d'intimité que l'on a quand six personnes partagent un voilier de seize mètres de long. Surtout en hiver quand on se dirige vers l'Antarctique, parce que sortir sur le pont, c'est comme pénétrer dans une chambre cryogénique dans laquelle, en supplément, on t'asperge avec de l'eau glacée.

Cela faisait vingt-sept heures qu'ils avaient quitté Bahía Laura et ils se préparaient à passer leur deuxième nuit à bord. Elle venait de sortir de la salle de bain, habillée et avec une serviette de bain autour de la tête. Par elle ne savait quel miracle, il n'y avait personne sur le pas et demi qui la séparait de sa cabine. Les autres portes étaient fermées et la table de la salle à manger, déserte. Depuis la minuscule cuisine, que l'angle ne lui permettait pas de voir, lui parvenaient des bruits de casseroles. Ce soir, c'était le tour de Poudrier de préparer le dîner.

Elle était sur le point de s'enfermer dans sa cabine quand Mac sortit de la sienne, qu'il partageait avec Serrurier.

– Bain polonais ? demanda-t-il en désignant la serviette sur la tête de Minerva.

Elle acquiesça avec un sourire. La veille, Banquier leur avait expliqué qu'il n'y aurait pas assez d'eau pour utiliser la douche. Alors Pata avait dit : « Bain polonais pour tout le monde. Tête, cul et aisselles. »

Durant un instant ils gardèrent le silence. Mac semblait sur le point de dire quelque chose, mais elle le devança.

– Tu as une seconde ? dit-elle en l'invitant dans sa cabine.

Ils pénétrèrent dans la petite pièce. Elle alluma la lumière et referma la porte. Ils s'assirent au bord du petit lit.

– Je te dois des excuses, Mac.

– Pourquoi ?

– Quand nous étions en train de tendre le câble pour la tyrolienne, je ne savais pas encore que tu étais veuf. C'est récent m'a expliqué Poudrier le lendemain, pendant que nous attendions sur le Cerro Solo. Je t'ai mal parlé parce que je déteste ces types qui draguent une femme pendant qu'une autre attend à la maison.

– Nous sommes deux. Moi aussi je les déteste.

– Tu me pardonnes ?

– Les Caraïbes sont toujours d'actualité ? dit-il sur le ton de la plaisanterie.

Minerva secoua la tête.

– Ce n'est pas pour nous. Les romances et les braquages ne vont pas ensemble. En plus, j'ai beaucoup de bagages, et toi aussi.

– Je suis veuf, pas extraterrestre. Et je n'ai pas non plus le syndrome du mort parfait.

Minerva fronça les sourcils.

Il sortit son portefeuille et posa la photo sur le lit.

– Presque toutes celles qui sont en couple avec un veuf ont peur de la comparaison avec celle qui n'est plus là.

Elle haussa les épaules, comme si cela lui était égal.

– Cette photo a cinq ans. C'est l'un des derniers moments durant lesquels mes enfants ont eu un père et une mère heureux, qui pouvaient encore se supporter.

Minerva prit la photo et observa la femme. Elle était si jolie, à vous rendre jalouse.

– Cecilia est morte il y a un an. Nous étions en pleine procédure de divorce. Je ne vais pas te raconter les détails par respect pour sa mémoire. Que ça me plaise ou non, elle est la mère de mes enfants. Mais crois-moi si je te dis que ce n'était pas une bonne personne. C'est tellement vrai que le juge m'avait donné la garde des enfants.

Mac posa une autre photo sur le lit. Sur celle-ci, il était seul avec ses trois enfants.

– Il y a encore six mois, c'est cette photo que j'avais dans mon portefeuille. Mais un jour Lautaro, mon plus jeune fils, l'a vue et s'est mis à pleurer parce que sa maman n'était pas là. J'ai changé la photo pour une où nous étions tous les cinq et je lui ai promis que j'allais toujours la garder avec moi.

L'index de Mac toucha la photo que Minerva tenait encore dans sa main.

– J'ai des bagages, mais ils ne pèsent pas autant que tu peux te l'imaginer, dit-il en lui présentant un timide sourire.

Minerva resta à le regarder sans trop savoir quoi dire. Elle décida de se pencher pour l'embrasser, mais trois coups très forts résonnèrent à la porte de la cabine, comme si on voulait l'enfoncer.

– Minerva, le repas est prêt. Dépêche-toi, ça va refroidir.

C'était Poudrier.

CHAPITRE 121

Entrevientos.
Onze jours après le braquage.

Le commissaire Lamuedra était furieux. Il ne s'était pas senti ainsi depuis deux ans, après le vol de la collection Panasiuk.

– Ce qui me dérange, Bellido, c'est qu'ils me prennent pour un imbécile.

Depuis le siège passager, Bellido acquiesça sans quitter la piste des yeux.

Une demi-heure plus tard, Lamuedra se garait devant le portail du Poste d'Entrée. Il avait perdu le compte des voyages qu'il avait fait jusqu'à Entrevientos depuis le braquage. Le dernier remontait à cinq jours, quand il était venu accompagné d'une criminaliste du tribunal pour prélever des échantillons d'ADN sur tous les responsables de la mine.

Normalement, il lui aurait fallu un mandat, mais les dirigeants de la mine s'étaient portés volontaires. Il avait été surpris devant une telle collaboration, jusqu'à ce que l'avocat d'Inuit lui explique que l'assurance ne couvrait pas les pertes ni les dommages s'il était prouvé que les voleurs avaient bénéficié de la complicité d'un membre de l'équipe dirigeante. C'est-à-dire que si Sandoval ou un autre des sept responsables des différents secteurs avaient quelque chose à voir avec tout ça, la mine ne verrait pas un seul dollar.

Durant toutes les années où la police de Santa Cruz avait demandé des analyses d'ADN, Lamuedra n'avait jamais vu les résultats de huit prélèvements revenir aussi vite du laboratoire. Bien sûr il y avait de gros intérêt en jeu. Inuit voulait innocenter ses cadres le plus vite possible pour toucher l'argent, entre les pertes et l'assistance psychologique aux otages, plus de vingt millions de dollars.

Quinze minutes après avoir franchi le portail, Lamuedra gara la camionnette sur le parking principal du camp. Un groupe de six personnes en train de fumer à l'extérieur du réfectoire se tourna pour l'observer. Les véhicules de la police attiraient toujours l'attention.

La secrétaire, Marcela Sanabria, le reçut dans le hall qui conduisait au bureau du directeur.

– L'ingénieur Sandoval est en réunion.

– Ne vous dérangez pas, je me charge de l'informer qu'elle est terminée, dit Lamuedra, et il ouvrit la porte du bureau.

– Commissaire ! s'exclama Sandoval avec une expression contrariée en le voyant faire irruption dans la pièce. Je termine et je suis à vous.

– Monsieur Sandoval vous êtes mis en détention pour le vol de cinq mille kilos de doré dans cette mine le 16 juillet.

Sandoval regarda les deux hommes avec lesquels il était en réunion et afficha un sourire stupéfait.

– Monsieur le commissaire, la plaisanterie est de mauvais goût.

– Les menottes, Bellido.

Si le véhicule de la police avait éveillé la curiosité, quand ils emmenèrent le directeur général, ce fut un véritable malaise. Durant les trois cents mètres qu'ils parcoururent avec Sandoval menotté, jusqu'à la camionnette, des dizaines de regards et de téléphones les observèrent depuis toutes les fenêtres.

– Commissaire, quand il sera prouvé que tout cela est une erreur, vous pouvez être sûr que je porterai plainte pour dommages et préjudices. Vous avez une idée de la considération que tous ces gens ont pour moi ? Je suis la plus haute autorité de la mine et vous m'arrêtez comme un vulgaire délinquant.

– Taisez-vous, Sandoval. S'il vous plaît, ne dites pas un mot de plus jusqu'au commissariat.

***

Durant les deux heures et demie de route jusqu'à Puerto Deseado, Carlos Sandoval essaya à plusieurs reprises d'expliquer à Lamuedra et Bellido qu'ils se trompaient. Mais ils ne l'écoutèrent pas.

Les fils de pute, ils allaient lui payer ça très cher. L'humilier de la sorte devant les employés de la mine. Sa mine. Il allait les pulvériser.

Quand ils se garèrent devant le commissariat, Sandoval reconnut l'homme qui descendait de la Renault Clio pour s'approcher d'eux. C'était un journaliste de la ville. Sans répondre à aucune de ses questions, il pénétra dans l'édifice. Silvio Fuentes, l'avocat de l'entreprise à Puerto Deseado, l'attendait sur l'un des bancs de la réception.

– Ne t'en fais pas, Carlos, ça va bien se passer, lui dit-il.

Ils le conduisirent à une salle qui sentait le désinfectant et lui enlevèrent les menottes. Ils eurent la délicatesse de ne pas l'attacher à l'anneau fixé sur la table.

– Prévenez-moi quand vous serez prêt, dit Lamuedra à Fuentes, et il les laissa seuls.

Sandoval écouta attentivement les indications de l'avocat. Ensuite ils appelèrent Lamuedra qui entra dans la salle d'interrogatoire en bras de chemise.

– Mon client aimerait savoir de quoi on l'accuse exactement.

– D'être l'un des membres de la bande qui a volé cinq mille kilos de doré à Entrevientos.

– Comment pouvez-vous dire de telles stupidités ? demanda Sandoval.

Son sang bouillait. *Plutôt que d'aller chercher les véritables voleurs, ce bon à rien perd son temps avec moi,* pensait-il.

La main de Fuentes sur son épaule lui rappela qu'ils avaient décidé qu'il se limiterait à répondre aux questions.

– Sur quoi vous basez-vous pour l'accuser ?

– Essentiellement sur les éléments recueillis par la police scientifique. En l'occurrence, l'ADN d'un cheveu et celui recueilli sur le rasoir découvert dans la maison de Bahía Laura. Ils coïncident avec l'ADN de monsieur Sandoval.

– On me l'a volé, s'empressa-t-il de se défendre. Le lendemain, quand j'ai voulu me raser, il avait disparu.

– Nous avons aussi trouvé de la documentation avec des annotations de votre main. Et dans le poêle il y avait un bout d'emballage de chewing-gum au café. Vous connaissez quelqu'un d'autre pour mâcher cette cochonnerie.

– Ça aussi on me l'a volé. Ils sont entrés dans ma chambre.

– Nous avons vérifié les caméras de sécurité, mais il s'est avéré que les enregistrements avaient disparu.

Qu'est-ce que c'est que ce ton ironique ? Ce type pense que j'ai fait disparaître les enregistrements ? Il fut sur le point de se mordre la langue pour ne pas crier.

– Ce sont eux qui ont fait ça, les voleurs, se limita-t-il à dire.

– Peut-être. Et l'e-mail envoyé depuis votre compte pour laisser entrer le camion de combustible qui amenait la bande, ce sont eux aussi qui l'ont envoyé ?

– Quel e-mail ?

Le commissaire posa sur la table une feuille format A4.

Sandoval lut le courrier électronique et sentit son estomac se nouer, le message avait bien été envoyé depuis son compte avec la mention « Important : Livraison de combustible ». Quelqu'un se faisant passer pour lui ordonnait aux gardiens du Poste d'Entrée de ne pas prolonger plus que nécessaire les contrôles des camions de combustible car le générateur d'électricité était arrivé au niveau critique.

– Le jour du braquage, le niveau était au maximum. Je n'ai jamais écrit ça.

– Ce sera au juge de le dire, non ?

– Commissaire, intervint Fuentes, je vous demande de vous limiter à présenter les preuves que vous avez contre monsieur Sandoval sans porter d'accusations.

Sandoval se redressa un peu sur sa chaise. Il lui semblait que Fuentes allait enfin montrer qu'il valait la fortune qu'Inuit lui payait tous les mois.

– D'accord, oublions l'e-mail, concéda le policier. Vous savez que les bandits sont entrés sur le site dans la citerne d'un camion de combustible ?

– Exact.

– Et savez-vous quel était le numéro d'immatriculation de ce camion ?

– Je ne m'en souviens pas, mais il est sûrement noté dans les registres du Poste d'Entrée.

– MRG118, dit le commissaire en le regardant dans les yeux.

– Où voulez-vous en venir commissaire ? demanda Fuentes.

– Dans le registre national des immatriculations, ce numéro est au nom de Fabricio Ugarte, domicilié à San Fernando del Valle de Catamarca. Vous habitez dans cette ville, n'est-ce pas, monsieur Sandoval ?

– Oui.

– Et vous connaissez Fabricio Ugarte ?

– Bien sûr. Il habite en face de chez moi. Que voulez-vous insinuer ? Que j'ai été assez stupide pour dévaliser la mine et laisser une piste aussi évidente.

– Je n'insinue rien, Sandoval, je me limite à présenter les preuves sans porter d'accusations, dit Lamuedra en regardant l'avocat.

Sandoval avait envie de crier, de taper des pieds, de serrer le cou de ce policier incompétent qui jouait au détective. Mais il choisit une voie plus diplomatique.

– Monsieur le commissaire, j'aimerais vous expliquer ma situation, je peux ?

– Allez-y.

– Carlos, dit Fuentes.

Sandoval l'arrêta d'un geste et commença à parler.

– Je suis le directeur général de l'une des mines d'or les plus prospères d'Amérique du Sud. Non seulement j'adore mon travail mais en plus je gagne beaucoup, beaucoup, beaucoup d'argent. Il n'est pas nécessaire que je vous dise combien, mais je vous assure que je ne me rappelle pas la dernière fois où j'ai voulu quelque chose sans pouvoir me l'acheter.

– Carlos, il serait préférable de se recentrer sur les preuves, insista Fuentes.

– En plus, poursuivit Sandoval, cette année Inuit va me nommer employé de l'année. Avec la prime qu'ils vont me verser je pourrais m'acheter une maison dans le quartier de Recoleta. Vous comprenez ce que je veux dire ?

– Non.

– Avec tout mon respect, monsieur le commissaire, ce que je cherche à vous expliquer, c'est que je suis un privilégié sur le plan économique. J'ai un gros capital et aucun besoin de mordre la main de celui qui me nourrit.

– Pas même pour treize millions de dollars ?

Sandoval fut sur le point de sourire. Sérieusement, ce type était vraiment aussi naïf ?

– Ça c'est la valeur officielle, commissaire. Au marché noir ils vont le vendre beaucoup moins. Après avoir divisé par cinq, ou plutôt six, si nous supposons que je fais partie de la bande, on arrive à peine à deux millions par tête.

– Ça vous paraît peu ?

– Pour risquer ma place, oui.

Face au silence du commissaire, Sandoval gonfla le torse, satisfait. La forme avec laquelle une personne s'adresse à une autre change drastiquement en fonction du nombre de zéros de son compte en banque.

– Monsieur Sandoval, moi aussi on me paye pour mon travail. Sûrement pas autant que vous, mais on me paye. Et mon travail n'est pas de décider si vous me dites la vérité ou pas, comme l'a fort justement souligné monsieur Fuentes. Dans la police on se consacre à récolter des indices. Comme votre ADN dans la maison de Bahía Laura, les plans sur lesquels vous avez écrit, l'emballage du chewing-gum, le numéro d'immatriculation et le courrier électronique que je viens de vous montrer. Ah ! Et ça aussi.

Lamuedra sortit de sa poche un bracelet et le posa sur la table. Sandoval le reconnut immédiatement.

La salope.

– Ce bracelet ne m'appartient pas.

– Peut-être serait-il mieux que nous nous concertions en privé, suggéra Fuentes.

– Ce bracelet est à Noelia Viader ! cria-t-il.

Ça ne lui échappa pas que Fuentes se pinçait l'arête du nez. Lamuedra en revanche souriait comme s'il avait attendu ce moment. Il sortit de son porte-documents une photocopie qu'il tendit à Sandoval.

– La même Noelia Viader qui vous a accusé de harcèlement sexuel ?

– La même Noelia Viader qu'Inuit a dû renvoyer pour vol, répondit Sandoval en agitant la feuille sans même la lire.

– C'est vrai. Mais j'ai aussi une deuxième plainte, cette fois directement présentée au tribunal, pour renvoi abusif.

– Vous ne voyez pas commissaire ? Viader me hait comme elle hait l'entreprise.

– Ce que je vois Sandoval, c'est ça.

Lamuedra retourna le bracelet et montra une petite marque rectangulaire sur le ventre rebondi du guanaco.

– À vue d'œil on ne la distingue pas, indiqua Lamuedra, mais avec une loupe on la voit bien. Il y est gravé « *Nimia Joyas* ». Ça vous parle ?

Sandoval avala sa salive.

– À moi, bien entendu, ça ne disait rien, continua le commissaire. Mais en cherchant un peu sur internet, il s'est avéré que *Nimia Joyas* est un atelier de bijouterie artisanale qui se trouve à San Fernando del Valle de Catamarca, votre ville.

Sandoval serra les poings et les dents. Sous la table, ses pieds donnaient des petits coups sur le sol à la vitesse d'un pic vert.

– J'ai passé un coup de téléphone. La propriétaire est une femme charmante. Elle m'a expliqué qu'elle fabriquait des bijoux sur commande. Savez-vous ce qu'elle m'a dit quand je lui ai parlé d'un bracelet avec un puma et un guanaco ? Qu'elle se souvenait parfaitement du monsieur aux cheveux gris, la cinquantaine, qui lui avait passé cette commande. Il semblerait que ce client ait choisi un alliage peu commun à quatre et demi pour cent d'or et le reste d'argent. N'est-ce pas ce que produit Entrevientos ?

– Si, mais cela ne veut pas dire que…

– La femme, en plus, m'a envoyé une copie de la facture, faite au nom d'un dénommé Carlos Sandoval. Vous comprenez maintenant pourquoi je suis obligé de vous arrêter ? La majorité des preuves que l'on a découvertes pointent vers vous.

CHAPITRE 122

Île Dawson, Chili.
Treize jours après le braquage.

Le bateau de pêche avait jeté l'ancre dans une baie à l'ouest de l'île Dawson, il attendait. À dix-sept miles de là, il y avait quatre siècles et demi, le corsaire Thomas Cavendish avait trouvé dans un village en ruines des cadavres qui n'avaient pas été enterrés et pas un seul survivant. Trois ans plus tôt, Pedro Sarmiento de Gamboa avait fondé à cet endroit Ciudad del Rey Felipe, la première agglomération non indigène du détroit de Magellan. Suite à ce qu'il avait découvert, Cavendish la rebaptisa du nom de Puerto Hambre, le Port de la Faim.

Plus de quatre cents ans après, ce coin des eaux chiliennes, plus proche de l'Antarctique que de la capitale du pays, s'obstinait à rester dépeuplé. Il n'y avait pas une seule construction, pas une piste, ni aucun vestige de civilisation sur la plage de pierres grises ou dans l'immense forêt de hêtres qui recouvrait l'île Dawson. La seule différence entre ce que voyait Minerva et ce qu'avait vu Cavendish après avoir abandonné Puerto Hambre, c'était le bateau de pêche bleu et blanc amarré au Maese par son flanc tribord.

Quand les embarcations furent à une centaine de mètres, deux silhouettes se découpèrent sur le pont du bateau de pêche.

– C'est Mauro, avec son fils, dit Pata, les yeux collés aux jumelles.

Ils parcoururent le reste du trajet en silence. Minerva avait les mains dans les poches de son gros anorak qui la protégeait du froid. Ses doigts caressaient nerveusement la culasse de l'arme. Pata était maintenant à la proue, agitant les bras pour qu'on le voie.

– Patita, que faisais-tu ? Tout va bien ? demanda le dénommé Mauro avec un fort accent chilien.

– Tout va bien, répondit Pata.

Mauro aborda le Maese sans perdre de temps.

Minerva avala sa salive. Autour d'elle, elle ne voyait qu'eau et montagnes inhospitalières. Ce qui pourrait se passer ici, en bien ou en mal, resterait ici. Il n'y aurait pas de témoins, que la transaction se déroule sans problème ou bien que cinquante hommes armés sortent de la soute du bateau de pêche pour les cribler de balles. S'ils coulent le bateau personne n'en saurait jamais rien. Ou alors dans quatre cent cinquante ans, quand un archéologue les trouverait et devrait rebaptiser le Maese d'un pseudonyme dans le style de celui qu'avait choisi Cavendish pour Ciudad del Rey Felipe.

CHAPITRE 123

Chaitén, Chili.
Dix-neuf jours après le braquage.

Sans un seul lingot dans la cale, le Maese jeta l'ancre dans le port de la localité chilienne de Chaitén à deux heures de l'après-midi. L'échange avec Mauro, six jours plus tôt, s'était déroulé sans problème. Maintenant, à la place de cinq tonnes de doré, ils transportaient quatre-vingt-quinze kilos de billets verts répartis dans six sacs à dos. Un pour chaque membre de la bande. Neuf millions et demi de dollars au total.

Excepté Banquier, dont le nom figurait sur le titre de propriété du Maese, tous les membres de la bande firent les formalités administratives d'immigration dans le petit port avec de faux papiers. Une fois sur la terre ferme, ils s'installèrent dans un petit bar nommé Los Ñires, avec vue sur l'unique rue goudronnée de Chaitén.

– À nous ! dit Poudrier en levant une bouteille de bière de la marque Austral.

– À nous ! répétèrent les cinq autres en levant la leur.

Si Minerva avait su ce qui allait se passer, elle aurait sûrement dit quelque chose de plus profond. Probablement qu'elle leur aurait confessé que durant tous ces mois elle avait appris à les aimer comme une famille, même Poudrier. Ou que pour elle, tout cela avait été beaucoup plus qu'un simple vol et un sac avec un million et demi de dollars chacun.

Elle les aurait remerciés.

Cependant, ils ne firent que boire de la bière, parler de sport, de politique et de voyages, comme six touristes de plus parmi tous ceux qui parcouraient la Patagonie chilienne chaque année.

Tandis que Pata décrivait les merveilles du parc Torres del Paine, qu'il avait visité avec Sandra il y avait de nombreuses années, Minerva sentit sous la table la main tiède de Mac se poser sur son genou. Elle la prit et leurs doigts s'entrelacèrent. Ils s'étaient fait la promesse de rompre une promesse. Tous les membres de la bande s'étaient jurés de ne jamais reprendre contact une fois qu'ils se seraient séparés. Mais entre eux, ce serait différent. Ils trouveraient le moyen de rester ensemble. Les dix-neuf nuits que Mac venait de passer dans sa cabine sans fermer l'œil l'avaient convaincue que ça valait la peine de prendre le risque.

– On devrait y aller, dit Pata en appuyant une main sur l'épaule de Banquier en signe d'adieu.

– Allez-y, partez, il se fait tard, dit le vieux dévaliseur de banques et il leva la main pour demander une autre bière.

Il y avait des mois qu'ils s'étaient mis d'accord pour le quitter ici, dans cette petite ville, face à l'île de Chiloé. Cependant, Minerva avait la gorge nouée par l'angoisse comme si elle venait de comprendre qu'elle ne reverrait plus jamais Banquier. Elle avala sa salive et inspira profondément.

Il fallait s'en tenir au plan. Banquier continuerait sa navigation sur le Maese. Les autres rentreraient en Argentine grâce à un contact de Mauro qui avait accepté de les conduire par l'un des chemins qui contournaient le poste frontalier de Futaleufú.

– Attendez, attendez, dit Serrurier avec la main levée et le regard braqué sur son téléphone.

– Qu'y a-t-il ? demanda Minerva.

Quand il lui passa le téléphone, elle vit sa photo sur l'écran. Elle en resta paralysée. Il s'agissait d'un article publié dans le journal le plus important d'Argentine. Elle le lut en silence.

– Je ne peux pas partir avec vous, annonça-t-elle aux autres, mais le regard posé sur Mac.

– Pourquoi ? demandèrent en même temps Mac et Pata.

Elle tourna le téléphone vers eux pour leur montrer l'article qui parlait d'elle, Noelia Viader, comme l'une des principales suspectes dans le braquage d'Entreviento.

Le bracelet. Il n'en disait rien dans le journal, mais Minerva savait qu'ils avaient trouvé son identité à partir de ce putain de bracelet. Elle se reprocha de l'avoir mis une seconde fois, comme elle se l'était reproché la première. À cause de ce bracelet, elle avait sa photo et son nom dans tous les journaux et commissariats d'Argentine.

– Maintenant, je dois me séparer de vous.

– Que vas-tu faire ? demanda Mac.

– Je n'en sais rien. Rester un certain temps dans le lieu le plus reculé que je puisse trouver. Chiloé, par exemple.

Elle avait dit Chiloé pour dire quelque chose. Même si elle avait su où aller, le leur dire pourrait la mettre en danger. Et eux aussi.

– C'est l'heure, annonça Pata en regardant sa montre. Nous devrions partir. Pourquoi ne pas venir avec nous et en même temps penser à ce que tu vas faire ?

– Partez, moi je reste avec elle, dit Mac.

– N'y pense même pas.

– Ce n'est pas pour jouer au héros. C'est parce que…

– N'y pense même pas, répéta-t-elle.

À ce moment-là deux carabiniers entrèrent dans le bar. Après avoir jeté un coup d'œil à l'ensemble de la salle, ils se dirigèrent vers eux. Merde, pensa Minerva, et l'image de Qwerty tombant mort dans la salle de billard de Buenos Aires lui revint comme un flash. Sauf que cette fois ni Banquier, ni aucun de la bande ne portait une arme sur lui. Tout ce qu'ils avaient pour se défendre, c'était six sacs à dos, chacun rempli de seize kilos de billets de banque.

Les policiers s'arrêtèrent à côté d'eux, saluèrent rapidement de la tête et s'assirent à la table d'à côté. L'un d'eux leva la main pour appeler le serveur.

– À bientôt, les gars. Merci pour la bière, dit Minerva en essayant de prendre le ton le plus approprié.

Elle salua chacun de ses camarades. Quand arriva le tour de Mac, elle posa une main sur sa barbe et le regarda tendrement. Puis elle l'embrassa sur la joue tout en inspirant pour sentir son odeur une dernière fois.

– Prends soin de toi et ne me cherche pas, chuchota-t-elle à son oreille.

Quand ils se séparèrent, il la regarda, bouleversé, les yeux remplis de tristesse.

Minerva abandonna le bar et sortit dans l'après-midi glacée avec un nœud dans la gorge. Elle regarda l'océan Pacifique en se demandant ce qu'elle allait faire. À l'horizon se dessinait une profonde obscurité. Elle ne savait pas si c'était des nuages ou l'île de Chiloé.

Derrière elle, la porte du bar s'ouvrit. Elle ferma les yeux en le maudissant. La dernière chose dont elle avait besoin, c'était que Mac complique les choses. Elle se retourna à peine, décidée à lui dire ce qu'elle pensait du fait qu'il vienne avec elle. Mais ce n'était pas Mac qui venait de sortir.

CHAPITRE 124

Un an après le braquage.

UN AN APRÉS LE BRAQUAGE DE LA MINE D'ENTREVIENTOS, LA POLICE EST TOUJOURS À LA RECHERCHE DE NOELIA VIADER.

La rédaction – Cela fait aujourd'hui un an qu'a eu lieu le fameux vol à la mine d'or et d'argent d'Entrevientos située dans la province de Santa Cruz et exploitée par la multinationale canadienne Inuit Gold. Le 16 juillet de l'année dernière, une bande armée est entrée sur le site, cachée dans la citerne d'un camion de combustible, pour repartir avec plus de cinq mille kilos de doré, un alliage d'or et d'argent. Au taux de l'époque, le butin était estimé à plus de treize millions de dollars.

Un an après ce spectaculaire braquage, que le réalisateur Juan Carlos Campanelli nous a confirmé vouloir porter sur grand écran, la police continue de chercher Noelia Viader, ex-employée d'Inuit Gold et principale suspecte de la planification et de l'exécution du hold-up.

« À ce stade de l'enquête, la recherche n'est plus de notre ressort », nous a déclaré le commissaire Rodolfo Lamuedra, la plus haute autorité de Puerto Deseado et premier policier à être arrivé à Entrevientos le jour du vol. « Maintenant la traque est à la charge de la Police Fédérale d'Argentine et d'Interpol », a-t-il ajouté.

Selon des sources proches de cette rédaction, les connaissances qu'avaient les braqueurs sur le fonctionnement de la mine amène la police à penser que la bande comptait dans ses rangs au moins un employé d'Entrevientos. Ceci, ajouté aux nombreux indices recueillis, a imposé au commissaire Lamuedra la mise en examen, onze jours après le vol, de Carlos Sandoval, le directeur général d'Entrevientos.

« L'arrestation de Sandoval a été une grave erreur de la part des autorités », a déclaré Silvio Fuentes, le représentant légal d'Inuit Gold, « mais je suis sûr que la police a fait du mieux qu'elle a pu avec les informations en sa possession à ce moment-là ».

Dans tous les cas, l'implication ou la non-implication du directeur dans le vol est devenue secondaire après la découverte – et c'est une exclusivité de notre journal – d'un échange de SMS entre le député Gastón Muñoz et Sandoval dans lesquels ce dernier indiquait au député les modifications qu'il devrait apporter au nouveau projet de loi sur les exploitations minières. Aujourd'hui la justice argentine a ouvert une enquête pour corruption impliquant Sandoval et Muñoz.

« Inuit condamne fermement les agissements de Carlos Sandoval, qui n'appartient plus à l'entreprise », a déclaré Ignacio Beguiristain, la plus haute autorité d'Inuit Gold en Argentine. Et d'ajouter : « Bien entendu, ses valeurs ne sont pas celles de la compagnie. Notre principal objectif est de travailler en toute transparence pour apporter de la richesse à la région et au pays. J'exige personnellement, comme n'importe quel citoyen honnête, que justice soit faite. »

Par ailleurs, la rédaction de ce journal a eu l'opportunité d'échanger brièvement avec Sandoval, qui a parlé de son renvoi comme « d'un coup très dur et immérité, car, jusqu'à présent, la justice ne s'est pas prononcée » et : « Le monde de la mine est très petit, maintenant je vais avoir une pancarte dans le dos qui va être très difficile à décrocher. Je doute de pouvoir retravailler dans ce secteur. »

Si nous considérons les charges judiciaires contre l'ex-directeur, ce n'est pas une pancarte, mais deux qu'il a dans le dos. D'un côté, il y a la province de Santa Cruz qui va porter plainte contre Muñoz et Sandoval pour corruption, de l'autre, ce dernier reste impliqué dans le braquage d'Entrevientos, même si tout semble indiquer que cette accusation restera sans suite.

Malgré les preuves à charge, entre autres l'ADN, des documents et courriers, la détention de l'ex-directeur n'a pas excédé les huit jours. Délai après lequel il est sorti sous contrôle judiciaire dans l'attente de son jugement. Sandoval a toujours accusé Noelia Viader, une ingénieure en informatique qui a travaillé à Entrevientos durant trois ans et demi et a été renvoyée cinq mois avant le hold-up pour avoir volé de la poudre de doré cachée dans un stylo. Récemment il est apparu que Viader avait porté plainte contre Sandoval pour harcèlement sexuel à peine trois mois avant son renvoi.

« *Pour moi, les preuves qui ont incriminé Sandoval ne sont rien de plus que d'autres manœuvres de diversion venant des bandits* », *a témoigné un ex-dirigeant d'Inuit qui a préféré rester anonyme.* « *J'étais dans la salle de réunions pendant que nous tentions de gérer la crise. Ce n'est donc personne qui me l'a raconté. Une grande partie de la réussite de ce vol réside dans les manœuvres de diversion destinées à gagner du temps et mettre des obstacles à l'action de la police. L'ambulance et le camion de combustible soi-disant bourrés d'explosifs, qui se sont révélés être faux, par exemple. Les traces de l'avion sur la piste de Bahía Laura. Et aussi les chiens avec les GPS.* »

Un an après, la disparition des cinq voleurs avec cinq mille kilos de doré reste toujours un mystère. Les opinions des experts divergent largement. Celles du public aussi. Dans un sondage réalisé à Buenos Aires, 31 % des personnes interrogées soutiennent que les voleurs d'Entrevientos ont fui par la terre, tandis que 23 % considèrent la voie maritime comme la plus probable. 11 % optent pour l'avion. Mais le plus révélateur dans cette enquête, c'est peut-être les 35 % restant qui manifestement n'ont pas la moindre idée sur le sujet. Un peu comme la justice argentine, apparemment.

CHAPITRE 125

Barcelone, Espagne.
Un an après le braquage.

Minerva termina la lecture de l'article sur son téléphone et posa l'appareil près de sa tasse de café. Maintenant elle ne s'appelait plus Noelia Viader. D'après le passeport de la principauté d'Andorre qu'elle avait dans sa poche, son nom était Ainhoa Campillo Fernández.

En relevant les yeux, les sons dont elle avait réussi à faire abstraction pendant qu'elle lisait réapparurent : le clac rapide des croupiers comptant les jetons, les « rien ne va plus » autoritaires et professionnels, et les boules rebondissant dans les cases de la roulette avant de se décider pour un numéro. Ensuite, trente-six soupirs pour un cri de joie.

Elle était assise à sa table favorite dans l'un des bars du casino de Barcelone. Sur l'estrade, derrière la balustrade en bois lustré, elle avait une vue exceptionnelle sur les douze tables de roulette en pleine action.

À la numéro huit, un jeune croupier en gilet gris et chemise blanche s'approcha pour remplacer son collègue vêtu à l'identique. Minerva nota l'heure exacte de la relève dans un carnet. Elle en avait deux comme celui-ci, remplis de données et d'observations. Si la semaine prochaine elle était admise au cours de formation des croupiers, elle pourrait en rajouter. Ensuite elle commencerait à planifier le vol.

Elle avala une dernière gorgée de café et commença à rassembler ses affaires. C'est alors qu'elle le vit, les bras croisés, appuyé contre une colonne près de la table quatre. Tous ceux qui étaient autour de lui regardaient les fiches sur le tapis. Lui non. C'est elle qu'il observait.

Il la salua de la main et sourit en dévoilant les mêmes dents blanches au milieu de la même barbe noire. Il marcha vers elle. Il portait un pantalon râpé, des chaussures de marin et une chemise avec le premier bouton ouvert. Minerva sentit son cœur s'emballer.

– Quelle surprise ! fut la seule chose qu'elle trouva à dire quand il arriva à sa table et la salua d'une accolade. Que fais-tu ici ?

Elle lui parla spontanément en argentin, même si cela faisait plus de dix mois qu'elle avait recommencé à s'exprimer en castillan avec l'accent espagnol.

– Banquier m'a dit que dernièrement tu passais tout ton temps ici.

Minerva acquiesça avec un sourire et se rassit.

– Je l'ai eu au téléphone la semaine dernière, expliqua Mac en s'asseyant en face d'elle. Il m'a dit t'avoir vue il y a peu.

– Il y a quinze jours. Il est venu à Barcelone avec son voilier et nous avons dîné ensemble. Je suppose qu'il t'a raconté que nous avons quitté Chaitén à bord du Maese ?

Mac secoua la tête.

– Il ne m'a rien expliqué. Il m'a dit que si j'avais des questions, c'est à toi que je devais les poser. La seule chose que je sais, c'est que lorsque tu as quitté le bar, il est sorti derrière toi. Moi aussi j'ai voulu sortir, mais Serrurier, Pata et

Poudrier m'ont retenu. Je ne pouvais pas faire de scandale avec les carabiniers à côté.

– Ils ont bien fait, dit-elle.

– Où t'a-t-il emmenée ?

– Vers le nord. Nous avons longé les côtes chiliennes et péruviennes, sans passer trop de temps dans les endroits touristiques. Ensuite les Galápagos, et de là l'Amérique centrale. J'ai débarqué du Maese au Panama et je n'ai plus entendu parler de Banquier jusqu'à il y a quinze jours. Il m'a dit qu'il avait passé l'année à naviguer.

– Il s'ennuyait ?

– Selon lui, c'est temporaire. Jusqu'à ce qu'il trouve quelque chose qui le motive à revenir.

– Revenir en Argentine ou dévaliser les banques.

– Il me l'a dit ainsi. Revenir, répondit-elle en haussant les épaules.

– À quoi crois-tu qu'il faisait allusion ?

– Et... une fois il m'a dit que celui qui naissait tordu, mourait tordu.

– Je ne crois pas qu'il soit dans le besoin.

Minerva garda son visage de joueuse de poker mais sourit intérieurement. Dans le besoin, Pezzano ? Ce vieux renard avait plusieurs millions de dollars planqués dans un quelconque paradis fiscal. Et maintenant, depuis Entrevientos, un million et demi en plus.

– Je n'ai eu aucune nouvelle du reste de la bande, dit-elle après avoir commandé deux bières à une serveuse.

– Moi si. Tu veux que je te raconte ?

– Je vois que tu as complètement ignoré la règle qui interdit tout contact.

– Une règle que nous-mêmes avions déjà enfreinte avant de nous séparer à Chaitén.

Sans trop savoir pourquoi, elle fit en l'air un geste de la main, comme si elle n'avait rien à faire de ce qu'elle venait d'entendre.

– Raconte-moi, comment vont les autres ?

– Le père de Serrurier est mort.

– Le pauvre. Finalement le traitement n'a pas fonctionné ?

– Durant quelque temps il a été bien, puis son état s'est dégradé. Il paraît qu'avec les médicaments expérimentaux ça peut arriver.

– Et lui, comment il va ?

– En paix, parce qu'il a pu payer les traitements et les voyages aux États-Unis. Il a fait tout ce qu'il pouvait. Je crois qu'il va pouvoir dormir tranquille.

Ils furent interrompus par la serveuse qui amenait les bières. Mac but une longue gorgée.

– Un que j'ai trouvé bien, c'est Pata, enchaîna-t-il pour essayer de changer le ton de la conversation.

– Ah, oui ? Et que fait-il ?

– Il s'est acheté une propriété à Los Antiguos. Ils produisent des cerises et en font de la confiture et de la liqueur, enfin je suppose que tu connais déjà.

Minerva acquiesça. Elle avait été plusieurs fois à la fête nationale de la cerise. Los Antiguos était, sans nul doute, l'un des plus jolis villages de Santa Cruz.

– Il est très content. Il dit que c'est la vie que Sandra et lui ont toujours voulue. Mina aussi est heureuse, elle a deux hectares pour courir.

– Mina ?

– La chienne en chaleur que nous avions utilisée pour attirer les chiens de berger.

– Ne me dis pas qu'il l'a appelée Mina.

Mac confirma avec un sourire.

– J'aimerais bien passer les voir un de ces jours.
– Ouah ! il serait super content de te voir. Il t'aime beaucoup.
– Moi aussi. Il est impossible de ne pas aimer Pata, c'est un type vraiment à part, dit-elle après une autre gorgée. Qui d'autre aurait pensé à donner le nom de Mina à cette petite chienne ?
– Toi aussi, ton pseudonyme n'est pas mal du tout.
– Pourquoi tu dis ça ?
– Minerva. Minerai. Il n'y a pas grosse différence.
Elle ouvrit des yeux grands comme des soucoupes.
– Tu n'y avais jamais pensé ?
– Non. En fait, Minerva est arrivé bien avant tout ça.
– Si aujourd'hui était un de ces jours où je me lève ésotérique, alors je te dirais qu'il t'était prédestiné.
– Ne dis pas de bêtises.

Elle avala une gorgée de bière et détourna son regard. À son grand regret, elle aussi devenait ésotérique de temps en temps. Elle s'était surprise plusieurs fois à penser à la loi de cause à effet qui semblait gouverner l'univers. Sandoval lui avait fait du mal et avait payé de sa carrière et de sa réputation. Elle avait fait souffrir les otages d'Entrevientos et maintenant elle ne pourrait plus jamais être Noelia Viader.

Justice divine ou pas, c'était dur. Cela faisait des années qu'elle s'était promis qu'un de ces jours elle renouerait avec ses parents, et maintenant qu'elle vivait dans la même ville qu'eux, elle ne pouvait même pas les appeler au téléphone. Elle était sûre qu'Interpol les avait mis sur écoute. Certaines matinées elle s'asseyait dans un bar près de l'immeuble où ils vivaient, pour les regarder de loin durant quelques secondes quand ils sortaient faire les courses ou promener le chien.

– Tu étais parti pour me parler des autres. Comment va Poudrier ?

– Pour ça aussi, tu n'es pas au courant ?

– Non.

– Il y a trois mois ils sont entrés chez lui et lui ont tiré une balle en pleine poitrine.

Minerva ferma les yeux.

– Ils l'ont tué.

– Non. Il a lutté quelques jours en soins intensifs, mais il s'en est sorti.

– Que s'est-il passé ?

– Une histoire de drogue. Apparemment, avec sa part il a voulu monter une affaire et s'est mis où il n'aurait pas dû.

Elle se rappela la conversation qu'ils avaient eue dans le container de Cerro Solo. Poudrier lui avait dit que si ça se passait bien à Entrevientos, il avait pensé à un boulot pour se retirer.

Durant un instant, ils gardèrent le silence.

– Et toi ? finit-elle par demander. Elle se sentit bizarre en disant « toi » pour la première fois depuis trop longtemps.

– Eh bien, je ne peux pas me plaindre.

– Tes enfants ?

– Formidables et adorables.

– Tu as pu racheter le terrain à tes frères ?

– Oui. Maintenant tout m'appartient.

– Et comment vont les affaires ?

– Très bien. Nous avons beaucoup progressé cette année. Nous sommes sur le point d'ouvrir une succursale en Patagonie. Bien sûr, éloignée d'Entrevientos.

– Surtout parce que là-bas tu ne vas pas trouver d'arbres où accrocher tes tyroliennes.

– Depuis quand il me faut des arbres pour ça ?

Ils éclatèrent de rire les yeux dans les yeux. Et dans le regard de Mac, Minerva vit de la joie mais aussi de la nostalgie. Elle se demanda s'il avait beaucoup ri cette dernière année. Elle, c'est sûr, pas beaucoup.

– Tu ne penses pas revenir, demanda Mac.

– En Argentine ou préparer un braquage.

– En Argentine. La réponse à l'autre question, je la connais déjà, dit-il en désignant le carnet sur la table. Ça fait un bon moment que je t'observe en train de noter tous les mouvements dans la salle.

– Ce n'est pas ce que tu crois, répondit-elle en souriant.

– Ah ! non ? Alors c'est un hobby, tu étudies l'un des casinos européens où il y a le plus d'argent pour occuper ton temps libre ?

– Non. Je cherche un moyen de dérober l'argent, chuchota-t-elle.

Mac secoua la tête, déconcerté.

– Donc, c'est bien ce que je dis.

– C'est une chose de planifier, c'en est une autre d'exécuter.

– C'est-à-dire que tu vas mettre au point un plan pour voler le casino mais tu ne vas pas aller jusqu'au bout.

– Correct.

– Alors qui ?

– Beaucoup de personnes. Des centaines de milliers, si tout se passe bien.

– Cette fois, je ne comprends plus rien.

Minerva rigola et laissa passer un moment, comme elle l'avait fait il y avait un an et trois mois, avant de révéler à Mac et au reste de la bande comment ils allaient sortir d'Entrevientos.

– Je suis en train de préparer le braquage de ce casino, mais pas pour que ça arrive dans la vraie vie. J'ai pensé créer une boîte de jeux vidéo. Déjà adolescente je rêvais de faire ça. Je vais revenir à la programmation.

– « L'attaque du casino de la plage ». On dirait le titre d'un western.

– J'avais en tête un titre plus court, mais merci pour l'idée.

Mac haussa les épaules et leva sa bière.

– À nous.

– Aux voleurs d'Entrevientos, répondit Minerva à voix basse.

Ils trinquèrent et burent. Ils détournèrent les regards, dirent quelques banalités et recroisèrent les regards.

– Que fais-tu ici ?

– Je suis venu te chercher, Noelia.

C'était la première fois qu'il l'appelait par son prénom. Il sonnait bien, prononcé par lui.

– Tu m'as trouvée. Et maintenant ?

– Maintenant je dois te convaincre de me suivre.

– Tu m'avais déjà convaincue quand tu marchais de la roulette jusqu'ici, dit-elle en se mettant debout. Ces vêtements te vont très bien. À ton hôtel ou chez moi ?

– En Argentine, répondit-il en se levant à son tour.

Minerva appuya les mains sur la table et lâcha un long soupir.

– Tu sais très bien que je ne peux pas.

– Noelia Viader ne peut pas. Mais la nouvelle, je ne connais pas encore son nom, elle peut.

– Ainhoa elle s'appelle.

– Alors qu'Ainhoa revienne. Qu'elle s'associe avec moi dans le nouveau parc de l'aventure. Un investisseur en plus ne me ferait pas de mal.

– Oh, non, c'est mon argent que tu veux, répondit-elle avec l'accent des Caraïbes, et elle se toucha le front avec le dos de la main comme une actrice de telenovela.

– Bien sûr. Pour quelle autre raison j'aurais traversé l'océan ?

– Tu es un romantique.

– Alors je t'ai convaincue. Tu reviens ?

Minerva jeta un coup d'œil au carnet puis autour d'elle. Les joueurs continuaient de parier, loin de tout. Elle fit le tour de la table, posa les mains sur les joues de Mac et lui donna le meilleur de ses baisers.

– Pas encore, chuchota-t-elle à son oreille.

FIN

NOTE AU LECTEUR

Si tu as aimé *Les voleurs d'Entrevientos*, je t'invite à laisser ton avis (même très court) sur la page d'Amazon où tu as acheté le livre. Ça ne te prendra que quelques minutes mais pour moi c'est très important parce que ça encouragera d'autres lecteurs à découvrir cette histoire.

En échange de ce petit moment de ton temps, je t'enverrai personnellement quelques chapitres exclusifs du roman qui te permettront de connaître encore mieux les six membres de la bande. Tout ce que tu as à faire, c'est écrire un courriel à : cristian@cristianperfumo.com et je te les expédie.

Pour finir, j'aimerais t'inviter à faire partie de ma liste de diffusion, celle où je publie des récits inédits et où je partage des nouvelles exclusives à propos de mes livres. Si tu t'y inscris, nous resterons en contact et je pourrai t'informer de la parution de mes nouveaux romans (jamais je ne t'enverrai de spam). Mon adresse web : www.cristianperfumo.com

À bientôt !

Cristian Perfumo

REMERCIEMENTS

Ce livre, qui est une œuvre de fiction, serait beaucoup moins bon s'il n'avait pas bénéficié de l'aide désintéressée d'un tas de personnes. Penser à elles en écrivant cet aparté me rappelle que je suis un type chanceux.

En premier lieu, je veux remercier Trini, ma compagne de voyage, pour les milliers de commentaires et d'idées utiles à cette histoire. Pour sa patience et pour toujours croire en moi. Mais, plus que tout, pour être la version bienfaisante du roi Midas : tout ce que touche son sourire se transforme en or.

Daniel Ruiz, mon pompier favori, pour tant d'informations sur les camions-citernes. Roland Martínez Peck pour m'avoir révélé le monde fascinant des chiens de berger de Patagonie. Carlos Arana, à la fois un ami et un expert en explosifs. Celeste Cortés, Martín Spotorno et Hugo Giovannoni pour toutes les informations sur les armes. Carlos « el Polaquito » Naves pour m'avoir tout dit sur les camionnettes de la steppe. Gabriel Zubimendi pour m'avoir raconté tant de choses sur l'aviation d'aujourd'hui et d'hier en Patagonie. Marcele Andrada, pour m'avoir appris le tango par téléphone. Carlos Ferrari pour m'avoir parlé de la consommation de l'eau.

Luis Franco et toutes les autres personnes qui ont partagé avec moi leur expérience de l'industrie minière en Patagonie.

Et aussi tous ceux qui ont préféré ne rien dire (sincèrement, je comprends).

Flora Campillo, Carlos Liévano, Javier Debarnot, Christine Douesnel, Mónica García, Estela Lamas, Analía Vega, María José Serrano, Marcelo Rondini, Lucas Rojas, Ana Barreiro, Marta Segundo et Gemma Herrero Virto pour avoir lu les brouillons de ce roman et m'avoir fait part de leurs très bonnes suggestions.

Luis Santamará, Luz Mosqueira et Lourdes Bernat pour m'avoir recommandé la musique que j'ai écoutée durant l'écriture d'une grande partie de ce livre.

Toutes les personnes qui m'ont aidé à me décider dans mon choix de la meilleure couverture pour ce roman.

Et à toi, cher lecteur. Toujours à toi.

À PROPOS DE L'AUTEUR

Cristian Perfumo habite maintenant à Barcelone après avoir vécu durant une longue période en Australie. Il écrit des romans de mystère et de suspense qui se situent en Patagonie, où il a grandi.

Son premier roman, *El secreto sumergido* (2011), est inspiré d'une histoire vraie. Il en est à sa sixième édition avec des milliers d'exemplaires vendus dans le monde entier. En 2014 il a publié *Dónde enterré a Fabiana Orquera*, - *Où j'ai enterré Fabiana Orquera* -, lui aussi plusieurs fois réédité, et en juillet 2015 il est devenu le septième livre le plus vendu chez Amazon Espagne et le dixième au Mexique. *Cazador de farsantes* (2015), son troisième roman avec le froid et le vent, a lui aussi épuisé son premier tirage. *El coleccionista de flechas*, - *Le collectionneur de flèches* (2017) -, son quatrième thriller, lui aussi situé en Patagonie, a gagné le prix littéraire d'Amazon auquel furent présentés plus de 1800 œuvres d'auteurs de 39 pays. *Rescate gris*, - *Sauvetage en gris* - (2018), son dernier roman avant la publication de *Los ladrones de Entrevientos*, fut finaliste du Prix Clarín en 2018, l'un des concours les plus important d'Amérique Latine. Son dernier roman, *Los crímenes del glaciar* est paru en 2021.

Les livres de Cristian Perfumo ont été traduits en anglais et en français, édités en système Braille et publiés en format audio.

LE COLLECTIONNEUR DE FLÈCHES

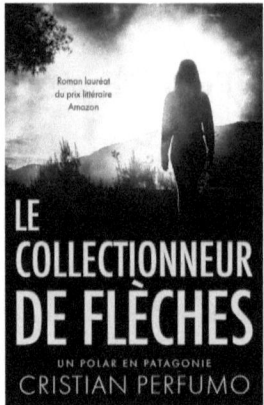

Roman lauréat du prix littéraire Amazon

La tranquillité d'un village de Patagonie est soudainement ébranlée; un de ses habitants est retrouvé mort dans son canapé et son corps porte de multiples traces de torture.

Pour Laura Badía, l'experte en criminalistique chargée de l'enquête, cette affaire est celle de sa vie: il va lui falloir élucider un assassinat d'une extrême sauvagerie et la disparition du domicile de la victime de treize pointes de flèches taillées par le peuple Tehuelche il y a des milliers d'années. Une collection dont tout le monde parle mais que presque personne n'a jamais vue, qui renferme la clé d'un des plus grands mystères archéologiques de notre temps, dont la valeur scientifique est inestimable, tout comme sa valeur sur le marché noir.

Aidée par un archéologue, Laura va se retrouver embarquée dans une périlleuse recherche qui la conduira du fameux glacier Perito Moreno jusqu'aux recoins les plus isolés et les moins courus de Patagonie.

OÙ J'AI ENTERRÉ FABIANA ORQUERA

Une maison au milieu de nulle part. Un crime que personne n'a résolu en trente ans. Une lettre qui change tout.

Été 1983 : En Patagonie, dans une maison de campagne à quinze kilomètres du voisin le plus proche, un descandidats au poste de maire de la petite ville de Puerto Deseado se réveille étendu sur le sol à côtéd'un couteau ensanglanté. Sa poitrine est couverte de sang, mais Il n'a pas une égratignure.Désespéré, il cherche en vain son amante, Fabiana Orquera, dans toute la maison. Ils sont venus làpour passer la fin de semaine ensemble loin des regards indiscrets. Il ne le sait pas encore, maisjamais il ne la reverra. Il ne sait pas non plus que le sang qui imbibe sa chemise n'est pas celui de sonamante.

30 ans après : Presque tous les étés de sa vie, Nahuel les a passés dans cette maison. Un jour, par hasard, il trouveune vieille lettre dans laquelle l'auteur anonyme confesse être le meurtrier de la maîtresse ducandidat à l'élection municipale. L'assassin a laissé une série de problèmes qui, une fois résolus,promettent de révéler son identité ainsi que l'endroit où est enterré le corps. Enthousiaste, Nahuelcommence à déchiffrer les énigmes, mais très vite il se rend compte que, même trente ans après, il ya encore des personnes qui ne veulent pas que soit dévoilée la vérité sur l'un des mystères les plusinextricables de cette inhospitalière partie du monde.

Que s'est-il réellement passé avec Fabiana Orquera ?

SAUVETAGE EN GRIS

Les cendres d'un volcan recouvrent toute la région. On vient d'enlever ta femme : Ta journée ne fait que commencer.

Puerto Deseado, Patagonie, 1991. Pour arriver à boucler les fins de mois, Raúl a deux emplois. Quand il éteint la sonnerie de son vieux réveille-matin pour se rendre au premier, il sait que quelque chose ne va pas. Son village s'est réveillé entièrement recouvert par les cendres d'un volcan, et Graciela, sa femme, n'est pas à la maison.

Tout paraît indiquer que Graciela est partie de sa propre volonté... jusqu'à ce qu'arrive l'appel des ravisseurs. Les instructions sont claires : s'il veut revoir sa femme, il doit rendre le million et demi de dollars qu'il a volé.

Le problème, c'est que Raúl n'a rien volé.

Ne manquez pas ce thriller psychologique situé à l'une des époques les plus agitées et inoubliables de l'histoire de la Patagonie : le jour où le volcan Hudson est entré en éruption.

www.ingramcontent.com/pod-product-compliance
Lightning Source LLC
LaVergne TN
LVHW041737060526
838201LV00046B/834